EL CLAN

Carmen Mola

EL CLAN

Planeta

Obra editada en colaboración con Editorial Planeta – España

Bajo el sello editorial PLANETA M.R.
Avenida Presidente Masarik núm. 111,
Piso 2, Polanco V Sección, Miguel Hidalgo
C.P. 11560, Ciudad de México
www.planetadelibros.com.mx

Primera edición impresa en España: septiembre de 2024
ISBN: 978-84-08-29126-8

Primera edición impresa en México: octubre de 2024
ISBN: 978-607-39-2161-9

Impreso en los talleres de Impresora Tauro, S.A. de C.V.
Av. Año de Juárez 343, Col. Granjas San Antonio,
Iztapalapa, C.P. 09070, Ciudad de México
Impreso en México – *Printed in Mexico*

PRIMERA PARTE

—

He matado en vano.
Nadie debería ser como yo.

KAMPATIMAR SHANKARIYA (India)
Asesino en serie sádico
Más de 70 víctimas entre 1977 y 1978

Liberia, 2003

Los dos chicos de delante marcan el paso de la comitiva de diez o doce. Uno de ellos lleva una peluca roja con mechas doradas y un vestido de novia que en algún momento fue blanco, pero de eso hace mucho, tal vez años, ahora está sucio y tiene manchas de sangre como brochazos por todas partes; el otro viste una chaqueta que debió de pertenecer a un general, o más bien al disfraz de carnaval de alguien que quería parecer un general, llena de condecoraciones y entorchados. Lo que más llama la atención de la indumentaria es el collar de abalorios que pende alrededor de su cuello: son orejas humanas ensartadas en un simple cordel. Una de ellas, el último trofeo, gotea sangre en las solapas de su chaqueta.

Los acompañantes siguen sus pasos y el ritmo, un remedo de la marcha militar que llevarían si fueran verdaderos soldados. No lo son, aunque cargan con ametralladoras más grandes que ellos; son niños, ninguno ha cumplido los catorce años. Gritan, cantan y, cada tanto, alguno dispara al aire entre risas que, cuando se trata de una ráfaga, se convierten en carcajadas. Solo es un juego, el juego de la guerra en el que hoy han matado y quizá mañana sean ellos los muertos. Ambas cosas les son indiferentes. Cuando morir no importa todo está permitido.

El conductor del Jeep, que ha tenido la suerte de verlos antes de que llegaran a su altura, se ha detenido en un lugar en el que el camino de tierra es más ancho. Espera que la comparsa le rebase sin interesarse por él, pero, por si acaso, tiene a su alcance el subfusil del que nunca se separa, un Uzzi israelí al que ha retirado el seguro. Todos respetan al Sipeeni, «el español» en el idioma yoruba, el apodo por el que le llaman desde que hace años llegó a África. Pero es imposible no temer a esos niños ebrios de sangre, tal vez también de algún aguardiente casero o de cualquiera de las drogas que les dan los hombres que los convirtieron en soldados. Alguno puede decidir que al collar del líder le irían bien unas orejas blancas.

Desde donde está, el Sipeeni no puede ver el poblado, que no cree que tenga más de quince o veinte cabañas, una colina se lo oculta. Sí ve las columnas de humo que ascienden verticales hacia el cielo. Puede contar hasta seis. El escaso viento no logra romperlas, aunque arrastra el hedor del fuego, el de la gasolina que se ha empleado para prenderlo y un olor más que no tarda en reconocer: el de la carne quemada.

Cuando los chicos pasan de largo, hay un extraño momento de calma; la naturaleza, las montañas del condado de Nimba, la maltrecha plantación de cacao, guardan silencio como si temieran el regreso de ese pelotón desquiciado de niños. Hasta que un grito que proviene de la aldea lo rompe: el alarido rasgado de una mujer. El dolor es capaz de proyectarlo tan lejos como está el Sipeeni. La realidad de esta guerra liberiana, la segunda guerra civil del país, supera en crueldad a cualquier imaginación, hasta la de un hombre que lleva tantos años en África. Sabe que está a punto de acabar, pero, en los estertores, es incluso más brutal que cuando empezó.

Deja el Uzzi en el asiento del acompañante y reanuda la marcha. Los baches de una carretera de tierra roja le hacen dar pequeños saltos pese a la amortiguación del vehículo. Al girar una curva encuentra lo que suponía: las chozas ardiendo, los tejados de paja que se consumen como antorchas enloquecidas. Son casas típicas de la zona, con paredes bajas de barro. Junto a ellas están amontonados los cadáveres, decenas de cuerpos de hombres y muje-

res, extremidades sueltas, rostros con expresiones desencajadas que se funden entre sí conforme el fuego quema la piel y la grasa hasta convertirlos en una amalgama de carne en la que apenas se puede distinguir una mano, unos ojos, unos dientes. No le impresiona, se ha acostumbrado a vivir en este terror. Es habitual arrasar de esta forma las aldeas. Al tomar esta, el ejército de Robert Gaynor, al que todos conocen como el general White Eye, no ha sido una excepción.

Cuando se baja del coche, vuelve a escuchar el grito de la mujer. Ahora puede verla junto a las ruinas de una choza que ya no arde: es joven, no tiene más de veinte años, delgada, quizá en otro momento —hace solo unas horas— fuera una mujer atractiva. Un niño con gafas de sol amarillas y la cara maquillada con purpurina le ha clavado la mano a un tablón de madera con un cuchillo. El español no sabe si la mujer ha gritado por el dolor que le provocan sus intentos de liberarse —a cada tirón se desgarra más la palma ensartada—, o por lo que está mirando.

Frente a ella hay un soldado que viste unos slips negros y unas botas rojas. Por su cuerpo, fibroso y tatuado de cicatrices, diría que tiene unos dieciocho años. Sin embargo, hay algo infantil en él, tanto en las alas de mariposa que lleva a la espalda y que le quedan pequeñas —parecen el disfraz de cumpleaños de una niña— como en la manera en que tiene agarrado por el tobillo a un bebé —supone que el hijo de la mujer— y le da vueltas para coger impulso, como si fuera una toalla que se agita al viento, mientras se carcajea y amenaza con estrellarlo contra la pared de la choza.

El Sipeeni prefiere mantener la distancia ante la escena; el soldado con alas de mariposa tiene la piel clara, puede que sea mulato, y su pelo lacio y largo flota en el aire cuando empieza a girar sobre sí mismo como una peonza. El bebé agarrado vuela en círculos y la mujer se saja la mano al liberarse del cuchillo con un grito animal, pero no sirve de nada. El soldado suelta al bebé, que, impulsado por la fuerza centrífuga, se estrella contra la pared con un crujido de huesos rotos para, después, caer al fango del suelo, muerto.

La mujer no llega a proferir ningún grito más porque el niño con gafas de sol ha sacado el cuchillo de la madera y, montándose sobre su espalda, le ha rajado el cuello. Cuando se derrumba, desangrándose, el Sipeeni ve el horror grabado en sus ojos abiertos: la última imagen que se ha llevado de esta vida ha sido la mancha de sangre y sesos de su bebé contra una pared.

¿Quién puede esperar de esta guerra algo parecido a la compasión? Está más allá de cualquier pesadilla, pero él se ha acostumbrado a pasear entre estos demonios. El soldado con alas de mariposa, el mulato, coge el cadáver del bebé y le hace un corte preciso en la espalda, mete la mano y saca el corazón —no ha tardado ni medio minuto, se le nota pericia—, se lo lleva a la boca, lo desgarra con los dientes y mastica mientras la sangre le resbala por la barbilla. El niño con gafas de sol trata de imitarlo con la mujer, pero carece de la habilidad de su compañero y no logra sacar el corazón, solo un montón de sangre y vísceras informes.

Como si compartieran la comedia de la torpeza del niño, el Sipeeni y el soldado mulato se miran. Este le sonríe y extiende la mano en su dirección, ofreciéndole un bocado. Sabe que, para ellos, este canibalismo es una manera de obtener poder, de hacerlos indestructibles. No es la primera vez que ve a un soldado comerse el corazón, los sesos o los testículos de un enemigo muerto, pero nunca con un bebé. Aunque no hay que demostrar la menor humanidad, pues se confunde con cobardía, esta vez le afecta de una forma distinta. Baja los ojos y se aleja hacia otra de las chozas que se mantienen intactas, una en la que han puesto dos banderas: la de Liberia —igual a la de

Estados Unidos, pero con una sola estrella— y otra negra, la que le gusta llevar al general Gaynor, como si fuera un pirata sin barco.

Nadie hace guardia ante la choza, ningún enemigo sigue con vida. Dentro, el general analiza un mapa clavado en la pared. Es un hombre negro, de unos cuarenta años, fuerte, con la cabeza afeitada. Lleva unos pantalones militares de camuflaje y el torso al descubierto. Una cicatriz le atraviesa el pecho. Tiene en blanco uno de los ojos, de ahí su apodo: White Eye.

—Te estaba esperando, Sipeeni.

—No es fácil moverse por este país. ¿Qué quieres?

—Se nos acaba la munición y necesito más armas. —Señala el mapa, lleno de marcas y anotaciones en todos los colores—. Tengo que llegar a la frontera…

—Olvida la frontera, la munición y las armas, lo que se acaba es la guerra. Los americanos y las Naciones Unidas van a intervenir en Monrovia.

—Sipeeni, tienes que conseguirme esas armas. Con ellas, puedo cruzar la frontera antes de que eso pase.

—Las armas han dejado de ser un negocio. Y, si no hay negocio, ¿por qué iba a arriesgarme?

El general White Eye quiere contradecirle, pero es consciente de que el español tiene razón y de que no le queda más remedio que resignarse a un futuro incierto.

—¿Qué hay después de la guerra?

—La revancha.

El Sipeeni no ha podido reprimir cierto sarcasmo al pronunciar esas palabras. Al instante, intenta corregirse: han sido muchos años haciendo tratos con el general White Eye. Le sorprende encontrar en su interior algo parecido al afecto.

—Olvídalo, White Eye, olvídate de esta guerra y salva lo que tienes. Aléjate del frente, vuelve a tu poblado y retoma tu vida.

—¿Qué harás tú después de la guerra?

El velo blanco de su ojo derecho ya no le da un aspecto temerario a Gaynor, sino desvalido.

—¿Qué va a pasar con el Clan?

El Sipeeni es consciente de que Gaynor le está rogando ayuda, pero no se la va a dar. Ha llegado el momento de pasar página, de dejar atrás a todos aquellos que ya no le sirven. Sonríe y guarda silencio. No le va a contar en qué se ha convertido el Clan a lo largo de todos estos años, cómo ha mutado en un ente tan grande que se ha vuelto indestructible. White Eye no es capaz de hacerse una idea de qué hará el Clan en el futuro, como no puede imaginar quién es en realidad el hombre que tiene a su lado, aquel al que ha estado comprando armas todos estos años. No queda nada de ese español que, cuando todo empezó, se topó con problemas en su país y estuvo a punto de ser descubierto por la policía. Pero superó ese escollo y eso le hizo aún más fuerte. Todo eso no lo sabe el general White Eye. ¿Qué es el Clan y quién es el Sipeeni? No va a darle respuesta a esas preguntas.

En lugar de discutir, Gaynor abandona la choza para observar las ruinas ardientes del poblado, quizá el último que arrase.

—No puedo abandonar a mis hombres.

—¿Hombres? Solo he visto niños, niños asesinos.

—Soldados.

No corrige al general; ha visto cómo, después de destruir una aldea, obligan a los niños a matar a sus padres y a violar a sus madres, para que nunca vuelvan a dormir en paz y no quieran quedarse a solas con su conciencia, para que se apoyen siempre en la compañía del grupo que masacró su poblado, porque es lo único que les queda. Cómo les abren heridas en el cráneo y las impregnan de cocaína y así, con el furor de la droga, son ellos los que piden cargar el fusil. Son ellos los que quieren arrasar con todo.

White Eye los llama soldados, pero no son más que bestias. En eso los han convertido.

Cuando mira a Gaynor, rodeado del humo y del olor a cadáveres, no le impresiona su brutalidad, ya no le engaña esa fachada, solo ve a un pobre hombre temeroso de qué le brindará el futuro. Está asustado, como todos los generales liberianos de esta guerra. Como el general Butt Naked, «Culo Desnudo», o como cualquiera de los dos generales que se hacen llamar Bin Laden, el general Prince o el general Washington. Después de ser los artífices del horror, ¿qué les espera? Los biempensantes dirían que el Sipeeni no es mejor que ellos. Ha estado suministrando armas a estos hombres, se ha hecho rico gracias a la destrucción de Liberia, pero él sabe que esa condena no es más que un ejercicio de hipocresía. Si él no hubiera puesto a su alcance los fusiles, se habrían matado con cuchillos, con piedras, con sus propias manos.

El soldado mulato con las alas de mariposa lo está mirando. Tiene la boca y el pecho manchados por la sangre del corazón del bebé, sonríe y le apunta con el dedo simulando un disparo.

—¿Quién es?

—Un buen soldado: lo llamamos Funfun.

El Sipeeni sabe qué significa eso en yoruba: «blanco». White Eye lo tiene por uno de sus mejores hombres, lo que quiere decir que no hay límite que no se atreva a cruzar.

—Está conmigo desde 1990. Solo tenía cinco años cuando nos lo llevamos de su aldea, Bopolu.

Está seguro de que ha sabido disimular, pero el nombre del poblado ha sobresaltado al español. Ahora lo entiende todo, por qué le ha afectado tanto verlo comerse el corazón del bebé. Hace ya trece años de aquel día, cuando el general White Eye se convirtió en su principal cliente. Sabía que su primer objetivo era arrasar la aldea de Bopolu, en manos del general Washington en esos instantes.

El Sipeeni le entregó el armamento necesario para hacerlo. No le importó que en ese poblado vivieran su amante y el hijo que había tenido con ella, un pequeño mulato al que habían llamado Marvin. El general White Eye no se equivoca: solo contaba cinco años. El Sipeeni creyó que nadie había sobrevivido, pero ahora se da cuenta de que estaba equivocado: en la mirada de ese soldado hay un brillo depredador que le ha recordado a sí mismo. Tiene sus ojos, su lado salvaje, el fulgor de la determinación y la locura. Ese animal es su hijo.

CAPÍTULO 1

No hay nada de comer en el frío apartamento de la urbanización Mar Tirreno, en la cocina solo quedan latas de conserva vacías. Zárate se deja caer en el sofá: a su alrededor, un muestrario de los muebles más baratos de Ikea y el polvo en suspensión, iluminado por el sol de la tarde. Debería salir a comprar algo, pero no hay nada abierto en la zona, que bulle de animación en verano y fuera de temporada está muerta. Tendría que acercarse al pueblo, pero no quiere moverse de allí. La sensación de que está a punto de conseguir algo que busca hace tanto tiempo le impide calmar los nervios, la respiración. Le queda media botella de un whisky malo que compró en una gasolinera, la otra media se la bebió anoche, fue la única forma de apagar la escena de Las Suertes Viejas. Como si su cabeza fuera un proyector averiado, cerraba los ojos y veía una y otra vez al juez Beltrán muriendo en sus brazos: «¿Quién mató a mi padre? ¿Qué había detrás del caso Miramar?», le gritaba él. «El Clan», murmuró el juez con un último estertor. «¿Qué es el Clan?».

Esa pregunta ha quedado en el aire hasta hoy.

Después de abandonar la casa de Las Suertes Viejas fue a buscar a Eduardo Vallés, el policía jubilado de la comisaría de Vallecas que se había citado con Reyes. Le repitió lo que ya le había dicho ella: su padre, Eugenio Zárate, era un topo en esa brigada donde también estaban Gálvez, Rentero, Asensio y Santos. Aunque a Vallés no le permitieron seguir investigando, estaba convencido de que su padre descubrió algo que demostraba la corrupción del grupo y que fueron sus propios compañeros quienes lo mataron. Sin embargo, el caso Miramar, como se llamó esa investigación, pasó a Asuntos Internos y acabó archivándose. Todas las versiones que Zárate había escuchado hasta ese instante sobre la muerte de su padre (una redada contra unos aluniceros, o que fue víctima de un tiroteo con unos narcos) eran falsas. Consiguió que Vallés le diera el nombre del agente de Asuntos Internos que había cerrado el informe: Antonio Vicioso. Le costó dar con él. Para localizarlo tuvo que recurrir a Costa, su antiguo compañero de la comisaría de Carabanchel. No quería que nadie en la BAC supiera de sus movimientos, ninguno los aprobaría, menos aún Elena. ¿Qué decir de Rentero? Está convencido de que el comisario sería capaz de inventar cualquier cosa (incluso que fue Zárate quien mató al juez Beltrán) para atarlo de pies y manos. Para evitar que haga pública la verdad.

Vicioso lo recibió con amabilidad en su modesta vivienda en el paseo del Comandante Fortea, lo invitó a un café y le contó los entresijos de aquella investigación. Nada de silencios ni de secretos, los velos fueron cayendo uno por uno porque Vicioso estaba deseando ajustar cuentas con su pasado: «Hay veces en las que uno sabe lo que pasó, pero no tiene manera de demostrarlo». Así fue con el caso Miramar: le faltaban evidencias, los pocos testigos a los que hizo hablar se esfumaron. No le quedó más remedio que archivarlo.

—Algunos de los que, en aquel 1991, formaban parte de la brigada de Vallecas hoy están en la cúpula de la Policía. Gálvez, Rentero...

—Si tienes miedo, puedes estar tranquilo: nadie sabrá que he estado aquí.

—Tengo un cáncer de colon en estadio cuatro. No es la policía lo que me asusta. A mí, no.

—¿Por qué mataron a mi padre?

Vicioso se quedó en silencio, buscando en su memoria como quien registra en un armario a oscuras. Una leve sonrisa se dibujó en su cara y, después, un nombre: Robert Gaynor.

—¿Quién es?

—La única información que sé que obtuvo el juez Beltrán, el hombre que infiltró a tu padre en Vallecas, fue que la brigada facilitaba el tráfico de armas. Supongo que vendrían de alguna de las fábricas del norte y, desde Madrid, ellos las hacían llegar a África. A Liberia. En aquellos años estaban en plena guerra civil, y Robert Gaynor era uno de los generales de guerrilla. Di con ese nombre porque, mucho después, cuando intervino Naciones Unidas en 2003, los soldados de Gaynor tenían fusiles de fabricación española. Intenté localizarlo, pero Liberia era un caos. Lo di por muerto hasta que hace unos años, poco antes de jubilarme, su nombre apareció en el sistema: había entrado aquí, en España. Incluso fui a verlo, aunque se negó a hablar conmigo.

—¿Dónde vive?

La respuesta lo condujo a Almería, a San Juan de los Terreros, a este apartamento de la urbanización Mar Tirreno.

Cuando Vicioso se encontró con Gaynor, el general había empezado a trabajar en los invernaderos de la zona. Allí se dirigió Zárate. Aunque nadie lo identificaba por el nombre, su descripción, ese ojo derecho en blanco, era difícil de olvidar. Unos jornaleros le dijeron en qué plantación faenaba.

Lo abordó al finalizar su jornada, mientras el hombre se fumaba un cigarrillo que se había liado él mismo y el resto de los trabajadores se marchaban sin dirigirle un gesto: tal vez estaban al tanto de su pasado y preferían apartarse como quien evita una enfermedad contagiosa. Zárate había estado leyendo sobre la guerra de Liberia. La figura del general Robert Gaynor, White Eye, destacaba en alguno de esos relatos demenciales de violencia extrema; se le atribuían muchos de los peores actos: masacres, canibalismo, la tortura de convertir a niños en asesinos. Se presentó como policía y decidió no buscar su simpatía: le dijo que sabía quién era, todo lo que había hecho, y que, si no colaboraba, podía estar seguro de que sería deportado.

—Yo ya no soy esa persona —le respondió con una voz cansada, arrastrando su acento liberiano.

Exhaló una bocanada de humo y perdió su mirada por el terreno árido que rodeaba los invernaderos. A sus más de sesenta años, no parecía que le quedara mucho que perder.

—¿Crees que no soy capaz de joderte lo que te queda de vida?

—¿Puede ser peor?

—Piensa que puede ser mejor: podría arreglarte los papeles, buscarte algún trabajo más cómodo para alguien de tu edad…

—¿Y por qué ibas a hacerme ese favor?

—Porque vas a contarme quién te enviaba las armas a Liberia. ¿Has oído hablar del Clan?

Gaynor se levantó de golpe y se alejó arrastrando el pie derecho. Zárate le dio alcance y notó que lo podía derribar con dos zarandeos. Nada quedaba del animal salvaje de la guerra. Algunos jornaleros rezagados se quedaron mirándolos.

—¿Cómo sé que puedo confiar en ti?

—No lo sabes —le dijo Zárate—, pero no tienes otra opción. ¿Quieres que hable con tu jefe? ¿Quieres que le diga las cosas que hiciste en Liberia?

Gaynor se tomó su tiempo para responder. Miró a su alrededor con ese ojo velado, como el de una bruja; parecía temer que alguien pudiera escucharlo.

—Eran negocios, yo necesitaba armas, ¿has vivido alguna vez una guerra? ¡¿Qué vas a saber tú?! Me miras como si fuera un monstruo, pero para sobrevivir en una guerra como la de Liberia no puedes tener compasión.

No se trataba de ganar nada, sino de sobrevivir. ¿Es eso un pecado? ¿Hacer lo que sea para seguir vivo? Porque yo lo hice, sí. Con las armas del Clan y, si no las hubiera tenido, lo habría hecho con mis propias manos.

—¿Con quién negociabas aquí, en España? ¿Rentero, Gálvez…? —Zárate dejó caer los nombres, pero Gaynor no reaccionó—. ¿Sabías que eran policías?

—¿Mi contacto? ¿Policía? Te equivocas. Una vez, al principio, sé que tuvo problemas con un policía en Madrid. Estuvo a punto de echar por tierra todo, pero él lo solucionó. Ya me entiendes.

Zárate tuvo que tragarse la rabia cuando Gaynor lo miró con una sonrisa repleta de dientes. Aún le divertía recordar las atrocidades en las que había participado, como un niño que se regocija con el recuerdo de una trastada. Y una de ellas era la muerte de su padre. Pero supo controlarse.

—¿Quién era ese contacto?

—El Sipeeni. Quiere decir «el español» en yoruba. No sé cómo se llamaba en realidad; decían que había trabajado en la embajada española en Liberia, yo lo conocí allí, pero a lo mejor es mentira. Como eso de que murió en la guerra. El Sipeeni no murió. Seguro que está en Monrovia, en una mansión, disfrutando de todo el dinero que ganó con nosotros…

—Necesito encontrar a ese Sipeeni. Necesito saber cómo se llama y dónde vive ahora.

—Si me entero, ¿me darás lo que me has prometido? Los papeles, un trabajo bueno…

—Lo tendrás.

—Dame un día; llamaré a Monrovia, todavía me quedan amigos allí. Luego iré a buscarte… y cuando tenga los papeles delante…

—¿Cómo sé que puedo confiar en ti?

—No lo sabes, pero no tienes otra opción —repitió como una burla.

Zárate todavía recuerda la última sonrisa de Gaynor antes de que él le diera la dirección del apartamento en Mar Tirreno. Su ojo blanco, macilento, el desprecio que tuvo que tragarse al verlo marchar. Sin embargo, cree que a Gaynor le interesa el trato. Aparecerá esta noche, como le prometió. Ha intentado armar una explicación a la muerte de su padre: en 1991, Rentero, Gálvez, incluso Santos, no eran más que unos policías de barrio. Todavía no habían ascendido en el escalafón. Puede que colaboraran de alguna manera en esa red de tráfico de armas, pero era algo que les venía grande. De cualquier forma, su padre lo descubrió y el Sipeeni, según le ha dicho Gaynor, fue quien lo solucionó…

Hubiera preferido no involucrar a Elena, pero quién sino ella podía ayudarlo con los papeles de Gaynor. No es un hombre peligroso, ya no, nadie tiene que saber quién fue en su país, aquí es un pobre inmigrante, viejo y agotado, incapaz de hacer daño a nadie, pero si no tiene lo que le prometió, puede que no le cuente lo que sabe. Habría preferido que esta llamada llegara mucho después; cuando todo estuviera resuelto, cuando se hubiera librado de la losa que carga y que le impide pensar en nada más. No hay hueco para el amor, para el futuro, para una vida propia, la que le gustaría tener al lado de Elena. Todo lo ocupa esta rabia que actúa como una adicción, retroalimentándose, haciéndose aún más intensa a cada trago, y ahora se incendia con ese nombre: el Sipeeni. Por eso se siente un impostor cuando por fin llama.

—¿Dónde estás, Ángel?

—Te voy a mandar mi ubicación. ¿Puedes salir de Madrid ahora mismo?

—Es absurdo que te sigas escondiendo. Ven a casa. Cuéntamelo todo y estoy segura de que encontraremos la manera de solucionarlo.

—Ojalá fuera tan fácil.

La imagina en su despacho luchando consigo misma, dudando entre hacer lo que él le pide o mantenerse firme y exigirle que vuelva, por lo menos que le cuente qué ocurre.

—Te quiero —dice ella.

—Y yo a ti, Elena. Hemos sido dos imbéciles, ¿no te parece? Hemos perdido el tiempo en gilipolleces y… ahora no sé si ya es demasiado tarde. No creo que pueda tener una vida normal.

Aunque ella trate de ocultarlo, Zárate se da cuenta de que está llorando.

—¿Qué te dijo Beltrán?

—No te lo puedo contar por teléfono. No es seguro.

—Dime adónde quieres que vaya.

No es necesario hablar más. Zárate cuelga el teléfono y le envía por WhatsApp su ubicación. Ahora solo le queda esperar a que llegue. Si sale de inmediato, tardará unas cinco horas.

El agua caliente de la ducha le reconforta y le despeja las ideas. En cualquier momento puede aparecer Gaynor, tiene que convencerlo de que espere hasta la llegada de Elena, prometerle que ella le conseguirá los papeles. Necesita que el africano le dé el paradero de ese Sipeeni, la forma de llegar hasta él. Está secándose cuando oye el ruido de pasos fuera, en el pasillo del edificio. No puede ser Gaynor, él está cojo, recuerda cómo arrastraba el pie derecho, y estos pisan fuerte. A continuación, un estruendo, el de alguien irrumpiendo en el apartamento. Zárate piensa y actúa lo más deprisa que puede, en el baño no tiene armas. Escribe en el vaho del espejo un mensaje para Elena: El Clan.

Una patada abre la puerta, la destroza; como está, desnudo y desarmado, tiene pocas posibilidades de defenderse. Ante él hay una mujer con el pelo rapado, un tatuaje de un águila en el cráneo. Va vestida con pantalón de combate y una camiseta verde ajustada que dibuja una musculatura bien definida. En la mano derecha, una pistola con silenciador.

—¿Esperabas a Gaynor? Por desgracia no va a poder venir. Está muerto. Descanse en paz White Eye. No creo que nadie lo eche de menos, la verdad.

Ojos azules, heladores, ligero acento, probablemente de la antigua Yugoslavia. No más de treinta años. Pese a todo, pese a que tiene todas las de perder, se lanza contra ella, pero la mujer está preparada, es rápida, lo rechaza con una patada en el estómago que encadena con un puñetazo seco en la nariz.

—No me obligues…

Zárate se tambalea, se agarra a la cortina de la ducha buscando mantenerse en pie, pero lo que hace es arrancarla. Su situación es precaria, piensa deprisa y deduce que si la sicaria quisiera matarlo, ya lo habría hecho. Sin embargo, no ha disparado y, por eso, vuelve a intentarlo. Se abalanza de nuevo sobre ella, la tira al suelo y sale corriendo. No va a llegar muy lejos tal como está, sin ropa, pero alcanza la puerta. Baja las escaleras a saltos, tramos enteros, tiene que subirse al coche, quizá así logre escapar…

Corre tan rápido como puede por la carretera que rodea la colmena que es el edificio. Ha dejado el coche aparcado cerca, ya puede verlo cuando siente una especie de mordisco en el costado, seguido de una quemazón que le hierve dentro. Trastabilla por el dolor hasta caer al suelo, solo a unos metros del coche. Ha sido un idiota. Ha pensado que la mujer no quería matarlo. El ardor del disparo colapsa su sistema nervioso, la visión es borrosa y cada vez más oscura, como si se hundiera en un pozo, pero antes de perder la consciencia, Zárate puede admirar la perfección de las alas del águila en el cráneo de la mujer.

CAPÍTULO 2

No ha llegado a tiempo. Lo único que queda de Zárate en ese apartamento son sus ropas, una mancha de sangre que posiblemente sea suya y ese mensaje oculto en el vaho del espejo.

«No te voy a dejar morir, Ángel», musita Elena, y sus palabras se las traga la noche de diciembre que ha invadido el terreno yermo alrededor de la urbanización. Los escasos puntos de luz de las farolas iluminan lugares abandonados, caminos que no conducen a ninguna parte.

Su corazón bombea sangre con virulencia, como una tubería a punto de reventar. Las oleadas le inflaman las sienes con la certeza de la fatalidad; es una suicida que ya ha saltado y solo espera el estallido contra el suelo. Se sujeta a la baranda de la terraza, mareada. En el espejo del baño no queda rastro de las palabras que dibujó Zárate en el vaho, «el Clan», el frío de la noche las ha borrado. ¿Qué es el Clan? La voz de Manuela al otro lado del teléfono se ha instalado en su pensamiento, insidiosa, y cuanto más recuerda la conversación, más le suena como una carcajada.

—Estaba esperando a que llegaras —le ha dicho.

—¿Dónde está Zárate?

—Está bien. Y seguirá estando bien si haces lo que te digo.

Ni siquiera ha intentado esconder su identidad, ¿tan protegida se siente?

—¿Cómo sabes que iba a estar aquí, Manuela?

—Sé muchas cosas, pero eso no es importante ahora. Lo que cuenta es que las dos queremos que Ángel salga vivo de esta, ¿verdad?

—¿Lo tienes tú?

—No, yo no sé dónde está Zárate, pero sí sé qué quieren. En realidad, no es tan difícil. Solo tienes que hablar con Rentero para presentar tu renuncia y cerrar la BAC. Cuando la brigada se disuelva, volveremos a hablar.

El eco del final de la señal se prolonga en su memoria como el canto de una urraca. «No te voy a dejar morir, Ángel», murmuró hace solo unos segundos: ¿cómo lo vas a hacer, Elena?, se burla una voz interior. Regresa al apartamento, los escasos muebles de poca calidad, el desorden de una pelea.

Podría llamar a sus compañeros de la BAC y hacer un análisis científico de la escena, huellas, rastros de ADN. Si lo hiciera, Zárate moriría.

Podría lanzarse a preguntar a los vecinos —si los hay, la urbanización Mar Tirreno le ha parecido deshabitada— o a la gente del pueblo: tal vez alguien coincidió con Ángel, eso podría darle una pista sobre qué hacía en San Juan de los Terreros, qué buscaba aquí. Si lo hiciera, Zárate moriría.

El listado de alternativas se extiende de manera casi infinita, pero la conclusión es siempre la misma: el final de Ángel. ¿Cuánto dolor puede soportar un ser humano? Elena sabe que ha sido un milagro sobrevivir a la muerte de su hijo Lucas. Se ha reconstruido, ha intentado convencerse de que tiene motivos para seguir luchando, pero esta nueva Elena es tan frágil como un dibujo en la arena: el viento, una ola, pueden borrarlo. Ha tenido que enfrentarse a esta posibilidad, la muerte de Ángel, para tomar conciencia de cuánto lo necesita. Solo él puede sostener la endeble estructura sobre la que se apoya.

No tiene ningún sentido seguir allí. Si hay algo de lo que está segura es de que no será capaz de encontrar a Zárate. Vuelve a su coche, al Lada que conserva como si fuera un ancla que la une a un pasado muy lejano, a un tiempo en el que creía que podría ser feliz. De repente, le resulta ridículo seguir apegada a ese vehículo malo, incómodo, más viejo que antiguo. Conduce en medio de la noche, hay estrellas, todo parece más bonito que a la luz del sol, porque la noche esconde los contornos vulgares de la realidad. ¿Cómo dejó que Manuela se convirtiera en una más de la BAC? Aunque intuía que había pasado algo entre ella y Zárate, no quiso enunciarlo en su presencia, no tanto por el miedo a la discusión como por el temor de que, al sacarlo de su pensamiento, se hiciera verdad y eso los separara para siempre.

«Hemos sido dos imbéciles, ¿no te parece? Hemos perdido el tiempo en gilipolleces y… ahora no sé si ya es demasiado tarde», le dijo Zárate antes de enviarle su ubicación. ¿Por qué no le contó nada del Clan? Elena supone que debe de tener alguna relación con la muerte de su padre, esa furia es la que lleva meses alimentándolo, la que lo enfrentó al juez Beltrán y al propio Rentero. ¿Fue también lo que lo acercó a Manuela? Detesta la cara de ratoncito de la ayudante de Buendía, su gesto recurrente de acomodarse las gafas en el puente de la nariz, sus rizos de niña ingenua.

Es pasada la medianoche cuando marca el teléfono del forense de la BAC.

—¿Elena? Estaba ya en la cama…

No le pide disculpas, solo le hace la pregunta que lleva un buen rato rumiando.

—¿Cómo entró Manuela en la BAC, Buendía? ¿De dónde salió?

—¿Ha ocurrido algo?

—No, llevo varios días preguntándomelo y me acabo de acordar.

—Tenía un buen currículum y una buena recomendación.

—¿De quién?

—De Rentero…

Elena se queda un instante en silencio. Trata de recordar si vio alguna vez a Manuela y a Rentero juntos, si se conocían, pero no es capaz. ¿Qué interés podía tener Rentero? ¿Está metido en todo? «Lo viví en mis carnes, Elena, sé de lo que hablo», le dijo cuando apareció el tema de la muerte de Eugenio Zárate. «He visto cómo algunos infiltrados caen por no salir a tiempo». Es absurdo: Rentero lo tendría más fácil que nadie para disolver la BAC. Si estuviera detrás de Manuela, ¿por qué iba a hacerle ese encargo a ella?

—¿Dónde está ahora Manuela?

—Ha pedido unos días de vacaciones. ¿Pasa algo?

—No, nada, Buendía… Mañana hablamos.

La carretera se extiende oscura hacia el horizonte. Los reflectores de los quitamiedos la limitan. Hay poco tráfico, solo algunos camiones. Le han pedido un imposible: ¿quién es ella para desarticular la BAC? No está en su mano. Sin darse cuenta, ha asumido que su única alternativa es ceder al chantaje de Manuela. Pero ¿es un chantaje real o solo están jugando con ella, como el gato con el pájaro herido? ¿Por qué le han pedido algo que saben perfectamente que no puede cumplir?

Al llegar a Madrid, al aparcamiento donde guarda su coche, se da cuenta de su cansancio. Ha conducido casi diez horas seguidas, de Madrid a Almería y vuelta. Solo quiere llegar a casa y desaparecer. Parar de pensar durante un instante, porque hace mucho que ha dejado de hacerlo con objetividad; está hundida en una espiral de ideas podridas, infectadas por la seguridad de que Zárate, en realidad, ya está muerto, que Manuela o quien sea que esté detrás de ese Clan solo se están divirtiendo con ella. Es un acto de sadismo del que no puede escapar.

Entra en su casa y nota que alguien ha pasado por allí; el balcón está abierto, imposible que ella lo haya dejado así en pleno invierno. Abajo están las casetas del mercadillo de Navidad, vacías a esas horas. De repente, se siente liberada: puede que esa persona esté todavía dentro y lo próximo que sienta sea un disparo en la cabeza. Sin embargo, no es eso lo que sucede. La televisión del salón se enciende y una fotografía de Elena en su despacho de la BAC ocupa toda la pantalla. Es de hace varios años, anterior incluso al caso de la novia gitana, entonces llevaba el pelo mucho más corto, tal y como sale en esa fotografía. Está hecha desde una cámara del circuito interno de seguridad. Da unos pasos hacia la pantalla, quiere detenerse en los detalles de la imagen por si en ellos encuentra la razón de que haya aparecido de golpe en el televisor. Pero la fotografía se esfuma para dar paso a otra de ella en la sala de interrogatorios. No tiene tiempo de ubicarla temporalmente, porque apenas dura un segundo y a esa le siguen decenas, cada una durante menos de un segundo. Un carrusel que, con ella como centro, ilustra los años de vida de la BAC, con Buendía y Mariajo, pero también con Orduño, Chesca y Reyes, muchas se ocupan de Zárate, incluso ve alguna en la sala de reuniones con Manuela.

Elena busca el mando de la televisión, intenta detener esta catarata de fotografías que ya son cientos, pero los botones no responden. Entre ellas empiezan a aparecer informes de casos, no tiene tiempo de leer a cuáles pertenecen, hasta que la avalancha se detiene en una última imagen. La única fuera de las instalaciones de la BAC. Zárate está tendido en el asfalto, la sangre que brota de una herida en el estómago crea un charco en el suelo. Está desnudo. Tiene los ojos entreabiertos, pero no logra discernir si está vivo o muerto.

Luego, la televisión se apaga. Histérica, Elena busca los botones tras la pantalla, la enciende, pero solo emite imágenes de un programa de teletienda en el que alguien canta las excelencias de una freidora de aire. Cambia de canal, desesperada, aunque sabe que no podrá recuperar esa sucesión de imágenes. Tampoco la de Zárate. Impotente, da un puñetazo a la pantalla, que se agrieta. Se abren hilos en el led que distorsionan el color de la imagen. La frustración es imparable: tira todo lo que hay sobre la mesa, está fuera de sí; más que romper, necesita hacerse daño. No sabe qué es lo que le ha abierto una herida en los nudillos; se limpia la sangre bajo el grifo de la cocina. En la encimera hay una botella de grappa Nonino. La abre y vierte un chorro sobre la herida como antiséptico, antes de dar un primer trago.

No sabe cuánto tiempo ha pasado, solo advierte que empieza a amanecer cuando vacía la botella. Tiene la cabeza embotada. Al menos el alcohol le ha servido para que cada pensamiento no la hiera como una cuchilla en el cerebro: ha pensado en el hackeo que sufrió la intranet de la BAC, así han debido de conseguir todas esas imágenes, se ha convencido de que Zárate aún está vivo, ha llegado a imaginarlo en el suelo, sangrando, desnudo, suplicándole ayuda, y también cree haber entendido el mensaje: qué querían decirle con esa sucesión de fotografías e informes de la BAC.

—Estás borracha.

Elena no va a llevarle la contraria a Rentero. El director adjunto operativo de la Policía aún no se ha vestido, le ha abierto la puerta ataviado con un batín de cuadros sobre el pijama y una taza en la mano. ¿Qué hora es? No está segura. Puede que alrededor de las ocho, el sol no acaba de despuntar, o puede que la orientación de la casa al Retiro la mantenga en sombra.

—Ven, he hecho café. Te sentará bien. Menos mal que Luisa ha ido a hacerse unos análisis. Se ha ahorrado verte hecha un asco. ¿Tú no habías dejado el alcohol?

Sigue a Rentero hasta el despacho. De un termo, llena otra taza y se la tiende; Elena se fija en que la de Rentero lleva una frase de una vieja serie de televisión, *Canción triste de Hill Street.* Quizá ya nadie la recuerde, pero la frase con la que el sargento Esterhaus despedía a sus agentes cada mañana, «tengan cuidado ahí fuera», se sigue escuchando en casi todas las comisarías, casi todas las mañanas. Quizá los policías jóvenes no sepan de dónde sale. ¿Qué hace pensando en algo tan estúpido?

—Supongo que hay un drama en curso. Por las horas y por tu estado.

Siente la lengua pastosa, le cuesta hablar. Se apoya en la mesa para no perder el equilibrio. Ha dejado atrás las lágrimas, la grappa la ha ayudado a encontrar una determinación y a convencerse de que esto salvará a Zárate.

—Quiero dimitir de mi puesto y quiero que cierres la BAC.

Rentero da un sorbo de café antes de contestar, como si estuviera usando ese tiempo para meditar la respuesta.

—A lo primero, sí, acepto tu dimisión. Es un puesto que está sometido a mucha presión y está claro que tú no estás en condiciones de soportarla. Te está destrozando y no me gusta verte así. No te lo digo solo por este espectáculo, ya había decidido relevarte, hoy mismo te lo iba a comunicar.

A Elena le cruza una pregunta: ¿por qué Rentero iba a apartarla? ¿Cuándo le ha importado otra cosa que no sean los resultados? Nunca ha tenido en cuenta sus emociones, esa falsa bonhomía disfrazada de amistad le molesta, pero sabe que no tiene sentido detenerse en ella.

—Y a lo segundo, también. Vas a acabar con la BAC.

—¿Quién eres tú para decidir algo así?

—Yo soy la BAC. La levanté y la convertí en lo que es. Sin mí, no tiene sentido.

—Está claro que has bebido demasiado, Elena. ¿Qué te crees? ¿Una especie de dios? Deberías saber que todos somos prescindibles. Tú, la primera. El mundo seguirá girando sin ti. El Madrid ganará la Champions, los políticos robarán dinero, el café será amargo y la BAC seguirá en marcha.

—No me obligues a destrozarte la vida.

—Vete a casa y duerme, Elena. Mañana verás las cosas de otra manera.

—¡No voy a irme a ningún sitio!

Arrastra todo lo que hay sobre la mesa: un cenicero, los papeles, una lámpara que se queda colgando del cable. Rentero da un nuevo trago a su café; no va a dejarse impresionar por unos gritos y unos cuantos desperfectos.

—Ya he elegido a tu sustituta. Quizá llegue un día en el que la BAC no tenga sentido, pero todavía la necesito.

—No entiendes una mierda, Rentero. Hay que cerrarla. Crea otra brigada, con otro nombre, puedes hacerlo. Gálvez y tú podéis hacer lo que os dé la gana.

—En eso tienes razón. Puedo hacer lo que me dé la gana. Y eso es lo que estoy haciendo.

Elena rumia desesperada. El despacho le da vueltas. Al otro lado del ventanal, el Retiro se ilumina como una piedra incandescente con el amanecer. Está perdiendo el control, si es que tenía alguno. Le gustaría hablarle de la llamada de Manuela, de la fotografía de Zárate, del chantaje, pero ¿y si una sola palabra es la condena de Ángel? Se siente perdida en un juego que no entiende: el Clan, Rentero, la muerte del padre de Zárate, el caso Miramar, Manuela y el ultimátum que le lanzó. Son piezas que no puede conectar. Solo tira de ella una necesidad instintiva, casi animal: la de volver a abrazar a Ángel, la de sentir su calor y su olor como si fueran un alimento.

Busca un punto de apoyo en la mesa. Su mano encuentra un pisapapeles de cristal con una diminuta casita dentro, una bola de nieve. ¿Quién no querría vivir en un sitio así, protegido por un vidrio de todo el mal que hay alrededor?

—Haz lo que te digo o iré a la prensa. —Sabe que esa es el arma que la catarata de fotografías le ha brindado—. Les contaré cuántas veces nos hemos saltado la ley y que, en todas esas ocasiones, tú estabas al tanto. Que ocultaste que Zárate mató a los asesinos de Chesca. Que enterraste la autopsia de Violeta, aunque sabías perfectamente que fui yo quien la mató cuando estaba desarmada. Sería tu final, Rentero: no sé si irías a la cárcel, pero te convertirías en un apestado. Olvida tus aspiraciones políticas o este estilo de vida.

—Estás desesperada.

Esa condescendencia incendia aún más su rabia. ¿Es que le da igual todo el dolor que la está atravesando? Elena se aferra con más fuerza a la bola de cristal.

—Da igual cómo esté. —Clava en él sus ojos enrojecidos, cargados de grappa—. Solo haz lo que te digo.

Él se inclina hacia delante y la mira con un punto de chulería.

—¿De verdad crees que así vas a salvar a Zárate?

Ella nota un calor intenso en las entrañas, un calor que irradia por todo el cuerpo y le nubla la razón.

CAPÍTULO 3

El despacho de Mariajo —el chiringuito, como lo llama— es un lugar incomprensible para cualquiera menos para ella: un revoltijo de cables, aparatos interconectados cuya utilidad solo la hacker conoce, varias pantallas en las que van apareciendo líneas de código sin cesar... No suele estar allí dentro, prefiere sentarse en la zona común con sus compañeros, delante de un ordenador convencional. Cuando entra en el chiringuito, cuando trastea durante horas, es porque está enfrascada en alguna búsqueda imposible o programando algo que un día les será útil.

Buendía se asoma a su puerta y la encuentra con las gafas en la punta de la nariz, como siempre que está concentrada; le recuerda más a una inventora loca, capaz de diseñar con la misma pasión un rascador de espalda automático y un portal interdimensional.

—¿Cuánto tiempo hace que no vas a casa?

—Lo haré cuando entienda por qué nos hackearon la intranet.

—¿Ha pasado algo más?

—Los que entraron en la intranet de la BAC no se llevaron solo los archivos del caso de las madres de alquiler. Hicieron copias de grabaciones de interrogatorios, de archivos codificados, los que estaban más protegidos. Y, lo que es peor, no sé cómo lo han hecho. Es la primera vez en veinte años que se saltan las barreras. Yo pensaba que era el lugar más protegido del mundo, más que el Pentágono...

—¿Un café?

Mientras esperan a que la máquina llene los vasos de cartón, Buendía trata de animar a su compañera, aunque asume que será difícil. No le parece que Mariajo esté tan preocupada por el material que hayan podido robar como por la frustración de saberse superada: todas las defensas que ella levantó en la red de la BAC han sido pulverizadas.

—¿Alguna vez has sentido que has fracasado en la vida?

—Cómo se nota que no tienes hijos —trata de bromear Buendía—. ¿Vas a pedir ayuda a Informática?

—¿Tú también piensas que estoy obsoleta y que no voy a ser capaz de remediar este asunto?

—Nadie piensa eso.

—Yo sí, yo sí lo pienso. A lo mejor debería jubilarme, como tú. Debería dejar que uno de esos chicos con pendientes en la nariz, moñito y tatuajes tribales se ocupara de todo. Llevo días trabajando y no tengo nada: ni de dónde viene el ataque ni cómo pudieron copiar todos nuestros archivos en tan poco tiempo. Entraron y salieron sin dejar una sola huella.

—Tú misma lo has dicho: lo más importante estaba codificado.

—Buendía, entraron en nuestro sistema como quien abre una caja fuerte de juguete. Podrán saltarse la codificación sin problema. Tengo que hablar con Elena.

—¿Sabes dónde está? Anoche me llamó, una llamada rarísima. Pasaba de la medianoche, me asusté por si había ocurrido algo grave.

—¿Y?

—Nada, me preguntó cómo había llegado Manuela a la BAC.

—¿Por qué?

—Eso mismo me gustaría saber a mí. Y Manuela ha pedido unos días de vacaciones, se marchó antes de ayer.

—¿Se los has dado? Se supone que está contigo aprendiendo hasta que te vayas.

—Se los han dado en Personal, la petición no ha pasado por mí.

Mariajo chasquea los labios.

—Nunca me gustó esa chica. Te lo dije. Ahora, de vacaciones... Para estar en la BAC hay que pensar antes en la brigada que en ir unos días a una casa rural.

—Así es como lo hemos hecho nosotros, pero ¿no crees que nos hemos equivocado? Se nos olvidó el detalle de que también hay que vivir.

La llegada de Orduño interrumpe la charla.

—¿Sabéis dónde está Elena?

—Ni idea. ¿No tenía hoy que declarar Reyes ante la Fiscalía por lo de la Sección? Pensaba que la ibas a acompañar.

—Y yo también lo pensaba, pero ayer me dijo que no se me ocurriera aparecer. No sé qué le pasa a esa chica. En realidad, no sé qué le pasa a la BAC. ¿Os acordáis de cuando todos nos llevábamos bien y estábamos deseando meternos de lleno en un caso? Si por mí fuera, pedía el traslado a Tráfico. Imaginaos qué vida, dirigiendo quién pasa por un cruce y poniendo multas a mansalva...

—No servirías para eso...

—Ya te digo si serviría o no.

Mientras Buendía le pone el café a Orduño, Mariajo piensa en las palabras de su compañero, en la conversación interrumpida: no han sabido vivir, todos se han dedicado a la BAC y se han olvidado de que la vida era lo que ocurría fuera de las paredes de las oficinas de la calle Barquillo. Ha pensado muchas veces que sus compañeros son su verdadera familia, pero ¿no es también la única? ¿Realmente los ha elegido? Fuera de estos muros, la soledad los ha ido cercando, como si entrar en esta brigada fuera una garantía de que todo tu universo iba a convertirse en ruinas.

Chesca, Orduño, Buendía… Todos ellos han padecido esta especie de maldición, que se ha hecho más evidente en Zárate —¿qué queda de aquel policía idealista que se integró con ellos en el caso de Miguel Vistas?— o en Elena. Nunca le ha gustado la autocompasión, pero Mariajo cree que no se trata de eso, que solo es una visión objetiva de la realidad. El hackeo de la red ha sido un bofetón a su autoestima, probablemente lo único que le quedaba intacto. La jubilación con la que tanto amenaza Buendía ahora se torna la salida más decorosa. Pero ¿qué pinta Mariajo en una terraza de Benidorm llena de alemanes? ¿Qué vida la espera cuando se apaguen las luces de la BAC?

—Buenos días…

Le cuesta reconocer a Reyes en ese vestido de líneas rectas, gris oscuro; le recuerda a una burguesa catalana. Siempre le ha parecido que tiene estilo; hasta cuando quiere ir extravagante sus combinaciones son atractivas. Lo extraño es encontrarla con este vestuario tan formal, la hace mayor. Quizá ha pensado que era lo más adecuado para presentarse al juicio.

—¿Cómo ha ido la declaración? —le pregunta Orduño, ansioso.

—Bien, todo bien… Voy a ver los registros de llamadas de emergencias de ayer, quizá haya algo interesante.

No da ocasión a que hagan más preguntas y deja a sus tres compañeros allí, con sus cafés, junto a la máquina.

—¿Os parece normal? Viene de declarar ante la Fiscalía y lo único que nos dice es que todo bien…

—Será que ha ido todo bien —quiere calmar Buendía a Orduño.

—Pues a mí me va a contar el interrogatorio de pe a pa.

Sale tras ella. Mariajo sabe que es un error, que debería dejarla sola un rato, pero Orduño es un hombre y no la va a escuchar.

Reyes ha sentido los pasos de Orduño tras ella, por eso ha dejado atrás la oficina para entrar en el baño. No quiere dar explicaciones, le resulta agotador. Debería haberse tomado unos días de baja, pero pensó que eso podría preocupar más a sus compañeros y entonces habría más preguntas, más respuestas que no quiere y no sabe dar. Se mira en el espejo, a esa chica que viste como si tuviera cuarenta años. Piensa que solo le faltan unas gafas de pasta para reproducir a la perfección el tópico.

Hacía tiempo que su identidad no le suponía un problema, pero desde hace días no sabe bien quién es ni por qué hace lo que hace. No se arrepiente de haber abortado, no quería seguir adelante con el embarazo, no porque no supiera si el padre era Orduño o Fabián, sino porque estaba segura de que no era su momento para ser madre. Ese convencimiento, sin embargo, no mitiga la tristeza; nadie desea verse obligada a tomar esa decisión. Puede que sea la resaca de esa tristeza, que cada vez se parece más al desamparo, lo que ahora le hace difícil enfrentarse a su propio reflejo. No está segura de no haber cometido un gran error en el juzgado.

—¿Te han preguntado por la Sección?

Orduño persigue a Reyes por el pasillo, la ha estado esperando en la puerta de los baños.

—Pues claro, Orduño. Si te llaman a declarar en la Fiscalía sobre la Sección, te preguntan por la Sección.

—Los habrás mencionado a todos: a Gregor, a Nombela, a Richi, a Fabián…

Si Orduño fuera más perspicaz, se daría cuenta de la incomodidad de su compañera cuando menciona a Fabián.

—¿Has declarado alguna vez ante la Fiscalía? Lo primero que te recuerdan es que debes mantener la confidencialidad de todo lo que se habla.

—Reyes, que somos compañeros…

—Por eso mismo deberías dejar de preguntar.

—¿Es que no te fías de mí? Joder, sé que fue una mierda infiltrarte en la comisaría de Villaverde, ojalá Cristo no hubiera muerto y estuviera en la cárcel. Las cosas no salieron todo lo bien que nos habría gustado, pero, Reyes: ¿no ves que estoy intentando ayudarte a superarlo?

—Eso es lo que no entiendes: no necesito superar nada.

Reyes se da cuenta de que a Orduño no le hacen falta más palabras, ha sabido leer la frialdad de su gesto, la distancia orgullosa que lleva días mostrándole. Ella está en un lugar que él no puede alcanzar, la ha perdido y él lo entiende como si fuera una epifanía. La voz no le nace como una acusación, sino triste como la derrota.

—¿Has protegido a Fabián?

Le cuesta comprender qué sucede a partir de ese momento, como si un terremoto sacudiera la tierra poniendo en duda todo lo que hasta ese instante Reyes pensaba que era firme. Buendía irrumpe con una tormenta de gritos, ha sucedido algo y deben salir de inmediato. Un homicidio, logra sonsacar Reyes del desorden que son las explicaciones del forense, nunca lo había visto tan fuera de sí. Ella agarra su abrigo, pero topa con Mariajo, que la detiene, ¿por qué no quiere que vaya con ellos? Se da cuenta de que Orduño ya ha salido de las oficinas. Oye sirenas, un estruendo de sirenas, pero ya no es capaz de asegurar si están sonando en la calle Barquillo o luego, cuando ella ha apartado de un empujón a la hacker y ha salido corriendo. «Es su decisión, déjala», recuerda haber oído a Orduño. Eso ha debido de ser después, cuando ya iban montados en el coche. «Es mejor que se quede fuera».

Ha visto a unos pájaros levantar el vuelo de los árboles del Retiro. El terremoto continúa, tiembla el asfalto y tiemblan las paredes del edificio adonde ha ido tantas veces. Oye llantos, nunca había oído llorar a su tía Luisa.

Policías y agentes de la Científica con el mono blanco se cruzan en su camino. Hace tiempo que no escucha lo que le dice Orduño, que avanza a su lado. Le resulta imposible poner en orden el tiempo que ha mediado entre la conversación que tenía con él en las oficinas de la BAC y este instante, cuando atraviesa el umbral del despacho. A través de la cristalera se despliega un cielo diáfano y frío. A su alrededor, un trasiego de sombras, los agentes y sus compañeros de la BAC. Supone que Orduño ya está dando las primeras órdenes de cómo proceder; Mariajo debe de estar intentando ponerse en contacto con Elena Blanco. En el suelo, junto a la mesa de trabajo, está el cadáver de su tío Rentero. Tiene una profunda brecha en la frente de la que ha manado la sangre que empapa la alfombra. A unos centímetros hay una bola de nieve con el cristal roto. Los pequeños copos de ese mundo en miniatura están tiznados de rojo. Reyes quiere llorar como oye llorar a su tía en otra habitación, desesperada, histérica, pero el dolor le quema por dentro y es incapaz de convertirlo en lágrimas.

CAPÍTULO 4

Ha vomitado en una esquina de la calle Dos Hermanas con Embajadores. Una anciana que paseaba a su perro la ha mirado con desprecio, ha pensado que iba a darle una de las bolsas de cacas para que limpiara la acera, pero debe de estar acostumbrada a estampas así y ha continuado su camino. Elena se mueve en una nebulosa extraña, la combinación de noches sin dormir y grappa la tienen desorientada, como si paseara por un país de sueños.

—Nena, cariño, ¿estás bien?

Es de nuevo la anciana, que ahora está a su lado con su pequeño caniche. Lo ha rapado y tiene una nube de pelo en la cabeza y otra en la punta de la cola. Da pena el pobre animal.

—¿Necesitas que llame a una ambulancia?

Elena se da cuenta de que la mujer le señala su mano derecha: está empapada de sangre, al igual que su ropa. Como un relámpago, recuerda el ataque de rabia que vivió en su casa, después de ver la fotografía de Zárate en la televisión.

—No es nada. Es aparatoso, pero… vivo aquí al lado.

No sabe con qué apresto ha podido hablar. Tambaleante, entra en la calle Dos Hermanas. Durante un segundo no sabe qué está haciendo en el barrio del Rastro; le viene a la cabeza el nombre del Capi, el tío de las hermanas Macaya: él debe de estar al mando de los gitanos de la zona. Pero no está en esas calles por él, ahora se acuerda, está allí por Manuela Conte. En su ficha de la brigada ponía que vivía en el número 20. «Es pequeño, sesenta metritos, pero nos apañamos», le dijo un día mientras tomaban un café en las oficinas. ¿Compartía piso con una enfermera, o era con una estudiante de Enfermería? ¿Qué más da?, se dice y llama a varios telefonillos hasta que uno le contesta y, a la respuesta de «cartera», le da acceso a la vivienda. Busca en los buzones el nombre de Manuela y lo encuentra en el segundo izquierda. Sube las escaleras sujetándose de la barandilla. Contiene una náusea, todavía no ha expulsado todo el alcohol que se echó al cuerpo. No se da cuenta, pero está dejando un hilo de sangre en los escalones de madera.

Llama al timbre y piensa que sería cómico que Manuela le abriera la puerta en pijama, que la invitara a pasar y, compartiendo unas tostadas, le contara que Zárate está muerto. Que siempre estuvo muerto. Que lo que le pidió fue por divertimento. Pero nadie responde al timbre. Tiene suerte de no haber perdido la cartera; no tarda ni treinta segundos en abrir la puerta usando una tarjeta de crédito. Puede que no esté tan mal. Puede que la necesidad de venganza actúe como antídoto del alcohol y el cansancio.

«¿De verdad crees que así vas a salvar a Zárate?», le dijo Rentero. ¿Qué sucedió después? ¿Qué ha hecho? ¿Qué más da? No está aquí para salvar a nadie, ni siquiera a ella misma. Está aquí para ajustar cuentas.

La casa es pequeña, pero está limpia y recogida: dos dormitorios, un baño, una cocina en la que hay un jamón sobre la encimera, con su cuchillo preparado junto a él, y un salón en el que destaca una televisión demasiado grande para el escaso tamaño de la estancia. Hay una estantería con libros; casi todos son de enfermería, parece que Manuela no es muy lectora. Las dos habitaciones son de tamaño similar; Elena descubre cuál es la de Manuela por el tablón de corcho en el que hay muchas fotos suyas, las mismas que tendría cualquier joven: en París delante de la Torre Eiffel, en una playa que parece la de La Concha, otras ante castillos de pueblos con pinta de españoles... Le da asco su cara risueña, los hoyuelos que se le hunden cuando sonríe en las fotografías, alegre y llena de vida.

La esperará.

Pero ¿no es absurdo esperar? ¿Por qué iba a regresar Manuela a esta casa? Después de la llamada que le hizo, sería el primer lugar que evitaría.

No está actuando como la policía que es. Registra la habitación sin método alguno, tirando la decoración de la estantería, vaciando los cajones en el suelo... Uno de ellos contiene una colección de lencería y juguetes sexuales, esposas de plástico forradas de peluche rosa, geles, preservativos, consoladores. En realidad, no está buscando nada; es la impotencia, de nuevo, la que la arrastra a destruir el dormitorio de Manuela, como si fuera a ella misma a la que está golpeando.

Le duele la mano cuando se sienta en la cama. Se limpia en las sábanas, pero no deja de sangrar. Rasga una sábana y se envuelve la herida. En el fondo le resulta agradable la sensación de estar perdiendo sangre. La ligera quemazón.

—¿De verdad crees que así vas a salvar a Zárate? —le dijo Rentero.

—¿Cómo lo sabes?

—El Clan no hace prisioneros.

¿Cuánto tiempo ha pasado desde que se fue de la casa de Rentero? No lo sabe. Ha perdido la memoria de qué sucedió desde que el comisario le dijo eso; fue una bofetada que la apartó definitivamente de la realidad. El único cabo al que se había podido aferrar hasta ahora, que Zárate pudiera estar vivo, desapareció sin más. Había sido una imbécil y una ingenua al creer que podría salvarlo. Está sola, completamente sola, y ya no hay nada por lo que seguir adelante. ¿Por qué tendría que comportarse como la Elena que fue? Esa Elena, la que amaba a Zárate, la que pensaba que todavía podía ser feliz a su lado, ya no existe. Solo queda rabia y necesidad de castigar a todos los que le han robado esa oportunidad.

Su mirada errante se detiene un segundo en la cajonera del escritorio que ha volcado. Entre facturas y material de papelería, hay un pequeño disco duro. En la habitación de Manuela no hay ordenador, así que vuelve al salón. Conecta el disco duro al televisor y en la pantalla aparece un árbol de archivos nombrados por fecha. El más antiguo tiene unos dos años. Son vídeos. Elige uno al azar y lo reproduce.

Aparece un plano del dormitorio de Manuela en gran angular, con la cama en el centro. Elena regresa un instante a esa habitación para cerciorarse de lo que supone: en lo alto de un armario, camuflada en una caja que parece de ropa, hay una cámara. No se sorprende al escuchar unos gemidos provenientes de la televisión. Cuando llega al salón, ve en la pantalla a Manuela follando con un hombre. Debe de tener su misma edad, alrededor de treinta años. Detiene el vídeo y elige otro archivo. Es similar: Manuela follando en todo tipo de posturas con diferentes hombres, ninguno se repite, algún trío. También hay mujeres, aunque menos. Pasa las grabaciones al doble de velocidad. Busca el vídeo con la fecha más reciente. Manuela está con otras dos mujeres: una chica de pelo corto con algo de sobrepeso y otra de cuerpo estilizado como un cuchillo, con cada uno de sus músculos perfectamente definidos. Tiene una larga cicatriz en la espalda, debieron de ser más de veinte puntos. Aunque tiene el pelo moreno y afro, sabe que ha visto a esta chica en otros vídeos, posiblemente use peluca.

Oye el ruido de la puerta al cerrarse. Absorta en los vídeos, sus sentidos han dejado de prestar atención y, cuando se gira al pasillo, es demasiado tarde, pero al verla, no puede evitar echarse a reír: es la chica de pelo corto con algo de sobrepeso del vídeo y, también, la compañera de piso de Manuela. Al descubrirla en el salón, con el vídeo del trío reproduciéndose a su espalda, la joven deja caer al suelo las bolsas de la compra que cargaba. Las latas de cerveza y los puerros se desperdigan a sus pies.

—¿Qué…? ¿Quién eres?

La enfermera balbucea, incapaz de decidir en qué fijarse: en la televisión, donde se escucha su respiración excitada entremezclada con las de Manuela y la chica del pelo afro, o en Elena, que es consciente de que su aspecto no infunde confianza, con las botas manchadas de vómito, salpicaduras de sangre en los pantalones y la mano envuelta en un jirón de sábana teñido de rojo. La enfermera se da media vuelta y huye por el pasillo.

—¡Fuera de mi casa! ¡Voy a llamar a la policía!

Elena la persigue a zancadas hasta alcanzarla en la cocina. Sin contemplaciones, la coge de la espalda y, de un empellón, la estampa contra la pared. Varios botes del especiero que hay colgado al lado caen al suelo. No ha necesitado más para que la enfermera comience a llorar.

—No me hagas daño.

—¿Dónde está Manuela?

—Llevo dos o tres días sin verla. No sé más de ella; solo compartimos piso.

—¿En serio?

Elena la coge del cuello y la aprieta contra la pared.

—No sabía que… ese vídeo…, pero fueron solo tres veces.

—Me da igual cuántas veces te follaras a Manuela; tengo que encontrarla. Si no está aquí, ¿adónde ha podido ir? ¿Qué sabes de ella?

—Me estás haciendo daño.

Los dedos de Elena se hunden aún más en el cuello de la enfermera. A la chica empieza a costarle hablar.

—No sé… Manuela es rara… A veces muy simpática, otras se volvía seca, introvertida. Además del trabajo, es policía… No sé, no conozco…

—¡Tenía que relacionarse con alguien más además de con los policías! Esa otra chica, la del pelo afro: sale en más vídeos, ¿era su pareja?

—No lo sé…

¿Hasta dónde es capaz de llegar? No siente suya la mano con la que está asfixiando a la enfermera. Ni siquiera siente que lo que está pasando sea real. Este puede ser el mejor camino para hacer daño a otra persona, esta sensación de distanciamiento. Abre los dedos, la enfermera respira con una bocanada profunda. La huella de la mano permanece, blanquecina, en su piel.

—¿Cómo se llama? La chica del pelo afro. ¿O me vas a decir que tenías sexo con ella sin saber su nombre? Su número de teléfono.

—Kira. No tengo su móvil, pero vive en Claudio Coello, no sé el número, al lado del portal hay una farmacia. Es en el segundo piso… Una vez fuimos a su casa.

—No llames a la policía. No le digas a nadie que he estado aquí. Si lo haces, volveré y sé que no quieres que eso pase.

La enfermera está temblando, las lágrimas surcan sus mejillas y Elena comprende el terror que siente en esos momentos. Una oleada de culpa la invade, como si por fin recuperara del todo la sobriedad. ¿En qué se ha convertido?

Su voz la saca de su ensimismamiento. No entiende bien qué dice, pero sí puede reconocerla. Es la de Zárate. ¿Se ha vuelto loca? «La habitación no está nada mal», oye ahora. Abandona la cocina y, al llegar al salón, puede verlo en la televisión. Está besando a Manuela mientras ella lo desviste. Ya no hay palabras, solo respiraciones entrecortadas. Ella le ha quitado la camiseta, él le baja el vestido y le quita el sujetador. Ella le muerde en el cuello. No siente la punzada de los celos, sino la melancolía de quien repasa los vídeos de alguien que ya no está vivo. Ver a Manuela hincar los dientes en el cuello de Ángel es como ver a una hiena alimentándose de un cadáver.

CAPÍTULO 5

La calle de Menéndez Pelayo está cortada por coches de policía a la altura del domicilio de Rentero y la tranquila vida del barrio del Retiro se ha visto alterada. Algunos vecinos se acercan para tratar de averiguar lo ocurrido, pero el mutismo de los policías es absoluto. Arriba, en el piso, los miembros de la Científica toman muestras. Reyes ha visto cómo unos hombres trajeados se llevaban los fragmentos de la bola de cristal en una bolsa de evidencias. No está segura de quiénes son ni qué pintan allí, puede que sean del Ministerio del Interior. Se ha alejado del despacho, ha dejado que sus compañeros trabajen y se ha refugiado en el rincón favorito de su tío: el mirador que da al parque, en el que tantas veces se ha sentado con él.

El primer recuerdo que le viene a la cabeza es de una tarde cuando ella era una niña y se estaban preparando para bajar a Cibeles a ver la cabalgata de los Reyes Magos. Le gustaba ir con su tío, porque era policía y tenía un lugar guardado en primera fila, al lado del alcalde y de otras personalidades. Desde allí podía ver pasar a los Reyes sin que nadie la molestara, sin que nadie le disputara los caramelos, sin que nadie se le metiera por delante y le impidiera ver a Baltasar, su Rey Mago preferido. Aquel día, él se puso muy serio y le advirtió de que lo que le iba a decir era un secreto entre los dos, que no se lo debía contar a nadie. Ella asintió y los dos chocaron sus dedos pulgares, su contraseña para demostrar que tío y sobrina estaban al margen del resto de la familia.

—¿Te han dicho algo en el colegio de los Reyes Magos?

—Una niña de mi clase dice que no existen, que los regalos los ponen los padres.

—¿La crees?

—No sé…

—No le hagas ni caso. Habrá muchos compañeros que te quieran mentir, pero es solo porque ellos no creen en las cosas bonitas. Tú sigue creyendo y verás como te traen los mejores regalos. ¿Qué has pedido?

—Una bicicleta.

—Pues creo que te van a dejar una de carreras.

Al día siguiente, en casa de su tío, había una bicicleta de carreras pequeña. Envuelta en papel de regalo y con un lazo. Reyes pensó que esa niña de su clase tenía razón, pero solo en parte: los Reyes Magos no existían, lo que pasaba es que no eran los padres, era su tío, a lo mejor ayudado por su tía Luisa.

Ya no es tan inocente como entonces. A Rentero lo había bajado del pedestal cuando se infiltró en la comisaría de Villaverde, entre los policías de la Sección, y supo que estaba implicado en algunos asuntos algo turbios. No está segura, pero es posible que el intachable comisario Rentero no fuera ajeno a aquello de lo que le hablaron entonces: el Clan.

Pese a todo era su tío, ese hombre un poco cascarrabias cuando estaba con los demás y bonachón y divertido cuando se quedaban a solas. Ahora piensa que tendría que haber venido a verlo, chocar con él los pulgares y preguntarle: tío, ¿tienes algo que ver con el Clan? Él no habría sido capaz de mentirle. También tendría que haberle dicho alguna vez cuánto lo quería, pero en su familia nunca han sido capaces de decirse esas cosas.

—Acabo de hablar con tu tía. —Orduño se acerca y la abraza. Reyes lo acepta, necesita ese refugio—. Fue ella quien lo encontró. Salió temprano, a las siete, para hacerse una analítica en el centro de salud. Luego fue a desayunar al VIPS de O'Donnell con unas amigas y a eso de las once, cuando volvió…

—¿Cómo está?

—Te lo puedes imaginar.

—Dame… cinco minutos y ahora voy. No quiero derrumbarme nada más verla.

—Tranquila. Hay un psicólogo con ella. A lo mejor deberías llevártela a tu casa. Esto va a estar lleno de policía hasta que se aclare lo que ha pasado. Gálvez está de camino, y ya hay unos funcionarios del Ministerio. Necesitan tener una historia para contársela a los medios.

—Como si pudiéramos ir tan rápido…

—A lo mejor sí. Tu tío tenía un sistema de cámaras de seguridad en la casa. Puede que estuviera obsesionado o… ya sabes que a estos niveles mucha gente graba cada paso que da, por si acaso. Tu tía nos ha dado acceso al ordenador donde están las grabaciones.

—¿Habéis localizado a Elena?

—Todavía no, pero no podemos seguir esperándola.

Una voz de mujer, que parece estar reorganizando el trabajo de la Científica y también expulsando a alguno de esos trajeados que habían invadido la casa, precede a su irrupción en el mirador donde están Reyes y Orduño. Tiene unos cuarenta y cinco años, aunque el traje de chaqueta algo pasado de moda que lleva haga que aparente más. El pelo recogido con horquillas en un moño le estira la piel y el maquillaje, demasiado colorido, no realza sus facciones. Podría ser una mujer guapa, pero a Reyes le recuerda más bien una profesora de catequesis.

—Sois de la BAC, ¿no?

—Sí, ¿quién es usted?

—La inspectora Miriam Vaquero. Desde hoy estoy al frente de la BAC, soy vuestra nueva jefa. —No les deja tiempo a responder; el desconcierto de sus caras basta para que Miriam esboce una sonrisa que entierra de inmediato, consciente de que no es oportuna—. Ayer me llamó Rentero para comunicármelo y… se ha recibido el nombramiento en el Ministerio esta misma mañana, cuando… bueno… ¿Tú eres Reyes Rentero? Te acompaño en el sentimiento. No tienes por qué quedarte aquí. Entiendo que necesites estar con la familia…

—Quiero estar aquí y también querría saber qué ha pasado con la inspectora Elena Blanco.

—No creo que la situación de la inspectora Blanco sea lo más importante ahora, Reyes. A mí personalmente no me afecta, desde luego. Lo último que quiero es resultar ofensiva, pero todos sabemos que estos primeros momentos son los que más cuentan en una investigación. Quien haya matado a Rentero nos lleva unas horas de ventaja. Si os preocupa la inspectora Blanco o si, no sé, os sentís incapacitados para trabajar, preferiría que os marcharais.

Mariajo se acerca a ellos. Ha debido de conocer a la nueva jefa de la BAC antes que ellos, porque solo les dice que ya han conseguido entrar en las grabaciones del circuito de seguridad. Reyes y Orduño siguen a Miriam. Atraviesan el largo pasillo del piso hasta un cuarto de lavandería; allí es donde tenían instalados los discos duros, ocultos tras la trasera de un armario. Mariajo ha conectado un portátil a ellos. Buendía cede espacio al resto de los miembros de la BAC para que puedan ver las imágenes mientras Mariajo les explica que la empresa de seguridad también hace una copia de las grabaciones en la nube. No almacenan más de setenta y dos horas, pero el usuario, en este caso Rentero, podía pedir que algunas se conservaran.

—El encargado de la compañía con el que he hablado me ha dicho que Rentero nunca hizo esa petición.

—Buendía, ¿cuál es la hora estimada de la muerte?

El forense tarda un segundo más de lo normal en contestar; le incomoda recibir órdenes de esta extraña, porque así consideran a Miriam. Mariajo no ha dejado de preguntarse por qué Rentero había decidido reemplazar a Elena, pero, como ella sigue sin dar respuesta a sus llamadas de teléfono, la duda ha quedado en el aire.

—Entre las siete y media y las nueve. Quien fuera llegó a la casa justo después de que Luisa se marchara.

—¿Puedes poner esa hora de la grabación? En la cámara del despacho.

Mariajo obedece mientras recuerda a todos que la imagen no tiene sonido. Reyes siente un escalofrío cuando en la pantalla del ordenador aparece un plano del despacho vacío y aprieta un puño porque teme lo que va a ver y es consciente de que ha de estar preparada. Miriam ha echado un leve vistazo atrás, solo para comprobar que ella estaba bien. Orduño también la está vigilando cuando Rentero, en pijama y batín, con una taza de café en la mano, entra en el plano de la grabación. Al llegar al despacho, coge un termo y llena una segunda taza.

—Esto no tiene sentido…

El murmullo de Mariajo es lo que todos piensan, todos menos Miriam, que le ordena callar con un «chis» sonoro. Después de Rentero, es Elena quien entra en el despacho. Lo hace algo tambaleante y su aspecto es deplorable. Tiene que apoyarse en la mesa de Rentero para no caer al suelo.

—¿Está borracha?

La propia Miriam ha contravenido su orden de silencio. Los miembros de la BAC tratan de dar sentido a lo que están viendo. ¿Por qué fue Elena a ver a Rentero tan temprano? ¿Por qué en ese estado? ¿Por qué lleva todo el día sin responder a sus llamadas? No pueden escuchar la conversación, pero por sus gestos entienden que se ha vuelto tensa. De repente, ella ha perdido el control y ha arramblado con todo lo que había sobre la mesa. Una lámpara ha quedado colgando de un cable. Aun así, la actitud del comisario no ha cambiado. Impasible, sorbe de su taza de café y Reyes repara en la frase de aquella serie que tantas veces le dijo su tío que viera. Elena vuelve a apoyarse en la mesa, ¿cuánto habría bebido? La conocen bien y saben que no es fácil tumbarla a base de alcohol.

—Joder...

Buendía lo ha dicho sin apenas ser consciente al ver que la inspectora cogía la bola de cristal que el otro usaba de pisapapeles. Hay un intercambio de frases, Rentero sigue inmutable, pero es evidente que Elena grita, incluso llora, entonces se lanza contra él y estrella la bola en su frente. Un ataque rápido, inesperado, él no se defiende, simplemente cae al suelo junto a la mesa. El punto de vista de la cámara no les permite ver su cuerpo, solo a Elena, que se arrodilla para propinarle dos golpes más. Luego se levanta y deja caer al suelo la bola de cristal hecha añicos. La sangre se va extendiendo y ella retrocede un paso para que no la manche. Un segundo más tarde sale del despacho, dejando allí el cuerpo sin vida de Rentero.

CAPÍTULO 6

Solo hay una farmacia en la calle de Claudio Coello y Elena está segura de que la enfermera —no se le ha ocurrido preguntarle su nombre— no se ha atrevido a mentirle ni a decirle nada que la pueda llevar a equivocarse de casa, así que va al portal que hay al lado. En el segundo piso, según el telefonillo, hay dos puertas. Aprovecha que un mensajero sale del edificio para entrar ella.

Su móvil no ha dejado de sonar mientras subía. No va a coger ninguna llamada, ahora no, menos aún de Mariajo. Lo que está haciendo tiene que hacerlo sola. Se siente algo mejor, más fuerte. Cree que ha espantado la niebla que la ha envuelto desde que volvió de Almería. En el descansillo observa las dos puertas, se decide por una de ellas, pulsa el timbre y espera. Esconde la mano envuelta en el trozo de sábana en un bolsillo, intenta adecentar un poco su aspecto, no quiere asustar a nadie.

Ha tenido suerte, sale a abrir la chica de la peluca. En lugar del pelo afro que luce en los vídeos, lleva la cabeza rapada. Está sudando y va vestida con un pantalón corto y una camiseta, descalza. Debía de estar entrenando cuando ha llegado Elena.

—Hola, perdona que te moleste. Eres Kira, ¿verdad? Manuela me ha hablado de ti. Ya sé que esto es raro, pero es que estoy preocupada por ella: lleva unos días desaparecida y no sabía adónde ir hasta que... bueno, me he acordado de ti. Me dijo que vivías aquí.

La chica le sonríe, amable, y la invita a entrar con un gesto.

—Me muero de curiosidad por saber qué dice Manuela de mí. ¿Tú cómo te llamas?

—Elena. La verdad, solo decía cosas buenas de ti.

Kira se limpia el sudor de la cara con la camiseta y, al hacerlo, deja a la vista un vientre de piedra, con los abdominales marcados.

—¿Elena Blanco? Su jefa, ¿verdad? Ya tenemos algo en común. Manuela también me ha hablado mucho de ti. Estaba entrenando, ¿te apetece beber algo? Iba a prepararme una bebida energética. Hay que recuperar las sales…

Elena se siente insegura; normalmente domina la situación, pero no sabe quién es esta Kira. La sigue por un pasillo. Tiene la espalda ancha y en el cráneo, tatuadas, unas alas de águila.

—Seguro que te estás preocupando por nada. Manuela es así: a veces, se esfuma sin avisar. Pero, pasados unos días, vuelve.

Atraviesan el salón. Aquello parece más un gimnasio que el salón de una casa. En medio hay un banco de pesas y varias mancuernas de gran tamaño. Una tele pequeña y poco más, por un momento tiene la sensación de que allí no vive nadie de forma permanente.

—¿Sabes qué, Elena? Me resulta raro que Manuela te hablara de mí. Nunca lo hace, yo creo que se avergüenza de lo que tenemos.

Mientras hablan, Kira va metiendo en el vaso de la batidora algunos ingredientes: agua, sal, el zumo de dos naranjas que exprime apretándolas con la mano, un pedazo de jengibre, una cucharada de miel y un plátano. Cuando la pone a funcionar, hace tanto ruido que las dos deben callarse por unos segundos.

—No te voy a engañar. Te he visto en unos vídeos…

Kira da un trago al batido y se limpia las comisuras de los labios con una sonrisa.

—¿A ti también te graba?

—No, a mí… ¿Sabías que tiene vídeos de todo lo que pasaba en su dormitorio? Tenía la cámara escondida.

—Me daba igual. —Kira deja el vaso en la encimera y se acerca a ella—. ¿A ti sí? Eres mayor, pero seguro que desnuda no estás mal. ¿Cómo es ese refrán? Gallina vieja hace buen caldo.

Elena se aparta, incómoda. No quiere ahuyentar a Kira, solo sacarle algo que le permita ubicar a Manuela. La mujer no esconde un gesto de decepción.

—A ver si me entero: has visto vídeos míos follando con Manuela y te han gustado tanto que has averiguado quién soy y dónde vivo. Pero ahora te has echado atrás, ¿es eso?

—Te he dicho que estoy preocupada por ella. Hace días que no sé dónde está.

—¿Y qué te lleva a pensar que yo lo sé? ¿Me ves cara de ser una pareja posesiva? Puede hacer con su vida lo que le dé la gana.

—Escúchame, Kira: puede que Manuela esté en peligro. Si sabes dónde está o, no sé, si conoces a alguien que tuviera una relación más estrecha con ella, tienes que decírmelo.

Kira la mira de arriba abajo con una sonrisa juguetona. Da unos pasos hasta ella, como si le divirtiera retomar las insinuaciones.

—Elena, cariño…

Kira le da un puñetazo en la boca del estómago. Elena se encoge, le ha cortado la respiración, no tiene tiempo de reaccionar mientras la chica abre un cajón de la cocina y saca una pistola. Un rodillazo en la barbilla hace que Elena caiga al suelo. Siente el sabor de la sangre en la boca; se ha mordido la lengua. Kira se arrodilla a su lado y apoya el cañón de la pistola en su sien.

—Haz lo que te ha dicho Manuela: presenta la dimisión y cierra la BAC.

—Ya he presentado mi dimisión, pero cerrar la BAC no depende de mí.

—Tendrás que encontrar la manera de conseguirlo.

—¡¿Para qué?! ¡¡¿Qué voy a conseguir cerrando la BAC?!!

Elena se revuelve en el suelo; sabe que tiene todas las de perder, Kira está armada y ella no, podría reventarle la cabeza de un disparo, pero no le importa.

—¿Te da igual lo que le pase a Zárate?

—¡Sé que está muerto!

Kira se incorpora, da unos pasos atrás sin dejar de controlar qué hace Elena, que se arrastra por el suelo, dolida por los golpes, destrozada por la desesperación.

—¿Quién te ha dicho eso? Zárate está vivo. De momento. Y si no haces lo que te hemos dicho, será como si tú apretaras el gatillo.

—Demuéstramelo. Coge un teléfono. Llámalo y déjame escucharlo.

—Eso no puedo hacerlo.

Elena se ríe. Es la descarga de una persona al borde de la locura: juegan con la vida de Zárate, con su fortaleza, ¿para qué?, ¿para cerrar la BAC? ¿Realmente les importa tanto?

—¿Por qué no me pegas un tiro de una vez? ¿O es que no te dejan? Manuela o quien sea no te ha dado permiso para apretar el gatillo, ¿verdad?

—Eres una chica lista.

Kira le propina una patada en la cara. Elena se desploma de nuevo, ahora que empezaba a levantarse. La niebla de la que había escapado vuelve a rodearla, espesa y negra. La chica la coge del pelo y le murmura al oído:

—No puedo matarte, pero nadie me ha dicho que no te haga daño.

—Déjame en paz.

—Cuando cumplas tu parte del trato. ¿Quieres una prueba de Zárate? La tendrás: esta tarde, a las ocho, en la plaza de Olavide.

Dicho esto, tira del pelo de Elena hacia arriba solo para coger impulso y estrellar su frente contra el parquet.

CAPÍTULO 7

Hay una caja de cartón con los objetos personales de Elena en la puerta del despacho que ahora ocupa Miriam. No son muchos, ella no solía rodearse de demasiadas cosas, por privacidad o porque no tenía un mundo fuera de las oficinas de Barquillo. Asoma el cuello de una botella, algo de ropa que tal vez guardaba en el despacho para cambiarse una de esas veces en las que hacía noche en la BAC, pero Reyes tiene la mirada clavada en un dibujo, en realidad unas rayas amarillas pintarrajeadas. Sabe que lo hizo Mihaela, la Nena, y piensa que, por una vez, esa niña tuvo suerte. No acabó adoptada por Elena, sino que regresó a Rumanía con su padre biológico.

La actitud de sus compañeros le provoca la misma repulsión que esos objetos personales. Los ha oído murmurar entre ellos, como si quisieran evitar hacerla partícipe de su angustia. «No, Elena no es así», ha dicho Mariajo, y Buendía, primero, y después Orduño, han bisbiseado palabras de consuelo, como si la hacker fuera la persona más afectada por la desgracia. ¿Qué pasa con ella, que ha perdido a su tío, brutalmente asesinado? La principal teoría, la que ha esbozado Miriam Vaquero en el lugar del crimen, es que la discusión del vídeo se inició a raíz de la decisión de que ella ocupara su puesto en la BAC. ¿Para qué sirve entender las razones del asesino? Para cazarlo, no para perdonarlo, que es lo que está intentando Mariajo con esos lamentos teñidos de incredulidad. «¿Cuándo ha sido Elena tan violenta?».

Le da asco el embrujo en el que vive. No le basta con las imágenes del circuito de seguridad. No se ha detenido ni un instante para repasar las primeras conclusiones de la Científica: su tío no murió en el acto, sino que los golpes le causaron un traumatismo cerebral y una pérdida de sangre que, si se hubiera atendido, no habría supuesto la muerte. El hechizo de Elena es tan grande, o la ceguera de Mariajo tan invalidante, que no es capaz de admitir su crueldad.

Y los objetos de esa caja. Esos putos objetos le generan arcadas: su ropa, el dibujo, la botella..., porque le recuerdan cuánto admiraba a Elena, cómo la había convertido en un modelo. Piensa que lo que está revolviéndole el estómago se tiene que parecer mucho a lo que siente un niño que adora a su padre y un día descubre que es un violador.

Miriam sale de su despacho con unos papeles, busca a Mariajo y le pide explicaciones por el asalto que sufrió la intranet de la BAC. La hacker le responde cortante, como si no fuera oportuno sacar ese tema.

—Si no te sientes capacitada para entender qué ha pasado, puedo pedir la colaboración de la Brigada Central de Investigación Tecnológica.

—Yo diseñé la seguridad de esta red, no hay nadie más capacitado para descubrir cómo se la saltaron.

—¿Aunque descubras que detrás de ese asalto estuvo Elena? Sé que era vuestra amiga, además de vuestra jefa. Quizá no sea apropiado que estéis en esta investigación.

—Elena no tiene ni puta idea de informática. La idea de que ella hackeara la red es ridícula.

Reyes se traga la bilis. Le gustaría gritarle a Mariajo que ya basta de proteger a Elena como si fuera la víctima. Su tío está muerto, ¿es que no se da cuenta de que eso es lo único importante? Miriam Vaquero ha preferido eludir la discusión; busca una silla para sentarse frente a los agentes de la BAC y, con calma, les hace ver que ahora mismo son el centro de todas las miradas. Rentero era el

DAO de la Policía. Los informativos abrirán con la noticia de su homicidio. Tanto el director general Gálvez como el ministro del Interior exigen resultados inmediatos. Y están en condiciones de dárselos: solo tienen que detener a Elena Blanco.

—Orduño, ¿tenemos ya la orden de busca y captura?

—Está enviada al juzgado, supongo que llegará en unos minutos.

—Llama y mete prisa. Necesitamos la orden y el permiso para rastrear su móvil.

—El juzgado a veces tarda…

Miriam no oculta un gesto de hartazgo, no quiere enfrentarse a su equipo en el primer día de trabajo, pero Reyes ya no puede contenerse más y se pone en pie con un estallido.

—¡No, Orduño, no tarda! Se retrasa si nosotros queremos que se retrase. ¿Os creéis que soy imbécil? Estás dándole tiempo a Elena. Para que desaparezca o qué coño sé yo. ¡Te da igual que haya asesinado a mi tío! La seguís protegiendo como borregos. No os importa una mierda verla cometer un asesinato en el vídeo.

—Ya está, Reyes, tranquila —media Miriam Vaquero.

—Serían capaces de negarlo hasta si la sangre les salpicase a la cara. Quiero verla en la cárcel. Es una asesina.

—Nadie lo está negando —se defiende Orduño.

—La vamos a detener, te lo prometo.

La seguridad de la nueva jefa consigue calmar a Reyes. De pronto son dos aliadas, están unidas por una causa común a la que no consiguen sumarse los otros, ni Orduño, ni Buendía ni Mariajo, que permanecen en silencio, hundidos en sus cavilaciones o extraviados en el desconcierto, como náufragos a la deriva.

CAPÍTULO 8

Elena conoce de sobra la plaza de Olavide, considera este su barrio de la infancia, el de Chamberí, aunque la plaza está un poco alejada de la que fue la casa de sus padres, en la calle Zurbano. Es un lugar donde suele congregarse mucha gente, pero la plaza está desierta en este frío inicio de noche de diciembre. Ya no quedan niños en los columpios y las pocas personas que restan en las terrazas se arraciman alrededor de los calefactores.

Entra por Raimundo Lulio, una de las ocho calles que dan acceso a la plaza. Prefiere mantenerse fuera del centro, pegada a los portales. Aunque en Madrid ya nadie llame la atención, sabe que su aspecto es terrible: está sucia, la sangre seca de su ropa se ha convertido en manchurrones negros y lleva la cara amoratada por los golpes de Kira. Puede que a alguien le dé un ataque de civismo y quiera dar aviso a la policía local.

Pasan un par de minutos de las ocho y el vacío está devorándola por dentro. La confusión de este día eterno, desde que regresó de Almería, ha ido cediendo espacio a la nada, un abismo al que ha estado intentando sustraerse, pero que ya considera inevitable: ¿cómo ha podido ser tan ingenua como para creer en Kira? Después de prometerle una prueba de vida de Zárate, la arrastró fuera de su casa. Estaba en un estado parecido al duermevela, cuando eres incapaz de trazar la frontera entre la realidad y el sueño. El cansancio, la resaca y el dolor habían rebajado sus niveles de percepción al mínimo. Volvió en sí con el estruendo de los coches que circulaban por la Castellana. Kira la había abandonado tras la valla de un edificio en obras. Pensó en regresar al piso de Claudio Coello, pero se dio cuenta de que no tenía sentido: Kira no estaría allí. Se dejó arrastrar por el trasiego de la ciudad mientras trataba de poner algo de orden en su cabeza. Estuvo tentada de ir a las oficinas de Barquillo y contarles a sus compañeros todo lo que había pasado, pero ¿era capaz de hacerlo? ¿Realmente podía juntar todas las piezas de este último día? Hizo una llamada a su madre, aunque colgó antes de que le respondiera. ¿Qué iba a decirle? No entendía por qué había tenido ese impulso, el de hablar con su madre, como si necesitara despedirse de ella. «Estoy en el hotel Intercontinental. Ven a verme, cariño», le puso su madre en un mensaje. Le extrañó que añadiera ese apelativo: «cariño». No era habitual en ella.

Está a punto de marcharse de Olavide cuando la ve: acaba de sentarse en la terraza de La Matritense. Se sorprende porque no la recorre una oleada de odio, sino de alivio. Si Manuela está allí, es porque van a darle lo prometido, porque Zárate está vivo. Hará lo que sea necesario para que la BAC desaparezca. ¿Es eso lo que quieren? Buscará a algún periodista y mañana las portadas llevarán a cuatro columnas la historia de una brigada que ha operado fuera de la ley, cuyos agentes han sido capaces de asesinar con el consentimiento de sus superiores. Durante un instante piensa que, para el Clan, Zárate, la BAC, ella misma no son más que peones de una batalla mucho más grande, porque si hace pública esa confesión, habrá muchos perjudicados en las altas esferas políticas. Pero le da igual. Su lucha ahora no es esa. Su lucha es Zárate.

Atraviesa decidida la plaza hacia La Matritense cuando suena su móvil. Manuela la ha visto y le sonríe. En la pantalla hay un número extraño, tiene demasiados dígitos. No sabe si será otro juego de Kira, por eso descuelga, pero al otro lado le sorprende la voz de Mariajo.

—¿Elena? No sé qué ha pasado. No me lo digas, creo que prefiero no saberlo, pero han geolocalizado tu móvil. Saben que estás en Olavide y van a por ti.

—¿A por mí? ¿Por qué?

—Tienen las imágenes del asesinato de Rentero…

Elena es incapaz de reaccionar. Se ha quedado clavada en mitad de la plaza.

—¡Sal de ahí, Elena!

Mira al cielo: el ruido de las aspas batiendo anticipa la aparición del helicóptero sobre la plaza. Dos coches de policía con las sirenas aullando frenan en seco al llegar por la calle Trafalgar. En la mesa de La Matritense, Manuela está hablando con el camarero, probablemente pidiéndole la consumición.

Rentero. Los recuerdos de cuando estuvo en su despacho continúan hundidos en las sombras: «¿De verdad crees que así vas a salvar a Zárate?», «El Clan no hace prisioneros». Ella aferrada al pisapapeles, la bola de cristal con un mundo en miniatura dentro. La rabia y la desesperación tomando el control.

—¡Alto!

Ha perdido unos segundos, pero el impulso de supervivencia la despierta antes de que los policías puedan darle alcance. Echa a correr, si disparan es un blanco fácil, pero tiene confianza en que no lo van a hacer, ningún policía quiere disparar sobre otro. Se mete por Gonzalo de Córdoba, pero dobla de inmediato por Cardenal Cisneros y otra vez por Olid. Allí hay una obra, contaba con ello, la vio antes de llegar. Aparta la valla y entra, sale por el otro lado, a la calle de Palafox. Tiene la suerte de ver un taxi parado y se sube.

—A la calle Serrano, por favor.

Los policías han debido de perderla en Olid, no la han visto subirse al taxi y este arranca sin problema y se pone en marcha, alejándola del peligro.

Rentero ha sido asesinado. Eso le ha dicho Mariajo y, tan pronto la idea aparece, siente una arcada. Cerca de la plaza de Chamberí, manda parar al taxi.

—Perdone, me he arrepentido, déjeme aquí. Tenga, quédese con el cambio.

Le da un billete de diez euros, suficiente para que el taxista no proteste, pero no tanto como para que vaya a recordarla.

Regresa a paso rápido hacia la plaza de Olavide. No sabe si la presencia policial ha podido ahuyentar a Manuela, aunque espera que no. Si ella desaparece, no sabe si habrá una segunda oportunidad para asegurarse de que Zárate está vivo, para convencerse de que todo lo que está haciendo merece la pena. Pero ¿qué está haciendo? Ni siquiera es capaz de reconstruir sus actos antes de llegar a la calle Dos Hermanas. ¿Cuándo y cómo salió del despacho de Rentero? El fuego del odio es lo último que recuerda de su paso por la casa del comisario. ¿O es lo último que quiere recordar?

Cuando entra en la plaza, comprueba que no hay rastro de los policías ni del helicóptero que antes la sobrevolaba. Sin embargo, en la terraza de La Matritense ya no está Manuela. Mira a través de las cristaleras, pero tampoco la encuentra dentro. Hay un televisor colgado en la pared y, aunque no puede escucharlo, sí ve que están reproduciendo imágenes de archivo de Rentero. Conferencias de prensa, actos de la policía. Saca el móvil para buscar más información, pero recuerda lo que le dijo Mariajo: la habían geolocalizado, así que lo tira a una papelera y vuelve a salir de la plaza.

Se arrebuja en el abrigo; tiene frío y seguir caminando le supone un enorme esfuerzo, porque, aunque intenta centrarse en cuál debería ser su siguiente paso, cómo hacer para restablecer el contacto con Manuela o con Kira para conseguir esa prueba de vida de Zárate y la promesa de su libertad, algo dentro de ella tira hacia abajo como una pesada ancla. El despacho de Rentero, el horror de descubrir que estaba al tanto de la situación de Zárate, de que era presa del Clan y que, imperturbable, le decía que ya no se podía hacer nada por él. Que a esas horas ya debía de estar muerto. Toda su impotencia concentrada en la mano que apretaba la bola de cristal y, sí, ¿por qué se resiste a aceptarlo? El impulso de reventarle la cara a Rentero. La necesidad de hacerle daño, de destruirlo como quien hace trizas un objeto, solo para tratar de aplacar toda la frustración que lleva dentro.

CAPÍTULO 9

Elena coge el pisapapeles de la mesa del despacho, se lanza sobre Rentero y lo estalla contra su sien. La bola de cristal se rompe, los copos de nieve que guardaba vuelan en el aire, al tiempo que a Rentero le fallan las piernas y se hunde sobre sí mismo, inconsciente. Elena se arrodilla a su lado y le propina dos golpes más que la cámara no puede registrar, la mesa tapa el cuerpo. Después se levanta. Tarda unos segundos en soltar el trozo del pisapapeles que conserva en la mano, que está manchada de sangre. También hay sangre a sus pies, porque la hemorragia de Rentero le hace perder mucha. Entonces, Elena abandona el despacho con paso firme, más serena de lo que estaba cuando entró.

Mariajo no recuerda un momento peor en todos los años que lleva en la policía. La muerte de Chesca la dejó fuera de combate, como a todos en la brigada, pero ver a su mejor amiga convertida en una asesina, eso le resulta insoportable. No sabe cuántas veces ha repasado esta secuencia. La ha reproducido en bucle, segundo a segundo, frame a frame. No sabe qué busca, solo que cuando lo vea sabrá qué es. Eso se repite; tiene que haber alguna prueba de que lo que está viendo no es real. Amplía cada uno de los fotogramas buscando cortes, reflejos en un cristal, sombras, lo que sea, y a cada hora que pasa le cuesta más apartar la idea de que esta labor es absurda. Que lo que hay en la grabación es lo que sucedió. Elena asesinó a Rentero.

Amanece cuando Miriam Vaquero los cita en la sala común. Han estado repitiendo estas reuniones cada dos horas a lo largo de la noche para compartir los avances.

Sin embargo, desde que Elena huyó de la plaza de Olavide no han vuelto a saber de ella. Buendía reparte un informe de apenas dos páginas: son los resultados preliminares de la autopsia de Rentero.

—Estaba en buen estado físico, no consumía drogas. Uno de los golpes que recibió le causó una fractura en el hueso parietal izquierdo con hundimiento y, a consecuencia de esto, una hemorragia intracraneal que en última instancia es la causante de su muerte. Los agentes de la Científica han recogido huellas y muestras de pelo: ambas pertenecen a la inspectora Blanco.

Mariajo sabe por qué Buendía la ha llamado por su apellido; es un intento de distanciarse, de dejar de pensar en ella como alguien querido y empezar a hacerlo como la culpable. Un cambio de perspectiva que la hacker se resiste a adoptar, por muchos vídeos y pruebas físicas que aparezcan, y cuando mira a Orduño y a Buendía percibe que ellos sí han culminado la transición, que ya están en pleno duelo por la amiga descarriada. Otra cosa es Reyes, a la que domina el odio, aunque no puede culparla: por encima de los lazos que la unían a Elena está el dolor por la muerte de su tío.

—¿Quién la llamó cuando estaba en la plaza de Olavide? En el registro de su teléfono está esa llamada, justo cuando los agentes estaban entrando para detenerla.

—La llamada se realizó a través de una VoIP —interviene Mariajo—. Es decir, a través de internet; es imposible rastrear el origen, porque la IP está enmascarada detrás de varios espejos. Es como si se la hubieran hecho desde la Deep Web.

Se crea un silencio en la sala y la hacker espera que su explicación sea suficiente para que dejen de indagar en esa línea. No está segura de haber convencido a Miriam Vaquero. La nueva inspectora a cargo de la BAC ha puesto en duda su capacidad desde el primer momento y quizá pida a la Brigada Tecnológica una segunda opinión. La observa intentando adivinar sus intenciones, pero su gesto austero le resulta un muro. A pesar de la noche en vela que han pasado en las oficinas, está tan bien peinada y vestida como cuando la conocieron en la casa de Rentero. Hay algo beatífico en su actitud: un sosiego, una seguridad que la sitúa por encima de ellos. Y eso le da miedo: es como una jugadora de póquer con las cartas marcadas, que sabe que ganará la partida.

—Quien la llamó en la plaza la avisó de que íbamos a por ella.

—Estás suponiendo algo sin pruebas.

—Orduño, piénsalo: hasta ese momento no se había hecho público que sospechábamos de Elena Blanco. ¿Qué motivo puede haber para que salga corriendo al ver a la policía? ¿Por qué abandonó el móvil justo a continuación? —Miriam no pierde la compostura, habla como una maestra al alumno que ha dicho una estupidez y a quien, a pesar de todo, no quiere ridiculizar—. Por culpa de esa llamada hemos perdido la ventaja que teníamos. Pero ¿quién se la hizo? O, mejor, ¿y si nos preguntamos quién la está ayudando? ¿Quién sería capaz de prestarle ese apoyo de manera incondicional?

—Ángel Zárate.

La respuesta de Reyes cae como una traición entre los miembros de la BAC. Ella percibe la acusación en sus miradas, pero no se amilana.

—Estaban juntos, bueno, no sé si realmente eran pareja, pero es evidente que había algo entre ellos. Algo muy fuerte.

—Reyes, ¿no te das cuenta de que estás hablando sin tener ni puta idea? No sabes qué podía haber entre Elena y Zárate. A ti nunca te lo contó.

—A ti seguro que sí, Mariajo. ¿Por qué no lo compartes con todos?

Mariajo controla la tentación de elevar el tono de la discusión. Buendía tercia, no quiere que la tensión acabe por quebrar la confianza del grupo.

—De cualquier forma, hace tiempo que no sabemos nada de Zárate. Como no lo sabía Elena.

Miriam rebusca en unos papeles que ha traído a la reunión, hasta que da con lo que buscaba.

—Según he leído, desapareció después de la muerte del juez Beltrán en la finca de Las Suertes Viejas. No se ha presentado para dar explicaciones de lo que sucedió allí.

—La investigación de la Científica dictaminó que fue Violeta Alamillo quien mató al juez. Le hizo lo mismo que había hecho con otras de sus víctimas: le abrió el estómago y…

Un bufido de Reyes obliga a Orduño a detenerse.

—Es curioso cómo a veces los resultados de la Científica son incuestionables y, otras, no son suficientes. Si estás tan seguro de lo de Zárate, ¿por qué no te crees que Elena matara a mi tío?

—Intenta pensar con objetividad, Reyes —tercia Mariajo—. ¿De verdad crees que Elena es capaz de hacer algo así?

—Se te ha olvidado qué somos. Policías. No tenemos nada que ver con la fe, sino con las pruebas. ¡¿Quieres dejar de perder el tiempo en buscar una razón para que Elena sea inocente?!

—Tranquila, Reyes. —Con un leve gesto, Miriam le pide que se vuelva a sentar. El estallido de rabia la ha levantado de la silla. Sin perder el control, se dirige a los demás—: Yo no conozco a Elena como vosotros, es verdad, pero precisamente eso me permite tener una visión que no está contaminada por la experiencia personal. A la hora de trazar un perfil de la inspectora Blanco, no es difícil ver que sí es capaz de cruzar algunos límites. Tiene una vida personal complicada, he leído todo el caso relativo a la desaparición de su hijo Lucas, estoy al tanto de sus problemas con el alcohol y de su comportamiento, que, muchas veces, ha sido errático. Hay zonas oscuras, creo que eso no lo podéis negar ninguno. En este último caso —dice enarbolando unos papeles—, el de las madres de alquiler, es casi imposible justificar la muerte de Violeta Alamillo.

—Lo hizo en defensa propia: la mexicana era una mujer peligrosa, responsable de muchas muertes —alega Buendía.

—Aquí no dice que estuviera armada, pero vamos a dejar todo esto a un lado. —Miriam barre el aire con la mano—. Ya habrá tiempo de aclararlo cuando encontremos a Elena. Y, para hacerlo, creo que deberíamos buscar también a Ángel Zárate: a mí me extraña tanto como a vosotros que Rentero me nombrara jefa de la BAC justo antes de su muerte. Es solo una hipótesis, pero ¿y si el comisario había decidido investigar todos estos cabos sueltos? ¿Y si Elena y Zárate estaban dispuestos a todo para que no siguiese adelante?

—No tenemos la más remota idea de dónde puede estar Zárate.

Y, al reconocerlo, Buendía también está aceptando que la línea que plantea Miriam tal vez sea la más adecuada, la única que podría coser las pruebas con la imagen que tienen de Elena Blanco. Todos saben que sus pasiones podían ser, de alguna forma, autodestructivas.

—Elena me llamó la noche antes de la muerte de Rentero —se decide a confesar el forense—. Me preguntó por Manuela Conte, mi ayudante. Está de vacaciones, creo que en Italia. Quería saber cómo había entrado en la BAC. Le dije que gracias a un buen expediente y a la recomendación del propio Rentero. Nada más, pero fue una conversación extraña.

—Yo me encargaré de ponerme en contacto con Manuela Conte —dice Miriam dando por terminada la reunión. Recoge sus papeles—. Vosotros, intentad localizar a Zárate.

Abandonan la sala sin poder disimular su derrota. Más allá de la fe, como antes les ha dicho Reyes, no existen argumentos con los que defender a Elena. «Lo mejor será que ella misma dé las explicaciones», le ha dicho Buendía a Mariajo antes de que ella volviera a refugiarse en su chiringuito. Orduño ha ido tras Reyes hasta acorralarla en la cocina.

—No es justo que nos trates como si fuéramos tus enemigos.

—La inspectora Vaquero debería apartaros del caso. No estáis haciendo bien vuestro trabajo.

—Te equivocas. Nos está jodiendo, pero no hemos dejado de hacer lo correcto. Elena está en busca y captura, hemos compartido toda la información. Piensas que somos como tú y no es así. Aunque nos duela, hacemos lo que tenemos que hacer.

—¿A qué mierda viene eso, Orduño?

—He hablado con el fiscal. En tu declaración en el juicio de la Sección, cargaste toda la responsabilidad en Cristo. Dejaste fuera a los demás. A Fabián.

Reyes intenta salir de la cocina, pero Orduño la retiene.

—Tú eres la que no está haciendo lo correcto. Estás protegiendo a un asesino.

—Vete a la mierda.

Reyes tiene que empujarlo para pasar. Orduño da un puñetazo a un armario cuando se queda solo. La BAC se está deshaciendo, es tan evidente como ver pudrirse un trozo de carne. Si alguna vez fueron una familia, ese tiempo quedó atrás.

CAPÍTULO 10

—Elena, despierta.

No sabe dónde está ni qué hora puede ser, solo que ya entra por la ventana la luz del día, que se siente descansada y limpia. Necesita unos segundos para ubicarse y recordar cómo llegó a la habitación de su madre en el hotel Intercontinental. Después de marcharse de la plaza de Olavide, vagó por las calles de Madrid, sin rumbo y enredada en hilos de pensamiento que no lograba llevar a ningún sitio: ¿cómo se podía poner en contacto de nuevo con Kira o con Manuela? Tenía miedo de haber precipitado la muerte de Zárate al atraer a la policía. ¿Qué había pasado en la casa de Rentero? Si ya había saltado su muerte a los medios de comunicación, no tardarían en hacer pública la foto de Elena para pedir la colaboración ciudadana. Conoce mejor que nadie los protocolos de la policía: estaciones vigiladas, controles en las carreteras principales, batidas de helicóptero, patrullas recorriendo albergues, grupos de vagabundos, lugares donde alguien podría refugiarse una noche sin necesidad de identificarse. Su casa o la de cualquiera de sus amistades eran territorio vedado y Elena necesitaba tiempo para poner sus ideas en orden. Recordó el mensaje de su madre, el hotel Intercontinental.

—Necesito un sitio donde esconderme.

Isabel, Belita, como la llaman los íntimos, había abierto la puerta de su habitación esperando encontrarse a alguien del servicio, no a su hija, demudada, oliendo a alcohol y con la ropa sucia.

—¿Qué es lo que están contando? Estaba en Madrid de casualidad y… me llamó Luisa para contarme lo que le había pasado a su marido y que tú…

—Yo no le hice nada a Rentero, te lo juro. No sé qué está pasando, pero…

A Elena le costaba argumentar algo de lo que ni siquiera estaba segura. Quizá fuera una compasión a la que no está acostumbrada en su madre lo que hizo que Isabel no insistiera con más preguntas. La obligó a darse una ducha. Le dejó un pijama. Antes de dormirse, Elena le confesó que no sabía bien qué había pasado en casa de Rentero. Había bebido mucho cuando llegó. Tuvieron una discusión, eso sí lo recuerda.

—Pero nunca le haría daño…

Y, cuando se lo dijo, no pudo contener las lágrimas. Isabel se dio cuenta de que no lo negaba convencida, sino que era una súplica.

Ahora, Isabel la ha despertado y le ha dejado unos vaqueros y una camiseta. No sabe si lo ha sacado de su maleta o si ha ido a comprarle esa ropa a primera hora, porque no encaja con el vestuario que su madre suele llevar.

—Te está esperando en la sala.

—¿Quién?

—Luisa. Tú misma me dijiste anoche que necesitabas hablar con ella.

Elena siente cómo se le acelera el pulso. No puede contenerlo mientras se viste. Es verdad que le dijo a su madre que necesitaba hablar con la esposa de Rentero por si ella podía aclararle algunas cosas que él le había dicho. Tal vez pudiera encontrar ahí una explicación a lo que pasó en el despacho. Sin embargo, ahora le cuesta dominar los nervios: va a enfrentarse a la viuda de Rentero, a la mujer que, quizá, la considera su verdugo.

—¡¿Qué clase de…?! Isabel, ¡¿qué hace ella aquí?!

—Dale una oportunidad, Luisa. Necesita hablar contigo y, luego, si quieres, no tienes más que llamar a la policía.

—Es una asesina, no voy a… ¡Hay un vídeo!

Elena detecta que, a pesar de sus aspavientos, Luisa está más afectada que airada. El peso de la muerte de Rentero la ha hundido, no cree que haya pegado ojo en toda la noche y las lágrimas vertidas han subrayado sus ojeras.

—¿Qué vídeo? ¿Lo has visto?

—¡No tengo por qué hablar contigo!

Luisa corre a la puerta de la habitación, pero Isabel la detiene.

—Sé lo que estás pasando, pero por nuestra amistad, por el cariño que nos tenemos y que tenía a tu marido, escúchala. Luisa, ¿desde cuándo nos conocemos? Has visto crecer a Elena.

—Por eso duele más.

Luisa se ha roto e Isabel la acompaña a un sofá. Elena espera su momento para poder hablar. Le gustaría acercarse y abrazarla, pero sabe que eso la asustaría.

—Luisa, ¿de qué vídeo estás hablando?

—Tenemos un circuito de seguridad. Había una cámara en su despacho y... Yo no lo he visto, pero los policías me han contado que... ¿cómo has podido hacer algo así? Tan brutal... ¿Quién se merece algo así? Le diste con el pisapapeles hasta que...

—Yo eso no lo recuerdo.

Por primera vez, Elena siente, al intentar defenderse, que no tiene escapatoria. No está segura de lo que pasó. Solo le vienen fogonazos. «El Clan no hace prisioneros», le dijo él. Y ella le preguntó qué era eso del Clan, pero Rentero se negó a darle una respuesta. Le insistió hasta que el comisario la amenazó con avisar a la policía. «Tienes que asumir que no puedes ganar», le dijo. Recuerda con claridad que cogió la bola de cristal, así como el instante en que se marchó. Pensó que, si se quedaba, acabaría detenida y, por lo tanto, atada de pies y manos para ayudar a Zárate.

—¿Has oído hablar alguna vez de algo llamado el Clan?

Luisa se remueve incómoda en el sofá. Se debate entre responder o marcharse. Isabel decide dejarlas solas; cree que así la esposa de Rentero se sentirá más cómoda para hablar.

—El Clan... No sé qué es... Puede que alguna vez escuchara a Manuel usar ese nombre... hablando por teléfono...

—Haz memoria. Es importante.

—Él no me contaba nada de sus asuntos. No quería asustarme, supongo, aunque dijera que su trabajo era muy aburrido y que le desesperaba hablar de él, pero... han sido muchos años juntos, sé cuándo algo le inquietaba. Y, últimamente..., no estaba bien.

—¿En qué se lo notaste? Me dijo que la BAC tenía algo que hacer... ¿Puede que tuviera que ver con eso?

—Quizá, sí... Coincidimos en una cena con un amigo suyo, un catedrático de la Facultad de Medicina, y después vino en un par de ocasiones a casa. A lo mejor es una tontería, pero fue a partir de ahí cuando empezó a dormir mal.

—¿Sabes el nombre del catedrático?

—Sí, lo conozco hace muchos años, Juan Chavarrías. Hubo un día... No sé si debo contártelo.

—Sé que es difícil confiar en mí, pero te prometo que solo quiero que salga a la luz la verdad.

—Una noche, hace solo tres días, me desperté y Manuel no estaba en la cama. Me preocupó y me levanté. Estaba en el mirador... Le encantaba ese sitio de la casa, ver la puesta de sol en el Retiro... Le pregunté si le pasaba algo y me dijo que lo iban a culpar de cosas que me iba a costar encajar, no quiso decirme nada más. Al día siguiente ya no quiso hablar del tema, me pidió que lo olvidara.

De repente, como un rayo que ilumina la noche, una idea se abre paso entre todas las posibilidades que ha estado barajando Elena. La forma un tanto familiar en que Rentero le hablaba del Clan, su seguridad de que eran capaces de lo peor, sumadas ahora a este miedo que le ha revelado Luisa... ¿Y si Rentero había sido parte de ese Clan, pero ahora había decidido darle la espalda?

CAPÍTULO 11

No ha llegado a la misa de las diez y media. La iglesia de Santa Bárbara está prácticamente vacía. Un par de grupos de turistas pasean por las capillas laterales, un niño de unos ocho años corre con estruendo, harto de ver vírgenes y santos, sin que ningún adulto le ponga freno. A uno de los turistas le suena el móvil. Miriam Vaquero trata de abstraerse del ruido; ha venido buscando recogimiento, un poco de serenidad para contener la avalancha que ha vivido desde que la nombraron jefa de la BAC. Es imposible concentrarse en el rezo: odia cómo los templos se han convertido en atracción turística; la gente los invade igual que invade unas ruinas prehistóricas, los despojan de toda su trascendencia, como si fueran vestigios de un tiempo superado. Cierra los ojos y repite la oración del avemaría mientras escucha cómo ese niño escandaloso pasa junto al banco donde ella está arrodillada. Pide perdón a Dios porque le gustaría cogerlo de una oreja y sacarlo a tirones de la iglesia.

No le gusta el trabajo que le han encomendado, pero no le queda más remedio que cumplirlo. La BAC se deshace, no solo por lo que ha hecho Elena Blanco, sino porque los métodos que han empleado sus agentes lindan con la ilegalidad, si es que no la rebasan. De alguna manera, se arrogaron un papel más cercano al de jueces y verdugos que al de policías. Es una de las tentaciones habituales del ser humano, creerse superior y actuar como si no temiera ningún juicio.

Adolfo le ha escrito tranquilizándola: los niños están bien, preguntaron por ella a la hora de la cena, pero tampoco es la primera vez que pasa la noche fuera por trabajo. Ya están todos en el colegio. Él le ha mandado un «te quiero» y Miriam ha respondido a su mensaje con un corazón. Se siente afortunada al tener estos refugios: la familia y la Iglesia. A veces le da pena pensar en aquellos que no tienen ningún sostén y, sin fe, deambulan por la vida indefensos y asustados. Puede que Elena sea precisamente así.

Al salir de la iglesia, en la plaza de las Salesas, hay un coche oficial aparcado. Otros dos vehículos de seguridad lo escoltan. Gálvez le hace un gesto para que lo acompañe y pasean por el parque hasta que el director general de la Policía se decide a romper el silencio.

—¿Sabes que Rentero y yo hicimos buena parte de nuestra carrera juntos? Empezamos en la Brigada de Centro, en el 81. Y luego nos trasladaron a Vallecas. Eso fue en el 89. Ahí estuvimos unos años, hasta que en el 92 empezamos a ascender en el escalafón. ¿Quién nos iba a decir cuando estábamos en la Academia que llegaríamos hasta aquí? Y con eso no estoy presumiendo de lo que hemos logrado, no. Es solo que jamás pensamos que estas serían nuestras vidas. Ni que la de Manuel podría terminar de esta forma…

—Elena Blanco y él también se conocían desde hace tiempo.

—Manuel tenía buena relación con Isabel Mayorga, su madre. Conocía a Elena desde que era una niña, yo creo que la consideraba casi una hija. Quizá por eso le consintió tanto.

—Muchos de los casos de la BAC serían un escándalo si ven la luz.

—Desde que perdió a su hijo, Elena nunca volvió a ser la misma. Era una bomba de relojería. Pero Manuel siguió apostando por ella hasta que…

—Hasta que me nombró a mí.

—Es posible que al final se diera cuenta de que se había equivocado con Elena. ¿Qué has sacado de su gente? Si alguien puede ayudarnos a detenerla, son ellos.

—No está siendo fácil. Les está costando asumir que la inspectora Blanco hiciera lo que hizo. Solo Reyes lo ha tenido claro desde el principio. Creo que fue alguno de ellos quien la previno en la plaza de Olavide. Quizá Mariajo. Pero también tengo la impresión de que están empezando a cambiar. Las pruebas son tan contundentes que no pueden negarlas eternamente.

—Estás haciendo un buen trabajo, Miriam.

—Me gustaría que me ayudaras con algo: Manuela Conte. Es la ayudante de Buendía. Elena preguntó por ella la noche anterior al asesinato y no consigo localizarla.

—Yo me encargo.

Gálvez se arrebuja en su abrigo. Se ha levantado un viento helado que baja de la sierra y hace frío. En diciembre, Madrid es más gris que nunca, con los árboles pelados y el cielo sucio de nubes. Solo las luces de Navidad consiguen dar algo de color a una ciudad que parece hibernar. Puede que sea por el cansancio de una noche en vela, o por este clima que tan poco le gusta, pero Miriam siente el cuerpo anquilosado, como si le faltaran fuerzas para ponerlo en movimiento.

—Esto va a terminar antes de lo que piensas —la tranquiliza Gálvez; puede que haya notado su pesimismo.

—¿Qué sabes que yo no sepa?

—La BAC no es la única brigada que está bajo investigación, supongo que lo entiendes. Manuel era el director adjunto operativo. El Ministerio necesita cerrar esto cuanto antes, no te imaginas la presión de los medios... Tenemos a varios inspectores trabajando en el caso.

—¿El CNI?

—Esto no quiere decir que no confíe en ti.

—Lo entiendo. Pero, para hacer mi trabajo, necesito saberlo todo.

Gálvez mira a los escoltas que, manteniendo la distancia, han vigilado su paseo por el parque junto a Miriam.

—Elena pasó la noche en el hotel Intercontinental. En la habitación de su madre. Esta mañana, a primera hora, la viuda de Rentero fue a verla. No sabía que estaría allí, pero... estuvieron hablando. Elena le juró que ella era inocente y Luisa, la pobre, está destrozada... No sabía qué hacer después. Me llamó para contármelo.

—Supongo que Elena Blanco no sigue en ese hotel. —El silencio de Gálvez le da a entender que hay algo más que no le ha dicho todavía—. ¿La tienes localizada?

CAPÍTULO 12

La suite en el Intercontinental no era segura. Se marchó poco después de la conversación con Luisa, sin darle demasiadas explicaciones a su madre. Supone que la viuda de Rentero acabará hablando con la policía y esta irá a entrevistarse también con Isabel: cuanto menos sepa, mejor.

Ha vagado por las calles de Madrid, desde el paseo de la Castellana hasta Cuatro Caminos, por las avenidas más amplias. Aunque esconde parte de su cara en un plumas y lleva gafas de sol, teme que la reconozcan al cruzarse con un coche patrulla. Es difícil entender el juego en el que está prisionera: el Clan le exige su dimisión y el fin de la BAC, pero, al mismo tiempo, no sabe cómo, la han convertido en culpable del homicidio de Rentero, en una prófuga. ¿Y si todo el chantaje era una trampa? Una estrategia para llevarla hasta el despacho del DAO. Un escalofrío le recorre el cuerpo: si el razonamiento es correcto, Rentero estaba en lo cierto cuando le decía que el Clan no hacía prisioneros. Esa fotografía que apareció en la televisión de su casa durante una fracción de segundo era la del cadáver de Zárate, desnudo. «Tienes que asumir que no puedes ganar», esa frase es el último recuerdo que tiene de su conversación con Rentero.

Pero ¿qué es el Clan? Además de Manuela y Kira, ¿quién más lo compone? Está convencida de que esas dos mujeres no son más que eslabones de una cadena que llega ¿hasta dónde? De alguna manera, debe de estar enraizado en la Policía: Zárate se encontró con él hurgando en el caso Miramar, la investigación en la que murió su padre.

Un coche la asusta con su claxon. No se había dado cuenta de que estaba cruzando una calle con el semáforo en rojo y el vehículo ha tenido que frenar en seco. Retrocede hasta la acera. Se acerca el mediodía y hay una multitud en Bravo Murillo, unos entran en los supermercados, otros en las tiendas de ropa, el tráfico ruge. Siente que hay demasiadas miradas clavadas en ella y acelera el paso para alejarse por la calle de los Artistas. No tiene a nadie a quien recurrir, ni siquiera conserva el móvil; tal vez lo más lógico sería entregarse ahora que se vuelve a convencer de que luchar por la vida de Zárate es absurdo. ¿Es eso lo que quiere el Clan que haga? Lo único a lo que puede aferrarse es el piso de Kira en Claudio Coello. Volver allí puede que sea una manera de rendirse, de ponerse en manos de quien está manejando su destino y aceptar su condición de títere, pero tampoco tiene otras opciones.

Cuarenta minutos después, Elena aprovecha que sale un vecino para entrar en el edificio de Claudio Coello que hay junto a la farmacia. Sube al segundo piso. Nadie responde al timbre, pero tampoco necesita forzar la cerradura: la puerta está abierta.

El salón está casi vacío; han desaparecido la banca y las pesas, solo queda la pequeña tele y un sofá gastado. En el dormitorio, la cama sin hacer. Nada en el resto de la casa, han desaparecido los pocos objetos que Kira tenía, hasta que entra en la cocina y ve algo pegado con un imán en la puerta de la nevera. Es un sobre con su nombre: Elena.

Lo abre, dentro hay una llave de coche con una pegatina. Tiene escrito un número: 12. Sale de la casa y baja en el ascensor al parking. Pulsa la llave del coche y, en la plaza con ese número, se encienden las luces de un Toyota Yaris de color blanco. Parece recién salido del concesionario. Duda un instante, pero abre la puerta y entra.

Mira en el salpicadero, en la guantera, aunque no encuentra nada. Pensaba que le habrían dejado algún mensaje para saber qué hacer a continuación. Mete la llave en el contacto y, al arrancar, se enciende el navegador. Aparece una ruta marcada en el mapa.

Siguiendo la voz del navegador llega a la M-30 y de allí se desplaza hasta la carretera de Andalucía, la A-4. Conduce por ella algo más de una hora como una autómata, evitando pensar en qué le puede deparar este viaje. Su único miedo es que la detengan en un control, pero eso no sucede. Deja atrás Villaverde, Getafe, Pinto, Valdemoro... Al llegar a Aranjuez se desvía hacia la N-400. El navegador señala que ha llegado al final de su recorrido: aparca en un restaurante de carretera, El Rincón Casa Marcos. Al bajarse, siente el golpe helado del viento. Sopla con fuerza. A su alrededor no hay nada que le llame la atención. Además del hostal, adivina, tras una loma, un edificio rojo que parece abandonado a mitad de construcción y las estructuras de una cementera algo más lejos. Y un campo llano y sin vida que se extiende en las cuatro direcciones.

El ruido del motor de un coche le llama la atención: llega a la explanada delante de El Rincón Casa Marcos procedente de la vía secundaria que conduce a la cementera. Es otro Toyota Yaris, blanco como el que ha traído a Elena hasta aquí. Se detiene a unos metros de ella. Manuela baja del coche y le sonríe mientras se cierra el abrigo.

—Kira estaba segura de que volverías al piso y encontrarías la llave. Yo no me fiaba tanto; a veces pienso que pareces más lista de lo que eres.

Elena mide qué hacer. Podría lanzarse sobre Manuela, inmovilizarla, golpearla hasta que contara todo lo que sabe. La idea se apodera de ella, tanto que llega a estar convencida de que cuando eso ocurra, no sabrá parar. Le destrozará la cara hasta matarla.

—No estamos solas. —Manuela ha adivinado sus pensamientos y, tranquila, como si fueran dos amigas que se encuentran después de mucho tiempo, vuelve a sonreír y los hoyuelos de la cara se le hunden mientras se acomoda las gafas en la nariz—. Puedes estar segura de que Kira tiene buena puntería.

Elena mira a su alrededor. Las ventanas del hostal, el edificio abandonado a mitad de construcción. No sabe dónde se aposta la tiradora, pero cree que Manuela no miente cuando avisa de que la tiene en su punto de mira.

—¿Y por qué no me dispara de una vez?

—Te estamos dando muchas oportunidades, no tendrás queja. Matar a Rentero no nos lo esperábamos, pero puede venir bien.

—Yo no lo maté —dice ella con rabia, como espantando a manotazos su peor pesadilla.

—¿Estás segura? Elena, cariño, dicen que hay un vídeo...

—Es mentira —se defiende ahora con miedo de que eso sea verdad. Con miedo de sí misma.

—Da igual, no quiero discutir: entrégate y, en la cárcel, llama a alguno de esos periodistas que matan por una exclusiva: homicidios cometidos por la Brigada de Análisis de Casos, es un caramelito. El juez Beltrán...

—Zárate no mató al juez.

—¿Y al asesino de Chesca? ¿A Antón tampoco le hizo nada? O tú: ¿qué pasó con Violeta Alamillo? ¿Por qué le disparaste si estaba desarmada? Elena, los actos tienen consecuencias, eso es algo que se aprende de pequeña. Y ahora te toca asumir esas consecuencias.

—Y, de paso, con el escándalo, cerrar la BAC.

—¿No quieres que Zárate siga vivo?

—Demuéstramelo. Déjame hablar con él.

El viento le hiela las lágrimas. No sabe cuándo rompió a llorar, quizá ha sido ahora, al comprender que nunca tuvieron intención de darle ninguna prueba de vida de Zárate. La imagen de él muerto en el asfalto, su piel pálida y los ojos que han perdido la transparencia porque ya no hay un alma tras ellos, coloniza su pensamiento. Apenas si puede mantenerse en pie, sabe que nada la aparta ya del abismo; no puede soportar la vida sin Zárate. No sabe si su fragilidad ha resquebrajado a Manuela, porque de pronto está a su lado, la sujeta del brazo, ha debido de estar a punto de desmayarse. Al mirarla, cree ver una empatía que antes no había detectado. Le habla con un murmullo, como si temiera que alguien pudiera escucharla.

—Olvídalo, Elena. No intentes desmontar la BAC ni seguir investigando. No podemos hacer nada contra el Clan. En realidad, no te necesitan. —La voz de Manuela se quiebra durante un instante, traga saliva para contener un sollozo. Se pega a su oído para murmurarle—: No necesitan a nadie. ¿Sabes para qué te han hecho venir aquí? La policía no tardará en aparecer. Van a detenerte.

Busca sus ojos, quiere saber si hay algún engaño en lo que le dice, pero Manuela no le aguanta la mirada, la hace vagar a su alrededor, tal vez con miedo de que Kira, allá donde esté, le dispare.

—¿Qué ha pasado con Zárate? —Elena le coge la cara. La obliga a mirarla—. Por favor, Manuela: dime qué ha pasado con Zárate.

—Zárate está muerto.

Elena la suelta y se deja caer al suelo de rodillas. No le quedan fuerzas. Tal vez debería buscarlas, sacarlas de donde sea y salir tras ella, evitar que suba al coche, como hace, y desaparezca por la carretera nacional. Pero el pecho le arde, los gemidos no la dejan respirar. Un pitido agudo le atraviesa la cabeza, frío y metálico como un acero. Es el dolor, un dolor que no sabe si podrá soportar, que le da la sensación de que ya la está partiendo por dentro en pedazos. El batido de las aspas de un helicóptero, las luces rojas y azules que lamen la fachada del hostal, el cemento donde ella está de rodillas, tampoco consiguen sacarla de sí misma. Ni siquiera la mujer que se acerca a ella con paso firme la devuelve a la realidad. Se presenta como la inspectora Miriam Vaquero y, sin forzarla, la coge de las manos para ponerle unas esposas.

CAPÍTULO 13

En la radio suena en bucle «Azzurro», de Adriano Celentano. Manuela la canta a voz en grito para espantar los malos pensamientos, esa canción siempre ha obrado el milagro de ponerla de buen humor. Es lo que necesita ahora, cantar y, así, no tener que pensar en cómo ha llegado hasta aquí. Era una chica ambiciosa, pero ¿qué tenía eso de malo? Siempre quiso sacar las mejores notas, fue la primera de su promoción. ¿Es un delito aspirar a una buena vida? El trabajo en la BAC era un trampolín, eso pensó cuando lo aceptó. No solo por el prestigio que le daba a su currículum, también porque venía acompañado de unos extras que nadie habría rechazado. ¿Qué mal estaba haciendo al filtrar algunos documentos?

Avanza por la A-3 hasta Murcia. No para hasta pocos kilómetros después de Lorca: tiene que llenar el depósito del coche, usa dinero en efectivo. Pensaba comer en el camino, pero está ansiosa por llegar, así que se limita a usar el baño de la estación de servicio y vuelve al coche.

No le resultó difícil acercarse a Ángel Zárate cuando se lo pidieron. Desde que puso un pie en las oficinas de Barquillo, le había gustado. Disfrutaba comiendo setas con foie en el Cisne Azul a su lado. Pensaba que no tendría ninguna opción, porque él babeaba por la inspectora Blanco, pero el destino les regaló una noche juntos. Recuerda con frecuencia cuando entraron medio borrachos en su piso de la calle Dos Hermanas. Su piel y sus caricias. No sabe cuántas veces ha visto la grabación. Nunca se alegró más de esa costumbre, puede que pervertida para algunos, de grabar con una cámara oculta sus noches de sexo.

Se desvía al llegar a Cuevas del Almanzora y coge la carretera que la llevará a Olula del Río. Allí, entre Olula y Macael, debe tomar una pequeña carretera de tierra que está a pocos metros de una de las muchas empresas de mármol de la zona. Tras unos minutos por ese camino, llega a una nave abandonada.

Un hombre la recibe en la puerta.

—Llegas tarde, te esperaba anoche.

—¿No te avisaron?

El hombre suelta una risotada, se burla de sí mismo porque nadie lo tiene en cuenta. Manuela entra en la nave; en una mesa, junto a un par de briks de vino y un plato con restos de comida, hay una pistola. La coge y comprueba que está cargada. En un lateral de la nave hay una trampilla. La abre y desciende hasta el sótano por unas escaleras en forma de L, mal iluminadas. Hace mucho frío. La temperatura está varios grados por debajo de la que había en el exterior. Amartilla el arma y se acerca a una cama que hay al fondo. El hombre que dormitaba en ella se gira cansado; tiene mal aspecto, viste pantalones gastados que le vienen grandes y una camiseta vieja. Parece febril, pero aun así esboza una leve sonrisa cuando ve el cañón apuntándole. Manuela respira hondo mientras acaricia con el dedo índice el gatillo.

—Lo siento, Ángel.

CAPÍTULO 14

Tiene la cabeza sobre la mesa, los ojos cerrados, las manos esposadas en el regazo. Elena no sabe cuánto tiempo lleva en la sala de interrogatorios de la BAC. Si se cruzó con Mariajo o alguno de sus compañeros de la brigada, no lo recuerda. Es solo ahora, al advertir que la mujer que la ha detenido está haciendo lo que ella misma ha hecho tantas veces —dejar que madure, hacer que todo le dé vueltas en la cabeza, que ni siquiera se acerque alguien a preguntar si quiere un vaso de agua o ir al baño, provocar que el acusado se sienta solo...—, cuando toma conciencia de que está empezando a salir del círculo de dolor en que se había encerrado al saber por boca de Manuela que Zárate está muerto. Pensó que esta certeza la destruiría, pero no contaba con algo que la haría despertar, una fuerza que iba a darle nuevas energías: la rabia. La necesidad de hacérselo pagar a todos los que estén detrás de su muerte. Puede que, cuando lo consiga, se convierta en polvo, como si fuera un vampiro que se encuentra con la luz del sol, pero hasta ese momento, está segura de que nada la parará.

Miriam Vaquero, recuerda que así se presentó esa mujer que entra en la sala de interrogatorios: viste un traje de chaqueta y, aunque quiere aparentar entereza, puede detectar el cansancio en su rostro, tal vez el peso de las horas que lleva buscándola. Deja sobre la mesa un portátil y una carpeta abultada: otro recurso de puesta en escena de los policías, dar la impresión de que tienen kilos de documentación contra el acusado.

—Elena Blanco Mayorga… ¿Es su nombre completo? ¿Sabe de qué se la acusa?

—Eso es algo de lo que debería informarme usted. Con mi abogado presente.

—¿Quiere que tengamos esta conversación con un abogado?

Piensa rápido. ¿Quién avisó a esta mujer de dónde estaba? ¿Qué conexión hay entre el Clan y Miriam Vaquero?

—No necesito ningún abogado. ¿Es usted a quien nombró Rentero en mi puesto?

—Así es. ¿Quiere contarme de qué habló con Manuel cuando fue a verlo?

Lo hace bien, Elena no se lo puede negar, pero se sabe todos los trucos de un interrogatorio. Recurrir al nombre de pila de la víctima para humanizarla, para que el asesino tome conciencia de lo que ha hecho.

—He hablado con Luisa, su viuda —continúa Miriam—. Sé que estuvo con ella en la suite del Intercontinental de su madre. ¿Por qué la hizo pasar por eso? Esa mujer ha perdido al amor de su vida. Treinta años de casados. Es cruel jugar con su dolor. La muerte se merece respeto y, Elena, ¿te importa que te tutee?, tú no lo has tenido. Manuel y Luisa te consideraban casi parte de la familia, tu madre y ella se conocen desde hace años. Cualquier pérdida supone un trauma para los que sobreviven, pero, en este caso, además resulta que la culpable es alguien a quien Luisa quería de verdad. Tú.

—Fui a ver a Rentero. Tuvimos una discusión.

—Porque te dijo que te iba a destituir.

—No te conozco, Miriam, porque supongo que yo también te puedo tutear, ¿verdad? No te conozco, pero me da la impresión de que no soy como tú: a mí me da igual el cargo.

—Pero a lo mejor no te importaba tan poco que se revisaran los expedientes de algunas actuaciones de la BAC. Violeta Alamillo, Antón Collado…

Esta es la jugada que le advirtió Manuela: el Clan tiene información suficiente para encerrarla en la cárcel durante años. No sabe cómo evitarlo todavía, pero necesita estar libre para ir a por ellos. Miriam también debe de ser otra pieza del engranaje.

—Esos expedientes ya se revisaron y se justificó la actuación de cada uno de los agentes.

—Sabes que no es así, pero no estamos aquí por eso. Todavía no. ¿Por qué no me cuentas qué pasó con Manuel Rentero y así le ahorramos más sufrimiento a su viuda? Pongamos punto final a esta historia.

—De todo lo que has dicho, solo tienes razón en una cosa: Rentero y Luisa me querían como a una hija. Y yo a ellos. Jamás le haría daño.

—Hemos encontrado huellas y rastros de ADN en el escenario del crimen.

—Porque fui a su casa. Y cuando me marché, Rentero estaba perfectamente. Acusas a la persona equivocada, aunque me da la impresión de que te da igual cometer ese error.

—No tengo nada personal contra ti.

—Sería absurdo que lo tuvieras. No nos conocemos. Pero deja de hacer esta pantomima: queréis cargarme el homicidio de Rentero. Ese ha sido vuestro objetivo desde el principio.

—Perdona, Elena: ¿a quién te refieres con ese «vuestro»?

Miriam parece honesta cuando aparenta incredulidad, debe de ser otra de sus virtudes, piensa Elena: mentir.

—¿Puedes decirme cómo conseguisteis localizarme? Estaba en mitad de la nada, en un hostal que nadie conoce, y de repente, aparecisteis allí. Es un milagro. ¿Quién os dio el chivatazo?

—Siento decepcionarte, Elena, no hay ninguna conjura contra ti: fue resultado del trabajo policial. Un agente te reconoció en una de las cámaras de la A-4. Luego, el helicóptero de tráfico nos ayudó a situar tu coche.

—Dale la enhorabuena de mi parte a ese agente, porque tiene una vista prodigiosa: sé qué calidad tienen esas cámaras de tráfico e identificar al conductor tiene mucho mérito. Si no fuera porque tú me lo dices, no me lo creería.

Miriam le mantiene la mirada unos segundos, parece que va a decir algo, pero las palabras desaparecen a mitad de camino con un leve gesto, casi un murmullo algo infantil que dice algo así como «ya vale». Abre el portátil y busca algo en los archivos. Después de darle a la barra espaciadora, lo gira para que Elena vea la pantalla: es la grabación del despacho de Rentero. Allí está ella, apoyada en la mesa, sujetando en una mano el pisapapeles. Él en su batín y pijama, la taza de *Canción triste de Hill Street* en la mano derecha. En su memoria turbia por el alcohol recuerda lo que se dijeron, pero, al no haber sonido, no puede escucharse en la grabación: «¿De verdad crees que así vas a salvar a Zárate?», «¿Cómo lo sabes?», «El Clan no hace prisioneros. Tienes que asumir que no puedes ganar». Y, entonces, ve cómo se abalanza contra Rentero y le estrella el pisapapeles en la frente. Cae al suelo y ella se arrodilla a su lado. Lo golpea tan fuerte como puede dos veces más antes de incorporarse. La sangre le roza los pies. Quisiera decir algo. Negarlo. Pero solo pensarlo ya le resulta absurdo: ahí está ella, abandonando el despacho después de haber matado a Rentero. Se mira la mano derecha, recuerda cuánto le sangraba... ¿Ha estado mintiéndose? Quiso convencerse de que el encuentro había terminado en la bronca, pero ahora... lo que ve no admite discusión.

Todo ese día estaba perdido en la nebulosa del alcohol, solo recuerda con claridad la furia, el odio por las respuestas de Rentero. ¿Cómo pudo llegar tan lejos? Se ha convertido en una asesina.

CAPÍTULO 15

El vigilante de la nave no se alarmó al escuchar el primer disparo. Siguió comiendo un trozo de salchichón con pan y dio un trago de vino como si nada hubiera pasado. Es el segundo disparo el que le preocupa. No conoce mucho a Manuela, pero las veces que la ha visto, con ese aire de ratón de biblioteca, no le ha parecido que tuviera el coraje suficiente para llevar a cabo una ejecución. Puede que el primer disparo no fuera certero y haya tenido que rematarlo. Desde luego, esa niña no tiene su aplomo; fue mercenario en Mozambique cuando se licenció de las fuerzas especiales del ejército español, y allí se quedaron todos sus remilgos. Ya no tiene veinte años, ahora es un hombre de algo más de cincuenta, con algún achaque causado por la mala vida, pero al que sigue sin temblarle el pulso cuando debe cumplir una orden. Abre la trampilla que da acceso al sótano.

—¡¿Manuela?!

—¡Déjame en paz! ¡¿Te he pedido que bajes?!

Lo suponía; aunque no puede verla, la histeria de su voz le dice que esa chica está en plena crisis. Matar ha sido demasiado para ella. Baja por la escalera mal iluminada y, al doblarla, ve a Manuela esperándolo en el sótano. Le apunta con la pistola y no dice nada, solo le da tiempo a comprobar cuánto se ha equivocado, lo segura que está esa niña de sí misma. El disparo le atraviesa la frente y salpica la pared de sangre.

Manuela vuelve corriendo a la cama y ayuda a Zárate a levantarse.

—Tienes que hacer un esfuerzo. No tenemos mucho tiempo.

El disparo que recibió en el costado al salir del edificio de San Juan de los Terreros puede que no haya afectado a ningún órgano —no sabe si por suerte o por puntería de la mujer que lo cazó—, pero tampoco está cicatrizando bien. No ha venido ningún médico a verlo y teme que se haya infectado. Las piernas apenas le responden y le arde la frente, seguro que tiene fiebre. Aunque Manuela carga con él, subir las escaleras es un suplicio. Siente el corazón de ella pegado a él, late acelerado y se da cuenta de que no es por el esfuerzo, sino por el miedo. A Zárate le gustaría poner más de su parte, aunque no está en condiciones de hacerlo. La herida del costado se le ha abierto, hasta se nota húmeda la camiseta que le dieron para que se vistiera en su encierro, pero no puede parar, tienen que alejarse de allí.

Suben a la nave, es la primera vez que Ángel la ve: lo trajeron con un saco en la cabeza y no se lo quitaron hasta que estuvo en ese sótano.

Fuera ya ha empezado a oscurecer, en pocos minutos será de noche, una de esas noches de cielo estrellado que solo se ven lejos de las luces de las ciudades. Manuela lo ayuda a subir a su pequeño Toyota y luego corre a sentarse al volante. Arranca. Sale por el camino de tierra hasta las calles de Olula, toma la carretera que lleva hacia Purchena y pronto coge un desvío por una pista que atraviesa una sierra. Pisa el acelerador tanto como puede, pero el camino es sinuoso y el firme está parcheado. Siguen así, sin decir palabra, durante bastantes minutos. Zárate advierte que ella no se siente segura, que necesita dejar atrás, muy atrás, esa nave. Espera que sea Manuela quien rompa ese silencio:

—¿Estás bien?

—No me vendría mal un médico, o, al menos, unos antibióticos.

Una curva se cierra en noventa grados, dejan a la derecha un barranco.

—¿Por qué lo has hecho? —se atreve a preguntarle Zárate—. Te estás poniendo en peligro.

—¡No me digas! Lo que estoy haciendo es firmar mi sentencia de muerte. La tuya, hace tiempo que estaba prevista...

—Pero no has disparado.

Manuela se aferra al volante. Él piensa al principio que está concentrada en el trazado, pero enseguida se da cuenta de que está temblando.

—¿Qué es lo que ha pasado?

—Estas cosas se me dan muy mal, Ángel. ¿No puedes ponérmelo un poco más fácil? ¿No es evidente? —El silencio de Zárate le da a entender que va a tener que poner en palabras todo—: Te quiero. Yo habré sido un polvo de una noche para ti, pero... ¡soy así de idiota! Me enamoré de ti. Y... toda esta locura, ¿cómo sabía yo que iba a ocurrir? ¡Joder! Yo solo iba a pasarles unos informes...

—¿A quién?

—No lo sé. Me pagaban por filtrarlos y, después, cuando me pidieron que me acercara a ti...

—¿Quién, Manuela? ¿Quién te pedía todo eso? ¿El Clan?

—Sí, pero ¿qué coño sé yo del Clan? Solo conozco al gilipollas que había en la nave y a una mujer que me contactó. Se llama Kira. Lo siento, Ángel, de verdad: no sabía qué iban a hacer contigo.

—¿Has oído hablar alguna vez de un tal Sipeeni?

Manuela cabecea negándolo. Sigue atravesando esta carretera serpenteante que no parece acabar nunca. La noche se ha cerrado y los faros del coche son la única luz en kilómetros a la redonda.

—Tenemos que desaparecer, Ángel. El Clan está por todas partes. Si haces una llamada, te cogerán; si te quedas en España, te cogerán. Sus tentáculos llegan a todos sitios. Lo único que podemos hacer es desaparecer... Supongo que te debe de sonar como el peor plan del mundo. —Cuando lo mira, Zárate comprueba que tiene los ojos húmedos—. No te estoy pidiendo que tengas nada conmigo. Puedo ser idiota, pero no ciega: sé que nunca sentirás por mí lo que sientes por Elena. Pero tenemos que huir, a la India o al puto Polo Norte, no lo sé, lo más lejos posible, porque si no lo hacemos, nos matarán. A los dos.

A Zárate le gustaría decirle que sí, porque, cuando la mira, Manuela le parece una niña desamparada, pero no tiene tiempo de hacerlo. Suena un crujido, como un guijarro que hubiera saltado contra el cristal, y, de repente, Manuela se tensa por una sacudida y algo brota de su frente envuelto en sangre. Es una bala, ha entrado por el cristal trasero y no solo le ha atravesado la cabeza, también el parabrisas. Suelta el volante y su cabeza cae sin vida contra él. Zárate intenta corregir la dirección, pero es demasiado tarde, el coche se sale de la calzada y cae por un terraplén. El cinturón y el airbag apenas amortiguan los golpes. La carrocería se hunde en una de las vueltas de campana, los cristales revientan.

El ruido cesa, pero Zárate, mareado, no está seguro de si siguen cayendo. Poco a poco, todo se va volviendo más estable. Se suelta el cinturón y, al mirar por la ventanilla rota, se da cuenta de que el coche ha aterrizado boca abajo. El interior se ha transformado en una amalgama de cristales y sangre. A su lado, el cadáver de Manuela. Arrastrándose, logra sacar parte del cuerpo fuera del vehículo. Apenas puede respirar, el dolor se extiende por cada fibra de su ser, es incapaz de identificar si se ha hecho alguna herida más, si tiene huesos rotos. Huele a gasolina y a pino. Tumbado, se pregunta si el asesino estará resbalando por el talud para rematarlo. No se oye nada en ese lugar, todo está envuelto en un silencio de sepulcro, irreal. Zárate se concede tres segundos antes de ponerse en pie y alejarse de allí. Arriba, el cielo estrellado da claridad a la noche.

SEGUNDA PARTE

Yo soy el horror que empuja a la gente
a vivir de otra manera.

Anatoli Onoprienko (Ucrania)
Asesino en serie
52 víctimas entre 1989 y 1996

Madrid, 1991

Desde la ventana de la habitación del hotel Palace, Aurelio Gálvez ve el Congreso de los Diputados. Hay algunos periodistas con sus cámaras en la puerta, seguro que dentro se celebra un pleno, a lo mejor hasta está el presidente del Gobierno, aunque no lo ha visto entrar, quizá lo haya hecho por una de las calles de detrás. Una vez tuvo la oportunidad de estrechar la mano de Felipe González, fue poco después de salir de la Academia de Policía. Ahora que empieza a sonar para puestos de responsabilidad dentro del cuerpo, de esos a los que no acceden los mejores policías, sino los que mejor se mueven en los salones, los que menos impresionados quedan al pisar las mullidas alfombras reservadas para los que de verdad mandan, tal vez pueda encontrarse más veces con él.

Abre la nevera y saca una botella en miniatura de Chivas. Se la sirve en un vaso, sin hielo ni nada, y enciende un Ducados; le ha prometido a su esposa que dejaría de fumar, pero hoy no es el día. Se acerca de nuevo a la ventana para ver el espectáculo de las puertas del Congreso: un mundo del que cada vez está más cerca, del que ya casi forma parte. Pese a estar destinado a ser uno de ellos, le irrita el falso civismo de esta sociedad, el juego de políticos y periodistas llenando páginas de periódicos en polémicas estériles, enarbolando la superioridad moral de la democracia, presentándose como si fueran más inteligentes, más avanzados, más humanos que los habitantes del tercer mundo.

Solo ha estado una vez en África, por negocios, acompañando al Sipeeni, y las calles de Monrovia, con su pol-

vo su barro, su guerra, los cuatro mil cadáveres que flotan en la laguna junto al aeropuerto, le parecieron más honestos que la pantomima de la democracia. A ambos mundos los mueven los mismos deseos: el dinero y el poder. No son los métodos para conseguirlos lo que diferencia a España de Liberia, sino que en África se hace a plena luz del día y en España, en Europa, en la sombra. Allí mismo es a donde los han llevado las circunstancias, a la trastienda, al sótano. Y allí también es donde se ha hecho grande el hombre al que espera, tanto que donde más le temen no es en Monrovia, sino en España. En África es un señor de la guerra; en España, una persona normal, un padre de familia respetuoso con las leyes, que esconde bajo esa piel al monstruo.

Por fin suenan los golpes que estaba esperando en la puerta. Va a abrir y al otro lado está él, el Sipeeni. No piensa decir su nombre, se lo ha prohibido a sí mismo para que nunca se le escape delante de oídos que no deban escucharlo. Se saludan con un abrazo amistoso, lo invita a sentarse en la sala y le ofrece un whisky que el otro rechaza. Gálvez lleva un buen traje, un reloj caro y un afeitado perfecto y se le confundiría antes con un diputado de los que están en el Congreso que con lo que realmente es, un policía. El Sipeeni, en cambio, aparenta ser un hombre corriente de cualquier barrio del extrarradio de Madrid: pantalones vaqueros, una camisa de cuadros con demasiados lavados, el pelo alborotado y pidiendo a voces una visita al peluquero. Nadie diría que ese hombre con un aspecto tan común es el que manda de los dos y que se ha hecho inmensamente rico.

—La fábrica de Álava no ha fallado con los suministros —explica Gálvez antes de que el Sipeeni lo interrogue—. Llegaron a Madrid y los tenemos almacenados en una nave de Vallecas, pero ahora mismo no es seguro moverlos.

—La guerra en Liberia no espera; hace falta esa munición, las armas... Los generales están desesperados y, cuando están así, pagan mejor, no puedo seguir retrasando la entrega.

Gálvez da un largo trago hasta vaciar el vaso. Ha empezado a sudar, las gotas perlan su frente. El Sipeeni se ha quedado pensativo, sin decir nada más, casi sin reaccionar.

—Confío en tu intuición, Gálvez. Arregla lo del envío de armas.

—¿Cómo lo hago sin poner en riesgo el negocio? El juez está husmeando...

—Nos ocuparemos de ello. De hecho, puede que sea una gran oportunidad. Déjame pensar y te digo. Somos una familia, somos un Clan, no lo olvides.

Gálvez se arrebuja en la gabardina, no hace demasiado frío y sin embargo él está temblando. La llamada del Sipeeni con su decisión ha llegado apenas una hora más tarde, justo antes de salir hacia el Círculo de Bellas Artes. Intentó hacerle cambiar de opinión, pero resultó imposible.

—En Liberia hay una guerra que ni te imaginas. Necesitan matarse los unos a los otros igual que tú y yo necesitamos comer. Es una cuestión casi fisiológica. Y, aunque parezca mentira, tienen dinero: de los pueblos que saquean, de los diamantes de Sierra Leona..., pero les faltan armas. Nosotros se las conseguimos. Llevamos unos años haciéndolo y no hemos tenido problemas. Todos ganamos: vosotros, yo y los liberianos que pueden seguir matándose. Es imposible pararlo. ¿Sabes qué me da pena? Que no puedas darle al juez Beltrán un mensaje de mi parte. Esto es el Clan y no vas a ser capaz de desmantelarlo.

—¿Estás decidido a hacerlo?

—Es imprescindible para que yo pueda seguir trabajando en libertad. Hay que matar a Eugenio Zárate.

Al escucharlo se le cortó la respiración. Ahora sabe lo que tiene que hacer, pero eso no quiere decir que se sienta cómodo. Acelera el paso cuando sube por la calle Marqués de Cubas; antes, los amigos se reunían en la sala de billar de debajo del cine Callao, pero, desde que cerró, lo hacen en el club de billar del Círculo de Bellas Artes. Todos echan de menos aquellos grandes salones de la Gran Vía, con treinta y dos mesas llenas de jugadores de todos los niveles, aunque en el Bellas Artes han ganado intimidad. La sala de billar la ocupan solo ellos.

Cuando entra en el billar, Asensio está burlándose de la manera en que Santos coge el taco.

—A ver, si esto está chupado... Mucho efecto, poca bola, aprieta el culo y carambola...

—Cuidado con esa boca, que hay niños... —lo reconviene Eugenio Zárate—. Cabezón, tú no escuches a estos señores y coge bien ese taco. Deja la Fanta para después.

Ha venido con su hijo Ángel, el cabezón, como siempre lo llama, que está sorbiendo una Fanta en la mesa de al lado, poco interesado en el juego. Un niño de ojos traviesos que adora estar a la sombra del padre, como si fuera el árbol más hermoso y más grande del bosque.

El camarero se acerca con un whisky; Gálvez se lo ha pedido nada más entrar y se refugia en una esquina del salón, lejos de Eugenio Zárate y su hijo. Santos se ha sentado frente al pequeño Ángel y lo hace reír con un penoso truco de magia. Hace aparecer un mechero de una mano a otra.

Rentero se acerca a Gálvez y le ofrece el taco, pero este rechaza jugar. Sería incapaz de hacer una sola carambola y teme que eso lo delate. Ni el paseo ni este segundo whisky están controlando el latido desbocado que le golpea el pecho desde que recibió la llamada.

—¿Has hablado con el Sipeeni?

Gálvez asiente. Ni el mismo Rentero, ni Santos, ni nadie tienen oportunidad de tratar con el jefe. Ni siquiera saben quién es. Él es el único que asiste a las reuniones con él, el que sabe cuándo va y viene de África, el que cierra los negocios y los pagos, el que da las órdenes. Un puesto del que no se siente orgulloso.

—Quiere que arreglemos lo del envío de armas.

Manuel pone mala cara, como es habitual en él en estos últimos tiempos. Piensa que han llegado demasiado lejos, que deben parar. Pero Gálvez —y en el fondo también él— sabe que no pueden, que cometieron un error al aceptar el primer pequeño soborno, que una vez que se cae en la tentación ya no hay vuelta atrás. La moral es como un castillo de naipes: si se toca uno, se derrumba entero.

—Ayer vi en la tele unas imágenes de la guerra de Liberia… Es una salvajada. Me da vergüenza pensar que somos nosotros los que mandamos las armas para que haya niños matando a familias enteras —le murmura, asqueado de sí mismo.

—Ya hemos hablado eso —espanta Gálvez sus objeciones—. Me voy a casa, esta noche a las nueve nos vemos en la nave de Vallecas.

—¿Vamos todos?

—Sí.

—¿Zárate también?

—También.

No ha sido capaz de mirar a Eugenio Zárate y a su hijo mientras salía. Ha evitado igualmente las miradas del resto de los compañeros: Asensio, Santos, ni siquiera le ha confiado a Rentero por qué ha decidido llevar a Zárate al almacén donde guardan las armas de Álava. Él, ingenuo, piensa que igual ha olvidado sus sospechas de que un juez lo ha colado como un topo en la brigada.

Son ya las nueve y media cuando el coche de Gálvez llega al polígono de Hormigueras, en Vallecas. Eugenio Zárate ha estado soportando la charla insulsa de Asensio —le ha dado por contarles a Santos y a él el origen del nombre de este polígono; algo relacionado con unos antiguos hornos y la forma de estos— y Rentero no ha salido del Ford Orion en el que llegó. La calle está vacía, es posible que, aunque no haya muchas empresas, durante el día este lugar tenga cierta vida. Por la noche es un desierto. Zárate se fija en una nave desvencijada donde un fluorescente que parpadea ilumina un rótulo descolorido: Recambios Miramar.

El juez Beltrán pagaría lo que fuera por la dirección de esta nave; conseguirla era uno de los objetivos prioritarios cuando lo infiltró en el grupo. Pero el juez debería saber que la amistad está por encima de la ley, que investigar a los que fueron tus amigos en la Academia no es agradable. Zárate piensa en su hijo durante un instante; ha dejado a Ángel en la cama con unas décimas de fiebre, le subió poco después de marcharse del billar. Sabe cuánto le gusta que se acueste a su lado cuando está enfermo, lo protegido que se siente teniéndolo cerca. Él también lo disfruta, aunque su trabajo le haya impedido pasar más tiempo con la familia.

Asensio sigue hablando de la forma cónica de los hornos sin prestar atención a que ni a Zárate ni a Santos les interesa. No se calla hasta que Gálvez abandona el coche y, a una seña suya, también lo hace Rentero. Los dos caminan hacia ellos. Al acercarse, Gálvez esquiva sus miradas. A Zárate no le gusta ese gesto, hay miedo y vergüenza en él.

—Eugenio, en esa nave, al fondo, hay una oficina. Tenemos que ir a recoger un paquete que hay en la mesa.

—¿De qué va esto, Gálvez? —se inquieta Rentero, desconfiado.

—Somos amigos desde hace muchos años y no queremos tener secretos con él —le responde Gálvez con la tensión de un cable cargado de electricidad—. Creo que no hace falta explicaros que el trabajo en la policía es complicado y, a veces, uno tiene que tragar con determinadas cosas para conseguir otras.

—¿Me estás hablando de dinero? —le pregunta Zárate.

—Gálvez te está hablando de futuro —se inmiscuye Asensio—. ¿O es que quieres pasarte el resto de tu vida en la comisaría de Vallecas?

A Zárate no se le escapa que Rentero y Santos lo miran como si no quisieran que entrara, lo siguen considerando un amigo, uno de los suyos, pero no van a discutir las órdenes de Gálvez.

—Entraré contigo.

El silencio se adueña del grupo después de que Gálvez haya decidido dejar de ocultar sus actividades. ¿Por qué lo quiere dentro? ¿Qué va a ocurrir?

Los pasos resuenan en el polígono vacío cuando caminan hacia la nave. La puerta metálica está entreabierta y, antes de cruzar el umbral, Gálvez echa la vista atrás: Asensio, Santos y Rentero miran afectados. Se han dado cuenta de lo que va a suceder, pero saben que la suerte está echada.

Recambios Miramar es una nave diáfana donde, en un lateral, se apilan seis grandes cajas de madera, sin ninguna inscripción en su exterior. Está todo tan limpio que no tienen la sensación de estar en un almacén, casi parece un laboratorio. Al fondo hay una pequeña oficina acristalada. Tiene la luz encendida. Se dirigen hacia ella, Zárate sigue los pasos de Gálvez. En el centro de la oficina hay una mesa con una caja, una botella de whisky y tres vasos. Detrás, un hombre joven, más o menos de la edad de Zárate, de piel bronceada. Viste unos pantalo-

nes cargo y una camiseta negra, no sabe si es un mendigo o un aventurero, de lo que sí está seguro es de que se ha bebido varios vasos de whisky y le llaman la atención sus ojos vidriosos cuando le sonríe.

La detonación de un disparo resuena en el polígono y Santos tira al suelo el cigarrillo que se había encendido.

—¿Qué cojones…?

—Tranquilo, Santos. Gálvez lo habrá hecho para meterle miedo en el cuerpo. Es un topo.

Pero ninguno cree que lo que Asensio dice tenga algún sentido. Gálvez sale de la nave y regresa junto a sus compañeros.

—Lo ha ordenado el Sipeeni —dice como única justificación—. Era un infiltrado. Algo tenemos que hacer para justificar la muerte de un compañero. Puede ser una redada, pero para eso tendréis que dejar por aquí algo de droga. O podemos decir que estábamos detrás de una banda de aluniceros, me da igual. Las armas tienen que salir mañana mismo para el aeropuerto. ¿Por qué estáis tan preocupados? Somos el Clan, ¿no os acordáis? No habrá ninguna investigación. Os lo prometo.

Rentero nota que le tiemblan las piernas. La angustia se le anuda en el estómago. En la nave Miramar queda un secreto que nunca podrán desvelar y del que ni se atreven a hablar. Ya no son corruptos, son asesinos.

CAPÍTULO 16

Ha impreso el informe de la autopsia en casa y lo ha leído ya tres veces, aunque todavía no es capaz de sacar conclusiones a partir de esos datos.

—¡¿Miriam?!

Adolfo chasca los dedos a solo unos centímetros de su nariz como si fuera el hipnotizador que despierta del sueño al paciente y, luego, sonríe incrédulo. Le maravilla la capacidad de su mujer para abstraerse.

—De verdad, no sé cómo eres capaz de meterte en tu burbuja con estos peleándose. ¿Quieres decirles algo?

En la mesa hay un desastre de leche volcada, migas de magdalenas y servilletas empapadas con las que Adolfo intenta controlar el desaguisado. María, su hija mayor, muerde una tostada ajena al jaleo; tiene los cascos puestos, puede que haya heredado su habilidad para aislarse del caos que suele ser cada desayuno. Alonso y Paula meten cizaña, se divierten avivando la discusión de los mellizos. Todavía ejerce cierto control sobre ellos: puede dejar sin paga a Alonso y sin móvil a Paula. Es un arma que tanto Adolfo como ella saben que tiene los días contados. Cuando alcancen la edad de María, los veinte años, ¿quién castiga a un hijo sin móvil o sin paga? Unas bolas de cereales vuelan sobre la mesa: Carlota ha usado su cuchara como catapulta y, aunque quería acertar en la cara de su hermano mellizo, Hugo las ha esquivado y terminan estrellándose contra el almanaque que cuelga en la pared de la cocina.

—¡Carlota, ya está bien! ¿Qué está pasando aquí?

—Hugo es un mentiroso.

—¡No soy un mentiroso! ¡Eres tú la que no tiene ni idea!

—¿Me vais a explicar por qué os peleáis?

—Hugo dice que Yoo Young-chul, el asesino del impermeable, hacía lámparas con la piel de sus víctimas. Y no es verdad. Se comía sus hígados, pero el que hacía lámparas y cojines y cosas de esas con las pieles y los huesos era Ed Gein.

—Carlota se cree que Ed Gein lo hacía todo. ¡Como es su prefe…!

Adolfo se cruza de brazos y espera que su esposa asuma la responsabilidad. Miriam da un sorbo a su café con leche; se le ha enfriado.

—Carlota tiene razón, aunque Ed Gein sea su prefe. Yoo Young-chul dijo que había matado a veintiséis personas en Seúl, aunque solo lo condenaron por veinte, y que se comió algunos hígados, pero nunca decoró su casa con restos de los cuerpos. Fin de la discusión.

Carlota hace un mohín de triunfo a Hugo y sale corriendo a por su mochila. El autobús de la ruta no tardará en llegar. Miriam recoge el informe de la autopsia; se le está haciendo tarde, pero Adolfo la retiene en el salón.

—¿En serio, Miriam? Tienen diez años, ¿te parece normal que en lugar de hacer un álbum de pokémons tengan uno de asesinos en serie?

—Lo importante es que demuestren curiosidad por las cosas, que tengan aficiones, ¿no? Ya se harán adolescentes y se pasarán el día viendo vídeos estúpidos en TikTok.

—¿Los asesinos en serie te parecen una buena afición? Me gustaría saber qué opina el padre Agustín.

—Al padre Agustín lo que le importa es que hace tres domingos que no vas a misa.

—Seguro que está preocupado por mi alma y no porque me echa de menos cuando pasa el cepillo.

Adolfo encaja con una sonrisa el golpe en el pecho que le ha dado Miriam, divertida. Sabe que le hace gracia que considere al párroco un pesetero y no hay nada que le haga sentir mejor que ver a su mujer reír. La coge de la cintura y la besa; si no estuviera esa manada de hijos en la casa, le propondría subir a la habitación.

—Tengo que irme, cariño.

Miriam vuelve a besar a Adolfo y, luego, busca el maletín de su portátil en la mesa del salón. Está debajo del álbum de asesinos seriales que los mellizos están haciendo; en el fondo, está orgullosa de ellos. Cada ficha es meticulosa: número de víctimas, *modus operandi,* frases destacadas de los asesinos en los juicios o en entrevistas, rasgos que los hacen únicos. Los pequeños han heredado su pasión, no como los otros tres, que solo tienen la cabeza para el pádel, la música o los chicos.

—¿Volverás muy tarde?

No es un reproche. Adolfo no es el tipo de hombre que se siente atacado si su esposa asciende en la carrera profesional. Miriam es consciente de que la responsabilidad que ha adquirido al frente de la BAC la alejará un poco de la vida familiar, pero tiene la suerte de que Adolfo esté ahí para sostenerla.

—Supongo que sí.

Entra en el garaje del chalet pareado. Vivir en la urbanización de Monteclaro tiene sus ventajas: una casa del tamaño que necesita una familia con cinco hijos, espacios verdes y buenos colegios. Lo malo es que, cada día, salir de esa urbanización entre Pozuelo y Majadahonda le supone comerse un buen atasco. Adolfo, que trabaja cerca de Boadilla, no sufre ese calvario. Arranca el coche y marca el destino en el navegador: centro penitenciario de Alcalá-Meco.

Empuja el informe de la autopsia sobre la mesa. Elena no se decide a abrirlo. La semana que lleva interna en prisión no ha mejorado su aspecto; las ojeras, dos manchas violáceas, le hacen suponer que pasa las noches en vela en su celda, pensando ¿en qué? Le gustaría poder entrar en la cabeza de la inspectora Blanco para saber qué posibilidades explora su cerebro, porque, aunque la haya detenido y el juez dictaminara la prisión preventiva, no acaba de sentirse segura frente a ella, como si fuera un gran felino enjaulado que en cualquier momento puede soltarle un zarpazo.

—¿Está muerta? —pregunta Elena cuando abre el informe y se encuentra con la fotografía de Manuela Conte.

—Parece que te alegras.

Elena finge no haberla escuchado, pasa hojas y lee en diagonal el informe del forense y de la Científica. Miriam decide resumírselo: se sabe cada línea de memoria.

—Juan José Cejudo, un vecino de Senés, en Almería, encontró el coche accidentado, un Toyota Yaris, en el Barranco de los Lobos. Debió de salirse de la carretera que atraviesa la sierra de los Filabres. ¿Conoces la zona? Da igual. Pudo acceder hasta el vehículo, pero la conductora ya estaba muerta. Dio el aviso a la Guardia Civil, que identificó el cadáver. Llevaba un bolso con su documentación y cuatro mil euros en efectivo. Fue entonces cuando nos saltó el aviso a nosotros. Era Manuela Conte. No sé qué hacía en Almería, Buendía me había dicho que se había pedido unas vacaciones y la imaginaba en Italia. Su madre es natural de Patù, un pueblo en el tacón de la bota. Desplazamos un equipo de la Científica que, en su informe preliminar, confirmó que se trataba de un homicidio violento. Manuela tenía un orificio de bala en el hueso parietal derecho, seguramente hecho a muy poca distancia. Se recogieron huellas y restos de ADN del vehículo. Veo que tú también has llegado a esa parte…

Elena no oculta una sonrisa cuando levanta la mirada del informe. No puede contenerla. Después de tantos días culpándose por haber tomado las decisiones equivocadas, alimentando el deseo de venganza como única cura frente al dolor que se le hacía insoportable, esos papeles han abierto una ventana a la esperanza. Una luz que pensaba que nunca volvería a calentarla.

—Han identificado restos de sangre de Ángel Zárate. La puerta del copiloto estaba abierta, así que suponemos que él sobrevivió al accidente. Igual que suponemos que fue él quien mató a Manuela. Hemos emitido una orden de busca y captura, pero he pensado que tal vez tú nos podrías echar una mano. No estás en la mejor situación y una actitud colaborativa podría ayudarte.

—No lo vais a coger.

Elena cierra el informe y se lo devuelve a Miriam. No quiere disimular la satisfacción que le genera que al menos Ángel haya sido capaz de burlar al Clan y escapar.

—Sabes que sí lo haremos, Elena.

—Tuvisteis vuestra oportunidad, pero ahora que lo habéis perdido, sabrá moverse fuera de vuestro radar.

—¿Cómo que tuvimos nuestra oportunidad? Me cuesta seguirte: ¿por qué no te atreves a hablarme claro?

Miriam deja que pasen unos segundos en silencio; se ha obrado una transformación en Elena, ya no es la mujer derrotada que se encontró al pasar a esta sala de Alcalá-Meco. No le aparta la mirada, soberbia, casi amenazadora, y vuelve a pensar en un puma o en una pantera que clava los ojos en los turistas que pasean al otro lado de las rejas del zoo.

—Hay muchas cosas que todavía no entiendo. ¿Qué hacía Manuela con Zárate? ¿Por qué estaban en Almería? ¿Por qué la mató? Como tampoco consigo comprender en qué momento perdiste tú la cabeza y decidiste matar a Rentero, pero entenderte a ti o a Zárate es algo secundario en mi trabajo. Sois unos asesinos y mi único objetivo es meteros en la cárcel. Cuantos más años, mejor.

—¿Cuánto tiempo vas a mantener esta farsa, Miriam? Es ridículo verte hacer el papel de policía vocacional. No eres más que una fontanera: te han mandado tapar unos agujeros y eso es lo que vas a hacer. No tiene nada que ver con ser una policía.

—Estoy aquí por Rentero. Por Manuela. Por las víctimas.

—No me trates como a una imbécil. Ya me has cazado, no hace falta. Estás aquí por el Clan. ¿Hasta dónde sois capaces de llegar?

Miriam guarda en silencio el informe en su maletín. Elena espera que la inspectora que ahora ocupa su cargo se quite la máscara: ¿por qué seguir jugando si ella está donde querían que estuviera? En la cárcel. Fuera de juego. Pero Miriam se levanta y llama al funcionario avisándole de que ya ha terminado. Coge su abrigo: parece tan caro como los que viste su madre. La puerta de la sala se abre. Allí está el funcionario que la llevará de vuelta a su celda.

—Podría preguntarte qué es el Clan —Miriam se vuelve para decírselo cuando ya estaba cruzando el umbral—, pero sería entrar en tu juego. Me lo puedo imaginar: una conspiración o un grupo criminal internacional, ¿voy bien? ¿Hay proyectos secretos de algún servicio de inteligencia? Te equivocas conmigo, Elena. ¿Quieres que seamos amigas? Cuando me cuentes la verdad sobre Zárate y obtenga alguna pista de dónde se puede haber escondido, entonces te escucharé. No he venido aquí a perder el tiempo.

Elena oye el taconeo de sus zapatos alejándose por el pasillo de la prisión.

CAPÍTULO 17

Los campos están anegados, las carreteras impracticables, todo a su alrededor es fango y el polvo que flota en la atmósfera, además de convertir la ciudad en un borrón, como un recuerdo que se empieza a olvidar, tiñe de ocre los edificios, los coches. Incluso los carteles de los negocios, pintados en amarillos, rojos y verdes saturados, se apagan bajo esta neblina polvorienta y húmeda que se le cuela en la garganta.

Afortunadamente, Zárate ha conseguido contratar a un conductor con un viejo todoterreno que fue, en origen, un Chevrolet, aunque ahora debe de tener piezas de al menos tres o cuatro marcas más. Se llama Tom y habla un inglés bastante correcto, pese a su endiablado acento. Es, además, un hombre resolutivo: en las seis horas que lleva en Monrovia le ha conseguido un lugar donde quedarse y un teléfono móvil local.

Se siente tan indefenso como un niño desde que se bajó del avión, como si todo lo que había aprendido y que le era útil en Madrid aquí no sirviera de nada y tuviera que redescubrir cómo relacionarse, cómo moverse por una ciudad en la que las reglas son otras, todas desconocidas. Todavía le duele el cuerpo; evitó ir a un hospital. Sabía que los médicos darían el aviso en cuanto identificaran la herida de su costado como de bala. «Si haces una llamada, te cogerán; si te quedas en España, te cogerán». La advertencia de Manuela y su urgencia por desaparecer le hicieron entender la dimensión del Clan. También su miedo. Le dio pena abandonarla en aquel coche, pero nada podía hacer por ella, el disparo había sido mortal. A duras penas, con el cuerpo entumecido y heridas en el brazo derecho y en las piernas, caminó renqueando en dirección sur hasta que se hizo de noche y llegó a Senés. Durmió en los bancos de piedra de un merendero a las afueras y por la mañana sacó todo el dinero que tenía en el banco —tampoco era mucho, ocho mil euros— y compró antisépticos, analgésicos y vendas en la farmacia del pueblo. Se curó las heridas lo mejor que pudo. Era consciente de que no podía quedarse allí mucho tiempo; no tardarían en encontrar el coche de Manuela y se activaría su búsqueda, pero ¿adónde ir? Tuvo la tentación de llamar a Elena o a alguno de sus compañeros de la BAC, hasta que el aviso de Manuela sonó en su conciencia como un mantra. No solo se ponía en riesgo, sino que también colocaría en una situación delicada a Elena. Tenía que continuar solo: ¿de qué forma?, ¿dónde?

Lo único que había conseguido en aquella charla con Gaynor era un nombre, el Sipeeni, y un lugar, Monrovia. En cuanto identificaran sus huellas en el coche de Manuela, su pasaporte quedaría cancelado en el aeropuerto, así que actuó rápido. Desde Almería viajó a Madrid en autobús, pasó por su apartamento para coger sus documentos y compró el vuelo en efectivo. Dieciséis horas y dos escalas después, Lisboa y Acra, llegó a Monrovia sin contratiempos.

La calle por la que circula el todoterreno de Tom es un hervidero de motos serpenteando entre los coches, de puestos de fruta y verdura en las aceras, de niños vestidos con camisetas de equipos de fútbol europeos y mujeres con rebozos coloridos.

Debería descansar, pero prefiere ir directo al consulado español en Liberia. Se encuentra en Broad Street, un barrio residencial de casas que recuerdan a la arquitectura sureña de Estados Unidos. Al bajar del taxi, Zárate nota un pinchazo en el costado. La herida de bala está cicatrizando, espera que no haya infección, ya que no pudo comprar antibióticos.

El calor es intenso, pegajoso, y la humedad —quiere pensar que es eso y no la fiebre— lo hace sudar copiosamente. Ya no hay Embajada de España en Monrovia. Ahora, todos los asuntos se llevan desde Costa de Marfil, que atiende a los dos países. Por suerte, todavía está abierto el consulado para dar servicio a los pocos españoles que entran en el país. La cónsul no está, se encuentra de viaje en Abiyán, la capital costamarfileña, pero un secretario lo atiende y tiene la delicadeza de no subrayar la palidez que arrastra Zárate.

—¿El Sipeeni? ¿Es el único nombre que tiene?

—Ya sé lo que significa en yoruba, «el español». Es un hombre que trabaja aquí o, al menos, trabajaba cuando se produjo el asalto a la embajada, en 1990.

El secretario le cuenta que ya no queda nadie de esa época en el consulado, pero sí le da un nombre.

—Juan Aldecoa. Era el ujier que trabajaba aquí hasta que pasó aquello y… ya no se volvió a abrir la embajada. Pero se quedó en Monrovia, a veces nos juntamos los españoles y él viene con su esposa. Se casó con una liberiana y vive en New Kru Town.

Decide dormir antes de adentrarse en ese barrio. Tom le ha advertido de que no es un barrio recomendable para un turista. Aunque no es de los peores de la capital de Liberia, él no debería apartarse de los más protegidos, de Broad Street, donde se encuentra el consulado; de Congo Town, donde están las universidades; de Mamba Point, donde hay más embajadas, donde está su hotel.

Se desploma en la cama, ni siquiera abre la ventana desde la que se ve la piscina alrededor de la cual se levanta el hotel. La sombra de unas palmeras y el cielo rojo del atardecer manchan las cortinas. Ha puesto el aire acondicionado al máximo. Se toma dos analgésicos y cierra los ojos. En el duermevela, lo sacuden imágenes de esta larga huida, como estallidos de luz: la mujer con las alas de águila tatuadas en el cráneo, las lágrimas de Manuela, el general que trabajaba en los invernaderos, su ojo velado… Pero es una última imagen, la de su padre cuando Ángel era solo un niño, su cuerpo tumbado junto al suyo en la cama, una noche de fiebre, su calor, lo que logra acunarlo hasta el sueño.

Está aquí por él.

Las lluvias torrenciales del otoño han desbordado el río Mesurado y destruido viviendas en los barrios más humildes. Hay un paisaje de desolación en el cieno punteado de botellas de plástico, de latas, de bolsas, de alguna prenda de ropa que parece haber brotado del barro.

—Ya ha pasado lo peor, el otoño —le informa Tom—. Ahora llega el invierno, el clima es húmedo, pero no llueve.

Atraviesan con el todoterreno las calles en las que se mezclan los comercios, los puestos callejeros, la gente con su ropa colorida moviéndose de un lado para otro, las innumerables motocicletas cargadas con dos o tres personas, sin casco, sin ninguna medida de seguridad. Es temprano, pero Monrovia ya late agitada.

La casa de Aldecoa en New Kru Town es sólida y hasta lujosa para lo que ve alrededor, aunque en España no sería más que una simple vivienda de pueblo sin encanto. Un hombre blanco con una enorme barriga está sentado en una silla junto a la puerta. Viste pantalones cortos, sin camiseta, y bebe lo que parece un ron de caña casero. El antiguo ujier de la embajada debe de rondar los setenta años y su pelo blanco contrasta con una piel tostada por el sol. Zárate prefiere presentarse como un periodista que está haciendo un reportaje sobre aquella primera guerra civil de Liberia.

—¿Quién quiere recordar? Aquí, nadie: durante esa época, la primera y la segunda guerra civil, fue como si se hubieran abolido las normas que nos hacen humanos. Todo estaba permitido. Y, más de doscientos mil muertos después, ¿qué es lo que se ha conseguido? Este país vive en la misma miseria.

Zárate lo deja hablar. Mientras Aldecoa rememora el ajusticiamiento grabado en televisión del presidente Samuel Doe, los niños soldado o los ritos caníbales que acompañaban cada masacre, escucha las risas de una niña pequeña en el interior de la casa. Poco después, la mujer de Aldecoa, una liberiana de apenas treinta años, sale con su hija cargada en brazos. Dorothy, así se llama la niña, tiene cinco años y quiere jugar con su padre. El velo atormentado que había oscurecido el rostro de Aldecoa se desvanece cuando le promete a su hija que irán a la playa. Ojalá pudiera él espantar el pasado como hace Aldecoa. Enterrarlo para vivir un presente limpio, sin recuerdos, pero es incapaz y por eso, antes de que se marche, dirige la conversación hacia ese diciembre del 90, cuando las tropas rebeldes entraron en el edificio.

—Sabíamos que tarde o temprano iba a ocurrir. Además del personal liberiano, unas veinte personas se habían refugiado en la embajada. Dicen que fue el vecino de al lado quien les abrió la puerta a los rebeldes, no lo sé. Solo dos personas sobrevivieron: Kramo y Mohamed. Tuvieron la ocurrencia de esconderse en un falso techo. Al resto… Fue una carnicería.

—¿Y los españoles? Creo que había un trabajador a quien llamaban «el Sipeeni».

Aldecoa rellena el vaso de ron y dibuja algo parecido a una sonrisa. Da un trago antes de volver a hablar.

—¿Todavía hay interés en España por ese fantasma?

—¿Lo conoces?

La niña vuelve a pedir la atención de su padre. Zárate reprime la ansiedad; no tiene más remedio que esperar cuando Aldecoa entra en la casa con ella. Durante un instante, teme que no reaparezca, que tome una salida trasera de la casa y la posibilidad de dar con la identidad del

Sipeeni se esfume, pero, abotonándose una camisa, regresa a la puerta de la casa.

—No eres el primero que viene buscando al Sipeeni; decían que era él quien ponía un revólver en la mano de los liberianos, pero ¿quién es? El día que asaltaron la embajada, se quedó un funcionario español. Era un tipo peculiar: en aquella época, solo él vivía en un barrio mezclado con la población liberiana. Después del asalto, no encontramos su cadáver, pero tampoco volvimos a saber de él. Un año más tarde, el presidente del país dio una entrevista a Antena 3 y aseguró que el Gobierno estaba haciendo todo lo que estaba en su mano para averiguar qué había pasado con ese funcionario. Unos decían que había cerrado tratos con los guerrilleros, que se había hecho rico vendiendo armas, pero nunca se llegó a saber nada de verdad. ¿Quieres que te diga lo que yo pienso? Que Arcadi Ortiz fue asesinado y que, no sé, tirarían su cuerpo en cualquier laguna.

—¿Arcadi Ortiz era el Sipeeni?

—Eso se decía. Tengo que irme, le he prometido a mi hija que la llevaría a la playa.

—Antes me has dicho que no soy el primero que viene preguntando por él. ¿Quién más ha estado buscándolo?

—Hubo otro periodista como tú. Estuvo aquí a primeros de los dos mil: Zubigaray. Decía que había recogido testimonios de gente que había visto con vida a Arcadi. Que era quien surtía de armas a generales como White Eye. Vino a buscarme con Moses Kah, que entonces era un adolescente espabilado, ahora tendrá cuarenta y… no es la mejor compañía.

—¿Dónde puedo encontrar a ese tal Moses?

—¿Tienes ganas de jugarte la vida? Un europeo paseando por el barrio de West Point es tentar a la suerte. África es un lugar peligroso y West Point es el peor barrio de todo el continente.

CAPÍTULO 18

La primera vez fue solo un escupitajo al pasar, esta mañana ha forzado un encontronazo con ella, hombro contra hombro, y la ha amenazado, le ha dicho que le va a borrar la sonrisa de la cara. La próxima llegará el ataque por parte de esa presa que va vestida siempre con un chándal rojo. Elena no tiene miedo, pero prefiere no complicar más su situación procesal con una pelea. No es fácil, tiene que hacer un esfuerzo para disimular su sonrisa, le cuesta ocultar que está feliz y adoptar un rictus de mansedumbre.

Pasea por el patio abstrayéndose de las miradas del resto de las reclusas: hay casi quinientas mujeres en Alcalá-Meco, no es una locura suponer que alguna de ellas acabara allí por una investigación de la BAC y ahora, al tener a la inspectora Blanco a su merced, busque revancha. La dirección del centro no ha puesto ninguna de las medidas habituales que, por seguridad, se asignan a los policías encarcelados: debería estar alojada en un módulo especial, solo con otras agentes de cuerpos del Estado, pero se han excusado con la mentira de que no hay plazas. También le han restringido las comunicaciones: solo puede hablar con su abogado. Su madre ha contratado a Joaquín Pallarés, el penalista del despacho que siempre ha llevado los negocios de su familia. Todavía no se ha entrevistado con él, es posible que le hayan puesto trabas para dilatar su visita. Quieren que lo pase mal, pero no lo van a conseguir. Una sensación de triunfo domina su ánimo desde que habló con Miriam Vaquero. Zárate consiguió escapar de Manuela, del Clan.

Busca un lugar tranquilo en el patio para pasar desapercibida. Sabe que no puede bajar la guardia; cinco presas rodean a la del chándal rojo y, a veces, le lanzan miradas. Ella agacha la cabeza, finge que la amedrentan, pero es consciente de que esto solo servirá al principio. Tiene que encontrar la manera de detenerlas antes de que explote la violencia. Por eso analiza los grupos que hay en el patio, cómo se organizan en el espacio, para entender también quién está al mando en esta cárcel; va a necesitar su protección.

La soledad es lo único que empaña su optimismo. Está encerrada y no puede recurrir a nadie, no solo para ponerse a salvo, sino para ayudar de alguna forma a Zárate. Solo tiene retazos de información de qué es el Clan, frases sueltas de Manuela o de Rentero que no le permiten hacer un dibujo completo. De lo único de lo que está convencida es de que se enfrenta a algo multiforme, una especie de masa escurridiza que, como agua, se ha filtrado por los estamentos de la Policía, seguramente también de las empresas, quién sabe si no hay ramificaciones políticas. Esas manchas de humedad aparecen en cualquier sitio, delatando el contagio. Es lo que sintió al tener enfrente a Miriam Vaquero; su determinación a encerrar a Zárate, sin dar ninguna importancia a los motivos, su aparición tan oportuna al frente de la BAC. ¿Por qué la eligió Rentero?

La inseguridad que bloqueó a Elena cuando vio ese vídeo en el que aparece matándolo ha desaparecido. Aunque esa mañana sigue perdida en la bruma y nunca podrá recuperar los detalles de la conversación, está segura de que ella no le hizo daño. ¿Cómo es posible entonces la existencia de ese vídeo? No lo sabe y tampoco se le ocurre de qué manera desentrañar el misterio.

Recuerda que Rentero le dijo que aún necesitaba a la BAC. Su viuda, Luisa, le contó que últimamente Rentero no dormía bien y ella lo relacionaba con un catedrático de Medicina: Juan Chavarrías. Si estuviera en la calle, ese sería su siguiente paso: ¿qué pretendía investigar Rentero con Chavarrías? ¿Era ese el último trabajo que necesitaba de la BAC? La idea de que su ambición era acabar con el Clan y que Rentero pagó las consecuencias se va afirmando. Manuela, Kira, Miriam Vaquero, son esas manchas que aparecieron en la vida de Rentero.

—Deberías pedir el traslado a un módulo de aislamiento. Están deseando darte una buena paliza.

Elena había dejado de prestar atención a las reclusas y, al levantar la mirada avisada por esta presa, comprueba que la animadversión se ha contagiado más allá del círculo de la mujer del chándal rojo. Son varios los grupos que la vigilan, algunas presas se mueven de uno a otro, como si transmitieran el aviso de que la prisión ha decidido vengarse de la policía encarcelada.

—No estoy segura de que me lo vayan a conceder.

—Ve a la enfermería, diles que estás sufriendo un ataque de pánico o que tienes pensamientos suicidas. Que si no te meten en una celda de aislamiento, harás que los periódicos publiquen que aquí dentro hay malos tratos. Saben que tú podrías conseguirlo y, te lo aseguro, lo último que quiere una cárcel es mala publicidad.

Elena se sonríe cuando mira a la presa. La última vez que la vio fue en una sala de interrogatorios en Barquillo, pero todos los esfuerzos que ha hecho por eliminar de su memoria los recuerdos de la Red Púrpura no han borrado sus facciones. Marina está más delgada y también más fibrosa, debe de haber entrenado durante estos años de presidio, pero no ha perdido la dulzura de sus rasgos, la claridad de sus ojos azules que, hace ya tanto, hicieron que su hijo confiara en ella y, luego, que Orduño se enamorara.

—Pensaba que estabas en Soto del Real.

—Cerraron el módulo de mujeres y me trasladaron aquí. ¿Cómo está Orduño?

Elena responde con un escueto «bien». Marina se levanta, parece incómoda; a pesar de la advertencia, supone que lo último que quiere Elena es su compañía; nunca logrará convencerla de que la mujer que hay ante ella ahora no es la misma que se llevó a Lucas de la plaza Mayor. No la culpa, ¿qué madre sería capaz de dar semejante perdón?

—Espera, Marina, no te vayas. —La ha cogido de la muñeca derecha, donde todavía se intuye la sombra de sus cicatrices—. Necesito que me ayudes.

CAPÍTULO 19

La obsesión de Mariajo con el hackeo de la red de la BAC ha empezado a preocupar a sus compañeros. Buendía entiende el intento de la informática por llegar al fondo del asunto, pero lo único que puede sentir por ella es compasión. Ha pasado esta semana pegada a esas pantallas, comprobando largos listados de números, de claves, de órdenes que nadie más que ella entendería, en jornadas de quince y dieciséis horas. Cree que esta investigación obsesiva no es más que un refugio contra la impotencia: Elena está en la cárcel, el proceso legal ha iniciado su curso y parece imposible encontrar una explicación que la exculpe. La dedicación de Mariajo es una manera de escapar de la realidad de que no puede hacer nada por ella.

Buendía les ha pedido paciencia a Orduño y a Reyes. Los exabruptos de Mariajo en la oficina siguen el patrón de un proceso de duelo: la negación, la ira.

«Nos están ninguneando: te están impidiendo el acceso a la autopsia de Manuela», estalló cuando Buendía reconoció que había recibido largas del forense encargado.

«¿Por qué te preguntó Elena por ella la noche antes de la muerte de Rentero?».

«¿Cómo puedes ser tan cínica? —le espetó Reyes—. ¿O es que te da miedo llamarlo por su nombre? Fue un asesinato. Tu querida Elena lo mató».

«Somos personas adultas. ¿Podemos hablar estas cosas sin perder los modales? Mariajo, no sé por qué me preguntó por Manuela. Como no tengo ni idea de qué hacía Manuela en Almería con Zárate».

«No entiendo por qué Zárate no da la cara», reconoció frustrado Orduño.

Reyes prefirió apartarse de la conversación, pero Mariajo no cejó en su fijación. Fue en busca del ordenador de la ayudante de Buendía, pero ya habían desmontado su puesto de trabajo.

«¿Ni siquiera esas prisas por hacer desaparecer sus cosas te llaman la atención?».

Buendía decidió acompañarla en esta búsqueda que le resulta infantil. Mariajo lleva demasiados años negándose a asumir algo tan inevitable como el paso del tiempo. Su época en la BAC está terminando y resistirse es inútil. Lo único que lamenta el forense es que el final se produzca de esta forma, como un animal que se pudre, rompiendo los lazos que los han unido tanto tiempo.

El almacén de la Policía Nacional está en Fuenlabrada. Allí se guardan desde los objetos decomisados en los registros hasta las pruebas que se han usado en los juicios. Todo acaba allí, salvo la droga incautada en alijos, que se guarda en un almacén secreto situado en alguna calle de la capital hasta que el juez da la orden de que sea incinerada. A Fuenlabrada ha llegado el ordenador que usaba Manuela en la BAC.

—¿Tenéis alguna autorización para que os lo entregue?

Mariajo bufa incrédula. Daniel, un funcionario de cincuenta años, ha bregado ya muchas veces con la hacker; sabe que siempre le han exasperado los vericuetos de la burocracia y ha tenido que soportar sus salidas de tono.

—Claro que no tenemos autorización, Daniel. Si la tuviéramos, habríamos mandado a un mensajero.

—Entonces no os lo puedo dar.

—Venga, hombre, no nos hagas tardar días con permisos y autorizaciones... Solo queremos revisar el ordenador de una compañera.

—Mira, Buendía, que nos conocemos. Si no quieres perder el tiempo es porque no vas a conseguirlas. Sin un papel que lo autorice, no te lo vas a llevar de aquí.

—¿Y si no me lo llevo? —interviene Mariajo—. Déjame echarle un vistazo. Diez minutos.

—¿Diez minutos? ¿Ni uno más?

—Ni uno más…

Daniel tarda todavía cerca de media hora en dar con el ordenador y llevárselo a Mariajo a una pequeña sala que usan los funcionarios para descansar y tomarse un café.

—Confío en ti para que Mariajo no borre nada.

—Descuida —promete Buendía.

Mariajo conecta su propio portátil al ordenador para tener acceso al sistema de archivos. Una consola con códigos que Buendía es incapaz de leer se abre en un lateral de la pantalla. Mariajo teclea algo de manera esporádica y, a cada orden, se despliegan filas interminables de lo que parecen archivos. El forense no sabe qué está buscando, si está rastreando en los mensajes de mail que pudo escribir Manuela o en los archivos que tuviera guardados en el ordenador. Piensa que, después de este viaje al almacén, debería tomar un café con ella y hacerle notar que está dando palos de ciego, que el verdadero problema no es el hackeo o su supuesta incapacidad para detectar el origen del ataque, sino que su mejor —puede que su única— amiga haya cometido una atrocidad, pero en ese momento un grito de Mariajo —«¡Te pillé!»— tira por tierra todos sus planes.

—¿Qué has encontrado? ¿A quién has pillado?

En el coche, camino de la Colonia del Manzanares, Mariajo le explica su hallazgo: en el ordenador de Manuela había un programa *backdoor*.

—Desde su ordenador, entró en el sistema de seguridad. Esos virus lo que hacen es abrir una puerta trasera. Un camino para que cualquiera pueda entrar saltándose la seguridad del algoritmo, ¿lo entiendes? Así hicieron la copia de nuestros archivos, pero ¿sabes qué es realmente brillante? Que el programa no dejó ninguna huella. Te aseguro que eso no es fácil, pero, bueno…, basta ver el código para darse cuenta de quién lo ha hecho…

—¿Tú puedes identificar al autor de un código?

—Es como el estilo de una novela: un buen lector podría reconocer si un fragmento está escrito por Vargas Llosa, por Paul Auster o por Agatha Christie. Y este código lleva la firma de Aritz.

Mientras aparcan en la Colonia del Manzanares, Mariajo le cuenta que Aritz tiene unos veintiún años y es un chaval superdotado, el mejor hacker de Europa. Hace un par de años, un banco desahució a su abuela y él, en venganza, entró en los ordenadores de la entidad y montó un pollo tremendo. Les hizo perder millones de euros. Lo pillaron y está en libertad con cargos, a la espera de juicio. La fiscal pide una condena de quince años y toda la comunidad hacker reclama un castigo más indulgente.

—¿Y por qué ha decidido robar nuestros archivos? ¿Es algún tipo de protesta contra la autoridad?

—Si fuera así, habría dejado su firma, Buendía. ¿Por qué te crees que lo cazaron en el banco? No quería robar, lo hizo para demostrar que eran unos ladrones y que no tenían derecho a desahuciar a su abuela. No se escondió.

—Entonces, ¿por qué ha hecho lo de la BAC?

—La pregunta adecuada es ¿para quién?

Buendía no sabe si deberían avisar a Miriam o al resto de la brigada, pero han llegado al chalet en el que vive la familia de Aritz, en la calle de la Bahía, un pareado de color albero con una buganvilla en el exterior, y Mariajo no le da tiempo. Ha llamado al timbre y, poco después, una mujer de unos cuarenta y cinco años que aparenta algunos más, ojerosa y estropeada, les abre la puerta.

—¿Qué estás haciendo aquí, Mariajo?

—Hola, Alicia. Necesito hablar con Aritz.

Mientras la mujer los conduce escaleras arriba hasta la habitación de su hijo, Buendía entiende que Mariajo y ella ya habían tenido relación: se conocieron en algunas reuniones que hizo la comunidad hacker para encontrar la manera de ayudar a Aritz en el juicio. Un proceso que, según les cuenta, iba bien. Aunque todavía no se ha hecho oficial, la Fiscalía les ha dicho que piensa rebajar la petición de pena y, aunque fuera condenado, Aritz no tendría que entrar en prisión.

—Por eso mismo no entiendo qué le ha pasado.

Alicia contiene un suspiro antes de llamar a la puerta de su hijo y abrir. La habitación está en penumbra, las persianas están echadas, y la única luz proviene de un monitor. Tiene un salvapantallas de la cabeza de un gato que va rebotando de un lado a otro. El amasijo de cables y dispositivos le recuerda a Buendía el chiringuito de Mariajo en la BAC. Tal vez la única diferencia sea que las paredes están tapizadas con pósteres de una tal Mitski, una chica de rasgos asiáticos que el forense supone que debe de ser una cantante, y de unas extrañas telas de punto de cruz que reproducen esos mismos pósteres. En la cama, tapado por las sábanas, ve al chico tumbado boca arriba. No duerme, tiene los ojos abiertos, pero no ha mostrado la más mínima reacción a su entrada en el cuarto.

—Lleva así casi tres semanas —les explica su madre—. Hacía mucho tiempo que no padecía una crisis…

—Aritz tiene un trastorno del espectro autista de grado tres —aclara Mariajo a Buendía antes de sentarse en el borde de la cama—. ¿Tienes alguna idea de qué puede haberla desencadenado?

Alicia solo tiene fuerzas para negar con un gesto. Está agotada, no es difícil imaginar la frustración de una madre que, después de años de esfuerzo, consigue que su hijo lleve una vida normal para verlo despeñarse de nuevo en el mutismo.

—¿Te importa si me quedo un poco con él?

Buendía se marcha acompañado por Alicia. Cuando salen, la penumbra vuelve a dominar la habitación. Ese gato de 16 bits que rebota en el marco del monitor desprende un resplandor azulado. Mariajo acaricia la frente de Aritz, le retira los mechones rojos de la cara, recuerda cuando lo acompañó a una peluquería para teñirse el pelo. Quería desprenderse de su imagen de niño formal y parecer lo que realmente era: un rebelde antisistema.

—¿Quién te hizo entrar en los archivos de la BAC?

Pero a la pregunta de Mariajo le responde el silencio de Aritz.

CAPÍTULO 20

Orduño mira con curiosidad un esqueleto. Se pregunta si los huesos, unidos con alambres, son de verdad o réplicas. Por desgracia, se ha enfrentado a demasiados restos humanos a lo largo de los años en la BAC; preferiría conservar la mirada naif del que solo los ha visto en fotografías o en películas. Pasa el dedo por encima de la clavícula y, al tacto, se convence de que debe de ser una reproducción, aunque no sabe de qué material.

Le sorprendió la llamada de Marina y la urgencia por verlo. Se encontraron en la sala de visitas de Alcalá-Meco, con un cristal entre los dos, hablándose por los teléfonos. Muy lejos de aquella habitación de vis a vis en Soto del Real. No había ido a visitarla desde que la trasladaron y se sentía culpable: ella fue quien los puso en la pista de Dely, la prostituta a la que asesinaron los miembros de la Sección. Esperaba sus reproches, los habría encajado sin protestar y, también, sin aclarar el porqué de su ausencia. ¿De qué valdría decirle que estaba enamorado de otra mujer? ¿De alguien que ahora lo rechazaba? Pero Marina no le exigió ninguna explicación: solo le transmitió una petición de Elena Blanco.

—Quiere que hables con un catedrático de Medicina. Se llama Juan Chavarrías. Elena dice que Rentero estaba en contacto con él, no sabe si eso puede tener alguna relación con su muerte.

Orduño le prometió que lo haría, aunque lo hizo con la boca pequeña. Elena clamaba por su inocencia contra unas evidencias tan abrumadoras como el vídeo y los rastros de ADN. ¿Qué sentido tenía hablar con ese catedrático? La culpable ya estaba entre rejas.

—¿Estás bien?

—Sí, un poco cansado. Mucho trabajo, como siempre.

No habría servido de nada confesarle a Marina que se sentía perdido. Quería situarse al lado de Reyes, entendía su dolor por la muerte de Rentero, pero algo dentro de él lo obligaba a mantenerse fiel a Elena.

—Vendré a verte. La próxima vez no pasará tanto tiempo.

Marina le sonrió y le agradeció las buenas intenciones; en la monotonía de la cárcel, poder charlar de vez en cuando con un amigo significaba un alivio. Sin embargo, cuando la vio marcharse, Orduño tuvo la sensación de que ella sabía que no iba a cumplir esa promesa. De alguna forma que no logra entender, Marina lo conoce mejor que nadie. Se dio cuenta de su estado de confusión, como seguramente de que, pese a las dudas, haría lo que Elena le había pedido. Por eso está ahora en la Facultad de Medicina de la Complutense y por eso ha venido solo; no sabría explicarle a Reyes por qué obedece las órdenes de Elena, mucho menos a Miriam Vaquero.

—Hola, me han dicho que me estaba esperando. Disculpe la tardanza, estaba en clase. ¿En qué lo puedo ayudar?

La irrupción de Chavarrías descubre a Orduño todavía manoseando el esqueleto del despacho donde le habían pedido que aguardara y, como un escolar descubierto en falta, disimula nervioso.

—Me llamo Rodrigo Orduño, soy agente de la Brigada de Análisis de Casos. No sé si la ha oído nombrar. Me han pedido que viniera a hablar con usted, es por algo relacionado con el comisario Rentero. Creo que lo conocía.

—Claro y… ya he visto las noticias. Qué tristeza.

—Sé que había algo que le preocupaba y que lo habló con usted. No le voy a mentir, no tengo más datos, por eso he venido, para ver si usted me lo puede aclarar. Estamos investigando todo lo que sucedió en los días previos.

Chavarrías rodea su mesa, atestada de carpetas, puede que de exámenes por corregir o trabajos. Tiene más de sesenta años, el pelo cano y un brillo en la piel que Orduño ha visto más de una vez en los médicos, como si salvar vidas los rejuveneciera. Él ha hecho su trabajo, se ha informado sobre el profesor: además de ser catedrático en la universidad, Chavarrías es director del Instituto de Medicina Legal de Salamanca.

—¿Puedo ver su identificación?

Orduño le entrega el carnet y el catedrático dedica unos segundos a analizarlo. Le sorprende que sea tan precavido; pocos dudan de alguien que se presenta como policía.

—Desde el Instituto de Medicina Legal de Salamanca había colaborado en algunos casos con Rentero. Nos conocimos, no sé, ¿en el 94? Coincidimos hace no mucho en una cena y le comenté un tema que me preocupaba. Mi intención era denunciarlo en la comisaría, pero él, no sé..., cuando se lo describí, le dio una importancia que ni yo mismo entiendo. Me dijo que no hiciera nada. Que su brigada, la BAC, se haría cargo del caso y que era algo que debía mantener en el más estricto secreto. Al contárselo a usted, tengo la sensación de estar traicionando su memoria.

—Le aseguro que no es así. Rentero no llegó a informarnos de esto, pero sé que le gustaría saber que no lo hemos abandonado.

Chavarrías se pone en pie y le pide que lo siga. Los pasillos de la facultad están llenos de alumnos que saludan al catedrático, aunque él no se detiene a charlar con nadie. Llegan a un ascensor al que se accede con una llave.

—¿Adónde me lleva?

—Al sótano, al depósito de los cadáveres donados para las prácticas docentes.

Orduño evita preguntar más, se da cuenta de que Chavarrías no se siente cómodo hablando en el ascensor; una profesora baja con ellos hasta la primera planta y el catedrático no quiere que otros oídos escuchen esta historia. Cuando ella sale del ascensor, Orduño siente un nerviosismo que, al principio, relaciona con su aprensión a ver cadáveres. Ha asistido a muchas autopsias, pero no es algo a lo que se haya acostumbrado. Es incapaz de ver el cadáver como lo hace Buendía, como algo inanimado que los va a ayudar a resolver el enigma de su muerte; él se imagina sus vidas, sus sueños, sus éxitos y sus fracasos, cómo llegaron hasta esa mesa en la que los abren en canal para averiguar todo sobre ellos. Sin embargo, cuando llegan al sótano y sigue por un pasillo al catedrático, se da cuenta de que los nervios no tienen que ver con los escrúpulos, sino con la sensación de que se está asomando a algo que puede cambiar la idea que tenían de la muerte de Rentero. Que puede exculpar a Elena.

—Los cadáveres se mantienen en cámaras de refrigeración y se les inyectan alcoholes en función de su estado de conservación. Hay otras cámaras en las que se congelan a diecinueve grados bajo cero. Ni olores, ni putrefacción, nada. El mundo es cada vez más aséptico. Lo que no sabemos es si eso es bueno o malo.

Orduño recuerda vagamente un artículo que se publicó hace unos años en los periódicos sobre el depósito de cadáveres de esta facultad. Entonces había unos quinientos cadáveres en mal estado, muchos sin identificar y apilados de cualquier manera. El escándalo que produjo el artículo hizo que se concediera la dotación presupuestaria necesaria para modernizar las instalaciones.

Todavía deben traspasar varias puertas con llave. La última solo se abre cuando el profesor Chavarrías introduce un código.

—Bienvenido al Centro de Donación de Cuerpos de la Universidad Complutense de Madrid.

El espacio es grande y diáfano. Nada más entrar, se accede a la sala de inyección, donde, en cuanto llegan, se trata a los cadáveres con una solución que combina fenol, etanol, glicerol y formaldehído.

—Lo ve vacío por la hora, pero normalmente hay gente trabajando aquí. Ahí están las salas de disección; los alumnos vienen a hacer sus prácticas o siguen por los monitores el trabajo del profesor… Venga conmigo.

Entran en una gran sala llena de grandes congeladores, arcones como los que cualquiera podría tener en su casa, pero más grandes. El profesor Chavarrías abre uno de ellos.

—Aquí están los cuerpos que ya han sido usados. Cuando ya quedan inservibles, se envían a incinerar.

Es difícil tratar con esta cotidianidad la muerte. En el arcón se acumulan varios cuerpos, Orduño no sabe si completos o si entre unos y otros hay también miembros sueltos, tal vez algún brazo, una cabeza. Las pieles tienen un aspecto encerado, amarillento. Las venas están inflamadas, se dibuja su curso con claridad, tal vez por esos líquidos que le ha dicho Chavarrías que les inyectan. Quiere convencerse de que son solo cuerpos, que no hay sufrimiento en ellos, pero las caras sin ojos, con los músculos entrelazados a la vista, desprenden cualquier cosa menos paz.

—El problema está en la sala de refrigeración.

El catedrático lo conduce ahora a otra sala con una temperatura controlada de diez grados. Las paredes están cubiertas por estanterías metálicas y en cada hueco, un cadáver en una bolsa. Chavarrías arrastra un carrito hasta una de ellas, empuja la bandeja con el cadáver y lo traslada a una mesa que hay en el centro.

—Según los registros, en la facultad hay doscientos doce cadáveres, pero no es verdad. Hay doscientos diecisiete. Cinco cuerpos que no tienen etiqueta de entrada ni identificación. Este es uno de ellos.

Chavarrías abre la bolsa y descubre el cadáver. Más allá de que se trata de un hombre, a Orduño le cuesta individualizar ese cuerpo con más detalles. Solo adivina unas cicatrices de diez o más centímetros en la zona del estómago, supone que por las prácticas de los alumnos.

—Este cuerpo nunca se ha usado en la sala de autopsias. Ni él ni los otros cuatro. Sin identificación, es imposible. Esas cicatrices se hicieron en vida.

El rostro del cadáver es como una plastilina marrón, casi negra, moldeada hasta adquirir una lisura que suaviza los volúmenes. Tiene la boca entreabierta y puede ver unos dientes que le sorprenden por su blancura.

—¿Tiene alguna teoría de cómo han llegado aquí estos cuerpos?

—Ya se lo dije a Rentero: ninguna. Lo único que puedo contarle de este hombre es que tendría unos veintidós años cuando murió y que, probablemente, fuera natural de algún país del África subsahariana.

CAPÍTULO 21

El Toyota de Tom se detiene al borde de la carretera; apenas falta un centenar de metros para llegar a los endebles barracones. Están en una especie de terreno de nadie, ocupado solo por la basura, pero Zárate sabe que Tom no irá más lejos. Este ha sido el punto donde lo ha dejado cada día para que él deambulara por West Point en busca de Moses Kah, aunque hoy es diferente. El sol se está poniendo y nunca se había atrevido a pisar el poblado chabolista en el que se hacinan más de ochenta mil almas, el *slum,* como lo llaman ellos, en plena noche. Y nunca lo había hecho con una pistola metida bajo el cinturón, en la espalda del pantalón. Una Glock 18 austriaca con aspecto de haber matado mucho que le ha conseguido su conductor por cien dólares. Ha aprendido que la vida en West Point no vale gran cosa y, si va a adentrarse en la noche de este enjambre de chabolas, drogas y excrementos, más le vale hacerlo armado.

Hasta ayer, sus intentos por localizar a Moses Kah habían resultado vanos. Una cierta soberbia europea le hizo creer que manejarse en este barrio no sería tan diferente a otros poblados chabolistas, a las reglas de la Cañada Real, pero West Point es otra cosa. West Point no se parece a nada que Zárate hubiera visto antes.

El barrio está instalado en terreno ganado al mar. En los años cuarenta del siglo XX, al drenar el puerto de Monrovia, se formó una franja de arena que pronto aprovecharon los más necesitados para construir sus frágiles viviendas. Situado entre el centro de la ciudad y el mar, en otra capital se habrían hecho obras para asentar el terreno y habría sido un lugar privilegiado, con un paseo marítimo, terrazas, edificios de lujo con vistas maravillosas al Atlántico… En lugar de eso, solo hay miseria y basura, la playa es un inmenso estercolero donde los más pobres de entre los más pobres se instalan cuando hay marea baja y ven cómo el mar se lo lleva todo cuando sube. El océano busca recuperar ese espacio que perdió y lo va logrando poco a poco; cada año, West Point aumenta en población y disminuye en espacio. Hace no demasiado tiempo, este barrio fue el lugar con más casos de ébola del continente africano, lo que equivale a decir del mundo. Ya no hay ébola, pero nadie espera que las condiciones vayan a mejorar; tienen altos niveles de cólera o tuberculosis, no hay agua limpia y fresca, enfermedades como el sida siguen asolando a sus habitantes: pescadores, vendedores ambulantes, mendigos, delincuentes, prostitutas, muchos niños desamparados; víctimas de los once años de guerras civiles que los dejaron olvidados en esta pocilga, presos de las drogas y de sus propias conciencias.

Le costó varios días acostumbrarse al olor nauseabundo que flota en el barrio. No es solo la acumulación de basura que invade el mar de plásticos y desechos, sino que la gente hace sus necesidades donde le pilla, excrementos y orines que va pisando en la playa o en los estrechos callejones, a veces tan angostos que solo cabe una persona, y que son la geografía caótica de West Point. Por uno de estos vericuetos se perdió una vez. Preguntando por Moses Kah, un niño le señaló una chabola pintada de azul. No tendría más de diez años y estaba sentado en el barro de la calle fumando algo que podría ser pegamento o crack. Sus pupilas eran dos alfileres. Cometió el error de creerle. En la chabola se vio rodeado por un grupo de liberianos, puede que algunos fueran solo adolescentes. Un hombre con la cabeza afeitada y músculos que parecía que iban a romper la camiseta del Manchester City sacó una pistola y lo encañonó. En un inglés precario le dijo que se llamaba Kiva y que, si no les daba dinero, lo matarían allí mismo. Zárate sabía que no era un farol. Rebuscó en sus bolsillos y le dio trescientos dólares, pero antes de que Kiva terminara de contarlos, abrió la puerta de un empellón y corrió por el laberinto de callejuelas. Si se quedaba, Kiva lo retendría o lo obligaría a ir al hotel a por más dinero, así hasta que se convenciera de que ya no le quedaba nada. Eso si no se aburría antes y lo mataba. Fue entonces cuando se dio cuenta de que tenía que ser menos ingenuo con West Point. Todos veían al blanco como una piñata a la que sacudir y exprimir hasta que ya no pudiera dar más. Al día siguiente, le pidió a Tom que le consiguiera la pistola.

Después de aquello, intentó mantenerse en la calle comercial, el West Point Market: una vía asfaltada más ancha, atestada de mototaxis amarillos y de gente con pequeños puestos de frutas, de pescado, de ropa usada que tal vez llegue directa de contenedores situados en la calle de cualquier ciudad europea. Cachivaches sin aparente utilidad se amontonaban en otros puestos: planchas viejas, un microondas estropeado, una tostadora, una cafetera requemada... Los edificios que parecen algo mejores —quizá oficiales— están protegidos por muros con concertinas. Todos lo miraban, pero volvían de inmediato a sus quehaceres, al bullicio de este lugar donde, a pesar de las condiciones extremas, algunos se afanan por sobrevivir de una manera digna.

—¿Has preguntado a la orilla del Mesurado? —le dijo una mujer de unos cincuenta años, probablemente la persona de más edad que había visto en el barrio, cuando preguntó por Moses Kah.

No hay ancianos en West Point. No sabe cuál es la edad media en estas calles, pero parece evidente que la violencia o las enfermedades se los llevan muy pronto.

Junto al río encontró un intrincado laberinto de chabolas donde vio grupos de mujeres medio desnudas tumbadas en el suelo. No dormían, eran zombis, algunas retorcidas en extrañas contorsiones, con la mirada perdida del fentanilo. Fue como cruzar un territorio postapocalíptico, de destrucción y de seres humanos que ya no saben ni quiénes son. Dio con una mujer sentada en la puerta de algo así como un establo; pudo atisbar dentro algunos colchones plagados de manchas pardas, puede que sangre, puede que otros fluidos. Pese a estar colocada, cuando Zárate le preguntó por Moses masculló algo en un idioma que él no entendió y, después de aceptar veinte dólares, le dijo en inglés:

—Solo viene por la noche.

El sol desaparece tras el océano. West Point se sumerge en las sombras. No hay tendido eléctrico y las únicas luces que destellan a esas horas son las de algunos burdeles que tienen generador o las de los faros de motos y coches que recorren esta colmena. Con la desaparición del sol, ha notado cómo se enciende una especie de fiebre en West Point, una aceleración de su ritmo. Los vehículos, cuatro por cuatro la mayoría, también las motos, hormiguean por las callejas. La gente no se encierra en sus covachas, sino que esperan en las puertas, Zárate no sabe qué: tal vez algún negocio de drogas, tal vez la llegada de los clientes de la prostitución. El dinero de la clase más acomodada que viene a saciarse de los placeres que ofrece el barrio.

Tiene que entregar otros veinte dólares a una mujer que tira de él hacia una casa. Le promete que le dejará hacer lo que él quiera. No solo follársela. «¿Me quieres pegar?», le dice. Zárate la aparta sin violencia, no quiere provocar un altercado. Nota las miradas vigilantes de algunos niños, puede que ojeadores del proxeneta que tiene a chicas como esta.

—¿Conoces a Moses Kah?

La mujer da por buenos los dólares de Zárate y le da indicaciones para llegar a otra chabola, una amarilla y con el escudo del Real Madrid pintado en la pared bajo el lema WELCOME TO SPAIN. Se lleva la mano a la pistola; no sabe si el callejón que le ha indicado, por el que tiene que pasar de perfil, es otra trampa. Sin embargo, nadie lo embosca allí y sale a un barrizal de latas y basura que funciona como el vergel hediondo de una chabola de tablones de madera y techo de uralita. Es absurdo, casi surrealista, ver el escudo del Madrid y ese *Welcome to Spain,* como si ese cuchitril fuera una suerte de territorio español, una embajada en West Point.

Cuando llega frente a la casa, escucha golpes y gritos de dolor de una mujer. Para abrir la puerta solo necesita pegarle una patada. Dentro descubre a un hombre blanco, de pelo rubio, delante de una mujer desnuda. No están practicando sexo, él está sometiéndola a una paliza que ella encaja sin tratar de huir, aunque tiene la cara ensangrentada y moratones por todo el cuerpo de las patadas y puñetazos. El hombre, se da cuenta Zárate un instante antes de sacar la pistola, está masajeándose la polla: lo excita esta tortura.

—Vuelve a tocarla y disparo.

El rubio intenta desarmarlo cuando se gira hacia él. Zárate no necesita disparar, solo le asesta un golpe con la culata en la frente. El rubio empieza a sangrar y lo insulta en un idioma que no entiende, pero no le suena como el africano que hablan en Liberia. Tiene la cadencia de un idioma europeo, tal vez holandés. La chica, lejos de agradecer la aparición de Zárate, corre a abrazarse a las piernas del rubio, como si le estuviera pidiendo perdón. Él la aparta de una patada. Ángel no puede soportar la situación y dispara al suelo. El rubio se queda un segundo mirándolo, como si quisiera grabar bien su rostro para no olvidarlo.

—La próxima vez, no lo cuentas.

Se lo dice en inglés. Sabe que el rubio le ha entendido, pero le sorprende que no muestre el más mínimo miedo. Se agacha para recoger un chaleco que había dejado tirado en el suelo y entonces lo entiende. En la espalda del chaleco puede leer las siglas ONU. Zárate, desconcertado, lo deja salir. Coge una sábana, se acerca a la mujer para taparla y ella se arrebuja bajo la tela. No sabe qué edad puede tener, pero no más de veinte.

—Deberías ir a un médico a que te cure esas heridas. Se te pueden infectar.

—Déjame en paz. ¡Vete!

No quiere que los gritos de la mujer lo pongan en una situación aún peor. Supone que el disparo ya habrá llamado bastante la atención. Se aparta, dejándole claro que no quiere molestarla.

—Estoy buscando a Moses Kah. ¿Sabes dónde lo puedo encontrar?

—¿Para qué quieres a mi hermano?

Zárate no tiene tiempo de responder. Un golpe seco en la espalda lo hace caer de rodillas. Apenas llega a girarse cuando ve a un liberiano enarbolar un palo con el que le sacude en la cara. En el barro de la chabola, Ángel se retuerce de dolor. Se lleva la mano a la cara y nota que la nariz está sangrando, no sabe si se la ha roto. El liberiano se acerca para propinarle un nuevo golpe, pero él lo encañona con la pistola. El hombre se detiene; debe de tener unos cuarenta años y no está en buena forma. Una barriga inflada destaca en su torso desnudo. Tira el palo a un lado, pero no tiene miedo del arma de Zárate.

—Yo soy Moses Kah. ¿Por qué me estás buscando?

—Necesito hablar contigo. Hace mucho tiempo, estuviste con un periodista español. Zubigaray, ¿te acuerdas?

—Javier Zubigaray, claro que me acuerdo. ¿Está aquí otra vez?

—No, pero quiero que me cuentes lo que hicisteis. Él estaba haciendo un reportaje sobre un español. El Sipeeni, lo llamaban. Arcadi Ortiz.

La cara de Moses se ensombrece de repente. Le da la espalda a Zárate y se acerca a atender a su hermana. Ángel se incorpora sin dejar de apuntarle con la pistola.

—Nos has hecho perder mucho.

—¿Sabías que ese bestia de la ONU le estaba pegando?

Los ojos de Moses se clavan en él y Zárate vuelve a tener una sensación incómoda. La de que él no tiene ni puta idea de cómo es la vida en West Point.

—Dime dónde encontrar a Arcadi Ortiz y te dejaré en paz.

—¿Quieres saberlo? Eso te costará dinero. Mucho dinero.

CAPÍTULO 22

Han colocado los cinco cadáveres sin identificar en las mesas de disección del propio Centro de Donación de Cuerpos de la Complutense y Chavarrías se ha quedado para asistir a Buendía. Los dos forenses han confirmado el origen de los cuerpos, el África subsahariana, pero no es lo único que comparten. A la espera de unas radiografías para determinar la edad biológica, estiman que los cinco oscilan entre los dieciocho y los veintitrés años, son varones y, aunque difieren en cada cuerpo, todos tienen cicatrices que hacen pensar que sufrieron alguna intervención quirúrgica cuando todavía estaban vivos. El primero que vio Orduño las tenía en el estómago; otros tienen una costura que les atraviesa el tórax.

—Acércate un momento y trae el móvil, Orduño. ¿Puedes fotografiar la cara?

Hace lo que le ordena Buendía: enmarca el rostro cerúleo de uno de los cadáveres y lo fotografía.

—De verdad que no entiendo cómo ha podido pasar esto. —Chavarrías se viste con un mono blanco y se enfunda las manos en guantes de látex, pero es incapaz de apartar la vergüenza por que algo así pueda suceder en sus instalaciones—. Te juro que, desde el escándalo de los quinientos cuerpos amontonados, se reformó y hemos sido muy estrictos en los procesos.

—¿Te acuerdas de la piscina de formol que había cuando nosotros estudiábamos? Entonces sí que era difícil tener un control sobre los cadáveres que había en la facultad.

—Te tocaba pescar uno para hacer las prácticas. Si tenías suerte, te encontrabas un cuerpo al que no le faltaba casi nada.

A Orduño no deja de sorprenderle que los forenses sean capaces de bromear mientras examinan los cadáveres. A un gesto de Buendía, se acerca a otro para fotografiar la cara. Ahora entiende el porqué de estas fotografías.

—¿Te has fijado?

Buendía señala las escarificaciones en el rostro de uno de ellos. Pequeñas cicatrices que parecen estéticas y cuyo motivo se repite en tres de los cinco cadáveres. En las mejillas, a cada lado de la boca, tres líneas que hacen pensar a Orduño en los bigotes de un felino.

—Las escarificaciones son una manera de reforzar la identidad grupal en ciertas zonas de África. Es como llevar a la vista un carnet de pertenencia a una etnia o a un pueblo. —Chavarrías busca su móvil y teclea un mensaje—. Ángeles Pereda trabaja en el Departamento de Medicina Legal, pero también es experta en etnología africana. Puede que ella sepa identificar las escarificaciones. Todavía está en la facultad.

—Dígame en qué despacho. Por ahora, es mejor que llevemos este asunto con discreción.

Orduño deja a los forenses trabajando; no ha necesitado muchas explicaciones para que Buendía se implicara, pero cuando esto llegue a oídos de Miriam Vaquero sabe que será diferente. ¿Cómo justificar su investigación en la universidad ante la nueva jefa? Todavía están lejos de poder establecer algún tipo de conexión entre la muerte de Rentero y estos cuerpos sin nombre.

Sube en el ascensor hasta la cuarta planta. Empieza a caer la noche y el trasiego de estudiantes ya es escaso. Busca el número de despacho que le ha dicho Chavarrías. La doctora Pereda lo estaba esperando y dedica un buen tiempo a analizar las escarificaciones de las fotografías.

Luego teclea algo en su ordenador hasta que consigue un resultado. Gira la pantalla y muestra a Orduño la imagen de una mujer con un llamativo vestido amarillo estampado a juego con el pañuelo de la cabeza. En su cara están esas mismas escarificaciones: las líneas como bigotes en las mejillas.

—Este tipo de marcas son propias del pueblo kissi. Viven en una zona fronteriza entre Sierra Leona, Guinea y Liberia.

Baja de la cuarta planta por las escaleras. No sabe qué valor puede tener el dato que le ha dado la doctora. ¿Cómo acabaron estos cinco hombres en el depósito de la Complutense? Tampoco entiende el ocultismo con el que Rentero quería llevar el caso. Lo lógico hubiera sido que la Policía Nacional se hiciera cargo de esta investigación, ¿por qué quería que fuera la BAC? Es un encargo que nunca hizo y, de repente, cuando ya ha llegado al hall de la facultad, una idea lo asalta: ¿y si lo que pretendía Rentero era enterrar esta historia? Por eso le dijo a Chavarrías que no lo hiciera público. Por eso no llegó nunca la información a las oficinas de Barquillo.

—¡Orduño!

Le sorprende escuchar su nombre y le sorprende aún más ver entrar en la facultad a Reyes acompañada por Miriam Vaquero. No sabe quién las ha alertado de que Buendía y él estaban allí.

—Hubiera preferido enterarme por ti, Orduño. Sé que no es fácil, pero soy yo quien está ahora al mando de la BAC. No está bien que los agentes a mi cargo decidan iniciar investigaciones sin mi aprobación. Lo entiendes, ¿verdad? ¿Y si todo esto es una gran metedura de pata? ¿Qué le digo a Gálvez cuando me llame pidiendo cabezas?

Orduño balbucea una excusa sin sentido, algo sobre un descubrimiento casual.

—¿De verdad te parece lo más urgente andar revolviendo entre los cadáveres de la facultad? —Reyes no disimula el cinismo. La brecha entre ellos no deja de abrirse y tiene la desagradable sensación de que lo mira como a un extraño—. Se supone que todos deberíamos estar centrados en detener a Zárate. ¿O es que vais a protegerlo como intentasteis hacer con Elena?

—Esto me supera, Reyes, Miriam. Lo siento. Primero Elena, y ahora Zárate acusado de la muerte de Manuela. No sé qué está pasando... ¿Nos echaron algún tipo de droga en la fuente de agua de la oficina? Porque vosotras también lo tenéis que ver: ¿cómo pueden convertirse dos buenos policías en asesinos de la noche a la mañana? ¡Es de locos!

—No te niego que es, cuando menos, extraño, pero si eso es lo que te preocupa de verdad, quizá tu sitio no esté en la BAC. Quizá deberías buscar una plaza en una brigada dedicada al análisis del comportamiento delictivo. Yo lo he pensado muchas veces, también me fascina la mente de los psicópatas. Podría recomendarte.

Es difícil adivinar si Miriam se está burlando de él. Todavía no es capaz de calar a esta mujer que viste como si viniera de unas jornadas de convivencia católicas, que siempre sonríe, calmada, aunque el mundo se esté derrumbando a su alrededor. Porque así es como Orduño está viviendo estos días: un terremoto ha sacudido sus vidas y bajo los cascotes se han quedado enterrados Buendía, Mariajo y él. La única que parece haber salido indemne es Reyes, que se ha convertido en la mano derecha de Miriam. No solo encontró fuerzas para enfrentar la muerte de su tío, sino también para dar caza a su asesina, Elena. Y ahora está decidida a hacer lo mismo con Zárate.

—Hagamos las cosas bien, Orduño. Dime qué te trajo aquí y, si me parece relevante, pondré todos los recursos necesarios.

Es consciente de que no tiene sentido mentir a Miriam. Si se ha presentado en la facultad, es que sabe mucho más de lo que dice.

—Rentero quería investigar este caso. Lo supe a través de su viuda. Ella me dijo que estaba metido en algo con Chavarrías, un catedrático de esta facultad.

—Eso es una puta mentira, Orduño. ¿Por qué iba a contarte Luisa nada a ti? Es Elena otra vez, ¿verdad? Ella fue la que habló con mi tía y tú estás siguiéndola como un perrito faldero. ¿Qué os pensáis? ¿Que vais a sacarla de la cárcel?

—Tranquila, Reyes —tercia Miriam—. Vamos a aclarar de qué va todo esto. ¿Dónde está Buendía?

En un silencio sepulcral, Orduño las guía hasta el sótano. Siente en la nuca la mirada de odio de Reyes, el desprecio que ya no logrará dejar atrás. Este rencor no nació con la muerte de Rentero, sino mucho antes, cuando Reyes se infiltró en la Sección de Villaverde. Allí se obró la transformación, al lado de Cristo, pero sobre todo al lado de Fabián, el único que sigue en paradero desconocido desde que desarticularon esa brigada corrupta. En ese momento, Reyes dejó de ser la persona que él conocía para ser otra Reyes. Una que lo detesta.

Orduño teclea el código de acceso a la última sala. Por un pasillo aséptico llegan hasta la sala de autopsias donde están trabajando Buendía y Chavarrías. En este tiempo, han diseccionado cuatro cadáveres, cuyos interiores se abren ahora al exterior como flores. Miriam lo adelanta para hablar con Buendía, que, pese a su irrupción, no ha dejado de trabajar.

—¿Eres consciente de que hacer esto sin permiso judicial te expone a la apertura de un expediente?

—Llevo casi cuarenta años en la policía, me quedan unas semanas para jubilarme y me da exactamente igual cuántos expedientes me abran, los leeré con interés mientras guardo sitio para mis nietos en la primera línea de la playa de Poniente, en Benidorm. No te imaginas lo difícil que es poner la toalla delante del agua... —Solo entonces Buendía deja el bisturí sobre la mesa para enfrentar a Miriam—. En esos cuarenta años he cumplido sin descanso con mi obligación, que es investigar siempre que se ha cometido un crimen. Y aquí hay cinco cadáveres que no sabemos de dónde salen. No sabemos sus nombres ni quién los trajo aquí. Lo único que puedo decirte de ellos es que, antes de morir, les fueron extirpados algunos órganos. Ese de ahí no tiene hígado ni riñones. A estos dos, además de los riñones, les sustrajeron el corazón y los pulmones. A este último también le falta el estómago y partes del intestino. ¿Entiendes lo que tenemos delante? Todos estos órganos han sido extirpados quirúrgicamente. Si todavía crees que lo más apropiado es abrirme un expediente, adelante. Yo seguiré trabajando hasta que vengan a detenerme.

Miriam no se atreve a decir nada. Mientras Chavarrías y Buendía continúan en silencio con sus autopsias, Orduño se acerca a los cuerpos y contempla los rostros escarificados de los jóvenes que no sabe cómo llegaron a España, tal vez empujados por el sueño de una vida mejor que tienen tantos subsaharianos, y que se encontraron no solo con la muerte, sino convertidos en mercancía que se podía vender por partes, porque, aunque ninguno se atreva todavía a decirlo en voz alta, todos saben que solo hay una explicación a esos cadáveres de las mesas, a las operaciones a las que los sometieron en vida: tráfico de órganos.

CAPÍTULO 23

Es más de la una de la madrugada cuando para un taxi en la calle Alcalá. Miriam Vaquero dio permiso a Buendía para que completara las autopsias. Asumió el caso y, mientras la nueva jefa de la BAC entrevistaba a todo el personal encargado del proceso de admisión de cuerpos, Orduño y ella regresaron a la oficina de Barquillo con la intención de poner nombre y apellidos a los cadáveres. Una tarea que, de momento, no ha dado ningún fruto. Reyes ha intentado ser diligente con la investigación, pero no consigue sacudirse una sensación de desagrado al trabajar junto a Orduño.

Una ligera llovizna empaña el cristal de la ventanilla y las luces de Navidad que cuelgan en la calle Velázquez, unas cortinas de pequeños puntos azules, se ven borrosas, como si flotaran sobre agua estancada. El taxista conduce en silencio y Reyes lo agradece; es incapaz de entablar una conversación. Una idea cruza su mente: pedir el traslado, dejar la BAC para alejarse de sus compañeros. De repente, toma conciencia de que no soporta su proximidad. No solo la de Orduño, tampoco la de Buendía y Mariajo, como si la cercanía física, sus comentarios o sus miradas le provocaran asco de una manera similar a la de un olor ácido, sucio, hasta el punto de hacerle imposible respirar. Quiere mantener a raya estas sensaciones, ¿por qué tiene que ser ella la que se marche? La han decepcionado, sí, pero ¿no está Elena ya presa en Alcalá-Meco? De nada han servido sus renuencias a actuar con determinación contra ella; la asesina de su tío ha acabado donde debía y, sin embargo, mientras piensa en todo esto, Reyes siente que en su interior hay una espita abierta, más profunda. Algo que se revuelve y que tal vez contenga la razón última del odio que siente por sus compañeros. En realidad, no debería sorprenderle cómo actuaron con Elena. Si no hubiera existido ese vínculo familiar entre Rentero y ella, quizá habría reaccionado igual; todos la tenían en un altar. Entonces, ¿por qué este rechazo? Por un instante piensa en Zárate, en que con él habría podido abrirse, exponerle toda esta confusión y el malestar que lleva dentro y, como si ese pensamiento derrumbara una pared, la verdad se abre paso dentro de ella y la espita deja de ser tal para convertirse en un enorme agujero a través del cual puede identificar qué le hace sentirse tan mal.

Paga al taxista, aunque no se decide a entrar en casa. La llovizna le moja la cara y las lágrimas, liberadoras, se mezclan con ella. Ha estado resistiéndose a unir los puntos o, al menos, a intentarlo, por el pánico a la imagen que podían revelar. Zárate desapareció poco después de que ella le hablara del caso Miramar en la terraza del hotel Riu. Llegó hasta el informe y hasta eso que llamaban el Clan de casualidad, al escuchar una grabación de una charla telefónica: «No me preocupo si tú me aseguras que el Clan va a estar ahí si las cosas se tuercen», le decía Cristo, el jefe de la Sección, a Gálvez. Había dejado en manos de Zárate entender qué pasaba, por qué Eduardo Vallés, un agente retirado, había implicado a su tío, Manuel Rentero, en la muerte del padre de Ángel. «No vuelvas a preguntarle a nadie por el Clan», recuerda que le advirtió Vallés. Y después de aquel encuentro, después de que ella se lo contara a Zárate, se desencadenó una tormenta perfecta: la muerte de Rentero y Manuela, la detención de Elena, la desaparición de Zárate. Todo este tiempo ha evitado dirigir sus pensamientos a esa zona.

No es asco lo que siente hacia sus compañeros, sino su propia vergüenza. El vértigo de que Rentero pudiera estar enfangado en ese Clan, como puede estarlo Gálvez. Aunque duela, ahora puede verlo con claridad: tiene miedo a asumir que el tío a quien tanto adoraba podría ser un corrupto. Quizá, un asesino.

Cuando entra en casa, le da la impresión de que la persiana del salón está más cerrada de lo que ella la dejó por la mañana, pero no le da importancia. Sin embargo, no consigue desprenderse del desasosiego: ¿hay alguien más en la casa? Nota un olor diferente, no es desagradable, pero sí extraño. Un olor que se hace más presente cuando empieza a subir las escaleras. Se asusta al pensar que pueda haber un intruso, alguien que ha podido dejar su rastro en la casa, ese perfume que, aunque pueda resultar atractivo, no forma parte de su hogar. Saca la pistola de la cartuchera antes de abrir la puerta del dormitorio.

—¿Quién hay ahí?

—Guarda esa pistola, a ver si me vas a matar…

Y después, una carcajada. Tumbado sobre la cama, en la oscuridad del cuarto, la espera Fabián.

—¿Estás loco? ¿Qué haces aquí? Podía haber disparado…

—Joder, Reyes, ¿tan mala policía eres? ¿Te pones a pegar tiros a la mínima? —Fabián da unos golpes en el colchón, a su lado, invitándola a tumbarse—. Estaba harto de esconderme y he decidido hacerte una visita.

—No puedes entrar así en mi casa.

Reyes deja el arma en la mesilla y Fabián aprovecha para cogerla de la muñeca y tirar de ella hacia la cama. Quiere sostener el enfado, pero se le escapa una sonrisa; en el fondo le gusta que Fabián esté aquí, que la abrace.

—¿Sabes la de veces que me he acordado de ti? La de noches que me he dormido pensando en cuando follábamos…

Fabián hunde la boca en el cuello de Reyes. Ella intenta separarlo; aunque le cuesta disimular la excitación, no quiere dejarse llevar tan fácilmente. Consigue detenerlo cuando él ya se ha puesto sobre ella.

—¿Sabes algo de Zárate?

—¿De quién? —El desconcierto de Fabián parece real.

—Ángel Zárate. Mi compañero. Ha desaparecido y no sé si... Cristo tenía tratos con algo que llamaba el Clan. ¿Qué sabes tú de todo eso?

—¿Del Clan? Eso me pilla muy grande. Cristo decía que era nuestra red de protección, pero no tengo ni puta idea de nada más. Reyes: me estoy jugando el cuello por venir a verte, ¿de verdad vamos a perder el tiempo hablando de esas mierdas? ¿No ves que estoy deseando echarte un polvo?

Fabián seca la lluvia de la cara de Reyes, o al menos eso cree que es, no imagina que, además, hay lágrimas. Ella lo coge del cuello y pega su boca a la de él. Necesita escapar de todo ese miedo que ha estado hundiéndola, sentirse libre. Y necesita a Fabián.

El timbre del móvil la despierta a las cinco de la mañana. Desnuda, con sus piernas enredadas en las de Fabián, estira la mano para buscarlo; cree que se cayó al suelo. Lo encuentra junto a su vestido y descuelga sin mirar quién la llama, por eso le sorprende escuchar a Orduño.

—Reyes, tienes que venir a las oficinas. Mariajo ha descubierto algo que... No sé, creo que es mejor que lo veas.

CAPÍTULO 24

Es curioso cómo los objetos, incluso los que pueden pasar desapercibidos en un espacio, se convierten en una extensión de los seres humanos y cuando estos objetos desaparecen, también se pierde la presencia de la persona. Apoyada en el umbral del despacho que ocupaba Elena, Mariajo echa de menos el dibujo que hizo la Nena, su desorden de papeles, las camisetas que asomaban en uno de los cajones del escritorio, el vaso de grappa casi siempre sucio. Es la ausencia de estos objetos, la usurpación del espacio que han hecho el retrato familiar de Miriam Vaquero, esos cinco hijos sonrientes y ella abrazada por un marido que parece recién llegado de unas vacaciones en Grecia, la Biblia y su meticuloso orden de papeles, subrayadores y clips, lo que acentúa la melancolía de Mariajo.

Está cansada, quizá esa sea la razón de su sentimentalismo. Han sido días desordenados, en los que se dejó empujar por la idea de que era prioritario entender quién había hackeado la red de la BAC. Se decía que ese fue el estallido tras el que vinieron todos los desastres. No solo se quedó con Aritz aquel primer día que llegó con Buendía, sino que decidió instalarse en su casa.

—Al principio yo estaba muy orgullosa, tenía un hijo superdotado, pero pronto me di cuenta de que era una desgracia, que habría sido mejor tener un hijo normal, aunque suspendiera, un hijo que hiciera trastadas, que se portara mal. Su padre no podía con él y se marchó de casa. Al principio venía a verlo todas las semanas, después una vez al mes. Ahora lleva más de un año y medio sin asomar la cabeza. Me quejo y me dice que sigue mandando lo que el juez le ordenó cuando salió el divorcio, que Aritz es mayor de edad y que no está obligado. Que si quiero desaparece de verdad...

La madre de Aritz se desahogó con ella esa primera noche, mientras compartían un arroz recalentado. Había cierta ingenuidad en su discurso, como si todavía se resistiera a aceptar una realidad: que su hijo era diferente a los demás y que sus buenas intenciones siempre se estrellarían contra el muro en el que a veces se encerraba. La normalidad era un término que debía desterrar de su lenguaje, porque la vida de Aritz nunca sería normal en el sentido que todo el mundo entiende. Pero ¿cómo no empatizar con el miedo de una madre? No solo al ahora, a la crisis que tenía a su hijo sumido en el mutismo, sino, y sobre todo, al después: ¿qué independencia podría tener Aritz si esas crisis persistían? ¿Cómo sobreviviría cuando Alicia no estuviera?

Mariajo tendió un colchón en el suelo, al lado de la cama de Aritz. Intentó despertar su curiosidad abriendo en el portátil el programa *backdoor* que había encontrado en el ordenador de Manuela. Repasó el código y no solo lo elogió, también subrayó algunos errores que en realidad no existían, pero con los que pretendía despertar el orgullo de programador de Aritz. No consiguió que dijera una sola palabra.

Las noches eran extrañas. Aritz, que dormitaba gran parte del día, de repente se levantaba a las tres o las cuatro de la madrugada, comía y se ponía a ver dibujos animados. Le encantaba una serie, *Bojack Horseman,* y podía verse cien veces el penúltimo capítulo de la temporada final. Aunque Mariajo intentaba hacerle hablar, él fingía que ella no estaba allí y seguía concentrado en sus cosas, completamente ajeno.

—Hubo una vista previa y Aritz parecía seguro de que la Fiscalía rebajaría la petición de condena. Creía que la presión de todos vosotros, sus amigos de internet, iba a surtir efecto. Y de hecho, funcionó. La petición se rebajó. Aritz estaba feliz. Mi madre, en cuanto lo supo, le regaló uno de esos cuadros de punto de cruz... Se siente muy culpable por todo. Aritz se metió en este follón porque la desahuciaron y, en realidad, no sirvió de nada. Perdió la casa y ahora vive la mitad del año con mi hermana en Extremadura y la otra mitad conmigo.

Mariajo necesitaba descubrir el origen del estado de Aritz; las fechas del juicio que le señalaba Alicia coincidían con el hackeo de la red de la BAC. Sin embargo, la crisis que bloqueó al chico fue posterior. Además, no lograba entender por qué lo había hecho, qué relación podía tener con Manuela. Su madre le había contado que Aritz no mantenía contacto con nadie fuera del entorno virtual.

—Son bonitos. Y un poco raros, la verdad. Deben de ser los únicos cuadros de punto de cruz que existen de Mitski.

En las estanterías, como réplicas de los pósteres de la cantante, colgaban esos pequeños dibujos de punto de cruz.

—Tu abuela te debe de querer mucho.

Y esa mención fue lo primero que despertó algo parecido a una reacción en Aritz. La miró directamente a los ojos y, por un momento, pensó que iba a romper su silencio. No fue así, pero Mariajo se dio cuenta de que esa vía emocional podría ser la solución. Por eso, otra noche, mientras Aritz comía cereales y veía por enésima vez el episodio de *Bojack Horseman,* la hacker empezó a hablar de Elena. Al principio solo quería crear un paralelismo entre lo importante que era su abuela para Aritz y Elena para ella, pero conforme hablaba se dio cuenta de que necesitaba decir en voz alta lo que llevaba dentro.

—Somos bichos raros. Al principio, en los años setenta, cuando hackeábamos las líneas de teléfono para interceptar mensajes diplomáticos, me acuerdo de que todo el mundo, mi familia, me miraba como si tuviera algún defecto. Imagínate, no solo estaba obsesionada con la tecnología, sino que era una mujer. ¿Qué coño hacía perdiendo horas y horas con códigos? O montando ordenadores en casa. Ahora soy una anciana y a lo mejor parece que me da igual que me miren así, pero no es cierto. Nadie quiere sentirse una especie de *freak,* de monstruito. Y así es como nos mira la mayoría de la gente. Por suerte, en la vida hay excepciones. Tú tienes a tu abuela, ¿verdad? Para ella no eres ningún bicho raro. Yo tengo a Elena. Ella nunca ha mostrado esa actitud conmigo; nunca me ha tratado como si tuviera algún tipo de tara. Es mi amiga. Quizá la única que he tenido en toda mi vida. Y si una cosa se aprende con los años, es que ese amor es lo único que importa. Nos hemos emborrachado, nos hemos reído y nos hemos peleado, hasta he ido a cantar con ella al karaoke. Y nos hemos ayudado; ella no lo ha tenido fácil, pero siempre ha sabido que me tenía a su lado, igual que yo la he tenido cuando las cosas me han ido mal. Pero ahora... ¿imaginas cuánto duele que ella necesite ayuda y yo no se la pueda dar? Sé que me entiendes: ¿por qué te metiste en este lío con el banco? Por tu abuela. Te dio igual saltarte la ley, hasta acabar en prisión... Y si yo supiera cómo ayudar a Elena, también me daría igual que me metieran en una celda y echaran la llave al mar. Pero no sé...

Mariajo tuvo que callar; el nudo de la garganta se tensaba más y, en lugar de palabras, sabía que ya solo sería capaz de emitir un sollozo. Se tumbó en el colchón, de espaldas a Aritz para que no la viera llorar. Se durmió con la certeza de que todo este tiempo había sido inútil. Él seguía comiendo cereales y viendo esa serie de un caballo. Alrededor de las cuatro de la mañana, Aritz la despertó.

—Antes de la vista previa, me dijo que si le conseguía acceso a la red de la BAC, bajarían la solicitud de pena.

Habías hecho un buen trabajo, Mariajo, no fue fácil, pero lo conseguí y cumplió.

Aturdida, Mariajo tardó unos segundos en ubicarse. En la pantalla del ordenador de Aritz ya no había dibujos, sino una ventana con cientos de archivos. No solo documentos, también algunos con extensiones de vídeo.

—Lo quería todo. Hasta las grabaciones del circuito interno.

—¿Quién, Aritz? ¿Quién te pidió que hicieras esto?

—Una mujer. Al principio se puso en contacto conmigo en Twitch. Luego, después de la vista judicial, se acercó a mí en un pasillo. Yo pensaba que con el hackeo de tu red todo terminaba. Pero no fue así. Quería más.

—¿Qué más quería?

Y, cuando se lo mostró, Mariajo entendió por qué Aritz se había hundido en esa crisis. No sabía manejar la culpa.

Al entrar en la sala de reuniones, las expresiones de sus compañeros sorprenden a Reyes. Solo Miriam Vaquero tiene un gesto turbio, con la mirada perdida en un punto indeterminado del suelo, paralizada, como si lo que sea que los ha convocado aquí la hubiera sumido en el estupor. Sin embargo, las caras de Orduño, Buendía y Mariajo le cuentan otra historia. Sin perder la gravedad, adivina en ellas una alegría que les cuesta disimular.

—Ya estamos todos.

Mariajo acompaña la frase con un ademán: quiere que Reyes cierre la puerta de la sala de reuniones. A continuación presiona la barra espaciadora de su portátil y se reproduce un vídeo en el monitor que cuelga de la pared. Buendía reprime con un gesto severo el bufido de hartazgo de Reyes cuando reconoce la grabación. En la pantalla, vuelve a ver el momento en que Elena coge el pisapapeles de la mesa y le asesta un golpe en la frente a su tío Rentero, para luego arrodillarse a su lado y propinarle dos golpes más.

—¿Por qué estamos viendo esto otra vez? ¿Para eso me has hecho venir, Orduño?

—Este vídeo es una falsificación. Mariajo, ponle el vídeo real.

La hacker cierra la ventana y elige otro archivo. El inicio del vídeo es igual al anterior: Elena coge el pisapapeles con forma de bola de nieve, pero, después de cruzar un par de frases con Rentero, lo abandona sobre la mesa, da media vuelta y se marcha del despacho. Su tío, serio, da un trago a la taza de su café.

—¿Qué coño significa esa grabación? Elena no se marchó. Mató a mi tío.

—No, Reyes. Elena no mató a Rentero. Nos lo han hecho creer, pero esto es lo que sucedió en realidad. Elena discutió con tu tío y se marchó. Veinte minutos más tarde, otra persona llegó a la casa.

Mariajo elige un nuevo vídeo y lo reproduce. En él se puede ver a Rentero regresando al despacho. Pasados unos segundos, una mujer entra tras él. Le llama la atención que, en su cráneo rapado, lleva tatuadas las alas de un águila. Apenas si hablan. La posición de Rentero en el despacho, ahora se da cuenta, es ligeramente diferente a la que tenía en el vídeo de Elena. La mujer de las alas tatuadas coge el pisapapeles de la mesa y golpea a Rentero en la cabeza, derribándolo. Luego, se arrodilla junto a él y le da los dos golpes mortales. Por último deja caer la bola de nieve y abandona el despacho.

—¿Quién es esa mujer? —es todo lo que acierta a decir Reyes.

—Todavía no la hemos identificado, pero ¿te das cuenta de que todo ha sido una manipulación?

Orduño mide el tono de sus palabras, como si avanzara por un campo minado; no sabe cuál puede ser la reacción de Reyes. Mariajo le brinda la explicación que estaba necesitando:

—El vídeo en el que se ve a Elena matando a Rentero es una combinación de inteligencia artificial y *unreal engine.* Cuando asaltaron nuestra red, se llevaron horas de grabaciones en las que aparecía Elena. Con esas imágenes, enseñaron a la inteligencia artificial y, después, mezclaron la visita real de Elena con la de la verdadera asesina, la mujer con la cabeza tatuada, para que coincidieran sus gestos con el asesinato. El resultado es tan real que no habíamos sido capaces de detectar que es una imagen virtual.

—¿Cómo sabemos que la imagen manipulada es la de Elena? —Miriam rompe el silencio en el que había estado encerrada hasta ahora—. Dices que la imagen falsa es la de Elena, pero ¿qué prueba tienes de que la de esa otra mujer es real? También podría estar generada con inteligencia artificial.

—Puedo mostrarte el proceso de creación del vídeo. Hay algunas grabaciones en las que la IA todavía generaba errores. Están en este disco duro.

—¿Y de dónde ha salido ese disco duro, Mariajo?

—Ya te lo he dicho: me lo enviaron a casa. No sé quién.

Antes de convocar a sus compañeros en las oficinas de Barquillo, Mariajo decidió ocultar que Aritz era el creador de los vídeos. Más allá de que la mujer con la que habló en el juzgado era la misma que mató a Rentero, el chico no podía aportar nada más. Fue también quien le hizo llegar al hacker los vídeos del despacho del comisario. No era difícil intuir las ramificaciones de quien estuviera detrás de esa manipulación: no solo había muerto un alto mando de la Policía, también habían cargado el crimen a una inspectora y el poder que se ocultaba tras esto había sido capaz de influir en la Fiscalía para rebajar la petición de pena de Aritz. Dar su nombre habría sido situarlo en el ojo del huracán; por eso le pidió que desapareciera de Madrid durante un tiempo. Tal vez su madre y él podrían instalarse en algún pequeño pueblo en Portugal o en Francia. Quedarse en Madrid significaba asumir demasiados riesgos.

—Hay muchas preguntas en el aire, Miriam —dice Mariajo—. Pero hay una cosa que tengo clara: no tiene ningún sentido que Elena siga en la cárcel.

CAPÍTULO 25

—¿Estás seguro de que quieres asistir?

La iglesia, una endeble caseta de madera pintada de blanco, se levanta al final de la calle del mercado de West Point. Un buen número de hombres y mujeres se agolpan en la puerta, tal vez porque hoy es Nochebuena, aunque no está seguro de a qué religión está adscrita la iglesia. Lo único que sabe es que el predicador es el general Prince, que se puso ese nombre en la segunda guerra civil de Liberia, cuando para asaltar los poblados ponía a todo volumen la música del cantante americano. Su canción favorita era «Little Red Corvette».

—¿Podré hablar con él después?

—No te va a contar más de lo que yo te he dicho.

Moses está incómodo con su presencia. Mientras su hermana Amira y él se abren paso entre la gente, Zárate nota las miradas de los feligreses; no es habitual ver a un blanco en estos servicios religiosos, pero él no ha querido perdérselo. Necesitaba estar cerca del general Prince. Le costó seiscientos euros hacer que Moses Kah le hablara de aquellos días que pasó con Zubigaray buscando a Arcadi Ortiz. El Sipeeni era una presencia fantasmal. En Liberia corrían muchos relatos alrededor de él: desde que se había establecido en el poblado de una tribu del interior hasta que participaba en los rituales caníbales de los soldados liberianos. El común denominador era que suministraba armamento al mejor postor, aunque se decía que su alianza con algunos generales, como Prince o White Eye, era firme. Pero en esa búsqueda que hizo Zubigaray, algunos también le dijeron que Arcadi Ortiz había sido ejecutado tras el asalto a la embajada española. Que el Sipeeni, en realidad, era otro blanco. Nunca lograron dar con él para confirmar su identidad, mucho menos entrevistarlo o hacerle una fotografía. Los testimonios que atesoró el periodista español eran de segunda mano: liberianos que decían conocer a otros que sí habían estado al lado del Sipeeni.

—Me dio pena Zubigaray. Regresó a España frustrado, aunque él estaba convencido de que Arcadi era el Sipeeni. Dijo que lo iba a publicar y que, cuando lo hiciera, me enviaría un periódico, porque pensaba destacar todo lo que lo había ayudado.

Fue la relación con ese periodista lo que encendió en Moses Kah el deseo de ir algún día a España. Todavía recordaba cómo le hablaba de la comida, de la gente o de algunos lugares de Madrid. Por eso había convertido su casa en una especie de homenaje a un país donde soñaba vivir en el futuro.

—¿Qué pasó al terminar la guerra? ¿No se volvió a hablar del Sipeeni?

Moses le dijo que no había vuelto a oír nada de él, pero algo en la contundencia de su negativa, como el que cierra una puerta con prisa para que nadie vea el interior, le hizo pensar que mentía. Durante los siguientes días continuó visitando a Moses y a Amira en su chabola de West Point y, tal vez porque ella agradecía que Zárate le hubiese evitado nuevas palizas de aquel cooperante de la ONU, fue notando que se ganaba su confianza. Él se decidió a contarle que había llegado hasta ese país africano buscando al Sipeeni porque creía que estaba detrás de la muerte de su padre.

—Yo no recuerdo al mío —le confesó Amira—. Murió en la guerra. Como mi madre. Moses es todo lo que tengo.

—Tu hermano sabía que ese bestia de la ONU te estaba pegando y ¿lo permitía? A lo mejor deberías alejarte de él.

—No lo entiendes.

—¿Por qué no intentas explicármelo?

Las heridas de Amira habían empezado a cicatrizar; Ángel le había traído antiséptico de una farmacia de Monrovia, pero todavía cojeaba un poco al andar. Uno de los golpes podía haberle fracturado una costilla.

—Moses y yo —se decidió a contarle otro día— llevamos años guardando dinero. Salir de África es caro. Muy caro. ¿Cómo crees que dos personas como nosotros podemos reunir siete mil dólares?

—¿Te prostituye? ¿Así es como se está sacando el billete de ida?

—Lo que hago es decisión mía. Moses ya ha hecho demasiado por mí, ¿te crees que él quería que estuviera con ese animal? No quería, pero el viaje sale dentro de poco y necesitábamos el dinero. Fui yo quien eligió esto. Son unos golpes, pero después, muy pronto, estaremos en España...

Zárate sintió la tentación de rebajar sus expectativas, decirle que la vida de un migrante en España no es el paraíso que ellos imaginaban, pero, con todo lo que habían sufrido, ¿cómo hacerle ver que era un sacrificio inútil?

—Dicen que, cuando terminó la guerra, el Sipeeni cambió el negocio de las armas por el de las personas.

—Si es así, ¿por qué tu hermano no me ha dicho nada?

—Tiene miedo.

—¿Del Sipeeni?

—No. De que perdamos nuestro sitio. Le hemos dado al general Prince todo nuestro dinero. Él mueve una ruta segura. Nos llevan a España desde Argelia y, una vez allí, nos consiguen papeles para que no nos echen. Hay otras rutas más baratas, pero en esas, muchos mueren en el Sáhara o los cazan los grupos rebeldes... y, encima, si logran llegar a Europa, los mandan de vuelta. La ruta de Prince es la mejor.

—Y detrás de esa ruta está el Sipeeni.

El silencio de Amira le confirmó que se hallaba en lo cierto.

La iglesia está llena, los tres se abren paso hasta un lateral. Las sillas están ocupadas y el resto tiene que esperar de pie la aparición del general, algo que no tarda en suceder. Un hombre obeso enfundado en un traje blanco impoluto ocupa el altar, donde solo hay un atril con una cruz. Un enorme aplauso lo recibe y, después, la música de unos tambores retumba en la pequeña iglesia. Todos bailan al son de la percusión, también el general, que sonríe beatífico con los ojos entornados mirando al cielo. Zárate no sabe qué edad tiene, puede que entre cuarenta y cincuenta años. Lo ve secarse la frente sudorosa con un pañuelo blanco hasta que, a un gesto suyo, los tambores enmudecen.

—¡Aleluya! —grita.

Todos contestan con otro aleluya y él repite: aleluya, aleluya, aleluya... al tiempo que los tambores prorrumpen con un ritmo que va *in crescendo.* Los feligreses se dejan llevar por la música y el baile, también Amira y Moses, cada vez más acelerados, ascendiendo hasta un punto álgido donde parece que pueden entrar en éxtasis. Torpe, Zárate intenta mover el cuerpo al compás de la percusión; no quiere ser el único que no baila, aunque cuando encuentra la sonrisa de Amira entre el público, asume que su intento de baile debe de ser más bien ridículo. No le importa. Es difícil sustraerse al fervor que inunda la iglesia. Zárate siente el impulso de entregarse a lo irracional, a esta fe desbocada en una esquina de West Point, cuando se da cuenta de que el general Prince ha dejado de bailar y lo está mirando; es obvio que no le pasaría desapercibido un blanco y teme que lo expulse del templo, pero detiene con un gesto la música e inicia su sermón.

—Todos me conocéis, hermanos. Todos sabéis quién es el general Prince... No ha habido hombre más pecador que yo. He matado, he violado, he comido corazones humanos... No escondo lo que fui, porque me he arrepentido.

—Aleluya —grita alguien y muchas voces se unen: aleluya, aleluya...

—… y Dios me ha acogido en su seno. Un día, Él me habló y me dijo: ven a mi casa y tus pecados serán perdonados. Yo dudaba, todos dudamos, no nos creemos su amor infinito, su voluntad de perdonar, así que no vine a la iglesia, cerré los ojos, le di la espalda. Continué con mi vida de perdición: robé, tomé drogas, alcohol, me olvidé de mi esposa y me acosté con otras mujeres… Hasta que, en lo más bajo de mi existencia, una luz apareció en mi camino. ¡Aleluya!

—¡Aleluya! —corean los feligreses.

—Era Él, que volvía a por mí, a evitar mi caída. General, me dijo, tú eres un hombre grande, cruel, pero en mi casa solo vas a ser mi criado, solo me vas a servir a mí. ¿Por qué iba a hacerlo?, le pregunté yo. Porque hay algo más grande que ningún hombre, me contestó, porque tú eres general en la tierra, pero yo soy el rey de los cielos y el que crea en mí vivirá para siempre, porque yo soy amor… ¿Quieres ser un hombre realmente valiente? Arrepiéntete y podrás venir a mi lado.

Prince corta su discurso, como si el dolor le anudara la garganta y le impidiera hablar. Zárate cree ver unas lágrimas en su rostro sudoroso: está rememorando esa revelación y la emoción lo desborda. ¿Es real? Si alguien entrara ahora en la iglesia encontraría a un hombre compungido, un ángel vestido de blanco. La confesión con la que arrancó el sermón parece que da incluso más valor a su metamorfosis; la mirada embobada de la parroquia así se lo hace ver, pero Zárate, bajo esa carcasa de ángel de la redención, solo puede ver a un asesino, un violador, un caníbal.

—¡Amor! —grita de nuevo el general y parece que hubiera leído los pensamientos de Zárate, porque la respuesta va dirigida a él—. ¡Amor! Por eso hay que servir a Dios, porque Dios nos perdona, nos perdona todo lo que hayamos hecho, hasta lo más inhumano, por eso debemos venir a su casa y postrarnos ante Él, mostrarle nuestro arrepentimiento y decirle: Señor, soy tu criado, haz de mí lo que quieras, llévate mi vida cuando Tú lo decidas, hasta entonces solo estoy en este mundo para servirte. Y Él te acepta de nuevo a su lado, entonces descubres que Dios es Amor, Alegría y... Baile. ¡Feliz Navidad!

Los tambores vuelven a tocar y la iglesia se transforma en un hervidero de cuerpos que bailan y gritan aleluya, empapados de la humedad y de esta liberación religiosa que les promete un más allá redentor. El general Prince se mezcla entre la gente, los abraza, ríe y los besa. Cuando la música termina, Zárate se da cuenta de que ha perdido a Moses y Amira. Tampoco los ve al salir de la iglesia, pero piensa que será mejor así para que no lo relacionen con ellos. Rodea la caseta que sirve de templo y, en un callejón, encuentra al general Prince despidiéndose todavía de algunos feligreses. Los abraza como si les diera la bendición. Al lado le espera un todoterreno Hyundai nuevo, muy lejos de aquel Chevrolet destartalado en el que Tom lo trasladó los primeros días. Dos hombres vestidos con pantalones militares y armados lo escoltan cuando Prince sonríe a Zárate y se decide a acercarse a él.

—¿Qué hace un blanco en West Point? —le pregunta en un inglés fluido y, como Zárate no puede apartar la mirada de esos dos escoltas armados, Prince le sonríe—. La guerra dejó aquí muchas heridas abiertas. Dios me ha perdonado, pero algunos hombres, no. Hay que andarse con cuidado. Tú también.

—Sé cuidarme, gracias. Soy periodista y quiero hacerle una entrevista a tu jefe.

—¿Hablas de Dios?

—Alguien un poco más cercano. El Sipeeni.

El gesto del general Prince no disimula que la sorpresa no le ha gustado y Zárate tampoco sabe si se ha arriesgado en exceso. Lleva el arma en el cinto, pero no cree que pueda disparar antes de que esos dos hombres lo maten si así lo ordena el general.

—Sin cámaras ni grabadoras —se apresura a decir—. Tampoco necesito nombres. Me bastan diez minutos con el Sipeeni.

—¿Y por qué te iba a recibir?

—Porque tengo información que le afecta. Él me cuenta cómo mete inmigrantes en España y yo le digo qué operación está preparando la policía contra él. ¿Cuándo nos podríamos encontrar?

—Estás dispuesto a mucho a cambio de un reportaje. Yo pensaba que en España no queríais más africanos.

—Seguirán llegando. A través de ti y del Sipeeni o a través de otros. Yo no me gano la vida deteniendo a nadie, sino vendiendo reportajes.

La pausa de Prince antes de contestar acelera el corazón de Zárate; siente que está muy cerca del hombre que mató a su padre, pero la sonrisa de suficiencia del general borra el espejismo.

—Hace años que el Sipeeni no vive en Liberia. Volvió a España. Estás muy mal informado, periodista.

Y sin más, le da la espalda camino del todoterreno. Zárate intenta seguirlo, pero los escoltas lo disuaden con miradas insobornables.

No se acostumbra al lodo y la basura de West Point, al olor pútrido de heces y restos en descomposición. Cruza el *slum* en dirección a la chabola de Moses y Amira enroscado en la frustración por haber tenido tan cerca la oportunidad de acceder a Arcadi Ortiz, al Sipeeni, y no haber conseguido nada. Estos días en Liberia se le antojan como una pérdida de tiempo: ese hombre siempre estuvo en España, es probable que bajo otro nombre. Ahora, la urgencia es otra: regresar, pero ¿cómo hacerlo? No duda que el Clan debe de estar buscándolo; este tiempo en África solo ha sido una tregua.

Unos niños lo empujan al pasar corriendo. De manera instintiva, comprueba que conserva el pasaporte y el arma: no querían robarle. Se da cuenta ahora: hay un guirigay de gente delante de la chabola de Moses y Amira. Se abre paso entre ellos, vociferan en el idioma local. Una mancha de sangre sobre el escudo del Real Madrid pintado en la pared lo pone en alerta. En el suelo, rodeado de africanos que gritan asustados, está el cuerpo sin vida del cooperante de la ONU. Tiene un disparo en la espalda. Entiende el pánico: aunque la muerte sea habitual en West Point, la de un africano no se puede comparar con la de un trabajador de la ONU. Saben que les traerá muchos problemas. Cruza la puerta —*Welcome to Spain*— y descubre a Amira arrodillada junto al cuerpo sin vida de su hermano.

—¿Qué ha pasado?

Ella no tiene fuerza para dar explicaciones. Entre lágrimas e hipidos solo acierta a decir que «Moses intentó que parara». No pueden quedarse allí; el rumor ya debe de haber corrido por el barrio y si no es la propia ONU, las fuerzas del Gobierno vendrán buscando un culpable. Tiene que tirar de Amira para separarla de Moses. Cargando con ella, atraviesa el laberinto de callejones de West Point hasta que encuentra un mototaxi. Le da la dirección de su hotel.

Durante la noche, Amira logra calmarse y contarle qué sucedió. En la iglesia les dijeron que el viaje a España saldría a la mañana siguiente. Se marcharon para preparar todo, pero al llegar a la chabola, los estaba esperando el tipo de la ONU. Moses se negó a que Amira volviera a dejarse torturar, aunque ella estaba dispuesta a hacerlo para no tener problemas. Y los tuvieron. Olaf, así se llamaba el cooperante, estaba decidido a denunciarlos y Moses acabó enfrentándose a él. El primero en disparar fue Olaf, pero, cuando salía, Moses le disparó por la espalda. En ese balazo gastó sus últimas fuerzas.

—Es tan injusto… ¿Sabes cuánto deseaba mi hermano salir de este país? Cada día me contaba cosas de España que había leído en internet, del Real Madrid… Decía que se iba a gastar su primer sueldo en ir al Bernabéu… Yo no quiero ir sin él. No quiero…

—Tienes que marcharte, Amira: si no lo haces, te cargarán la muerte del cooperante.

—Tengo miedo sin Moses… No he pasado un solo día de mi vida sin él a mi lado.

El autobús está en la carretera del aeropuerto internacional Roberts, aparcado en un descampado donde se levantan algunas covachas destartaladas a la sombra de unas palmeras. El pasaje debe de ascender a unas cincuenta personas y algunos han hecho noche allí mismo. Son las siete de la mañana cuando llega el todoterreno del general Prince. Ya no viste el traje blanco, sino que, como sus escoltas, lleva pantalones de camuflaje y una camiseta inflada por su prominente barriga. No tarda en reparar en Zárate.

—Eres insistente. Vas a hacer que me enfade contigo.

—Si no puedo hablar con el Sipeeni, al menos déjame hacer el viaje con vosotros.

—El autobús está lleno.

—Moses Kah no va a venir. A su hermana no le importa que ocupe su lugar.

El general Prince echa un vistazo rápido a Amira, que ha preferido mantenerse a unos pasos de ellos.

—No puedo estar pendiente de un blanco con ganas de experiencias fuertes.

—Ya te lo dije: sé cuidarme solo.

Las puertas del autobús se han abierto y, en tropel, los pasajeros han empezado a subir. Amira no se decide a seguirlos. Él saca mil euros y se los entrega al general Prince, que los cuenta antes de guardárselos en el bolsillo.

—Sin cámaras ni nombres —le advierte.

Zárate sube al autobús después de prometérselo. Está atestado de pasajeros, algunos de ellos sentados en el pasillo. Es un microbús que debe de llevar miles de kilómetros en el motor, estrecho y viejo, en muchos asientos se ha perdido la tapicería y asoma la estructura metálica. Amira le ha reservado un asiento a su lado y, en cuanto Zárate se acomoda, apoya la cabeza en su hombro. Le murmura un «gracias». No habría sido capaz de aventurarse a cruzar África rumbo a Europa sola. Con una sacudida, el autobús se pone en marcha y, saltando sobre los baches del descampado —los pasajeros echan una mano al techo para no golpearse—, se mete en la carretera. En los asientos delanteros, junto al conductor, viajan el general Prince y sus dos escoltas. Zárate pasea la mirada por el autobús: hay hombres y mujeres de todas las edades, incluso algún adolescente que seguro que no ha cumplido los dieciocho años. Una madre abraza a un niño de unos ocho años y, sentada justo detrás de Amira, hay una embarazada en avanzado estado de gestación. Puede que de siete meses. Atrae su atención un hombre mestizo, casi blanco y con el pelo menos rizado que los demás. Tendrá unos cuarenta años y, a su lado, un chico de unos veinte años le ha llamado Marvin. El chico sonríe, parece ilusionado con el viaje y se gira con una enorme sonrisa hacia Zárate; tiene unas escarificaciones en las mejillas, tres líneas que nacen de la comisura de sus labios. Está feliz y esa felicidad, se da cuenta Zárate, se contagia a todo el pasaje conforme se alejan de Monrovia.

No sabe quién ha empezado, pero de repente el autobús se ha convertido en una especie de fiesta: cantan una canción alegre, la acompañan con palmas y pisotones para crear el ritmo. Todos y cada uno de ellos se han dejado la vida para conseguir el dinero necesario para este viaje. Por fin han puesto rumbo a España. Es el primer día de su futuro soñado.

CAPÍTULO 26

Elena siente un escalofrío al ver el lugar, el despacho de Rentero aquella misma mañana. Recuerda perfectamente el batín de cuadros con el que Rentero la recibió, el pijama que asoma debajo, la taza de café con la frase de *Canción triste de Hill Street,* el pisapapeles con forma de bola de nieve sobre la mesa... Rentero está mirando hacia la puerta; Mariajo le ha dicho que esta grabación es de veinte minutos después de que ella se marchara de la casa. A Rentero le cambia la cara cuando oye la puerta abrirse; no es tanto sorpresa, sino gravedad o, tal vez, derrota, porque no intenta hacer nada al ver pasar a esa mujer. Elena la identifica de inmediato; las alas tatuadas en la cabeza rapada de Kira son inconfundibles. Tras un breve intercambio de palabras, ella se acerca a la mesa, coge el pisapapeles y, de un golpe en la frente, tumba a Rentero. Elena aparta la mirada de la pantalla: no quiere ver cómo Kira sigue golpeándolo hasta matarlo. Le molesta la ola de alivio que la embarga: aunque se había convencido de su inocencia, la incapacidad para recordar esa mañana mantenía viva la duda. Una mano de Buendía se apoya en su hombro: el forense la consuela como si notara su culpa al sentirse por fin libre de toda responsabilidad.

—¿Cómo pudieron fabricar mi vídeo?

Mariajo le explica la combinación de imágenes robadas de la red interna de la BAC y el uso de inteligencia artificial. La tecnología ha alcanzado tal perfección que resulta imposible diferenciar la realidad de las imágenes generadas por ordenador.

—¿Quién lo hizo?

—Lo único que tenemos de momento es esa mujer, la asesina. Según el informante anónimo que envió el disco duro a Mariajo, ella fue quien le encargó el trabajo.

Orduño desliza sobre la mesa algunos fotogramas impresos de Kira, aquellos en los que se la identifica mejor. Elena recorre con la mirada a su equipo, a sus amigos: Mariajo, Buendía, Orduño. Reyes es la única que le ha mostrado cierta distancia desde que ha llegado a la oficina de Barquillo; los demás han compartido la información como si todavía fuera la inspectora al mando. Es Elena quien está siendo cauta a la hora de revelar lo que ha conseguido descubrir de esta trama.

—¿Qué habéis sacado de los cuerpos de la Facultad de Medicina?

—Nadie del personal entiende cómo pudieron saltarse los controles y abandonar los cadáveres allí. Estamos intentando identificarlos, pero no es fácil: posiblemente los cinco entraran en el país de manera irregular. ¿Por qué tenía tanto interés Rentero en este caso?

Todos comparten la extrañeza de Buendía. Si Rentero estaba tan preocupado con lo que le había dicho Chavarrías, ¿por qué no se lo transmitió a la BAC?

—Puede que no tuviera tiempo de hacerlo. ¿Ha habido algún avance con Zárate?

Mariajo va a responderle cuando Miriam Vaquero entra en la sala de reuniones.

—¿Se puede saber qué haces aquí? Y, vosotros, ¿qué es esto? ¿Una reunión de trabajo?

—Te recuerdo que me han puesto en libertad sin cargos.

—Y yo que todavía estás siendo investigada en un proceso penal, aparte de que ya no eres la inspectora jefe de la BAC. No puedes pisar estas oficinas.

—¿De qué tienes miedo, Miriam? ¿De que descubra quién es esa mujer que mató a Rentero? ¿O de que saque a la luz al Clan? Porque ellos son los que han diseñado todo este montaje para hundirme, ¿no?

—El Clan otra vez, Elena. Es increíble. ¿Yo también formo parte de esa conspiración para acabar contigo?

—Y con Zárate. No lo olvides.

—Voy a decirte a qué tengo miedo de verdad: a ti. A que destroces el trabajo que estamos haciendo. Estás acostumbrada a ir por tu cuenta, como si la ley no fuera contigo. Las cosas han cambiado: yo no voy a falsificar autopsias ni a ejecutar a nadie, por muy culpable que sea. Las condenas son decisión de los jueces. Mi misión es hacer una investigación impecable. Y que tú estés aquí no hace más que complicarlo todo. Vete. Márchate a casa y olvídanos. No me obligues a denunciarte.

Elena sale a la calle Barquillo. Es el día de Navidad y los restaurantes están llenos de familias con ganas de celebrar. Putas Navidades, piensa. Es difícil odiar más un momento del año que nunca le ha traído nada bueno. Se detiene en la puerta del Cisne Azul; pasaría a tomar un café, pero está abarrotado.

—Han localizado a Zárate. O, al menos, tienen una idea de dónde puede estar: usó su pasaporte en el aeropuerto de Lisboa.

Le sorprende encontrar a Reyes a su espalda. Pensó que todavía necesitaba mantener las distancias con ella, pero se da cuenta de que no es así. Lo que necesitaba era liberarse de todo lo que no le había contado.

—Cogió un vuelo con escala en Lisboa y Acra, en Ghana, para ir a Monrovia, la capital de Liberia. ¿Tú tienes alguna idea de qué puede estar haciendo allí?

—No lo sé, pero al menos sabemos que está a salvo.

—Sí, eso espero. Elena, necesito hablar contigo.

Con todos los bares llenos o cerrados, acaban sentándose en un banco de la plaza del Rey, frente a la Casa de las Siete Chimeneas. Hace frío y las dos se arrebujan en sus abrigos mientras Reyes desgrana lo que le contó a Zárate. Oír a Elena mencionando al Clan delante de Miriam la ha decidido: la conexión entre Cristo, la Sección de Villaverde y algo superior, una red que los protegía y a la que llamaban el Clan. El informe Miramar era algo que les preocupaba, un caso del pasado que investigaba la muerte del padre de Zárate y que al parecer había sido enterrado. Esa labor, la de hacer desaparecer el informe y detener la investigación de Asuntos Internos, parecía ser una de las primeras acciones del Clan. Elena no se sorprende cuando Reyes le confiesa que la brigada implicada en aquel suceso era la de Rentero.

—Estaban todos en Vallecas: mi tío, Gálvez, Asensio, Santos… y Eugenio Zárate.

—Eso fue en 1991, han pasado muchos años y el Clan… tengo la sensación de que es algo así como un tumor que se ha ido extendiendo, que se cuela por todas partes y es imposible saber dónde está la cabeza.

—Gálvez. —Reyes necesita una pausa después de señalarlo. Está acusando al director general de la Policía—. Es posible que mi tío también estuviera metido, joder… Yo lo adoraba, ¿sabes? Y no te puedes imaginar cuánto te he odiado, Elena, lo siento. Pero creo que la cabeza es Gálvez: a él era a quien rendía cuentas Cristo.

No es fácil acceder a Aurelio Gálvez, el hombre que ha sonado varias veces para ocupar la cartera de ministro del Interior, sin tener cita y sin someterse a decenas de controles. Y más aún cuando acabas de salir de prisión y estás suspendida de empleo y sueldo en la policía. De hecho, Elena Blanco no consigue pasar ni de la puerta de la sede de la Dirección General de la Policía Nacional, en la calle Miguel Ángel. Se sienta en Delina's, una terraza protegida con toldos y calefactores desde la que tiene una visión directa del edificio. Le ha contado a Reyes todo lo que sabe de Kira, también le ha dado la dirección del piso en Claudio Coello, aunque está segura de que no podrán sacar nada de allí. Le ha pedido que de momento no comparta estos datos con Miriam Vaquero; cree que de alguna forma está vinculada con esa extraña telaraña que es el Clan. En cierto modo, es más fácil enfrentarse a un asesino, por cruel que sea, cuando se persigue a un ser humano, responsable último de los crímenes. Puede ser escurridizo o recibir ayuda, pero también cometerá errores y esos son los que un policía debe aprovechar para cazarlo. Sin embargo, ¿cómo enfrentarse a este ser polimorfo que es el Clan?

Pese a la acusación de Reyes, le cuesta creer que Gálvez esté en la cúspide, si es que tal cúspide existe. Los mecanismos que ha estado poniendo en funcionamiento el Clan implican por fuerza a mucha gente y con mucho más peso que Kira y Manuela; es posible que también haya tentáculos insertados en la judicatura, en la política… Si lograron colocar a un agente en la BAC, ¿por qué no podrían colocarlo en cualquier otro centro de poder del país? La pregunta que ronda a Elena desde que salió de la cárcel es «¿a quién beneficia el Clan?». Han llegado tan lejos como para matar a Rentero; ahora está convencida de que, aunque él pudiera estar implicado en algún momento, se había convertido en una pieza incómoda. Tanto que decidieron ejecutarlo y les dio igual que fuera el DAO.

Se levanta de la terraza al ver salir a Gálvez del edificio, acompañado por dos escoltas. Cruza la calle sorteando los pocos vehículos que circulan a esas horas; la ciudad parece dormida en el día de Navidad. Las comidas familiares y los niños que estrenan los juguetes que les ha traído Papá Noel están lejos de las calles, en las casas, en los restaurantes.

Gálvez la recibe con un abrazo que parece sincero, tanto como su aparente felicidad por verla allí.

—Me he enterado esta mañana de que salías de prisión. No te imaginas la alegría que me he llevado. Todo esto debe de haber sido un infierno.

—Necesito hablar contigo.

La sequedad de Elena pone en alerta al séquito de seguridad. Un coche oficial sale del garaje y se detiene al lado. Uno de los escoltas abre la puerta trasera.

—Llama a mi secretaria y pídele cita. Yo le digo que te haga un hueco lo antes posible, pero puedes estar tranquila: vamos a poner todo lo que tenemos para detener a quien esté detrás de la falsificación del vídeo.

—¿Quién lo va a poner, Gálvez? ¿La policía o el Clan?

Él se detiene a mitad de camino y, con un gesto, pide a los escoltas que se aparten de ellos. Coge de un brazo a Elena y la invita a pasear en dirección contraria al coche. Se le nota mayor, peor conservado que Rentero, y su respiración es ruidosa, puede que demasiado tabaco en los pulmones, pero Elena también interpreta que Gálvez no sabe cómo encarrilar la conversación.

—Deberías tener cuidado con decir según qué cosas en según qué sitios.

—A lo mejor es que estoy harta de medir las palabras. Rentero está muerto. No habéis podido con Zárate, pero sé quc no pararéis hasta conseguirlo.

—¿Por qué me incluyes?

—Rentero, Asensio, Santos, tú…, la puta brigada de Vallecas. Vosotros matasteis a Eugenio Zárate. Vosotros sois el Clan.

Gálvez cabecea negándolo. Mira su reloj, también al coche oficial donde lo esperan los escoltas.

—Tienes algunos nombres, Elena, pero no tienes ni zorra idea de qué estás hablando.

—Explícamelo.

—Eres una buena policía, quizá la mejor, pero ¿sabes qué es lo que nunca he soportado de ti? Tu soberbia. Te crees que estás por encima de todos, que jamás has cometido un error. En serio, Elena, ¿estás orgullosa de haber matado a Violeta? Esa pobre mujer necesitaba tratamiento psiquiátrico, no una bala en la cabeza. ¿Hiciste lo correcto al dejar que Zárate saliera indemne después de matar a los asesinos de Chesca? Tú también te has equivocado. Como todos. No eres mejor que yo.

—Yo puedo asumir toda esa mierda. ¿Quieres que declare ante Asuntos Internos? Lo haré. ¿Por qué no asumes tú la tuya?

—Ojalá supiera cómo acabar con el Clan. Rentero está muerto, Asensio se ha marchado a Brasil a vivir la jubilación, Santos tiene alzhéimer. Yo soy el último y no me queda mucha vida… ¿Te crees que no me arrepiento? Hice cosas que…

—Eugenio Zárate.

—Nosotros no lo matamos, Elena. Nosotros también fuimos víctimas.

—¿De quién?

—El Clan entra en ti sin darte cuenta y, cuando quieres sacarlo, es demasiado tarde: tienes metástasis por todo el cuerpo.

—Déjamelo a mí, Gálvez. Cuéntame todo y apártate si quieres. Yo no tengo miedo.

La mirada perdida de Gálvez es la de un hombre vencido. Vuelve a consultar su reloj y mira al coche.

—Tengo que coger el vuelo a Bruselas. Es un viaje rápido. Mañana regreso. A las ocho puedo estar en tu casa. No quiero hablar de esto en ningún sitio público.

—Estás haciendo lo correcto, Gálvez.

El director de la Policía asiente cansado. Lo ve alejarse encorvado hacia el coche, como si de repente le hubieran caído cien años encima. Se ha levantado un viento frío de la sierra y las hojas revolotean por la acera cuando Gálvez sube al vehículo y sale en dirección al aeropuerto.

CAPÍTULO 27

—Se llama Aritz. Es un buen chico, lo conozco desde hace años de la comunidad hacker. Ya ha tenido bastantes problemas y dar su identidad lo habría puesto en el punto de mira. Está en el espectro autista y... no sé, joder: ha sido una víctima. Por eso no se lo he dicho a nadie, ni siquiera a Miriam. Me dio miedo que pudieran hacerle algo. Le pedí a su madre que se lo llevara fuera de España, pero... esta mañana me ha llamado: están en Pinofranqueado, en Las Hurdes, con su tía y su abuela. Me gustaría conseguirles documentación falsa para que pudieran irse más lejos, por lo menos hasta que todo esto se calme. Confía en mí, Elena, Aritz ya nos ha dado todo lo que podía darnos.

Elena no insiste; cree a su amiga. Rellena los vasos de vino italiano, un Capannelle 50&50 que Mariajo guardaba para alguna ocasión especial. Nunca pensó que esa sería la libertad de Elena Blanco.

La llamó después de la conversación con Gálvez. No tenía ganas de volver sola a casa; la perspectiva de una noche en vela, empujando el minutero para que llegara el día siguiente y que Gálvez le entregara lo prometido, la abrumaba. Mariajo la invitó a ir a su casa, a cenar y a vaciar algunas botellas de vino, un ritual que a lo largo de los años han repetido muchas veces, algunas porque la pérdida de su hijo era una losa insoportable para Elena, otras porque Mariajo había tenido un mal día o una mala experiencia con una pareja. Se dan cuenta ahora de que nunca se reunían para celebrar, sino para curarse las heridas.

—Hoy sí es una celebración. Una celebración de mierda, pero, coño, estás libre de cargos. Ya sé que sigues investigada y faltan un millón de cosas: Zárate, quién organizó todo este montaje con Rentero o dónde hostias está esa psicópata con el cabezón tatuado. Que a lo mejor mañana viene el Clan y nos rebana el pescuezo. Pero ¿qué es la vida si una no se para un momento a celebrar las victorias? ¡Te hemos sacado de la cárcel, Elena! Hay que brindar. Y emborracharse y, como me venga arriba, hasta nos vamos de karaoke.

Mariajo vacía la copa de un trago; empieza a tener la boca pastosa y le cuesta vocalizar. Le gusta ver así a su amiga, libre, sin miedo, mientras camina algo inestable hacia la cocina para traer más vino y algo de picoteo. Tiene que sortear el caos de ordenadores destripados, cables y consolas obsoletas que se desparrama por cada rincón de este piso en la calle Francos Rodríguez, creando montañas de una especie de diógenes tecnológico entre el batiburrillo de muebles modernos y antiguos que decoran las habitaciones sin ningún criterio estético. Aquí es donde se crio Mariajo; heredó el piso cuando fallecieron sus padres y, por más que Elena le ha aconsejado mil veces tirar todas esas antiguallas y darle un buen lavado de cara a la casa, ella nunca ha querido desprenderse de nada. Cada elemento —no solo los muebles, también un cable o un componente de ordenador— tiene una historia y Mariajo es, sobre todo, fiel. Jamás traicionaría a un objeto como no traicionaría a una amiga. Esa es también la razón por la que no se ha mudado, no porque le guste el barrio, o porque conozca a los vecinos, sino porque venderla sería como fallarlc a la casa. Abandonarla.

—¡Habla más alto, Orduño! Tengo una cobertura de pena.

La oye vociferar al teléfono desde la cocina. Elena apura la botella de vino, es la segunda que se beben. Es posible que sea la noche para dejarse llevar. No ha sido una época fácil, no desde que recibió la llamada de Zárate y emprendió viaje a Almería. Se ha sentido completamente derrotada, a punto de tirar la toalla, pero las tornas han cambiado. Ahora sabe que Ángel está vivo y eso es lo único que importa.

—Dice Orduño que tienen un hilo del que tirar con lo de los cadáveres de la facultad. —Mariajo deja caer sobre la mesa un táper de albóndigas y empieza a descorchar la siguiente botella—. Tenemos el viento de cara, Elena. Orduño ha encontrado una denuncia de hace dos años y medio: un inmigrante avisó a la Guardia Civil de la desaparición de su primo, que acababa de llegar en patera a España. En principio, no parece gran cosa. ¿Cuánta gente muere o desaparece cruzando el Estrecho?

—El año pasado, 457. Si le sumas los 956 que intentaron llegar a Canarias, tienes 1413. No sé cómo podemos vivir con esa cifra: 1413 personas que pierden la vida solo por intentar llegar a España.

—Y a algunos que lo logran, como los de la universidad, ¿qué les hacen al llegar? Utilizan sus órganos en trasplantes. ¿Para quién? Para algún millonetis con el riñón hecho cisco que ha pagado para que le traigan a ese africano...

—¿Por qué piensa Orduño que esa denuncia es importante?

—No tiene fotografía del desaparecido, solo su nombre: Omariba Mauti. Sin embargo, sí ha encontrado en redes sociales fotos del denunciante. Su primo, Musa Mauti. Tiene tres escarificaciones en las mejillas. Son iguales que las de tres de los cuerpos. Van a ir a Almería para hablar con él.

—¿Miriam Vaquero también?

—No podemos quitárnosla de encima. Yo tampoco la soporto; me recuerda a doña Remedios, mi vecina del cuarto, que parecía que le habían metido una Biblia por el culo...

—¡Mariajo! Yo conocí a la señora Remedios. Era simpática. Me acuerdo de que siempre te traía táperes con comida.

—Todas mis vecinas me dan táperes de comida: ¿de dónde te crees que salen estas albóndigas? Carmina, la del primero. Le quedan un poco sosas, pero se pueden comer. Ella sí es maja; Remedios era de esas católicas de misa diaria que van todo el día con la sonrisita piadosa y, en realidad, son unas hijas de puta que, en cuanto pueden, te la hacen. Como la inspectora Vaquero.

—Es la ventaja de tener la absolución garantizada.

Mariajo le confiesa que le tenía tanta manía a su vecina Remedios que entró en la base de datos de la Seguridad Social para ver su historial médico. La anciana era un roble, pero también una adicta al diazepam, así que Mariajo le anulaba las recetas.

—No le hice mucho daño, solo alguna que otra noche con síndrome de abstinencia. —Luego llena la copa de Elena y la mira muy seria a los ojos—. ¿Qué te pasa? ¿Te gustaría ir a Almería con ellos?

—No puedo hacerlo. Tengo que quedarme aquí, por Gálvez. Pero me da miedo que Miriam tuerza la investigación y… no sé todavía qué ha ido a hacer Zárate a Liberia, aunque es evidente que hay una conexión.

—Por mucho que estés apartada, sigues siendo la jefa para Buendía y Orduño. Y para Reyes. Ha tenido que ser difícil para la pobre asumir todo lo que ha pasado.

Elena le ha contado la conversación que tuvo con ella. No tenía sentido seguir guardando información; si alguien puede ayudarla a entender al Clan, son ellos. Más que sus agentes, su familia.

—Elena, Zárate es como un gato. Siempre cae de pie. Ya verás como vuelve igual de creído que siempre. Aunque, te lo tengo que decir: nunca he entendido tu mal gusto con los hombres. Primero, Abel. Era difícil ser más soso.

—Es una buena persona.

—Exacto. Un soso. ¿Y Zárate? Vale, es guapo, pero parece que se ha escapado de un billar de los años ochenta, con ese rollo chulo de poli de barrio.

—A veces es un idiota. Tienes razón.

—Pero lo quieres.

—Más de lo que pensaba.

No puede evitar que se le humedezcan los ojos. Mariajo la abraza, pero no va a consentir que esta noche de celebración se hunda en otra jornada de lágrimas. Se ríe cuando recuerda el caso de la novia gitana y cómo nadie en la BAC quería a ese policía de Carabanchel en la oficina, de los piques entre Chesca y él, de cómo se las daba de gallito ante Rentero. Elena agradece que su amiga se esfuerce por destacar la parte frívola de una historia, la suya con Zárate, que ha crecido rodeada de oscuridad. Ella también le confiesa los encuentros en el karaoke, la primera noche de sexo, que dejó a Ángel tan desconcertado. El alcohol va haciendo su trabajo, arrullando a las dos en un estado ingrávido en el que las preocupaciones por fin pierden peso o, simplemente, han dejado de tener presencia, cuando suena un aviso de mensaje en el móvil de Mariajo.

—Es Buendía, que pongamos las noticias, que es urgente. Debe de salir Verdeliss o alguien así. Una influencer —le aclara al verla arquear una ceja—. Te lo digo en serio. Los nietos de Buendía están siendo una influencia nefasta. El otro día iba canturreando a C. Tangana por la oficina…

En la tele, las imágenes de un avión estrellado en una zona montañosa, tomadas a vista de dron, ocupan toda la pantalla. El locutor habla de que el accidente del avión privado que hacía la ruta Bruselas-Madrid se produjo cerca de Bayona. No hay supervivientes. Entre los pasajeros confirmados está el director general de la Policía Nacional, Aurelio Gálvez.

CAPÍTULO 28

No han hecho ninguna parada hasta la frontera de Liberia con Costa de Marfil. Siete horas de viaje incómodo por una carretera llena de baches que no evitan los maltrechos amortiguadores del autobús. La alegría con la que abandonaron Monrovia se fue adormeciendo con el paso del tiempo; la incertidumbre ganaba terreno, los peligros del viaje se deslizaban entre las conversaciones de los pasajeros. Amira le traducía a Zárate las frases dichas en yoruba. «Si no tienes dinero, nunca saldrás del desierto», ese era el principal miedo de la mayoría. Llevaban todo lo que les quedaba escondido en el forro de sus mochilas, cosido en la ropa, pero había quienes avisaban de que lo único seguro era introducírselo en el ano: si los paraba algún grupo rebelde, los registrarían para robarles y descubrirían cualquier otro escondrijo. El mestizo, Marvin, apenas intervenía en las conversaciones si no era para zanjar la preocupación.

—Prince nos protege. Esta no es una ruta como las demás.

Zárate cree que Marvin tiene razón. En el puesto fronterizo de Costa de Marfil, el general se ha bajado del autobús para hablar con los militares. Se han saludado con abrazos y risas, le ha parecido ver que deslizaba algo de dinero y después, sin tener que enseñar ningún pasaporte, el autobús ha seguido su camino.

Atraviesan pequeños poblados: Danané, Man, Touba, rodeados de una vegetación exuberante. Amira duerme apoyada en su hombro. La embarazada recibe las atenciones de dos chicas jóvenes, no tendrán más de veinte años, le han dicho que son nigerianas. Aunque el autobús partiera de Monrovia, no todo el pasaje es liberiano. Hay algunos de Sierra Leona, de Ghana o, como estas dos chicas, de Nigeria. Almas que iban buscando un futuro y recalaron en West Point. Puede que la miseria de ese lugar les diera el valor que les faltaba para cruzar el Mediterráneo.

Ya está anocheciendo cuando llegan a Odienné, a una plaza donde aparca el autobús. Es un lugar polvoriento situado en una enorme planicie, con casas bajas en cuyo horizonte, ante la ausencia de montañas, solo destacan las torres de lo que Zárate imagina que es una mezquita. El cielo rojo empieza a hundir el pueblo en la oscuridad cuando los escoltas del general Prince los conducen a una casa. Allí, los hacen entrar en una habitación donde tendrán que pasar la noche hacinados; no hay sitio para los cincuenta y dos que viajan en el autobús. Nadie protesta, nadie se queja cuando reparten unas raciones de arroz y unas galletas por todo alimento.

—¿No tienes sueño? ¿O te asusta que vengan a hacernos algo?

Amira se ha enroscado sobre su pecho para dormir. Él la tranquiliza acariciándole el pelo.

—No. No es eso.

Ella cierra los ojos. La pérdida de Moses es todavía demasiado dolorosa. Todos aquellos sueños compartidos de un futuro al otro lado del Mediterráneo ahora tienen un sabor agridulce, porque no podrá hacerlos realidad con su hermano. Las respiraciones de los pasajeros, con la cadencia del descanso, inundan el pequeño cuarto donde se amontonan. La atmósfera es densa por el calor y el sudor acumulado de tantas personas, pero Zárate no quiere dormir: a través de un ventanuco, en la calle, ve a Marvin compartir un cigarrillo con el general Prince. El trato entre ellos, sus actitudes confiadas, parece más una amistad que otra cosa. Ha preferido contener su ansiedad por abordar al general, por intentar averiguar algo más sobre el Sipeeni. No quiere que una mala decisión lo aparte de este viaje.

Salen al amanecer. Adisa y Sade, las dos chicas nigerianas, animan las primeras horas con canciones y bailes de su tierra.

—¿Qué tal el viaje, periodista? ¿Es lo que esperabas? —El general Prince se ha sentado al poco de dejar atrás Odienné. Su cuerpo obeso apenas cabe en el asiento.

—Me gustaría entender cómo es posible que atravesemos fronteras sin control de pasaportes.

—Los soldados confían en el general Prince. Eso es todo: ¡confianza!

Se ha reído a carcajada limpia. Luego ha vuelto al asiento delantero. Zárate espera el momento para acercarse a Marvin:

—¿Tú sabes qué tratos tiene Prince con los militares de la frontera?

—En la guerra, el general era una persona importante. Todavía tiene muchos amigos.

—Eso he oído, que el general se llevaba muy bien con un español. El Sipeeni, ¿has oído hablar de él? Dicen que antes traía armas y, ahora, puede estar detrás de estas rutas a España.

Marvin no disimula su incomodidad. Se pone en pie para buscar otro sitio en el autobús, lejos de Zárate, aunque antes le murmura al oído:

—Para nosotros, esto no es un juego. Lo único que queremos es llegar.

No puede culparlo; es cierto que él no vive el viaje como la tabla de salvación que es para todos los demás. Años de trabajo, de ahorro, para poder subir a este autobús e iniciar una migración que parece mucho más segura que la de otras rutas.

El puesto fronterizo de Mali, en Manankoro, no es tan fácil como el de Costa de Marfil. Unos soldados cargados con AK-47 suben al autobús y van pidiendo pasaportes uno a uno. Con algunos de ellos se detienen, ponen en duda la legalidad de la documentación e incluso amenazan con bajarlos hasta que les entregan unos dólares. Zárate sabe que harán lo mismo con él. Da igual que el general Prince intente mediar: la mordida de los soldados malienses es un peaje inevitable. No se equivoca; cuando llegan a su asiento e inspeccionan el pasaporte, le dicen en inglés que no tiene validez.

—Es perfectamente legal. Soy yo. Está expedido en Madrid y…

No termina la frase. El soldado le propina un culatazo con el fusil que le abre una brecha en el pómulo.

—¿Te crees que por ser blanco puedes hacer lo que quieras?

La mirada del general Prince le advierte de que no conviene meterse en problemas. Se siente humillado, pero contiene la ira; le gustaría sacar la pistola que lleva escondida bajo la camiseta, aunque sabe que no debe hacerlo. La mano de Amira apretándole el muslo también lo amansa. Busca veinte dólares en su bolsillo y se los da al soldado, que mantiene la mano extendida hasta que Zárate le coloca otro billete. Sin más, el soldado le devuelve el pasaporte y sigue su ronda por el autobús.

Le cuesta olvidar el incidente con el soldado en todo el trayecto hasta Gao. Son veinte largas horas de viaje incómodo, sin apenas paradas para estirar las piernas o aliviar la vejiga. El cansancio, la sensación de sentirse como ganado, va haciendo mella en todos, el primero en Zárate. Ni siquiera se detienen a descansar por Annie, la mujer embarazada, o por dos hombres que, mareados, han terminado vomitando dentro del autobús. Conforme se adentran en Mali, el paisaje se va volviendo más árido, tanto como su ánimo.

—Debes ser paciente. Esto no ha hecho más que empezar.

Sin embargo, el aviso de Amira no logra templar la rabia de Zárate. Tan pronto como llegan a Gao, la puerta del Sáhara, y se baja del autobús, se encara con el general.

—¿De verdad quieres llevar a esta gente a España o quieres dejar un reguero de muertos por el camino?

—Me hacéis gracia los europeos. Os creéis que sabéis qué significa ser africano, pero no tenéis ni idea. A lo mejor, al final, este viaje te sirve para algo más que para vender un reportaje.

Después de otra noche en blanco, amontonados en el suelo de una casa de adobe, el general los reúne en una plaza donde Zárate encuentra a cientos de africanos. Todos son migrantes. Cada poco tiempo sale de esa plaza un autobús rumbo al norte, para atravesar el Sáhara. Unos tomarán la ruta argelina, como ellos; otros irán por Libia. No hay un perfil concreto, a esos autobuses suben mujeres y hombres; los hay jóvenes, tanto que parecen adolescentes, pero también los hay mayores, como hay niños, críos de cuatro y cinco años que van en brazos de sus madres, todos embarcándose para cruzar el desierto. Los autobuses se los van tragando como sumideros para, después, levantar una nube de polvo y, petardeando, alejarse de Gao. Le parece increíble que se aventuren a recorrer los diecisiete mil kilómetros que los separan de la costa en esas tartanas, que lo más seguro es que fallen a mitad de camino.

El general Prince los conduce a otro punto de la plaza; allí no los espera el autobús, sino tres pick-ups. Los escoltas los van dividiendo en grupos de diecisiete personas y les ordenan subir a la caja, amontonándolos y recordándoles a gritos que se sujeten con fuerza. Amira y Zárate suben a la misma pick-up que Marvin y las chicas nigerianas. Zárate cree que, al menos, esos coches son más fiables que el resto de los vehículos que ha visto partir y que parecían sacados de un desguace.

Aunque llevan gafas de sol y la cara embadurnada de crema, el sol abrasa y Zárate acumula un fuerte dolor de cabeza conforme pasan las horas zarandeados en la caja de la pick-up. La carretera es poco más que una pista de gravilla, Amira permanece abrazada a él y las nigerianas están tan cansadas que son incapaces de cantar. Desde que dejan atrás el río Níger, el paisaje es un infinito mar de arena en las cuatro direcciones. Los tres vehículos cruzan el desierto envueltos en polvo y sudor, como si estuvieran despeñándose por una ruta sin retorno. Los primeros llantos, las caras extenuadas, el dolor del cuerpo, obligado a estar continuamente en tensión, los pasajeros aferrados a la estructura de la caja para no salir despedidos en alguno de los baches, todo eso, y también la insolación, sume a Ángel en un estado febril en el que le cuesta diferenciar la realidad de la pesadilla.

La carretera está cortada por soldados de un grupo rebelde, no sabe si son tuaregs o si se trata de una milicia árabe. Gritan órdenes con tono áspero, los hacen bajar de las pick-ups. Las negociaciones del general Prince no surten el efecto de otras veces, o quizá es que este era su pacto: los soldados no piden documentación, solo dinero. El chico de las cicatrices en las mejillas recibe un golpe en la frente con la culata del fusil y cae al suelo, donde lo patean hasta convertir su rostro en un borrón de sangre. Nadie interviene, ni Prince, ni sus hombres ni los inmigrantes, asustados porque saben que, si lo hacen, ellos serán los próximos. Dos cadáveres en la cuneta en estado de descomposición les advierten de cuál puede ser su destino.

La vergüenza crece dentro de Zárate: ¿por qué no hace nada?, ¿por qué no saca la pistola que lleva en el cinturón?, ¿por qué no intenta detener esta barbarie? Amira se esconde a su lado y rumia que lo hace por ella, no puede dejarla sola, pero sabe que se está mintiendo y esa cobardía lo envenena, lo hace vomitar cuando reemprenden la marcha, una vez superado el control.

En la caja de otro vehículo, los compañeros de viaje limpian las heridas del chico, que yace inconsciente. Siguen engullendo kilómetros en una atmósfera de silencio y calor hasta la noche, hasta que duermen a un lado de la pista, bajo el cielo frío y temiendo la picadura de los escorpiones. Al amanecer, Marvin le dice que el chico murió. No hay entierro, no hay compasión, el cuerpo queda en el desierto, a merced de los animales carroñeros. La embarazada, Annie, está padeciendo fuertes contracciones: no tienen medicamentos, solo pueden acostarla en la caja y repartirse entre los otros vehículos para que ella tenga algo más de espacio.

Es difícil calcular las horas que acumulan; utilizan rutas alternativas, más seguras, pero mucho más largas. Ya han perdido la noción del tiempo cuando adivinan la silueta de un poblado, El-Khalil, tendido en la frontera con Argelia. Otro grupo de milicianos detiene el convoy. Como si se estuvieran hundiendo en un vórtice hacia el centro del mal, los soldados exhiben en los capós de sus todoterrenos las cabezas de dos africanos. De nuevo bajan de los coches, de nuevo son golpeados hasta que cada uno de ellos les entrega todo el dinero que lleva. Uno de los soldados encuentra la pistola de Zárate, se la quita y le apoya el cañón en la frente. Prince le grita en inglés; cada vez está más convencido de que los comportamientos de estos grupos rebeldes están pactados con el general, porque el soldado termina disparando al suelo y marchándose con su arma. Marvin le dice que, si no fuera por Prince, les habrían hecho llamar a sus familias para que les enviaran más dinero. Seiscientos dólares cada uno. Y aquel que no lo consiguiera sería torturado y asesinado. Pero, aparte de los golpes, no sucede nada. Prince habla con los soldados y les señala a las dos chicas nigerianas. Zárate se interpone cuando ve que los milicianos vienen a llevárselas, pero uno de ellos le da un rodillazo en el estómago y, cuando está en el suelo, le patea la cara. Amira se lanza a su lado porque Ángel, a pesar de los golpes, quiere proteger a las nigerianas. «Te van a matar», le advierte. Y Zárate no puede más que ver cómo, a solo unos cien metros, los soldados violan a las dos mujeres. Es el pago que había acordado Prince, así lo entiende. «¡¡Eres un hijo de puta!!», se lanza Ángel a por el general, que lo repele sin dificultades: Zárate está débil, golpeado, Prince ni siquiera necesita de sus escoltas. Marvin y Amira lo arrastran hacia una de las pick-ups. «¿No ves que si no les entrega a las nigerianas nos habrían matado? Para de una vez o nunca cruzaremos el desierto», le advierte el mulato.

Sade y Adisa regresan a la caja de la pick-up. La vida ha desaparecido de sus ojos. Nadie dice nada cuando reanudan la marcha y cruzan la frontera con Argelia. Atrás queda El-Khalil, una suerte de posta siniestra, de casas de adobe y de cadáveres que puntean sus alrededores, africanos de toda clase, hombres, mujeres, niños y ancianos que no consiguieron superar esta estación de paso donde los grupos rebeldes hacen su agosto a costa de las esperanzas de los subsaharianos. Nadie controla lo que sucede aquí. Nadie puede ver el sufrimiento que se queda pegado a la arena.

Bordj Badji Mokhtar es el último lugar habitado que ve; a partir de entonces, todo es desierto. Apenas tienen comida, comparten el agua. No sabe cuánto tiempo pasa: evitan la pista y toman las rutas del comercio tuareg para esquivar al ejército argelino. Pueden ser cuarenta horas, quizá más. Se descubre llorando al despertar una mañana. Aterido de frío, con la garganta en carne viva, la piel quemada, ¿está muerto?, se pregunta, ¿por qué se ha lanzado a este viaje?, ¿por qué tanta tortura?, ¿qué hay al otro lado? El Mediterráneo, Europa, ¿merece la pena? Mira a sus compañeros de pesadilla, destrozados, enfermos, algunos tienen diarrea, se están deshidratando, otros parecen zombis, ¿qué fuerza los empuja a este infierno? ¿Es la pobreza y la violencia de sus países o es el engaño del paraíso prometido? Porque él sabe que lo que hay al otro lado no merece este sufrimiento. «¡Estáis locos! —les grita—. ¡¡Volved a casa!! ¡¡Salid del desierto!!». Amira lo abraza y le moja la frente. «Tienes fiebre. Vamos a conseguirlo, Ángel. El desierto no va a poder con nosotros. Tenemos que llegar, por Moses. Tenemos que hacerlo», le murmura ya en la pick-up, otra vez en ruta por este infinito de arena. Marvin se ha montado ahora con ellos. El compañerismo es lo único bueno que encuentra en este viaje. «¿Por qué te has metido en esto? —le pregunta Marvin—. Tú no lo necesitas». «Quiero encontrar al Sipeeni», le murmura, tal vez porque la fiebre lo hace ser menos precavido y porque, si va a morir, ¿qué sentido tiene ocultar la verdad? «Él está haciéndose rico con vuestras vidas, el Sipeeni…, Arcadi Ortiz…, está en España. Está al final de todo esto. Solo quiero…, no merece vivir», le dice a Marvin. El mulato apoya la cabeza de Zárate en su regazo y le murmura al oído: «Yo lo mataré por ti y por todo el daño que ha hecho en Liberia». ¿Es real lo que le ha dicho o ha sido producto de su imaginación? No lo sabe.

Cuando cree recuperar la razón, Marvin ya no está en su pick-up y el sol cae a plomo. Algunos duermen. En el desierto, una mujer hace aspavientos, les está pidiendo ayuda a gritos. No puede entender su idioma, pero sí su necesidad. Zárate golpea la cabina del coche, les grita que paren: tienen que ayudar a esa mujer, pero el conductor no levanta el pie del acelerador y la va dejando atrás envuelta en una nube de polvo. Ángel no escucha los ruegos de Amira para que se tranquilice y salta de la cabina de la pick-up. Rueda por la arena del desierto y, después, busca a esa mujer que, de repente, ha desaparecido: ¿ha sido un espejismo? Corre hacia donde la vio y comprueba que no: envuelta en telas que han perdido su color, la mujer tiene la cara cuarteada por el sol y por la edad. Puede que tenga cincuenta, sesenta años. Zárate corre hacia ella cuando la pick-up lo supera; van a socorrerla, les ha hecho cambiar de opinión, piensa, y por eso han dado la vuelta. La mujer cae de rodillas, exhausta, cuando el coche llega a su altura. Uno de los hombres del general Prince baja y, sin mediar palabra, le descerraja un disparo en la cabeza. Zárate grita y llora, histérico, fuera de sí. Gasta sus últimas energías en llegar hasta el escolta, que se gira hacia él con la intención de dispararle también. Ve a Amira llorar y a Marvin decirle algo al hombre de Prince. Una especie de sortilegio, piensa Ángel, porque enfunda su pistola y, a empujones, vuelve a subir a Zárate a la caja.

Amira lo envuelve de nuevo en un abrazo, pero a él le gustaría tener fuerzas para liberarse. Para abandonarse en el desierto, junto al cadáver de esa mujer. Para morir, porque ¿quién puede vivir con este horror en las retinas?, ¿quién puede soportar tanta falta de humanidad? ¿Qué es el Sáhara?, ¿un enorme cementerio? Y conforme la pick-up regresa al convoy, siente que las ruedas están machacando los huesos de todos los africanos que se tragó este desierto.

CAPÍTULO 29

Llegar en avión a Almería supone ver desde el cielo un espectáculo de blancura parcelada. Miles de hectáreas —según los últimos cálculos, catorce mil— cubiertas por el plástico de los invernaderos, que lucen cuando el sol reverbera sobre ellos y que los pájaros a veces confunden con la superficie del mar. Bajo esos techos trabajan miles de hombres y mujeres, la mayoría llegados de África, soportando el calor de una tierra que puede alcanzar los cincuenta grados en verano.

En el aeropuerto hay un coche de alquiler esperando a los miembros de la BAC, que han renunciado a que la policía almeriense ponga un agente a su servicio.

—¿Un Fiesta? Podías haberte estirado más, jefa. ¿A qué hotel vamos, o va a ser una pensión?

Miriam no responde al intento de Orduño por relajar el ambiente. Estuvo a punto de suspender este viaje y anda enfrascada en el móvil desde que salieron de Madrid; el accidente de avión que significó la muerte de Gálvez cuatro días atrás ha dejado también un vacío de poder en la cúpula de la Policía. Todavía no se había cubierto el cargo de Manuel Rentero, que habría sido el sustituto natural de Gálvez, y Orduño supone que Miriam debe de andar en conversaciones con altos cargos, quizá del Ministerio del Interior, para resolver esta anomalía y que la Policía recupere un funcionamiento normal. Porque la rueda tiene que seguir girando. Todos los días suceden cosas, los malos no se toman vacaciones, recuerda Orduño que le decía un profesor en la Academia de Ávila, y la policía tampoco puede parar, aunque ahora esté descabezada.

Desde la ventanilla ve un mar azul, en calma. A pesar de estar a finales de diciembre, la temperatura en Almería no es especialmente baja. Reyes conduce en silencio. Ha puesto en el navegador la ubicación que les envió Musa Mauti, el subsahariano que denunció la desaparición de su primo al llegar a España, cuya descripción encaja con uno de los cuerpos hallados en la Facultad de Medicina.

—¿Hay ya alguna explicación al accidente del avión?

Reyes busca los ojos de Miriam a través del espejo retrovisor; la inspectora ha preferido sentarse atrás para seguir contestando mails y hablando por teléfono. No separa la vista de lo que está haciendo para responderle.

—Dicen que el piloto solicitó a la torre de control del aeropuerto de Angulema un descenso directo y, a partir de ahí, se perdió contacto con él. Era un Cessna 551, un avión privado del ministerio. El Gobierno francés envió dos cazas desde Burdeos y fotografiaron la cabina: el piloto estaba inconsciente. Puede que hubiera una despresurización. A esa altura, la falta de oxígeno te puede hacer perder la consciencia en quince segundos. Están buscando los restos y la caja negra, pero la investigación está en manos de las autoridades francesas, se estrelló en su territorio.

Avanzan por la carretera rumbo a Las Norias de Daza, una pedanía de El Ejido donde está uno de los nueve asentamientos de infraviviendas que hay en el municipio. El Ejido es un pueblo que genera riqueza, pero también padece desigualdades: casi la mitad de la población es de origen extranjero, sobre todo del norte de África. Orduño mira de reojo a Reyes. Hay en ella una severidad nueva, sus rasgos parecen haberse afilado, quizá producto del dolor de estos últimos días, como si todo lo que ha pasado le hubiera hecho desprenderse de su piel de niña y, más madura ahora, con más sufrimiento a su espalda, enfrentara el mundo desde un lugar distinto, más adulto y también más austero. Lleva unos chinos, una camiseta con un millón de lavados que han difuminado el estampado de lo que parece el logotipo de un grupo de rock, una chaqueta de cuero, nada de maquillaje. Puede que hoy se sienta un hombre, no está seguro, pero sí le parece más hermosa que nunca.

Ha intentado reconstruir el puente que se rompió entre los dos. Fueron juntos al apartamento de Kira que le había indicado Elena y no encontraron nada. Se comprometieron a compartir toda la información que pudieran sacar de este viaje con la que era —y para ellos sigue siendo— su jefa. Están advertidos de que no deben confiar en Miriam Vaquero y, en todos esos preparativos, Orduño nunca subrayó el cambio de posición de Reyes, el hecho de que él estuviera siempre en lo cierto con Elena Blanco. No quería hurgar en las heridas del pasado, solo necesitaba recuperar su antigua complicidad, pero Reyes ha limitado su relación a lo profesional, como si nunca los hubiera unido algo más íntimo. ¿Cómo decirle que sigue enamorado de ella? ¿Cómo demostrárselo? En silencio, el coche sigue engullendo kilómetros camino del pueblo donde vive Musa Mauti.

—¿Sabéis quién es de Las Norias? Manolo Escobar.

—¿Quién es ese? —pregunta Reyes.

—No me puedo creer que no lo sepas. El del carro, ¿no te suena?

—Ni un poco.

—¿Y Lola Flores? ¿Te suena Lola Flores?

Pero Reyes no quiere continuar la broma. El coche abandona la carretera principal y recorre las afueras de Las Norias, ocupadas por inmigrantes. Encajonadas entre invernaderos, están las infraviviendas donde viven los más desfavorecidos. El barrio, cerca de la carretera que une Las Norias y La Mojonera, no es muy distinto de tantos otros que han visto en muchos lugares de España: casas hechas con tablones, con cartones, con plástico que ha sobrado de los invernaderos, muebles viejos y basura por todas partes. Siguiendo la ubicación que les envió Musa, llegan a la barraca que ocupa. Se presenta como «Little», el apodo con el que lo llamaban en su tierra y que no tiene nada que ver con su complexión: alto, algo más de un metro ochenta, delgado, fuerte, con músculos que se han esculpido gracias al duro trabajo del campo. En sus mejillas pueden ver las mismas escarificaciones de los cadáveres, esas tres líneas que nacen de la comisura de sus labios y cuyo dibujo hace pensar en los bigotes de un felino. Habla un castellano bastante decente gracias a los cursos que unas religiosas les imparten.

—Es la primera vez que me hace caso la policía. Llevo dos años y medio hablando con todo el que me quiera escuchar, diciéndoles que tienen que buscar a mi primo, pero a todos les da igual. Los negros no valemos lo mismo, ¿verdad?

—Tal vez no recurriste a las personas adecuadas antes. —Miriam suena demasiado cortante, puede que esté superada por los acontecimientos y no tenga paciencia para encajar las protestas de Musa.

—¿Y quiénes son esas personas? ¿Vosotros? ¿Por qué vais a ser mejores que los otros guardias?

—Seguramente no lo seamos. Hay un montón de policías; aquí, en el mar, jugándose la vida y, en serio, me saca de mis casillas que habléis de ellos como si fueran unos idiotas o, peor, como si hicieran mal su trabajo. ¿Quieres saber qué coño le pasó a tu primo? Deja de quejarte y cuéntanos cómo desapareció.

—¿Has venido a descubrirlo o a hacer que me calle?

De repente, Orduño tiene la sensación de que Miriam fuerza la hostilidad de Musa a sabiendas, como si más que buscar respuestas quisiera cerrar esta vía. El aviso de Elena retumba en su memoria: ¿y si ella forma parte de eso que han llamado el Clan?

—¿Qué significan esas marcas que llevas en la cara? —se decide a intervenir para rebajar la tensión.

—Es una tradición de mi pueblo. Los kissi.

—¿Por qué no nos cuentas algo más de ese pueblo? ¿Dónde vivís?

Musa no disimula su escepticismo; la amabilidad de Orduño no acaba de convencerlo, pero aun así les cuenta que los kissi son una de las tribus descendientes de los habitantes originarios de Liberia, por eso lucen con orgullo las escarificaciones que los identifican. Viven en el interior, en una zona llamada Condado de Lofa, en la conjunción de Sierra Leona, Guinea y la propia Liberia. El pueblo vive básicamente del cultivo de arroz, pero algunos jóvenes, como su primo y él, se trasladaron a Monrovia para ganar dinero y tener la oportunidad de venir a Europa. El teléfono de Miriam no para de sonar y, quizá por eso, interrumpe el relato de Musa, como si necesitara encontrar atajos en la conversación. Para sorpresa de Orduño y Reyes, saca de una carpeta la fotografía de la autopsia de los cadáveres y se la muestra al africano, sin prepararlo para encajar una imagen así.

—¿Reconoce a Omariba entre alguno de estos cuerpos?

La fotografía tiembla en las manos de Musa, que se hunde en ella como si fuera un pozo. Se le humedecen los ojos y tartamudea unas palabras en un idioma que no entienden para luego murmurar «¿qué les ha pasado?», porque el estado de los cadáveres, con la piel gomosa, amarillenta, las cicatrices que dividen los torsos, dibuja un paisaje incomprensible. Solo entonces Miriam toma conciencia de lo que ha hecho y recupera la fotografía con una disculpa.

—Es difícil la identificación dado el estado de los cuerpos, lo siento, Musa. Todavía sabemos muy poco de lo que ha sucedido, solo queríamos comprobar si uno de ellos podría ser Omariba Mauti, su primo...

—Es posible que sea él...

Musa señala con dudas uno de los cuerpos, el de un joven con las escarificaciones en las mejillas. El teléfono de Miriam vuelve a atronar y ella se aparta para responder.

—Tengo que responder, disculpad. Tomadle una muestra de ADN para cotejarla. Nos mantendremos en contacto, señor, y..., de verdad, siento haber sido... Lo siento.

Reyes espera a que Miriam se haya alejado para acercarse a Musa, que todavía intenta procesar la realidad de una muerte atroz.

—¿Qué les pasó?

—No hay una manera fácil de contar esto, Musa, pero quiero que sepas que estamos aquí para ayudarte. Nos importa llegar al culpable de esto tanto como a ti.

—No es lo que me ha parecido que quería esa mujer.

—Ha sido desagradable, ya lo sé, pero puedes confiar en nosotros dos. Él se llama Orduño, yo soy Reyes. Todo lo que nos cuentes de vuestro viaje, de la llegada a España, nos puede resultar útil.

—¿Qué le hicieron a mi primo? No me mientas.

Reyes echa una mirada atrás. A un centenar de metros, Miriam sigue enredada en una conversación telefónica. A un leve gesto, Orduño entiende qué quiere su compañera: asegurarse de que la nueva inspectora jefe no vuelva a mitad de conversación. No quieren que ella pueda interrumpir de nuevo el relato de Musa.

—Creemos que a tu primo, antes de morir, le extrajeron los órganos. Y lo mismo hicieron con los otros cuatro cuerpos que hemos hallado.

Musa se aparta de Reyes y busca un lugar donde sentarse, mareado, hasta que, apoyándose en las paredes de la chabola, termina dejándose caer en el suelo. Reyes le concede un tiempo antes de pedirle que le cuente cómo fue el viaje. Puede que en ese periplo haya algún hilo del que tirar para dar con el responsable.

—Todos los viajes son un infierno y el nuestro no fue diferente. Trabajamos tres años en Monrovia, pero ni con lo que teníamos ahorrado pagábamos el billete. Omariba, él siempre encontraba la manera de arreglar las cosas. Tenía amigos en todas partes. No sé qué trato hizo con el general Prince, pero consiguió que subiéramos al autobús. Cruzamos Costa de Marfil y Mali. Prefiero no recordar todo lo que pasó... El Sáhara te puede volver loco, pero... nuestra ruta era mejor: las milicias y los tuaregs se ceban con los que no tienen protección. Llegamos a Argelia y cruzamos el Mediterráneo. Fue en junio, el mar era una balsa, todo iba como nos dijeron y el miedo, los que se quedaron en el camino, todo eso, podíamos aguantarlo porque Omariba y yo estábamos felices. Íbamos a llegar a España. Sé que es difícil de comprender: vosotros podéis imaginar qué es ser un africano, pero no podéis saberlo, ¿me entiendes? Nunca estaréis dentro de nuestra piel ni sabréis por qué merece la pena jugarse la vida...

—España no es el lugar que habíais soñado.

—No, no lo es.

—¿Cuándo desapareció Omariba?

—Al llegar a la playa, pero...

—¿De qué tienes miedo?

—De ti. De los policías. Vosotros tenéis la culpa.

—¿La culpa de qué? Musa, te juro que me va a dar igual si en esto hay policías implicados.

Musa ha logrado enterrar la emoción. A cambio, la sangre destaca en una fina línea sobre el párpado inferior de sus ojos, como si fuera el pasado de dolor a punto de desbordarse, como si fuera la rabia.

—Prince era uno de esos generales de la guerra de Liberia. Nos dijo que con él no habría problema ni en el viaje ni al llegar. Los guardias españoles nos iban a proteger. Nos iban a dar papeles y nos llevarían a algún pueblo para que buscáramos trabajo.

Orduño se acerca a ellos cuando Musa acusa a la policía. Teme que Miriam regrese, porque, si hay algo que su nueva jefa querría evitar, es esto.

—¿Policía Nacional, Guardia Civil? ¿De qué cuerpo os hablaba Prince?

—Guardias civiles.

—¿Estás seguro?

—Yo mismo los vi. Las lanchas nos dejaron en la playa de Adra. Nos metieron en unas camionetas que nos estaban esperando. A todos menos a tres, uno de ellos era mi primo Omariba. Se subieron con el general Prince en un coche normal. Cuando salimos de la playa de El Lance de la Virgen, había todoterrenos de la Guardia Civil cortando la carretera. Eran los propios guardias los que controlaban la playa para que nadie viera que habíamos llegado. Por eso nunca me atreví a denunciar en un cuartel de la Guardia Civil: fui a Almería, hablé con la Policía Nacional, pero nadie me hizo caso. Hasta me amenazaron con deportarme si seguía hablando…

—¿Tienes algún nombre? ¿Quién te amenazó?

—No lo sé. No lo había visto nunca. No llevaba uniforme, pero me dijo que me quemarían la chabola si seguía yendo a la policía.

Miriam Vaquero se acerca a ellos. El ministro del Interior la ha convocado a una reunión en Madrid y tiene que volver de inmediato.

—¿Le habéis sacado algo?

Orduño hace un gesto a Reyes y se apartan de Musa para que no escuche las mentiras que van a decirle a la inspectora.

—Tiene mucho miedo a la policía —dice él—. Lo mejor es que nos quedemos por aquí a ver si nos ganamos su confianza y nos cuenta qué pasó cuando desapareció su primo.

—Está bien. —Desplaza una mirada al africano, que sigue sentado en el suelo, junto a su chabola—. He sido una bruta con él. No sé si debería pedirle perdón…

—Nosotros se lo diremos por ti. Ahora no quiere escuchar.

Miriam asume que Reyes tiene razón y se aleja rumbo al coche: tienen que llevarla de vuelta al aeropuerto.

—¿Qué está pasando aquí? —murmura Orduño.

—Mi tío sabía que esos cadáveres de la Facultad de Medicina tenían relación con el Clan, por eso quería investigarlo con la BAC. Porque, en toda esta mierda, la policía, la Guardia Civil, todo el mundo está metido hasta las cejas.

Si el testimonio de Musa es cierto, hay guardias que participan en esta red de inmigración que trae africanos para extraerles los órganos: España, Europa, convertida en un enorme monstruo hambriento que usa todo su poder, hasta instituciones como los cuerpos de seguridad, para devorar a los más indefensos, para alimentarse de la vida de África. ¿Quién es ese hombre que amenazó a Musa? ¿Quiénes son esos guardias civiles cómplices de la red?

—Si todo esto está conectado con el Clan, creo que sé quién nos puede ayudar a identificar a esos corruptos.

Pero Reyes no da más explicaciones. Miriam les hace gestos desde el coche; necesita marcharse y ellos prefieren que lo haga cuanto antes.

—Avisa a Elena —susurra Reyes a Orduño antes de subir al coche—. Necesitamos que venga.

CAPÍTULO 30

Algo húmedo y frío le empapa la frente. Entreabre los ojos y se descubre en una penumbra de aire viciado, caliente hasta el punto de que le duele respirar. Unos haces de sol atraviesan los postigos de unas ventanas que, viejas, dejan que la luz se filtre como un hachazo. Reina un silencio opresor, acompasado por decenas de respiraciones, algunas tan enfermas como la suya, profundas y partidas por toses. Cuando acostumbra la visión a la escasez de luz, identifica los rostros derrotados de sus compañeros de viaje, amontonados en el suelo de otra habitación de una casa que no sabe dónde está: un adolescente cuyas lágrimas han dibujado surcos en la arena del desierto que todavía tiene pegada a la piel; la embarazada Annie, con los ojos entrecerrados por el dolor y las manos acariciando su vientre, a su hijo; las nigerianas, dos estatuas de sal que ya nunca dejarán de mirar atrás, a lo que sucedió en el Sáhara; Marvin, el mulato, que lo observa grave, como el médico que visita al paciente desahuciado; y decenas de caras más, de hombres y mujeres rotos, callados. «Necesita medicina». Reconoce la voz de Amira, ella es quien le aplica un trozo de tela mojado en la frente.

—No podemos salir. Si el ejército argelino te coge, te llevarán de vuelta al desierto. Dicen que te dejan en mitad del Sáhara, a más de treinta kilómetros de cualquier pueblo, para que te mueras o te vuelvas loco allí.

Le gustaría poder hablar, pedirle a Amira que no corra ese riesgo, pero no encuentra fuerzas para decir nada. No sabe si lo inmoviliza la fiebre o el terror. ¿Realmente ha visto todo lo que ha visto en esos parajes de calor inclemente, o forma parte de una pesadilla? La mujer ajusticiada, pero también dos autobuses cubiertos en parte por la tierra, cuerpos en descomposición asomando entre las dunas, unos adolescentes que gritaban rogando ayuda y a los que solo les arrojaron una botella de agua antes de dejarlos atrás.

Cierra los ojos y se sumerge en un duermevela en el que pierde la noción del tiempo. Un fantasma envuelto en una tormenta del desierto se aparece ante él. Sabe que es el Sipeeni, sabe que es Arcadi Ortiz, pero no puede ver sus facciones, porque la arena vuela a su alrededor como un enjambre de abejas. Corre hacia él, los puños apretados, toda la rabia contenida en sus músculos. Quiere destrozarle la cara, quiere arrancarle el corazón, por su padre, pero también por todos estos hombres y mujeres cuyas vidas destruye de manera sistemática, antes en la guerra y ahora en las rutas de migración. Sin embargo, cuando alcanza la figura, esta se desvanece, como si la disolviera el viento, el mismo que mueve las dunas del desierto y las disfraza de olas en el mar.

—Tranquilo. No grites. No podemos hacer ruido. —El susurro de Marvin lo devuelve a la realidad—. ¿Sabes dónde estamos? En Beni Saf, al norte de Argelia. Almería está a un par de cientos de kilómetros. Falta muy poco, no lo estropees.

Zárate se incorpora. Tiene el cuerpo dolorido, pero vuelve a sentirse dueño de él. En una esquina del cuarto, llora un bebé. Su madre intenta consolarlo, está aterrada; teme que los compañeros los expulsen de este escondrijo por miedo a que el llanto los delate ante el ejército argelino. Amira duerme a su lado; tiene una herida en la boca, la sangre reseca.

—Está bien —lo tranquiliza Marvin—. Salió para comprarte algo que te bajara la fiebre y tuvo una trifulca con unos niños. Le tiraron piedras y le pegaron, pero no llegaron a llamar a los soldados.

Recuerda cuando se subieron al autobús en Monrovia, cómo Amira se abrazaba a él. Ángel se prometió que la protegería en este viaje, ¿cómo pudo ser tan ingenuo? Ha sido ella quien le ha salvado la vida. El antipirético que le ha dado también le ha devuelto la serenidad y, con ella, cierta vergüenza por haber sido una carga. Puede que sea la esperanza lo que le da a esta gente la fuerza para superar esta empresa sobrehumana, puede que sea una vida de pobreza, no lo sabe, pero han soportado todo sin perder la capacidad de ayudarse los unos a los otros. Un grupo de adolescentes ha rodeado al niño que lloraba, le hacen carantoñas y bromas hasta que logran arrancarle una sonrisa. Eso es lo primero que piensa, pero luego se da cuenta de que se ha equivocado. Los rostros graves de los adolescentes y las lágrimas de la madre se lo demuestran. El niño calla porque ha muerto. Un hombre abraza a la madre con fuerza, intenta que todo el dolor no se desborde en un grito.

—¿Qué sabes tú del Sipeeni? —le pregunta Marvin en un murmullo.

Ha debido de decir su nombre en sueños, o puede que esté guardando esa pregunta desde la conversación que tuvieron.

—Es el que está detrás de todo esto. Quiero encontrarlo.

—¿Y crees que estará esperándonos al final de este viaje?

—Sé que vive en España. Hay un periodista, Zubigaray, que me puede ayudar a dar con él si no vemos al Sipeeni al llegar.

—¿Y qué harás si te lo encuentras?

—¿Qué merece alguien que se hace rico a base de esta tortura? ¿O de haber estado llevando armas a Liberia para alargar la guerra?

—La muerte.

—Eso es. La muerte.

—Entonces, los dos queremos lo mismo. ¿Tienes un teléfono? Si llegamos a España, quiero hablar contigo.

Marvin usa un trozo de cristal para escribir los números del teléfono de Zárate en su antebrazo, una cicatriz para no olvidarlos. Su determinación le sorprende, imagina que él ha podido ser una de las víctimas del Sipeeni en la guerra; ahora tiene más o menos la misma edad que él, pero cuando todo empezó debía de tener unos cinco o seis años. Pudieron transformarlo en uno de esos niños soldado, o tal vez Arcadi Ortiz asesinó a su familia.

—Las dos cosas —le confiesa Marvin—. Quiero matarlo porque me convirtió en un asesino y porque fue el culpable de que le arrancaran la vida a mi madre. Y por una razón más: quiero matarlo porque es mi padre.

Zárate, sorprendido, busca su mirada y encuentra los ojos de un escualo. No tiene tiempo de responder. De un golpe seco, se abre la puerta del cuarto donde se esconden. Todos se encogen como animales asustados. Amira despierta sobresaltada y ahoga un grito, pero no son los soldados argelinos quienes entran. Son el general Prince y sus hombres.

—Mañana por la noche cruzamos el Mediterráneo. Preparaos. Y sonreíd, coño, que muy pronto estamos en España.

CAPÍTULO 31

—Yo pensaba que tanta urgencia era porque querías pasar un fin de semana de sexo salvaje conmigo y no esto...

Fabián lleva gafas de sol oscuras, un gorro de lana que casi le llega a las cejas y una braga de cuello que le cubre medio rostro. Hasta a su propia madre le sería casi imposible reconocerlo. De hecho, mira sin ningún temor a un policía que pasa por su lado mientras está sentado en la terraza de Los Sobrinos, un bar cerca del puerto de Almería. Reyes y él han pedido un par de cervezas y algunas raciones de pescado fresco, recién capturado, como les ha prometido el camarero.

—Eres la única persona que conozco que puede ayudarme.

—¿Te olvidas de que estoy en busca y captura? De lo último que tengo ganas es de tener tratos con la policía.

—No es con la policía, es con algunos policías corruptos. O guardias civiles. Por lo que nos contó el primo de Omariba, creo que hablaba de guardias civiles.

—Peor me lo pones. No tengo la menor intención de hacer que se cumpla la ley. Ni en Madrid ni aquí. Yo ya no estoy en esa liga, Reyes.

—Joder, Fabián, he pasado muchas horas de patrulla contigo, te he visto tratar con las prostitutas de Marconi, con los africanos del top manta. Sé que, pese a lo que se hiciera en la Sección, no te vas a quedar de brazos cruzados mientras a esta gente le destrozan la vida. Te estoy diciendo que los traen de África para vender sus órganos.

Él da un prolongado trago a su cerveza y se reacomoda en la silla, buscando una mejor postura que no encuentra. Parece tentado de levantarse y desaparecer entre los paseantes de Almería, esfumarse como hizo tras la muerte de Cristo para esconderse en algún agujero que Reyes no sabe dónde puede estar. No supo nada de él hasta que reapareció en su casa.

—Si nos echas una mano y acabamos con el Clan, tu situación va a cambiar; podrías dejar de ser un fugitivo. Y si eso pasa, sé que Elena convencería a la Fiscalía para que tuvieran en cuenta tu colaboración.

—Demasiados condicionales, cariño, ¿no te das cuenta?

Detecta el miedo en su expresión, también la lucha entre hacer lo correcto y lo que le conviene. Nadie conoce a Fabián tan bien como ella. A veces, la primera impresión de una persona no es más que el resultado de las circunstancias que han envuelto su vida. Él cayó en el entorno equivocado y cometió errores, tal vez convenciéndose de que era lo que debía hacer para sobrevivir. Durante un instante, Reyes recuerda a su tío: quizá Manuel Rentero también fue preso del entorno, de Gálvez o de quien demonios fundara el Clan.

—Quiero una identidad limpia para salir de España. Tengo dinero para empezar una nueva vida en otro sitio, en Brasil o en Tailandia, ya veré, pero necesito un pasaporte para irme.

Ella entiende que no confíe en las promesas que le ha hecho, que quiera asegurarse de que, después de ponerse en peligro, tendrá una vía de escape. Le gustaría retenerlo con alguna excusa o, quizá, decir en voz baja que no lo quiere perder, pero después de prometer que lo hablará con Elena, solo le dice:

—¿Conoces a alguien de la Guardia Civil que pueda tener relación con el Clan, aquí, en Almería?

Ha caído la temperatura con la noche. Una fina llovizna moja las calles.

—¿Fabián? ¿Darle papeles y sacar de España a un fugitivo de la justicia? —brama Orduño—. ¿Es que te has vuelto loca? Ni de coña vamos a hacer tratos con un delincuente.

—Un delincuente que me salvó la vida. ¿O es que no te acuerdas? Me parece más importante acabar con esa red de tráfico de órganos que detenerlo. No era más que un policía de barrio que se llevaba mordidas.

Reyes busca el apoyo de Elena, que mira por la ventana de la suite que ha reservado en la última planta del hotel Catedral. Afuera, en una plaza, hay una gran estructura de luces de Navidad que recuerda de alguna manera a una mezquita. Mañana será Nochevieja y cuando ve a los almerienses pasear, detenerse un momento para mirar o fotografiarse junto a las luces bajo esa lluvia fina, envidia su ingenuidad. La vida normal solo está al alcance de aquellos que no conocen qué se mueve en los subterráneos.

—¿Crees que puede ayudarnos?

—Hace un par de años, Cristo le pidió que viniera un fin de semana a Almería. Tenía que recoger a una chica de un país del Este. Se llamaba Mariya. Era una de las mujeres que encontramos en Las Suertes Viejas.

—¿Te das cuenta de en qué clase de asesino estás confiando? —Orduño no puede contener la rabia, pasea de un lado a otro de la habitación, es un animal enjaulado—. ¿Te acuerdas de cómo usaban a Mariya y al resto de las mujeres? Como gallinas para parir. ¡Y la culpa de eso la tiene tu amigo, Reyes! ¿No eres capaz de abrir los ojos?

—¡Fabián no sabía qué hacían con las mujeres en Las Suertes Viejas!

—¡Basta! Los dos. —Elena se toma unos segundos para valorar la situación—. ¿Con quién se encontró aquí en Almería?

—No ha querido decirme su nombre. Fue quien le entregó a Mariya y era un guardia civil. Puede que sea el contacto que necesitamos para descubrir quién está implicado en esa red de migración.

—O puede que sea una mentira para ganarse un pasaporte falso.

Elena se lleva los dedos a las sienes; le duele la cabeza. Quiere pensar con frialdad, pero no es fácil: entiende las pegas de Orduño y posiblemente esté en lo cierto. Puede que Fabián solo se esté aprovechando de su necesidad, pero ¿y si no es así? La balanza se desequilibra cuando valora que todo esto les serviría para entender la estructura del Clan. Rentero y Gálvez, las personas que podrían haberle desvelado quién está en la cúpula, han muerto. No le queda más remedio que trazar el camino de la pirámide desde abajo, desde los que dan cobertura a la red de tráfico de personas en Almería, esos guardias que cortan las carreteras, como les contó Musa a Reyes y Orduño, para que nadie sepa lo que sucede en las playas. Para que no detecten la llegada de subsaharianos que, en el mejor de los casos, serán explotados en los invernaderos y, en el peor, serán despiezados como animales en el matadero para que los ricos del mundo occidental vivan con sus pulmones, con sus hígados, con sus corazones.

—Dile a Fabián que tendrá sus papeles en cuanto nos lleve hasta su contacto.

CAPÍTULO 32

La comitiva avanza penosamente. Sus precarios fardos, las posesiones miserables que cada uno lleva en su viaje: los móviles para llamar a casa cuando hayan llegado a destino; los abrigos sucios para protegerse de la noche en el mar; los pasaportes que guardan como tesoros, lo único que atestigua quiénes son. Su mirada de cansancio y de ilusión. Toses por el frío, respiraciones agitadas. Zárate apenas puede caminar. Amira lo ayuda, deja que se apoye en sus hombros. Por fin llegan a la playa. Una pequeña cala protegida por un promontorio, la cala Madrid. Allí aguardan tres lanchas de madera; parecen destartaladas, pero cuentan con motores potentes. Quince personas por barca, suficientes para todos, porque en algún momento han tenido siete bajas. Ángel vio morir a tres; no sabe si los otros cuatro desaparecieron en el desierto o si alguno fue detenido por soldados argelinos. El general Prince los recibe, él será el patrón de una de las lanchas, en la que sube Marvin; sus hombres pilotarán las otras dos.

—Tú, a la primera... Tú, a la segunda.

Prince acaba de separar a Zárate de Amira.

—Ella y yo vamos juntos.

El general liberiano se limita a sonreír y deja que uno de sus hombres empuje a Ángel hacia la lancha que le han asignado.

—Te podría explicar que tiene que ver con el peso, pero no hace falta. Ella va allí porque lo digo yo, que soy el que manda. Si discutes, uno de los dos se quedará en tierra. O los dos, tú verás.

En los ojos de Amira encuentra una súplica: debe callarse, no poner en peligro esta última etapa. Han sufrido mucho para llegar hasta aquí, desde la pérdida de su hermano Moses en Monrovia hasta el infierno de atravesar el desierto a merced de rebeldes, del calor y de la falta de humanidad.

—Puedes hacerlo.

El murmullo de Amira al oído de Zárate antes de subir a la lancha que le señala Prince funciona como un elixir, un influjo de valor para lanzarse a la travesía. Se acomoda en un rincón y se pone toda la ropa que tiene: un jersey que le compraron en Beni Saf, una parka que parece sacada de algún vertedero, un gorro de lana. Conforme anochece, la temperatura cae y sabe que en mitad del mar será aún peor por la humedad. No le sirven de nada los ánimos que profiere el general Prince a gritos: es Nochevieja, las patrullas policiales están bajo mínimos, más ocupadas de los españoles que se emborrachan en las fiestas de fin de año que de los cayucos que se aventuran a atravesar el mar de Alborán.

—Año Nuevo y os voy a regalar una vida nueva.

Desde la barca, ve a Annie, la embarazada. La suben entre dos, pero se detienen: la mujer acaba de romper aguas. Los hombres que la acompañan hablan con ella, deciden ocultarlo a Prince y los suyos y la acomodan como si nada hubiera ocurrido. Al final, lo que temía al inicio de esta ruta se ha cumplido: esa mujer va a parir en medio del mar, en una barca llena de seres humanos desesperados intentando llegar a Europa. La madre del niño que murió ayer está también en su barca.

Piensa en lo ridícula que es esa imagen que antes ha lanzado el general Prince: los españoles borrachos, eufóricos, festejando esta Nochevieja en cotillones, en sus casas o en la Puerta del Sol. Piensa en qué estará haciendo Elena; tal vez se tome las uvas sola en su piso de la plaza Mayor mientras el mercadillo de Navidad duerme unos minutos, cuando todo el mundo está pendiente del reloj. Esa enorme fiesta se despliega a solo unos kilómetros de ellos, que ahora se bajan para empujar las lanchas al agua.

La noche ya se ha cerrado. En la cala Madrid no hay testigos.

Sopla un viento frío; levanta gotas del mar que se clavan en su rostro como agujas de hielo.

No sabe cuántas horas van a tardar, pero sabe que va a ser un viaje largo, muy largo.

El piloto de la embarcación enciende el motor cuando ya están en el agua y empiezan a avanzar, a alejarse de África para acercarse a España. Conforme dejan atrás la orilla, la mar picada se estrella contra el casco de las lanchas.

El cielo está cubierto, apenas hay estrellas y, en el horizonte, no hay más que oscuridad, como si se estuvieran adentrando en un profundo túnel donde no saben qué se encontrarán.

Las tres lanchas viajan bastante juntas: la que ocupan Prince y Marvin en primer lugar, la de Zárate a continuación, la de Amira cierra la marcha. Él trata de buscarla con la mirada, pero no lo consigue; debe de ser una de las que van en el centro de la embarcación, porque en los lados y la proa solo ve hombres.

Ojos en silencio, mitad esperanzados por ver tan cerca el objetivo, mitad asustados por los kilómetros tenebrosos que hay ante ellos.

Cuando ya han recorrido un buen trecho, pierden de vista la tierra y todo lo que hay a su alrededor es agua, como si estuvieran solos en el mundo.

La mujer embarazada, que lleva gimiendo desde que partieron, ya no es capaz de contener el dolor y libera un alarido que le atraviesa el pecho. Ahora sí que está de parto. Zárate no se mueve, cualquiera de los presentes ha visto nacer a más niños que él y son más útiles para ayudarla a traer al suyo al mundo. Su sensación de que es un lastre, un peso muerto en este viaje, es aún más palpable. Nada de su pasado le sirve para enfrentarse a un lance como este; es la misma impresión que tuvo al aterrizar en Liberia, solo que ahora es tan evidente que incluso duele.

La madre del niño muerto la noche anterior toma el mando; es ella la que corta el cordón umbilical. Es una niña. Todo parece seguir su curso, como si lo normal fuera esto, nacer en medio del mar, no en una maternidad equipada con costosas máquinas. Un adolescente mira al bebé con emoción: en sus manos ha quedado la responsabilidad de comprobar que ha nacido vivo. Y el bebé llora. Y la lancha estalla en un jolgorio de risas y aplausos por esta nueva vida que ha surgido en tierra de nadie. Unos aplausos y vítores que se extienden a las otras dos lanchas. Incluso en una situación extrema, quizá con más razón, necesitamos celebrar un nacimiento.

Hasta que un golpe del mar acalla el festejo. Un mar que sube y baja en un vaivén más y más desquiciado, que mece las lanchas con furia creciente mientras los pilotos sostienen el rumbo, imperturbables. Puede que estén acostumbrados a hacer este viaje, a vérselas con el temporal.

No es así en el resto de los pasajeros: para muchos, es su primera travesía. No se lo ha preguntado, pero Zárate supone que un buen número de ellos no sabe nadar. Se aferran con todas sus fuerzas a los pasamanos, con miedo a que cualquier movimiento de la lancha los arroje por la borda.

Lejos de amainar, las olas se elevan cada vez más altas y rompen en la cubierta de las lanchas. Cae alguien de la embarcación de Prince. Zárate grita, quiere dar el aviso, pero, a un centenar de metros, sus gritos se ahogan bajo el estrépito del mar. Mira con temor al pasaje de la lancha afectada y siente cierta culpa al notar el alivio de reconocer a Amira entre los que siguen a bordo. Una sacudida lo hace perder el equilibrio. Aunque se ha recuperado de la fiebre, todavía está débil. Una de las chicas nigerianas lo sujeta:

—Agárrate fuerte. Aquí no paran por nadie.

Pasan varias horas avanzando entre las olas; puede que el estado del mar les haya hecho perder el rumbo, porque hace tiempo que deberían haber llegado a la costa de Almería. Siguen sin ver tierra, ni a un lado ni a otro. La soledad más absoluta, tampoco otros barcos. Solo un rugido incesante en la noche oscura.

Se le ocurre pensar que el mundo podría acabarse y nadie se acordaría de esas tres lanchas, allí en medio del mar. El ruido del helicóptero llega antes de que lo puedan distinguir entre las nubes. Cuando se sitúa sobre sus cabezas, Zárate puede ver que pertenece a Salvamento Marítimo. No sabe qué pasará ahora, si darán la vuelta, si aparecerá un barco de rescate para ir a buscarlos, si los escoltará hasta tierra firme… El piloto de la barcaza ni los mira, parece acostumbrado a contar con su presencia. Las olas siguen creciendo, pero a Ángel le tranquiliza que estén ahí arriba; es más fácil que les llegue ayuda si se meten en problemas.

El helicóptero desaparece y el cielo descarga una lluvia violenta. La tormenta también trae más viento y las olas son inmensas, no sabe calcular, ¿cinco, seis metros? Las barcas sufren, la suya se inunda. Hay que actuar a toda prisa si no quieren naufragar. Zárate raja un bidón de gasolina, otros pasajeros hacen lo mismo con otros bidones y los utilizan para achicar agua.

Una muralla surge de la negrura, imponente, y revienta contra ellos, que se sujetan como pueden, a la borda, los unos a los otros, para no naufragar con el embate. Y de pronto, cuando baja la ola, se divisa la costa española a lo lejos. Las luces de Almería (supone que debe de ser Almería) puntean el horizonte. El helicóptero reaparece en el cielo, a pesar de la lluvia. Un potente foco barre la lancha de Zárate. El patrón tiene problemas para mantenerla a flote y las olas no dan tregua. La meta está cerca, hay que superar la marejada. El bebé berrea, el mar ruge entre un coro de gritos y llantos, los cuerpos frágiles de los migrantes se bañan de espuma, zarandeados como si fueran peleles. Despacio, como cogiendo impulso de la ilusión individual de cada migrante que ve muy cerca su destino, se levanta una ola colosal que tiene toda la pinta de ser la definitiva.

En un segundo de lucidez, Zárate comprende que es el final, que es imposible sobrevivir a la tempestad, a esa fuerza de la naturaleza. Que la proximidad de la costa solo es una broma cruel. Después de resistir el ataque de esa ola tremenda, la lancha de Amira zozobra al encuentro de una mucho más pequeña, como sabedora del truco para hacerla volcar. De pronto no hay barca, una columna submarina la ha succionado. Hay cuerpos que patalean en la oscuridad aterradora, eso es todo lo que percibe Zárate en su intento desesperado por localizar a Amira en el mar. Está dispuesto a lanzarse a por ella, pero ha desaparecido entre las olas negras.

CAPÍTULO 33

—Mi contacto se va a tomar las uvas en familia, después irá a la fiesta de Nochevieja del teatro Cervantes. Tengo también entradas, hay barra libre, no nos lo pasaremos mal.

Fabián extendió la mano para que Elena le mostrara la documentación. Mariajo no había necesitado más que unas horas para fabricar una identidad limpia que le permitiera salir de España.

—Felipe Serrano Colmenares... No es mal nombre. Y empieza con efe, como Fabián. Me gusta.

—Tienes que llevar un micro.

—¿No te fías de mi palabra?

Elena guardó la documentación; no iba a entregársela a Fabián hasta que hubieran obtenido la información que necesitaban.

—Eso me suena a que no voy a volver a ver ese pasaporte. ¿Cómo sé yo qué es lo que necesitáis? ¿Y si mi contacto no puede contarme nada?

—Seguiremos intentándolo hasta que lo consigamos.

Fabián sonrió, un gesto que a Reyes le pareció más derrotista que cínico, pero no continuó discutiendo. Se puso el micrófono en la suite del hotel Catedral. Orduño lo observaba taciturno desde un sillón en la esquina de la habitación, la pistola entre sus manos, jugueteando con ella como si estuviera esperando cualquier excusa para usarla.

No se han comido las uvas. Han dejado pasar las doce de la noche de este 31 de diciembre como si fuera cualquier otra hora. En este instante, Reyes y Orduño están instalados en un coche frente al teatro Cervantes. Mediante un transceptor, pueden escuchar todo lo que dice Fabián a una distancia de quinientos metros. Elena termina de arreglarse, también lleva un micrófono, ella estará dentro del teatro; quiere tener una visión directa del contacto de Fabián y, si surge la oportunidad, le hará una foto. Se ha puesto un vestido negro y se abriga con una chaqueta blanca con lentejuelas.

—Estás muy guapa —le dice Reyes, aunque se arrepiente al momento por lo extemporáneo que es su comentario.

Son más de las doce y media y, después de comerse las uvas en casa o en algún restaurante, empiezan a llegar los invitados. Se imaginaban que la gente sería mayor, pero en su mayoría son bastante jóvenes. Los hombres llevan traje, solo ven a dos con esmoquin; las mujeres, vestidos largos, aunque las más jóvenes han optado por minifaldas y colores llamativos. Se lanzan a la carrera desde los taxis y los coches para entrar en el teatro. Ha empezado a llover.

—Somos conscientes de que lo que estamos haciendo es una ilegalidad: no hay permiso para la escucha, no hemos informado a nuestra superior, por no recordar que estamos poniéndonos en manos de un prófugo al que deberíamos haber detenido…

Es la primera vez que Orduño se decide a decir algo en toda la noche. Huraño, apoyado en el volante, les esconde la mirada, como si quisiera ocultarles qué está pasando por su cabeza.

—Si no estás de acuerdo, es mejor que te marches. Puedo entenderlo. Yo ya he destrozado mi carrera, pero vosotros tenéis una vida por delante.

—No quiero irme, Elena. Solo quiero dejar claro con qué reglas estamos jugando. Esto no tiene nada que ver con la ley, que es lo que se supone que tenemos que defender los policías.

—¿Todavía no te has dado cuenta de que la policía y la Guardia Civil están podridas? —explota Reyes.

—¡No me digas! Y los jueces. Y, seguramente, muchos políticos. El sistema es una mierda, ya lo sé. Solo se preocupa por mantener la apariencia de ser justo. En el fondo, es el festín de unos pocos, los que manejan de verdad el poder, que hacen y deshacen a su antojo. Del Clan. ¡Ya lo sé! Pero ¿sabemos dónde estamos nosotros?

—Estamos del lado de esos africanos con los que están mercadeando, Orduño. Al lado de Zárate. De las mujeres de Las Suertes Viejas.

Orduño asiente ante la declaración de Elena. Coincide con ella.

—Estamos del lado de la justicia, aunque eso no tenga nada que ver con la ley.

Y cuando se gira hacia ella, Elena nota una mirada oscura en Orduño, como si hubiera traspasado un umbral que también lo ha transformado, que ha hecho de él una persona nueva, lejos de aquel Orduño ingenuo, enamoradizo, que conoció al llegar a la BAC.

—Avísanos si notas algo extraño entre Fabián y su contacto —le recuerda Reyes a Elena cuando esta cruza la plaza de los Burros en dirección al teatro Cervantes.

—Feliz año, compañeros. —La voz de Fabián suena sucia en el altavoz del coche, la música electrónica del teatro satura la escucha—. Espero que el micro funcione bien.

Solo pueden oírlo, no comunicarse con él. No pueden confirmarle que sí, que el micrófono funciona. Ahora es Elena quien habla; ella tiene en cuenta el ruido del teatro y acerca la boca al cuello de la chaqueta donde lo lleva.

—Ya lo he localizado, de momento está solo. La música está muy alta, espero que no os dé problemas.

Tampoco le pueden decir que, a pesar del ruido y algo de distorsión, todo va como debe.

Elena observa el local. Es un teatro bonito, típico de la época en la que se construyó, los años veinte del siglo pasado. En la zona de la platea se han retirado las butacas y se han instalado unas mesas altas, pero la mayor parte del espacio se ha habilitado como pista de baile. Hay varias barras, una de ellas en el escenario, que ahora son los lugares más concurridos, porque la gente quiere aprovechar la barra libre por la que han pagado. Un camarero pasa con una bandeja llena de copas de cava y ella coge una, más por no llamar la atención que porque tenga ganas de beber. Un hombre se le acerca.

—Feliz año.

—Feliz año.

—Me llamo Juan, me parece que no me suena usted de aquí de Almería.

Con lo último que contaba Elena era con llamar la atención de un hombre. Es atractivo, quizá en otros tiempos le habría preguntado si conduce un todoterreno, pero este no es ni el lugar ni el día.

—Lo siento, cariño; no me van los hombres. No te recomiendo perder el tiempo conmigo.

En el coche, Orduño y Reyes escuchan en silencio ese encuentro inesperado de Elena. También la voz de Fabián, que a veces tontea con alguna camarera, como si realmente estuviera allí por la fiesta. Reyes lo mira de soslayo, como si Orduño fuera ahora un desconocido, como si temiera su respuesta ante cualquier frase, por inane que esta fuera. Sabe que, en el fondo, no puede guardarle rencor: Orduño puede asumir que la ha perdido, que ese romance —si es que se puede considerar romance a unos encuentros sexuales— se terminara, pero no es capaz de ver cómo Reyes ha torcido sus afectos hacia una persona como Fabián. Es probable que él esté en lo cierto, que se haya estado comportando como un burro con orejeras, ciega a todo aquello sucio, desagradable, que hay en Fabián. Formó parte del engranaje que hizo posible la granja de Las Suertes Viejas, participó en palizas, encubrió homicidios, pero está enamorada de él. No puede evitarlo. Quizá sea cierta pulsión de «salvadora» lo que le permite apaciguar su conciencia, porque insiste en decirse que él es un buen hombre, que ella podría apartarlo de todos esos errores. A esa palabra ha conseguido reducir los crímenes de Fabián: errores.

—Atentos, que creo que Fabián ha localizado a su contacto. Va hacia la barra.

Lo escuchan pedirle al camarero un whisky JB con Coca-Cola y dirigirse a alguien que está a su lado.

—Cuánto tiempo…

—Con el antifaz no te había reconocido.

—El tuyo es más bonito… —dice Fabián—. No sé si sabes que me buscan, tengo que andar con cuidado.

Elena se ha ido acercando a ellos, aunque con precaución para que no se den cuenta de que tienen a alguien pendiente de lo que dicen.

—Lo tengo de espaldas, no le veo la cara… y, encima, creo que van con antifaces —les dice Elena—. No quiero que me vean, así que no le voy a poder hacer fotos todavía.

Los dos hombres tienen una conversación casual, como si se estuvieran tanteando. Pero Fabián saca pronto el tema, algo brusco, lo que pone en alerta a su confidente.

—¿Por qué te interesa lo de las barcas con inmigrantes?

—No te voy a engañar: estoy metido en un buen lío y necesito tener algo con lo que negociar, ¿me entiendes? No quiero dar tu nombre ni nada por el estilo, estoy pensando en algo más gordo. Alguien de arriba.

—Fabián, me caes bien. Voy a darte un consejo: no intentes meterte con el Clan. Tienes mucho más que perder que ganar.

—Llevo así demasiado tiempo: con miedo a lo que pueda pasar. ¿Tú no te has sentido nunca atrapado?

—¿Te crees que yo no habría dejado todo? Pero tengo miedo hasta de pedir el traslado y, además, joder: mi familia tiene su vida aquí. El chaval está en los juveniles del Almería, la niña se ha echado novio...

—Es cuestión de suerte, ¿verdad? De mala suerte. Yo caí en el grupo de Cristo y no había más cojones; o hacías lo que te decían o tenías problemas. Y así, te vas metiendo más y más, hasta que la mierda te llega al cuello.

—Te tientan con un dinero, ¿quién le dice que no a un sobre? —concuerda el confidente—, después te das cuenta de que te han convertido en un monstruo... El Clan es un cáncer que te devora. ¿Sabes por qué hacen lo de las barcas de África?

—Supongo que cobran bien... El tráfico de personas da dinero.

—Si solo fuera eso... Algunos de los que vienen no han pagado el billete; les han comprado los órganos... Les dicen que les sacarán un riñón y después les pagarán y les conseguirán papeles y un trabajo, lo que no saben es que han firmado su sentencia de muerte. Los van a matar y los van a vaciar. Sus cuerpos aparecen en cualquier parte: vertederos, plantas de fundición de aluminio, morgues de facultades de Medicina...

Orduño y Reyes contienen el aliento; la conversación de Fabián está conduciendo a su confidente a donde querían, solo falta que dé los nombres de los implicados.

—No sé cómo salir de esto, Fabián.

—Yo también estaba acojonado. ¿Quién se atrevía a mandar a tomar por culo a Cristo y al Clan? Pero..., no sé..., conocí a una chica y algo me voló la cabeza. Me cambió. Es como si me hubiera metido en la sangre todo el valor que me faltaba. Estaba decidido a dejar a mi familia y ponerme contra Cristo. Me habría sentado en un juzgado para contar toda la basura en la que estaba metido. Y se jodió. Podía haber tenido una vida de puta madre con ella, pero las cosas salieron mal y aquí estoy, contigo, intentando sacarte algo que me evite ir a la cárcel o que alguien del Clan me meta un tiro en la cabeza.

Orduño ha intentado evitarla, pero la respiración entrecortada de Reyes lo obliga a mirarla. Está llorando. Debería sentir compasión por ella, pero todo lo que hay dentro de él es rabia.

—No se puede salir del Clan, Fabián. Así, no. ¿Con quién estás? ¿Asuntos Internos? ¿Te crees que no tienen gente también ahí?

—¿Qué quieres que haga? No puedo pasarme toda la vida escondido.

—Hay otra solución… Ven conmigo.

El ruido de la ropa genera interferencias en la escucha; Orduño supone que se han levantado. La música electrónica se hace más presente, también las voces alcoholizadas de los asistentes a la fiesta del teatro.

—¿Adónde van? ¿Se ha quitado el micro? ¡Reyes! ¿Tienes alguna idea de qué coño está haciendo?

—Hay que avisar a Elena.

Orduño es el primero en abandonar el coche. Reyes, todavía en el trance de digerir la declaración de Fabián, llega a escuchar a Elena.

—Están yendo hacia el baño, me da mala espina. Voy a ir tras ellos.

Deciden esperar a recibir nuevas noticias de Elena o a recuperar el sonido del micro de Fabián.

—Han bajado por una escalera hacia un almacén. Entrad con cuidado, es por detrás del escenario…

Los dos se ponen las chaquetas y aseguran las pistolas a su cuerpo. Van hacia la entrada, pero al llegar a la puerta, Orduño le pide a Reyes que entre por la puerta principal.

—Yo cubro la salida de emergencia.

Reyes ve a Orduño bordear a la carrera el teatro. La lluvia golpea las aceras con más fuerza, se está empapando. Ella pasa el control sin trabas. El problema es que no tiene ninguna indicación de dónde está Elena. Atraviesa la platea buscando la salida a la parte de detrás del escenario. Tarda unos minutos en localizar la escalera de la que les habló. Baja por ella y se encuentra una especie de trastero ocupado por cajas de bebidas y restos de piezas de escenografías de antiguas representaciones. Al fondo hay una puerta que da acceso a otro almacén. Cuando Reyes entra en él, descubre a Elena, que tiene las manos en alto. Al dar un paso más, ve que Fabián la está apuntando con una pistola. No hay rastro del confidente.

—Quiero mis papeles —exige Fabián—. O tu jefa no lo cuenta, Reyes.

—¿Qué estás haciendo? ¿No ves que así no vas a ganar? Los papeles están en el coche. Puedo ir a cogerlos y dártelos, pero ¿de verdad crees que podrás salir por algún aeropuerto? Esto es absurdo, Fabián: ¿dónde está ese hombre? Danos su nombre y cumpliremos nuestra parte del trato.

—Nunca ha habido ningún trato, Reyes. Díselo, Elena: no soy idiota. Cuando os diera el nombre de mi amigo, me detendríais igual.

—Eso no lo sabrás si no llegamos hasta el final. —Elena quiere rebajar la tensión de la situación y avanza unos pasos hacia él—. Baja el arma. ¿Te la ha dado tu contacto? ¿Ha sido él quien te ha convencido de que te la vamos a jugar?

—Escúchala. Estás jodiendo tu última oportunidad.

Fabián clava una mirada triste en Reyes, como si su última oportunidad, en realidad, se hubiera evaporado hace mucho tiempo. Luego, decidido, apunta a una pierna de Elena y dispara. La bala roza el muslo de la inspectora, que nota la piel ardiendo y pierde el equilibrio. Reyes corre a ayudarla mientras Fabián huye por la puerta de emergencia.

—Estoy bien, ha sido superficial, de verdad —le dice Elena mientras se aprieta la herida—. ¡Ve a por él, Reyes! ¡Cógelo!

Reyes obedece las órdenes y sale a la calle General Tamayo a tiempo de escuchar a Orduño gritar «¡Alto!» y ver su silueta correr hacia la calle Arapiles, que nace frente a la trasera del teatro y discurre encajonada entre edificios. Reyes corre en esa dirección y, a unos cien metros, ve que Orduño entra en un garaje. Ella acelera tanto como puede. Resbala por culpa de la acera encharcada, pero recupera la verticalidad y sigue corriendo. Necesitan el nombre de ese confidente, necesitan que Fabián colabore y ella necesita que él no desaparezca de su vida con una traición. Ninguno de los dos se lo merece.

El eco de un disparo rebota en las fachadas de los edificios. Reyes, prácticamente sin aliento, alcanza el garaje. Entra y ve una silueta de espaldas, con el arma todavía caliente, envuelta en una nube de humo. Cuando su visión se acostumbra a la oscuridad del lugar, descubre que la silueta es la de Orduño y a unos metros de él, en el suelo, yace sin vida Fabián. Un agujero en el corazón, un charco de sangre negra extendiéndose como aceite bajo su espalda, un antifaz colgando de una oreja.

Ella siente un latigazo en el pecho, como si una tela se rasgara por la tensión, y cae abrazándose a ese cuerpo todavía caliente, lo abraza manchándose con su sangre y le palpa la cara con la idea absurda de que él vuelva a la vida con una risita jocosa, de que le sonría y le diga: «Bonita, era una broma».

—He tenido que hacerlo —es todo cuanto dice Orduño.

TERCERA PARTE

El asesinato no va de lujuria,
no va de violencia. Se trata de posesión.

TED BUNDY (Estados Unidos)
Violador serial y sádico
Entre 36 y 100 víctimas de 1974 a 1978

Liberia, 1990

No sabe cómo se llama, aunque llevaba semanas en la embajada, encerrado con los demás. Ahora cuelga de una soga ceñida a la balaustrada de la escalera. Los pies han quedado a algo más de un metro del suelo y se columpian de un lado para otro, como un péndulo. Arcadi Ortiz se fija en su cara: tiene los ojos y la boca abiertos, la lengua fuera, la expresión de terror. Pero no ha gritado; ha muerto en silencio tras saltar con la cuerda alrededor del cuello desde el piso de arriba. Era uno de los más bajitos y más temerosos de los refugiados, apenas participaba en las conversaciones de los demás. Es el segundo de los mandingos que se quita la vida. El anterior se cortó las venas hace unos días.

—Bajadlo de ahí. Hay que enterrarlo en el patio de atrás.

Arcadi vuelve al salón de baile de la embajada, ahora convertido en una especie de campamento, y regresa a su plato. Trata de convencerse de que lo que se está comiendo es carne, nada más. No quiere recordar a Fosco, el pastor alemán, corriendo por los jardines de la embajada. Le gustaba jugar con él, le tiraba una pelota y el perro, pese a su aspecto fiero, corría tras ella y se la alcanzaba para que él volviera a tirarla. Y así una y otra vez. Bastante lo ha protegido.

Ya no disponen casi de comida, dos o tres kilos de arroz, eso es todo. La situación es desesperada y Fosco solo va a servir para aguantar unas horas más allí dentro. Si alguna vez vuelve a ver al embajador, no le contará que se comieron a su querido perro.

Fuera, en las calles de Monrovia, ya no se ven ni perros ni gatos. La hambruna ha llevado a la gente a alimentarse de ellos. También de las ratas, tan abundantes en el estercolero en el que se ha convertido el barrio de West Point. Fosco aguantó un mes; Arcadi no podía hacer nada más por él. Tampoco por los mandingos, que empiezan a suicidarse ante el horror de la situación. Ni siquiera él puede anticipar lo que va a suceder con esa guerra, y eso que se ha preocupado en conocer bien el país.

Era el único de toda la legación que no vivía en un barrio para diplomáticos extranjeros, sino en una zona normal de la ciudad, mezclado con la población local; que no frecuentaba las fiestas de las embajadas y los consulados, sino los mercadillos y los bailes adonde acuden los liberianos; que conoce a los protagonistas de esta guerra y sus causas. Aunque ha vuelto a España con frecuencia, se ha integrado en el continente, sobre todo en este país. Habla bastante bien tres dialectos africanos, conoce las costumbres, se ha adentrado en el interior de su vasto territorio y ha convivido con algunas de sus tribus. Ha conocido a muchas mujeres africanas y con una de ellas, en una aldea llamada Bopolu, ha tenido un hijo. No se ha preocupado por él, pero lo ha visto alguna vez cuando ha ido a visitar a su madre: un niño mulato en medio de un poblado de negros.

Hace un mes, los españoles que aún vivían en Monrovia y que se habían encerrado en la embajada consiguieron salir del país en dirección a Costa de Marfil. Pocos días antes del desalojo, un grupo de mandingos, la etnia que apoya al presidente Samuel Doe, pidió asilo. España tenía la obligación moral de ayudar a los que lo solicitaban, de modo que se refugiaron allí con la esperanza de que los hombres de Gaynor —White Eye, el general rebelde que trata de derrocar a Doe— no se atrevieran a entrar en una sede diplomática extranjera.

Además de un par de trabajadores locales, solo uno de los miembros de la embajada se ofreció a cuidar el edificio y a los refugiados: Arcadi Ortiz. Todos lo miraron como si se hubiera vuelto loco y él supo disfrazar su codicia de solidaridad. El edificio fue desalojado y se quedaron solo él, los treinta y dos mandingos y todo lo que dejó allí el cuerpo diplomático: sus objetos de valor, sus joyas, su dinero y sus documentos. Era el momento perfecto para enriquecerse con esa guerra. Y encima, los demás lo veían como un héroe.

En los últimos días ha sacado de la caja fuerte todo lo que le interesaba: dinero, joyas y los pasaportes firmados por el embajador que estaban custodiados allí. Podrá rellenarlos con los nombres que quiera, podrá disponer de identidades falsas a su antojo, casi ilimitadas.

La ciudad de Monrovia, incluso en una zona buena como la que ocupa la embajada, es un caos. Hace días que no hay luz, se oyen tiroteos cercanos y las calles están cuajadas de cadáveres. Nadie sabe cuánto durará la resistencia de las tropas fieles a Samuel Doe, que están atrincheradas en el palacio presidencial. En el resto del país la situación no es mejor: generales rebeldes casi autónomos se han levantado por todas partes y proceden a una limpieza étnica de los mandingos, que se resisten combatiendo aldea por aldea. Cada noche, en la embajada, se van a dormir sin saber si al día siguiente seguirán con la cabeza sobre los hombros, pero Arcadi ha decidido que ha llegado el momento de terminar con esta resistencia.

A las tres de la mañana empiezan los golpes en la puerta. Pocos minutos después se convierten en disparos en la cerradura, hasta que esta salta y la puerta se abre como un toril. Arcadi, que se ha presentado en la entrada como si fuera un perfecto anfitrión, se aparta al paso del tropel de guerrilleros. Vienen drogados, han esnifado pólvora, tienen los ojos inyectados en sangre. Los refugia-

dos en la embajada corren rezando por una salvación imposible. Kramo y Mohamed suben las escaleras; ¿qué escondite les puede evitar la masacre? Al Sipeeni lo ignoran, ese era el trato: les ha facilitado el acceso abriendo la verja del jardín de la embajada. Van derechos a la cocina. Allí encuentran a seis mandingos y los matan sin mediar palabra. Empiezan a correr hacia el piso de arriba, en busca de los demás. Tras ellos ha entrado el general White Eye, Robert Gaynor, que saluda a Arcadi con una sonrisa siniestra.

—¿Hemos sido puntuales?

—Estás invadiendo un territorio español. ¿Sabes lo que eso significa?

—Quiero tus armas. Las que le das al general Washington.

—¿Por qué no se las pides a él? Sois aliados.

—Ya no. Necesito armas y me las vas a dar tú.

—¿Tienes cómo pagarlas?

Gaynor le apunta con la ametralladora.

—¿Me las vas a cobrar a mí?

—Es mi negocio. Si me matas, no hay armas. Tú verás.

El general baja la ametralladora y Arcadi respira con alivio. Aunque hubiera llegado a un acuerdo con Gaynor para darle acceso a la embajada, en cualquiera de estas fanfarronadas puede perder la vida.

—El mismo precio que le dabas a Washington —dice White Eye—. Y quiero algo más: que me digas dónde está su cuartel general.

Se oyen gritos y disparos en el piso superior; la matanza continúa mientras Arcadi valora sus opciones. Traicionar a Washington supone su muerte y la destrucción de toda la aldea. Su cuartel general está en Bopolu, donde vive la madre de su hijo, su amante preferida. Negociar con White Eye es conducirla a la muerte, a ella y a su hijo, el mulato. No hay ninguna posibilidad de que ten-

gan piedad de ellos. Un cadáver rueda por las escaleras. Le han arrancado el corazón.

—¿Qué me dices? —insiste Gaynor—. ¿Tenemos un trato o no?

El general le tiende la mano. Arcadi no la mira. Le gusta visitar a su amante en la aldea, yacer con ella, a veces le lleva un regalo: un collar del mercado, alguna baratija o algo de comer. Le gusta la sonrisa de esa mujer, sus labios, su cuerpo y su piel. Es como acariciar una escultura de ébano, un placer de la vida. También disfruta de ver a su hijo correteando por la aldea, de verlo crecer. No le hace mucho caso, pero un día se acercó a hablar con él y le preguntó cuál era su futbolista favorito, cuántos amigos tenía en la aldea y qué quería ser de mayor. Ya no se le ocurrieron más preguntas. El niño lo miró en silencio, como con miedo, y no contestó ninguna. ¿Va a perder todo eso por un trato con un general que está allanando una legación extranjera y que no se va a atrever a matarlo? La sonrisa de Gaynor brilla en la oscuridad y Arcadi se da cuenta de que le ha estrechado la mano cuando aún no creía tener resuelto su dilema.

—La aldea se llama Bopolu —dice mientras nota el sudor de la mano del otro humedeciendo la suya—. Ese es el campamento del general Washington.

CAPÍTULO 34

Un año que empieza con un chocolate con churros no puede acabar mal. Y si lo empiezas follando, ya te coronas. Eso piensa Mario cuando está bailando por cuarta vez con Helga, una alemana cuarentona que le saca más de quince años y que se restriega contra su cuerpo en varios momentos. También acerca la boca a su oreja y le susurra que es un chico muy guapo. La orquesta lleva horas tocando boleros y canciones de moda. La fiesta declina, como indica que ya hayan sacado el chocolate, pero la euforia de los invitados continúa en todo lo alto.

El hotel Playacapricho, en Roquetas de Mar, celebra una de las mejores fiestas de Nochevieja de la provincia de Almería: cena, uvas, cotillón, acompañamiento musical... No es barato, pero se llena de parejas que quieren pasar de una manera sofisticada la última noche del año, con sus mejores galas. Todo está cuidado al detalle, desde el menú, en el que no faltan los entrantes más exquisitos, la langosta, el solomillo y los buenos vinos, hasta la barra libre posterior, surtida de las mejores marcas. Mario ha cenado allí con sus padres, que ya se han marchado. Cuando se da el primer beso con Helga, se felicita de haberse quedado un rato más en la fiesta, aunque estuviera solo.

—¿Estás alojado en el hotel? —pregunta ella.

—No, vivo con mis padres. Soy de Roquetas. ¿Tú tienes habitación?

—Sí, pero está mi marido. —Lo dice y se contonea, para adornar con una picardía el bombazo que acaba de soltar—. ¿Vamos a la playa? —propone a continuación.

Hace frío, ha llovido toda la noche, pero Mario no se puede resistir. Todavía no ha amanecido, aunque empieza a clarear y al menos ha amainado el viento, que ha soplado con fuerza durante la cena. En la playa no hay nadie, ni parejas ni paseantes madrugadores con un perro. A nada que se oculten de los balcones del hotel, pueden encontrar algo de intimidad.

—Vamos ahí —propone Mario.

Buscan el resguardo de una caseta que en época de veraneo ocupan la Cruz Roja y los socorristas. Allí se desvisten entre besos y caricias. Antes de quitarse los pantalones, él saca de la cartera dos envoltorios de preservativos. Ella coge uno, lo abre y se lo coloca.

Mario se tumba sobre ella, pero Helga no tarda en ponerse encima, como a ella le gusta. Él tirita de frío, ella parece más aclimatada. En Hamburgo, su ciudad natal, el invierno es mucho más crudo. Pese a sus apuros con la tiritona, él se corre enseguida. Ella conduce su mano hasta el clítoris para que continúe excitándola un rato. Mario lo hace y ella no tarda en gemir de una forma que a él le resulta un tanto exagerada. Después suspira de placer, o feliz de haber iniciado el año con una travesura.

—¿Estará muy fría el agua? —pregunta.

—Helada.

—Seguro que menos que en mi país…

Se levanta de pronto y, desnuda como está, camina hacia la orilla. Mario aprovecha para vestirse a toda prisa y contempla a esa mujer rotunda que lo ha devorado en un santiamén. Parece disfrutar del momento. Y así es. Helga quiere pasear junto al mar, aspirar la brisa y recibir el año nuevo con un sentimiento eufórico de libertad.

Hay algo que llama su atención, algo cubierto de algas junto a una vieja barca. Con los primeros brillos argentinos de la aurora, cree distinguir un pez. Pero es un bebé recién nacido, la piel azulada, los pies increíblemente pequeños, el abdomen hinchado por el agua tragada y las manitas casi invisibles. Parece un ser mitológico o una figura a medio hacer. El primer instinto de Helga es recogerlo y acunarlo en sus brazos, pero se imponen la repugnancia y la sorpresa. ¿Es una alucinación de borracha?

—Mario, aquí, ven…

Quiere llamarlo a voz en grito, que se acerque a toda prisa, pero la voz apenas le sale. Acaba de ver a un bañista tumbado boca arriba en el mar, como disfrutando de que las olas le mezan. Pero está vestido, una camiseta hecha jirones. Hay un zapato algo más allá, en la arena, una ola lo alcanza y crea un remolino alrededor de él. De pronto, el mar escupe el cadáver de un hombre negro y lo deposita junto a Helga.

—¡Mario! —ahora sí grita, aterrorizada.

Él se acerca corriendo.

Una cabeza emerge del mar, y de pronto otra. Una ola deja otro cadáver en la orilla con delicadeza. A la altura de la primera boya, el mar parece salpicado de peñascos y farallones, una ilusión óptica que oculta por unos segundos los horrores del naufragio.

CAPÍTULO 35

Miriam Vaquero cierra los ojos y se los frota con las manos. Es algo que solo hace cuando está muy preocupada o con un enfado de mil demonios. Ahora no sabría cuál de los dos sentimientos predomina. A lo mejor es que están a la par. Tuvo que regresar a Madrid para asistir a una reunión en el Ministerio del Interior: la policía sigue descabezada. Aunque se propusieron algunos nombres para ocupar el cargo vacante de Gálvez, no se llegó a un acuerdo. Al menos pudo tomar las uvas en familia, suegros incluidos. Brindó por el nuevo año, vio un rato la tele, discutió con Paula, que pretendía salir de fiesta y no se lo permitió, y se fue a la habitación con su marido, aunque no precisamente a dormir. Un matrimonio de tantos años, con cinco hijos y los suegros en casa, no suele tener pensamientos libidinosos, pero Adolfo está hecho de otra pasta y eso a ella le encanta. Se puso cariñoso en cuanto entraron en la habitación, se abalanzó sobre ella, la besó y le quitó el vestido. Ella le soltó el cinturón con increíble eficacia, de un solo movimiento.

—Te lo advierto, voy a gritar mucho, para escandalizar a tus padres.

—Están sordos como tapias, grita todo lo que quieras.

Miriam sabe que la mayoría de las parejas dejan el sexo a un lado por culpa de las obligaciones familiares, pero a ella le apasiona la cama con su marido. Y Adolfo es un vicioso, nunca le confesará que considera ese lado sexual una de sus mejores virtudes. Pero una llamada de teléfono lo estropeó todo.

—¿Tienes que cogerlo? —protestó él.

—Sabes que sí...

Ahora, a las doce de la mañana, está en Almería, en una morgue, delante del cadáver de un hombre al que le falta media oreja, que ha muerto a causa del disparo de uno de sus agentes, Rodrigo Orduño. Con él, participando en el trágico operativo, estaba Reyes Rentero. Son los dos miembros de la BAC en los que más confiaba; está claro que tiene muy poco tino al clasificar a la gente. Y en medio de todo este lío, la gota que colma el vaso, se hallaba implicada su antecesora en la BAC, Elena Blanco.

La acaban de poner al día: el muerto se llama Fabián López Marín y estaba en busca y captura por el asesinato de su jefe en la policía, Ángel Cristo. Pertenecían a un grupo formado en la comisaría de Villaverde al que llamaban la Sección y que está siendo investigado por la Fiscalía por infinidad de irregularidades y delitos.

Orduño, Reyes y la inspectora Blanco aguardan en una sala adyacente hasta que el asunto sea aclarado. Entrar en esa sala es una de las cosas que menos le apetece en este momento. El año no ha podido empezar peor.

Los tres están callados, ojerosos, se nota que no han dormido en toda la noche. Van vestidos de fiesta. ¿Estaban en el cotillón de fin de año que se celebró anoche en el teatro Cervantes?

—¿Alguien me va a contar qué ha pasado? Hay un hombre muerto, espero que la explicación sea convincente.

Un silencio dilata la respuesta. De repente, la manera en que Reyes evita la mirada de Orduño o como este mueve nervioso una pierna le hace pensar en una de las trifulcas de sus hijos. En el papel de juez que tantas veces tiene que adoptar para dirimir quién es el culpable del último desastre. Es Reyes quien se decide a hablar.

—Estábamos investigando una red de tráfico de personas que cuenta con la colaboración de algunos miembros de los cuerpos del Estado, creemos que de la Guardia Civil.

—Tráfico de personas y de órganos —precisa Orduño—. Traen africanos y les extraen los órganos para trasplantes. Creemos que los cadáveres no identificados del depósito de la facultad proceden de esta red.

—A ver si me entero bien —trata de controlar su ira Miriam—. ¿Estáis investigando a mis espaldas? ¿Y eso por qué, es que hacéis horas extras?

—No es eso… Teníamos una sospecha después de hablar con Musa Mauti. Después de que te marcharas, nos contó cómo había llegado a España su primo, el que desapareció. Cuando desembarcaron en la playa, lo subieron a un coche. Nunca volvió a verlo.

—Y nosotros lo encontramos en el depósito de la facultad, le habían quitado todos los órganos, lo habían vaciado por dentro —prosigue Orduño.

—Lo peor es que todo estaba organizado por agentes de la Guardia Civil. Musa lo vio —completa Reyes—. Creemos que esa red sigue funcionando, por eso contactamos con Fabián.

—El muerto, un fugitivo —no puede evitar la ironía Miriam.

—La única persona que conocíamos que nos podía ayudar a destapar todo.

—¿Y por qué os podía ayudar ese tal Fabián? ¿Qué tiene que ver con lo que está pasando en Almería?

Orduño busca la complicidad de Reyes, pero ella parece haberse perdido en un laberinto, uno muy oscuro del que no sabe salir. Los ojos se le han empañado y, clavados en el suelo, no miran a ningún sitio. Miriam obvia la torpeza con la que Orduño justifica que recurrieran a Fabián. «Sabíamos que tenía amigos aquí, en Almería», le ha dicho. «Queríamos sacar información sin levantar sospechas, con alguien de confianza». No merece la pena recordarle que es ridículo considerar a un fugitivo alguien de confianza, prefiere desenmarañar lo que sucedió la Nochevieja.

—Fabián quedó en la fiesta del teatro Cervantes con un contacto, uno de los que estaban en la red de tráfico de órganos, creemos que un guardia civil destinado aquí, en Almería. Lo preparamos todo, llevaba un micro, así sabríamos lo que le contaba…

—Ahí quería llegar, Orduño. Habéis montado un operativo a mis espaldas.

—Todo iba bien. Pero en algún momento, se torció. Bajaron al almacén, corrimos para ver qué pasaba… El resto ya lo sabe. El contacto se escapó y Fabián se revolvió contra mí. Tuve que disparar. —Orduño, afectado, subraya las palabras, más para convencerse a sí mismo que para defenderse ante Miriam—. Era él o yo.

—¿Hacía falta disparar a matar?

En el silencio que sigue, Orduño nota la mirada gélida de Reyes. Esa mirada se le clava como un cuchillo. Es glacial y lleva dentro, como esquirlas atravesadas, el despecho, la rabia y la duda lacerante.

—Él iba armado, se giró hacia mí y me apuntó. Disparé para protegerme. Lo demás es mala suerte.

Miriam menea la cabeza y resopla, indignada. Pero Orduño está más pendiente de la reacción de Reyes, del leve gesto de asentimiento que marca y que es como una condena. Ha convertido la duda en certeza y él no entiende por qué. ¿Tan poco convincente se ha mostrado en su respuesta? La situación le parece un absoluto despropósito a Miriam: no solo han actuado por su cuenta, además han usado a un prófugo que ha resultado muerto y, por si fuera poco, han mezclado en todo esto a Elena Blanco, que está fuera del cuerpo.

—Se va a abrir una investigación, Orduño. Perfil bajo a partir de ahora. Y os volvéis a Madrid hoy mismo.

No logra evitar a Elena cuando intenta abandonar la sala. Va a su encuentro; aunque se ha mantenido apartada de la conversación con los agentes, ha podido escucharla.

—Aquí podemos ayudar. —Elena no está haciéndole una petición, es una advertencia.

—Tú puedes hacer lo que quieras, no eres policía, por mí como si te compras un pisito frente al mar.

Elena entiende la antipatía con que la trata Miriam; en todo esto ha quedado demostrado que la autoridad de la nueva encargada de la BAC está muy por debajo de la suya.

Cuando salen de la sala, el bullicio de la comisaría les anticipa una nueva noticia: el naufragio de unas pateras procedentes de Argelia junto a la costa.

—Puede que tenga que ver con la misma red —sugiere Elena—. Deberías investigar de dónde vienen esas pateras.

—Gracias por el consejo —es la seca respuesta de la inspectora Vaquero—. Por cierto, tengo un mensaje de Buendía. Quiere comentar conmigo su informe sobre la muerte de Manuela. ¿A ti te ha llamado ya, Elena? Lo digo por si me puedes adelantar sus conclusiones.

—No.

—Habrá que brindar con champán. Por fin hay alguien de la BAC que respeta el escalafón.

Pasea la mirada por Reyes y Orduño, que aguantan la reprimenda en silencio.

Elena vuelve a la suite del hotel Catedral y reserva un par de noches más allí mismo. Le da igual que la nueva inspectora le tenga ojeriza; quiere averiguar si la patera que ha naufragado esa madrugada tiene algo que ver con la red que estaban investigando. No es que le guste trabajar desde el limbo en el que se encuentra ni seguir pisando callos, pero le parece evidente la conexión entre esta red de inmigración y los cuerpos de la facultad. ¿Por qué Rentero manejó con tanto cuidado este tema?

Siente la necesidad imperiosa de quitarse la ropa de fiesta, meterse en la ducha y limpiar bien la herida de esa bala que por fortuna solo la ha rozado. Antes de que pueda hacerlo recibe una llamada: es su madre.

—Feliz año, hija. ¿Dónde estás?

Con esa simple frase, Elena ya nota una punzada de impaciencia. Pero su madre está siendo amable, debería preguntarse por qué reacciona con ella a la defensiva hasta en un momento como ese. Le cuenta que está en Almería, que se quedará unos días, ha pillado una habitación en un buen hotel del centro. Después de colgar, se da una ducha larga que no la reconforta como ella esperaba. La herida le escuece al contacto con el agua; tendrá que aplicarse un desinfectante para evitar problemas. Se le ha metido dentro un runrún muy molesto, una aprensión cuyo origen no consigue descifrar. Se tumba en la cama, desnuda y frustrada. No sabe por dónde seguir al perder el apoyo de la BAC.

Enciende la televisión y sigue las noticias del naufragio de dos pateras que venían de Argelia. Por ahora han aparecido doce cadáveres, pero esperan encontrar más. Han rescatado a una decena de migrantes de dos barcas que no zozobraron con el temporal. Se deja caer en la cama y se queda dormida. Al cabo de varias horas, suena su teléfono. Es Miriam Vaquero.

—Estoy abajo, en la cafetería, quiero hablar contigo.

Miriam la está esperando en una zona al descubierto, junto al hotel, el lugar que usan los clientes para salir a fumar. Desde allí pueden ver uno de los muros laterales de la catedral, el bajorrelieve del Sol de Portocarrero. A Elena le han dicho que es la única catedral fortificada de España; no sabe si será verdad, porque cada vez que visita una ciudad le dicen que la catedral local es única por algo: por su torre exenta, por las inscripciones de la cripta o por su planta octogonal.

—Te extrañará que quiera hablar contigo.

—La verdad es que sí.

—He recibido el informe de Buendía sobre la muerte de Manuela. Tras examinar el cadáver, exculpa por completo a Zárate. Parece que el disparo venía del exterior del coche y Zárate estaba en el asiento del copiloto. Hay huellas, hay fibras, incluso han recogido algún pelo. Son de él, no es el asesino.

—¿Has confrontado al forense que realizó la primera autopsia? Porque a mí me parece evidente que estaba untado para señalar a Zárate como culpable.

—Yo prefiero considerar el informe de Buendía como una segunda opinión, sin entrar en manías persecutorias. Que dos peritos discrepen en una autopsia es muy habitual.

—Y que a dos agentes de la BAC les quieran colgar un asesinato que no han cometido, ¿es también habitual, según tu experiencia?

—Elena, no he venido a discutir contigo. No quiero que me hables otra vez del Clan ni que te presentes como la víctima de una conspiración.

—Si no quieres verla, tienes un problema grave de miopía, Miriam. Porque está claro que la BAC está en el punto de mira. Yo no creo en las casualidades.

—En realidad, quería verte por el naufragio de la patera. Un helicóptero de Salvamento Marítimo avistó tres lanchas surcando el mar de Alborán, ya cerca de la costa. No pudieron ir a su encuentro debido al temporal, que explica el naufragio de una de las embarcaciones. Las otras dos han tocado tierra y están atendiendo a sus ocupantes en el centro de detención de inmigrantes.

—¿Y bien?

—Tengo las imágenes que tomó el helicóptero. Quiero que las veas y me confirmes una sospecha.

Miriam le muestra unas fotografías en su teléfono móvil. En ellas se ven tres pateras, con una quincena de ocupantes cada una. Todos son negros, menos uno. A Elena le da un vuelco el corazón. No entiende nada. Las imágenes no son claras, tienen mucho grano, es de noche, el foco barre las pateras y crea claroscuros, pero ella reconocería a ese hombre entre diez millones. Vuelve a mirar las fotografías, primero sin aliento y, al cabo de unos segundos, desbordada de emoción.

—¿Es quien creo que es?

Elena asiente: ese hombre es Ángel Zárate.

CAPÍTULO 36

Tiene la sensación de que hacía años que no entraba en La Reja, el bar que está enfrente de la comisaría de Carabanchel, pero, en realidad, no hace tanto. Estuvo allí después de su última visita a Santos y Ascensión. Se tomó una cerveza y soñó con cómo habría sido su vida si nunca se hubiera cruzado en ella el caso de Susana Macaya. Todo sigue igual, esos bares de barrio nunca cambian, no son bonitos, pero son un lugar seguro cuando el mundo gira demasiado deprisa. Y, desayunando en el mismo sitio en el que lo hacía cada mañana, está su compañero Costa. Siempre se portó bien con él y ha sido un buen amigo, disponible cuando lo ha necesitado. Ahora espera que siga siendo así. Le conmueve su figura medio encorvada, con menos pelo y kilos de más, algo difusa por el contraluz de la ventana.

—Costa…

Él se gira y tarda unos segundos en reaccionar.

—¿Qué haces aquí? Te está buscando todo Dios…

—Lo sé. Por eso he venido, necesito ayuda. Otra vez.

—Aquí puede entrar un compañero y reconocerte. Espérame en el parque, al lado del campo de fútbol. Yo voy en diez minutos. La que has liado, amigo…

Zárate lleva puesto un mono viejo, mugriento, y una chaqueta que no tiene mejor pinta. Parece un mendigo. Es 2 de enero, menos mal que Costa no ha cogido días libres. Es la única persona a la que puede recurrir; ya le demostró que podía confiar en él cuando lo ayudó a localizar a Antonio Vicioso, el agente de Asuntos Internos que investigó el asesinato de su padre. Ha pasado una eternidad desde entonces, esa es la sensación que tiene. Le parece increíble pensar que hace solo veinticuatro horas estuviera bajándose de una patera.

En el campo de fútbol de Santa Rita, un campo de tierra donde alguna vez jugó con los compañeros cuando estaba destinado allí, no hay casi nadie a esta hora de la mañana, únicamente un chico que juega solo en una de las porterías. Pone el balón a unos diez o doce metros y apunta al larguero. Es muy bueno, no falla casi ningún disparo. Mirándolo, Zárate se abstrae y recuerda cómo fue la llegada a la costa de Almería.

El momento en que Amira cayó al mar fue muy confuso. Su propia barca estaba casi volteándose, no se veía bien, solo se oían gritos y el agua muchas veces pasaba por encima de la lancha, empapándolos a todos. Fue imposible ayudarla y ahora le pesa, porque esa mujer, a su manera callada, dulce y resuelta, le insufló ánimos, le consiguió medicinas y le salvó la vida. Está seguro de eso. Ella tenía un coraje que le hizo sobrevivir al desierto. Fue su ángel de la guarda. Puede que sus planes de futuro, aquellos que compartía con Moses, fueran el combustible para tanto valor. Sin embargo, todos esos sueños se ahogaron en el Mediterráneo y él no pudo devolverle ni un poco de todo lo que ella había hecho por él. Le habría gustado ser también su ángel de la guarda. No fue así; el mar picado, salvaje, se tragó a Amira y lanzarse a esas aguas solo habría supuesto su propia muerte.

Se encontraba agotado, hacía frío y el agua estaba helada. Hubo un instante en el que se convenció de que se iba a acabar todo; sin embargo, el piloto consiguió retomar el control de la embarcación y llevarla hasta una cala. Allí pusieron pie en tierra, tan exhaustos, sedientos y hambrientos que apenas podían moverse. Cayeron en la arena sin fuerzas para dar un solo paso.

La mujer que había dado a luz en la barca lloraba desesperada; en medio de la tempestad una ola le había arrebatado a su bebé y lo había perdido. Poco después llegó la lancha de Prince. En ella viajaba Marvin, el mulato; estaba vivo.

Entonces empezaron a aparecer coches de la Guardia Civil, por lo menos tres. Tuvo la suerte de verlos cuando todavía estaban a unos sesenta o setenta metros y le dio tiempo a esconderse tras unas rocas. Prince acudió al encuentro de los guardias y señaló a cuatro hombres: a Marvin y a otros tres que iban en su lancha. Los escoltaron hasta un coche, una furgoneta negra de cristales tintados que esperaba a un centenar de metros de la playa. Tan pronto subieron, esta arrancó y se marchó. Prince miró alrededor, avisó de que faltaba un pasajero, uno blanco... Zárate temió que pusieran en marcha una batida para localizarlo, pero apenas dejaron vagar sus miradas unos segundos por los caminos de acceso a la cala. Subieron a los demás a unas camionetas y se fueron. Hasta que no pasaron unos minutos no salió de su escondite.

Se lanzó a caminar a buen paso para entrar en calor. El sendero a veces se volvía pedregoso y resbaladizo por la escarcha de esa mañana fría, nublada y ventosa. Los árboles pelados, escuálidos, chorreando agua de las lluvias de la noche, le parecían un reflejo de su propia condición: un náufrago empapado a la intemperie. Llegó a una carretera comarcal y, tras caminar media hora más, esperó en una gasolinera a que parara un camión.

—Voy para Madrid, ¿me lleva?

—Me quedo antes, solo voy hasta Lorca.

El camionero era buena gente, hasta le prestó un mono viejo para que se pudiera quitar la ropa mojada y lo invitó a un café con leche y un bocadillo antes de dejarlo a la entrada de Lorca. Desde allí ha tenido que viajar en tres camiones hasta llegar a Madrid; en total han sido veinte horas de periplo. Necesita descansar, pero ahora no puede: le queda mucho por hacer.

El chaval sigue dándole al larguero con el balón, pero no parece que se divierta, solo que lo tiene que conseguir una y otra vez. Por fin ve acercarse a Costa. Viene solo; en el último momento Zárate ha pensado que podía traicionarlo, pero no lo ha hecho: Costa es su amigo y es de fiar.

—¿Qué haces vestido así? Pareces un pordiosero.

—Ayer llegué en patera a España. Bastante bien estoy… No te puedo contar mucho.

—¿En patera? No sé en qué estás metido, pero te busca todo el mundo. Dicen que has matado a una compañera de la BAC, a Manuela Conte.

—No he sido yo. Estaba allí, pero nos dispararon a los dos, podían haberme dado a mí… Tampoco soy el que mató a Rentero.

—¿Y a Gálvez?

—¿Ha muerto Gálvez?

—En un accidente de avión, todavía están investigando las causas. Se estrelló en territorio francés. Parece que ser policía es una profesión de riesgo.

—Siempre lo fue.

No hace falta que Ángel recuerde a su padre. En las horas de patrulla que compartieron le habló muchas veces de cómo había muerto y Costa se da cuenta de que esa historia es la que alimenta la determinación de su antiguo compañero.

—Todo esto tiene que ver con él, ¿no?

—Sí. Por eso necesito que me ayudes.

—Deberías olvidar…

¿Olvidar? Claro que debería hacerlo, su vida habría sido mejor. ¿Quién sabe? Tal vez no habría sido policía. Y en caso de serlo, quizá viviría tranquilo, como Costa, trabajando en una comisaría de barrio. O seguiría con Elena, en su piso de la plaza Mayor, cumpliendo con su tarea sin sufrir penalidades. Pero no puede olvidar a su padre y la promesa de vengarlo que se ha hecho a sí mismo. Si

Gálvez estuvo implicado, algo que no puede afirmar pero tampoco descarta, no lamenta su muerte, bien muerto está. Por eso ni se molesta en contestar a Costa.

—Necesito que me prestes algo de dinero. No sé cuándo te lo devolveré. También ropa y un coche. Y un móvil, uno viejo me sirve, es para meter una tarjeta liberiana, no necesito más que recibir alguna llamada con él.

—Dime que no voy a acabar detenido por haber ayudado a un prófugo de la justicia.

—Me gustaría hacerlo, pero no puedo. Hay algo más, Costa: necesito saber dónde vive un periodista. Es posible que ya esté retirado. Se llama Javier Zubigaray.

—Está bien… Ven dentro de media hora a la salida del garaje de mi casa. Allí te lo daré todo.

Costa vive bastante cerca de allí, en unos bloques nuevos de la calle Witerico. Se cambió a un apartamento de alquiler después de separarse de su mujer, que se quedó viviendo con las hijas en el piso familiar, en la avenida de los Poblados. Tal como le ha dicho, a la media hora sale del garaje conduciendo su coche, un Dacia Sandero. Le da a Zárate las llaves y una bolsa de viaje.

—Te he puesto dos pantalones, camisas y un jersey. También un neceser con lo básico, todo cosas de esas que dan gratis en los hoteles. En el asiento de atrás tienes una cazadora. Del periodista ese, no me ha dado tiempo a mucho: solo he visto que Javier Zubigaray está empadronado en un pueblo de Guadalajara. Brihuega. ¿Te vale?

—Tendrá que valerme.

Luego, Costa le entrega un sobre con mil euros en efectivo.

—No te puedo dar más. Y no me preguntes por qué tengo eso en efectivo en casa. Es una historia larga y poco edificante.

—Gracias, Costa, te lo devolveré todo.

—No te preocupes, preocúpate de no meterte en más líos. Ah, se me olvidaba, el móvil. Está viejo, pero funciona, lo único es que la batería no le dura más de seis o siete horas. Otra cosa…

Costa se saca del bolsillo una pistola. Tiene las cachas cubiertas con esparadrapo y aspecto de ser una antigualla.

—Supongo que no te vendrá mal. El cargador está lleno, aunque no tengo más proyectiles. Es una Makarov rusa del año de la tana, pero te hará el apaño. Esta se confiscó en una redada contra unos moldavos y nunca se registró, me la quedé por si un día me hacía falta. Procura no usarla.

—Descuida, lo intentaré. Y gracias.

Abraza a su amigo y después pone rumbo a Brihuega. Aprovecha un área de servicio para adecentar su aspecto. Se da una ducha, se asea y se pone la ropa que le ha prestado Costa, que le queda un poco grande, no demasiado.

Mientras conduce de nuevo, trata de enfocar su encuentro con Javier Zubigaray, el periodista que estuvo en Liberia, pero no consigue concentrarse en eso. Su mente vaga por la experiencia que ha vivido, que no olvidará jamás, y se dedica a pensar con dulzura y con pena en Amira y con curiosidad en Marvin. Le dijo que Arcadi Ortiz era su padre y aun así, o precisamente por eso, quería matarlo. ¿Qué habrá sido de él?

CAPÍTULO 37

Marvin mira por el ventanal que ocupa casi la pared entera y ve una ciudad enorme, llena de edificios imponentes que arañan el cielo. Hay tres muy cercanos, de la misma altura que el suyo, y, algo más allá, otros dos inclinados que parece que se van a caer o se van a apoyar el uno en el otro. La neblina de enero diluye el hormigueo del tráfico y genera en él una sensación de irrealidad, que se une al vértigo de estar alojado en un piso tan elevado. El lujo que lo rodea es nuevo para él. La habitación es más grande que la iglesia en la que predica Prince en West Point y la televisión que adorna la pared tiene el ancho de un hombre y medio tumbado y el alto de uno en pie.

No le importa estar solo, incluso lo prefiere. Su infancia y su juventud han discurrido a lo largo de dos guerras civiles en Liberia. Él ha matado, ha comido corazones, se ha enganchado a la cocaína y ha sido cruel infinidad de veces. No conoce los afectos; desde que murió su madre no ha querido a nadie. Ha salido de las drogas y ha malvivido entre trabajos inmundos animado por un solo objetivo: matar a su padre. Las heridas del cuerpo y del alma, los traumas, los infiernos que ha visto, todo está guardado en una celda al fondo de su cabeza. Siente frío y calor, hambre y sed. Poco más. Si acaso, ahora, una ligera impaciencia.

No sabe qué está haciendo allí. Prince lo ha instalado en ese hotel sin explicarle nada. Se ha limitado a pedirle que no salga a la calle y ha prometido volver con instrucciones más precisas. También ignora por qué Prince lo señaló a él cuando llegaron a la playa y lo subieron a una furgoneta negra con los otros. Compartió poco tiempo con ellos; al llegar al primer pueblo sus caminos se separaron. A él lo metieron en otro coche, uno muy cómodo y muy bueno. Viajaban en él un blanco, que era el que conducía, Prince y él. El conductor no habló en todo el trayecto y él se quedó dormido un rato. Lo que alcanzó a ver de España a través de la ventanilla lo dejó indiferente: largas carreteras, campos secos y un paisaje anodino, sin la exuberancia de su país.

Pararon a comer en una estación de servicio. Reanudaron el viaje hasta llegar a un pueblo, ya de noche, y allí pernoctó en un motel en el que disponía de una habitación con baño para él solo. Pensó en escapar, pero le habían cerrado la puerta con llave. Puso la tele y vio imágenes del naufragio de los migrantes. Reconoció a alguno de sus compañeros de travesía, pero no vio al blanco. Se acarició la cicatriz del antebrazo, donde grabó su teléfono, y se preguntó cómo podría llamarlo para saber si había encontrado a su padre, pues lo primero que hizo Prince fue confiscarle el teléfono móvil. ¿Por qué lo trata así, con esa mezcla de deferencia y tiranía? En ocasiones parece un invitado al que llevan a un evento especial, con todas las medidas de seguridad; en otras, un prisionero.

Por la mañana, tras un desayuno copioso, se dirigieron a Madrid sin cruzar palabra. Prince se giraba de vez en cuando hacia él y le mostraba su dentadura blanca en alguna que otra sonrisa. Fueron directos hasta la torre en la que se encuentra, puro lujo, pero un encierro al fin y al cabo. Se siente como un hombre distinguido en una jaula de oro. Pese al desconcierto de la situación, no tiene miedo. Si no lo tuvo en la guerra, cuando guerrilleros enloquecidos irrumpían en las aldeas y mataban a todo el que se ponía por delante, ni en West Point, donde la vida humana carecía de valor, ni en el desierto o en la patera, cruzando el mar, cuando las olas amenazaban con tragarse de golpe a todos esos miserables, no lo va a tener aquí. Pero sí identifica la inquietud que anticipa la desgracia; el instinto del soldado permanece alerta. Cuando entra Prince en la habitación, trata de mantener la calma.

—¿Ha venido alguien?

—No. ¿Quién tiene que venir?

—Tu padre, ¿no querías conocerlo?

Vaya sorpresa. No se puede creer que haya sido tan fácil dar con él, aunque está convencido de que matarlo será más complicado. La última vez que lo vio fue cuando su pelotón, comandado por el general White Eye, arrasó una aldea en el condado de Nimbia, al final de la guerra. Su padre, el Sipeeni, se bajó de un Jeep y él lo reconoció de inmediato. Le ofreció el corazón de un bebé que se estaba comiendo, para provocarlo, y después le hizo un gesto con el dedo como si le disparara. Le habría gustado matarlo entonces, porque alguien le había dicho que fue él quien traicionó al general Washington y puso su poblado natal, Bopolu, a merced de los rebeldes. Por su culpa mataron a su madre y a él lo obligaron a unirse a las tropas de White Eye cuando solo era un niño. Lo odia. Juró matarlo y lo va a hacer con sus propias manos.

—¿Mi padre está vivo?

—Claro que está vivo, es un hombre muy importante. No sé por qué ha querido que te trajéramos aquí.

Entonces, su padre sabía que él viajaba en la patera. ¿Qué más cosas sabría sobre él? Marvin, que se creía un hombre perdido en Liberia, un afortunado que había logrado embarcarse en esta travesía hacia Europa con el deseo secreto de enfrentarse al Sipeeni, piensa ahora que tal vez no estaba tan solo. Los ojos de su padre estaban observándolo.

El corazón le late más deprisa cuando llaman a la puerta. ¿Será él? Nota los músculos en tensión, como los de un felino en los segundos previos al ataque. Pero quien entra es una mujer vestida con pantalón y botas del ejército, una camiseta blanca bajo la que se marcan sus músculos y una cazadora de cuero. Es blanca y lo que más llama la atención es que en el cráneo lleva tatuadas unas alas de águila.

—¿Dónde está el blanco? —No hay saludos, encara sin preámbulos a Prince.

—¿Qué blanco?

—El que viajaba en la patera.

—No sé, a lo mejor se cayó al mar. No lo vi cuando llegamos a la playa.

—¿Quién era?

—Uno cualquiera, qué más da. Supongo que tú eres el enlace en Madrid.

—¿Quién era? —insiste ella.

—No sé cómo se llamaba. Murió Moses, un liberiano, y él vino con Amira, su hermana, viajó en su lugar. No me gusta dejar asientos vacíos. Me dijo que era periodista y que quería hacer un reportaje, pensé que no aguantaría el Sáhara, pero resistió. Él se hizo su amigo y a lo mejor sabe más que yo.

Ha señalado a Marvin y Kira lo mira como si no se hubiera dado cuenta antes de que había alguien más en la habitación. Pero vuelve a centrarse en Prince, saca una pistola y dispara. Marvin da un respingo, los sesos y la sangre de Prince se esparcen por el sofá de cuero blanco donde está sentado. Ahora sí siente miedo, sobre todo al ver la mirada de la sicaria, la falta de compasión o de cualquier otro rasgo humano. A esa mujer le pasa lo que le pasaba a él cuando era un niño soldado: no le importa matar.

—¿Conociste al blanco?

—Compartimos el viaje, nada más.

—Dime cómo se llama y todo lo que sepas de él.

—Zárate, viene a España para encontrar al Sipeeni y matarlo. Dice que su nombre real es Arcadi Ortiz. Quiere vengarse de él por haber asesinado a su padre.

—¿Cómo pensaba encontrarlo?

—Creía que podría estar cuando llegáramos a España..., pero, si no estaba, pensaba verse con un periodista que hizo un reportaje sobre él en Liberia. No sabe nada más.

—Ahora vendrán a limpiar todo esto.

Kira se marcha. No le ha dado otra instrucción. Marvin encuentra en el armario una manta para tapar el cadáver de Prince. Pero de pronto comprende que no le molesta la visión de la sangre y de la cabeza reventada, ha visto esa estampa muchas veces a lo largo de su vida. Así que se tumba en la cama y utiliza la manta para taparse él.

CAPÍTULO 38

Los dos africanos son altos y delgados, están casi en los huesos. El senegalés come con avidez un arroz caldoso con carne. El liberiano está ido, como en trance, da golpes con la frente en el tablero, tan cerca de su cuenco humeante que lo va a volcar de un momento a otro. La asistente de la Cruz Roja ha pedido a Miriam que no los interrogue hasta que terminen de comer. Necesitan alimentarse. Así que ella aguarda con impaciencia, sin disimular el fastidio por la presencia de Elena en ese triste comedor de náufragos. Ambas quieren investigar el paradero de Zárate, pero por razones muy distintas. La nueva jefa de la BAC lo ha dejado muy claro: es testigo del asesinato de Manuela Conte y debe prestar declaración. Además, ha venido con la remesa de inmigrantes africanos, también podría arrojar alguna luz sobre un posible caso de trata de personas.

—Es una visita policial, aquí no pintas nada —le dijo Miriam antes de dirigirse al puerto de Almería, donde se encuentra el CATE, el Centro de Atención Temporal de Extranjeros.

—Mis razones son personales, casi te diría que desesperadas. Juzga tú misma si debo o no debo acompañarte.

Miriam la miró unos segundos y contestó a la súplica con un resoplido.

—Vamos en mi coche —zanjó Elena la cuestión.

Las han hecho esperar, porque los inmigrantes rescatados en la playa debían pasar un reconocimiento médico. Ahora están comiendo. Miriam ha solicitado una traductora de lenguas africanas, por si acaso los náufragos se expresan en esos idiomas. Si hablan inglés o francés, el propio centro tiene personal cualificado para traducir esas lenguas.

Justo cuando el senegalés sorbe su última cucharada, Elena Blanco se acerca a él y le muestra una fotografía de Zárate en su móvil. Le pregunta en inglés si lo conoce.

—Elena, por favor, déjame a mí —dice Miriam.

—¿Lo conoces o no? —insiste Elena, pero el senegalés la mira aturdido.

De pronto, el liberiano da un manotazo a la mesa y su cuenco de comida se vierte sobre el tablero. Después barre con el brazo vasos, platos y cubiertos, que se estrellan contra el suelo con estrépito. Empieza a gritar en un dialecto africano y no tardan en aparecer dos guardias civiles que lo reducen tras un forcejeo. La asistente de la Cruz Roja les pide a Miriam y a Elena que esperen fuera.

—No me vas a dejar hablar con ellos, ¿verdad? —le recrimina Miriam en el pasillo—. Tienes que ir tú por delante, pasarme por encima.

—Está claro que me importa todo esto mucho más que a ti.

—Está claro que no tenías que haber venido. —Miriam se asoma al comedor y añade—: Espera aquí.

Elena duda si desobedecer la orden y volver también ella al comedor. Pero decide no tensar más la cuerda y quedarse fuera, paseando su ansiedad como una leona enjaulada. Su mirada se detiene en el jardín, donde varios inmigrantes con mantas toman el sol con la mirada perdida. Hay dos mujeres, sentadas una junto a la otra, que le hacen pensar en dos estatuas de sal. Una ráfaga de viento podría convertirlas en polvo. Ha oído que el personal del centro se refería a ellas como «las nigerianas». En un despacho, un policía teclea en el ordenador, ventilando quizá la suerte de esos pobres desgraciados: si se quedarán en España o serán repatriados, si algunos pueden ser clasificados como refugiados... El objetivo de estos centros es recibir a los inmigrantes en las primeras horas, identificarlos si es posible y, en ese caso, registrarlos. Y, por supuesto, darles asistencia médica y alimento. Algunos de los internos se derivan a hospitales si lo necesitan; el resto, una vez realizados todos los trámites, parten hacia distintos lugares dependiendo de la situación de cada uno.

Una enfermera cruza a paso vivo llevando en brazos a un africano de unos tres años que llora. La decoración navideña, aquí y allá, añade notas tristes al cuadro de ese lugar. En una sala pequeña, sentada en una camilla, una mujer negra, abrigada con una manta, balancea las piernas como si fuera una niña. Elena se acerca a ella. En su rostro, además de la sombra violácea de unos golpes, también se adivina una tristeza infinita; quizá ya sea consciente de que la enorme empresa que ha llevado a cabo no sirva para nada. Elena le pregunta en inglés si la han recogido en la playa de Roquetas. La mujer asiente.

Es joven, delgada, y conserva una belleza dulce y misteriosa pese a la pesadilla que acaba de vivir. Le cuenta que su embarcación volcó y casi todos se ahogaron, pero ella tuvo la suerte de aferrarse a un madero que se desprendió del casco y gracias a eso se salvó. A eso y a que una pareja que estaba en la playa se tiró al agua para sacarla de allí, a ella y a otros dos compañeros, y llamaron corriendo a la policía. No los mató el mar, pero a punto estuvieron de morir de frío cuando llegaron a la arena. Elena le muestra la foto de Zárate y ella sonríe. Lo conoce, claro que sí.

—Lo conocí en Monrovia e hicimos el viaje juntos, él ocupó el puesto de mi hermano cuando Moses murió. ¿Está vivo?

—No lo sé, esperaba que me lo dijeras tú.

—No viajaba en mi barca, Prince nos separó cuando llegamos a la playa. Después, nosotros nos hundimos, no sé si ellos se hundieron también.

—Entonces, ¿Zárate te cuidó durante el viaje?

Ella sonríe.

—Lo cuidé yo a él. Estaba muy débil. Se puso enfermo. Lo cuidé como a un hermano.

—¿Enfermo? ¿Qué le pasaba?

—El viaje es muy duro y él es europeo, no sabe lo que es vivir en West Point y, mucho menos, por qué somos capaces de cruzar el desierto y el mar… Todo eso fue lo que le enfermó.

—¿Te dijo por qué estaba en Monrovia?

—Buscaba al Sipeeni.

—¿Al Sipeeni?

—Al español. Es una especie de fantasma… No creo ni que existiera alguna vez… Hace años, vino un periodista a buscarlo, mi hermano Moses fue su guía… y, ahora, Zárate…

—¿Qué periodista? ¿Recuerdas su nombre?

—No me acuerdo, no tengo memoria para los nombres. Pero el de Zárate no se me va a olvidar. —Cuando la chica levanta sus ojos, Elena encuentra un brillo de verdadero cariño al recordar a Zárate que la hace sonreír—. Nunca he visto a nadie que baile tan mal en la iglesia. Sé que le habría gustado ayudarnos, no solo a mí, a todos… —Ese brillo de los ojos se transforma en lágrimas—. Le faltó tan poco para llegar a tierra…

—¿No lo viste salir del agua? ¿Estás segura? Dime la verdad, no temas, soy su amiga, solo quiero ayudarlo.

—Había olas enormes, mi barca volcó. ¿No han buscado en el mar? Nosotros llegamos a otra playa…

—¿A cuál teníais que llegar?

—No lo sé, pero se suponía que habría policías esperándonos. Ellos nos iban a dar papeles. El general Prince nos dijo que nos buscarían hasta casa y trabajo…

—¿Prince era el hombre que estaba al frente de todo?

La mujer asiente.

—Amira, ya tengo tus resultados. —Un médico entra en la sala y se detiene al ver a la intrusa—. ¿Usted quién es?

—¿Te llamas Amira? —pregunta sin acusar la llegada del médico.

Ella asiente de nuevo.

—Yo me llamo Elena. Gracias por cuidar de Zárate.

Cuando regresa al comedor, una mujer está traduciendo el discurso delirante del senegalés, que está fuera de sí. Suda, como si sufriera un síndrome de abstinencia, o tal vez estuviera en pleno brote psicótico. Los dos guardias civiles lo tienen vigilado y Miriam hace las preguntas con un aire rutinario que casa mal con la situación.

—Dice que no tenía que estar aquí —explica la intérprete—. Que le han prometido papeles y trabajo.

—¿Quién le ha prometido papeles? —pregunta Miriam.

El senegalés lanza una perorata antes de que la intérprete vuelque la pregunta a su idioma. Lo que ha dicho debe de ser intraducible, o muy duro, pues la mujer empalidece y mira a la inspectora con un temblor.

—¿Qué ha dicho?

—Que al final solo pusieron a salvo a los que habían vendido su riñón. A él, que pagó el billete, lo abandonaron a su suerte en el mar. No le dieron la oportunidad: dice que si puede vender también su riñón a cambio de papeles, que no quiere estar preso.

Más tarde, Miriam y Elena cruzan el puerto camino del parking, digiriendo como si fuera un alimento en mal estado todo lo que les han contado los inmigrantes. El grito de auxilio desesperado e ingenuo de ese senegalés, dispuesto a entregar un órgano a cambio de una oportunidad en la vida miserable que le había tocado en suerte.

—¿Entiendes ahora el operativo de Nochevieja? —se decide Elena a romper el silencio—. Fabián estaba hablando con un guardia civil metido en la trama.

—¿Estás segura de eso? Aunque lo estuviera, las grabaciones son ilegales. No servirían en un juicio. Elena, a partir de ahora, estar en esta brigada no autoriza a saltarse la ley.

—Ofrecen papeles a cambio de órganos. Les dicen que solo entregarán un riñón, pero tú y yo sabemos que es mentira. Los matan, cogen todo lo que les vale y dejan sus cadáveres en los depósitos de las universidades y sabe Dios dónde más. ¿No te parece despiadado?

—Me lo parece. Pero el caso está en mis manos. Tú no te metas. Borra esas grabaciones, deshazte de ellas. No hace falta que me lleves, cojo un taxi.

Miriam se aleja y Elena tarda en encontrar su coche en el parking del puerto. Demasiadas emociones esa mañana. Ya en el coche, enciende su ordenador y escucha todo lo que se grabó en la fiesta del teatro Cervantes. No hay datos concretos, no hay nombres, no es un material explosivo. Sin embargo, hay una pista. No sabe cuál, pero está segura de que la hay. Vuelve a escuchar la grabación y entonces se da cuenta. Coge el móvil y hace una llamada.

—¿Mariajo? Quiero que hagas una investigación de la forma más discreta posible. Busca los jugadores de fútbol del Almería juvenil, uno de ellos es hijo de un guardia civil. Necesito saber quién es y que no dejes huellas.

Mientras conduce hacia su hotel, no deja de pensar en Amira, en la manera dulce de evocar a Zárate, en su mirada resignada a lo que le pueda traer el futuro. Intentará ayudarla, seguir su expediente. Se detiene en una farmacia y compra gasas y yodo para desinfectar la herida, que aún le escuece. Lo hace nada más llegar a su habitación y después se tumba en la cama. Por su cabeza desfilan imágenes de Zárate perdido en Monrovia con Amira, Zárate atravesando un barrizal, Zárate enfermo, quizá delirando por la fiebre y pronunciando su nombre. O tal vez no, tal vez solo pensaba en ese fantasma del Sipeeni. ¿Será ese hombre el asesino de su padre? Sí, seguro que en el delirio pensaba en eso y no en ella, esa obsesión es lo único que le preocupa. Le entristece, pero de nuevo sonríe al imaginar a Zárate bailando como un pato en una misa africana.

CAPÍTULO 39

Zárate aparca en la calle del Viento, junto a la muralla árabe que define los contornos del centro medieval de Brihuega. Allí, en una antigua pero muy bien cuidada casa de piedra, vive Zubigaray, según le han dicho en un bar de la plaza. Hay un hombre subido a una escalera pintando la reja de una de las ventanas. Ya rebasa los setenta años y Zárate se da cuenta, por la mirada algo tristona, quizá por los muchos horrores de los que ha sido testigo, de que está ante el viejo reportero de guerra con el que ha venido a hablar.

—¿Señor Zubigaray?

—Pues depende, si viene a cobrar una factura, no lo conozco. Si viene a pagarla, soy yo. Espere, que bajo.

Lo hace con llamativa agilidad. Viste pantalones de pana y, pese al frío, solo se ha puesto una camisa y un jersey fino. Zárate, en cambio, va bien abrigado con la cazadora que le dejó Costa en el asiento trasero del coche.

—¿No tiene usted frío?

—Claro, pero el frío es bueno… En las ciudades nos abrigamos tanto que después cogemos un catarro en cuanto nos da un aire. Desde que me vine al pueblo paso frío y no he estado malo ni un día. ¿Un café?

—Se lo agradezco… Me gustaría hablar con usted.

Los dos entran en la casa, rústica, adornada con recuerdos de los muchos viajes del periodista. Máscaras africanas en la pared, un grabado de un dragón asiático, un expositor de balas y casquillos seguramente recogidos en el campo de batalla y la joya de la corona: un fragmento de uno de los budas de Bamiyán. En el salón hay una mujer en silla de ruedas. No habla y tampoco reacciona ante la presencia de un desconocido. Quizá tenga la misma edad que el periodista, pero aparenta mucho más pese a estar bien vestida y peinada.

—No me puedo permitir enfermar por ella. Es mi esposa, la cuido yo. Arrastraba ya problemas de salud, pero es que, además, tuvo un ictus y se cayó por la escalera, todo el mismo día. Yo estaba de viaje y nadie se enteró, no pudieron atenderla a tiempo. Hasta el día siguiente, cuando una vecina se alarmó al no verla en el bar del barrio donde ella siempre bajaba a desayunar, no se descubrió lo que le había ocurrido. Desde entonces está impedida... Solo hacía tres meses que nos habíamos venido a Brihuega, a disfrutar de la casa y de la jubilación. Ya ve... Por eso siempre le digo a la gente que aproveche la vida, que el día menos pensado, se jode. El destino es caprichoso.

Mientras Zubigaray prepara dos cafés de cápsula, Zárate piensa en sus palabras. ¿Está aprovechando la vida? Sabe que no, que debería olvidarse de su cruzada vengativa y disfrutar de los placeres mundanos. Pero no puede. No siempre se puede disfrutar de la vida.

—Me ha dicho que quería hablar conmigo. No recuerdo que nos conozcamos.

—Me llamo Ángel Zárate. Soy policía, pero aquí no vengo por mi trabajo, sino por asuntos personales. Me gustaría hablar con usted sobre un viaje que hizo a Liberia.

—He hecho varios a lo largo de mi vida. Por la guerra, ya sabe... En aquellos tiempos, teníamos medios y podíamos ir de guerra en guerra con todos los gastos pagados. ¿Conoce usted Liberia?

—Sí, he estado allí. He entrado en West Point... Coincidí con Moses, fue él quien me habló de usted.

—¡Moses! El mejor guía que he tenido. Y un buen amigo, sin él no habría podido moverme por Liberia.

Siempre me imaginé que un día aparecería por mi puerta, ¿qué ha sido de él?

Zárate se ve obligado a contarle su muerte a manos de un cooperante encaprichado con su hermana Amira y cómo ella intentó llegar hasta Almería, pero su embarcación naufragó cerca de la costa. Lo que no le dice es que él también llegaba en el mismo grupo de pateras.

—Lo lamento de veras —musita Zubigaray—. La vida en ese barrio no vale nada, menos que nada... ¿Por qué fue usted a Liberia?

—Buscaba a Arcadi Ortiz.

El periodista se queda callado unos segundos, como buscando algo enterrado en la memoria.

—El Sipeeni —dice al fin adoptando un gesto de nostalgia.

—Exacto —confirma Zárate.

—¿Y lo encontró?

—No, por eso he venido hasta aquí. ¿Usted dio con él?

—No lo sé. A veces creo que sí, a veces que fracasé, como todos los demás que lo han buscado.

—Cuénteme lo que sepa de él, por favor.

—La historia de Arcadi Ortiz es digna de una película de espías. Se dijo que lo habían ajusticiado en el asalto a la embajada española en Monrovia, pero hay quien dice que está vivo.

—¿Y usted qué piensa?

—Yo no sé qué pensar. Se le ha dado por muerto muchas veces. Pero tenga en cuenta que es un hombre acostumbrado a funcionar con identidades falsas. Fue agente del Cesid, estuvo en el Batallón Vasco Español combatiendo a ETA, se enroló en grupos de ultraderecha durante la transición, era diplomático de carrera y un experto en la cultura africana, además de un gran seductor y un magnífico empresario. Todo esto es lo que se dice de él. Y en mi opinión, todo, o casi todo, es verdad.

Zubigaray, haciendo gala de ser un magnífico narrador de historias, se extiende en el retrato de ese hombre en el que se mezclan el mito, la realidad y la leyenda.

—Su cadáver no apareció entre los de la embajada. Y el Ministerio de Exteriores intentó encontrarlo, sin éxito. Hasta el presidente de Liberia se comprometió en una entrevista con Antena 3 a dar con él. Promesas. Humo. Eso es Arcadi Ortiz. Humo.

Zárate asiente: es lo mismo que le contó Aldecoa, el antiguo ujier de la embajada, en su casa de New Kru Town.

—Pero usted pensó que podía dar con él y viajó a Liberia para ello.

—Varias veces. Y todavía no estoy seguro de si llegué a verlo. Espere.

Se acerca a una estantería y vuelve con una carpeta de cartón azul.

—Le enseñaré unas fotografías.

Saca de la carpeta una foto de carnet en la que se ve a un hombre de unos veintiocho o treinta años, con gafas, corbata y bien peinado. Después le muestra una imagen robada, sin foco, de un hombre vestido con pantalones militares y una camiseta, muy musculoso y con el pelo cortado al uno.

—La primera es la foto de Ortiz que estaba en su credencial diplomática, la única que hay de él. La segunda es una foto que conseguí sacar del Sipeeni. ¿Es la misma persona? He mirado un millón de veces las dos fotos y no he conseguido estar seguro.

Zárate las observa con atención, pero tampoco llega a ninguna certeza; es más, tiende a pensar que no, que no se trata del mismo hombre. En la primera hay un joven con pinta de estudioso y formal, en la segunda un mercenario, un hombre de acción. Si es el mismo, cambió mucho en los diez o quince años que transcurrieron entre una y otra.

—¿No hay más fotos de él?

—Una, pero tampoco sé si es él o no.

La tercera foto que saca Zubigaray de la carpeta pertenece a un tipo de más de sesenta años. Está en una recepción con el rey emérito, en el momento exacto de estrecharle la mano. Es un hombre muy bien vestido, alto, en buena forma física. No se le ve la cara de frente, solo de perfil.

—Este es Jacinto Prado, el empresario más enigmático de España. Esta es la única foto suya que se conoce. ¿Es el mismo hombre en las tres fotos? Puede que sí, puede que no.

—¿Por qué quería encontrar al Sipeeni?

—Porque es una figura apasionante. Quería escribir un reportaje sobre él. Y lo hice, pero no me dejaron publicarlo. Parece ser que el tema molestaba a las altas instancias.

—¿Lo amenazaron?

—Peor. Me jodieron la agencia de noticias que había fundado. ¿Sabe cómo funciona una agencia? Elabora noticias que vende a periódicos que están suscritos. Pues bien, en cuanto intenté mover el reportaje sobre el Sipeeni, empecé a perder suscriptores, obviamente presionados por alguien muy poderoso, y al final tuve que ceder y guardarlo en un cajón.

Zárate observa de nuevo la imagen del empresario con el rey emérito.

—Nunca había oído hablar de Jacinto Prado.

—Casi nadie lo ha hecho. Surgió de la nada a principios de siglo y tiene empresas de todo tipo: hoteles, financieras, casas de juego, medios de comunicación… Y es imposible seguirles la pista, son opacas. Me costó descubrirlo, pero la suerte vino en mi ayuda. Jacinto Prado es propietario de enormes extensiones de tierras en Liberia, quizá lo único que está a su nombre. Eso es lo que me hizo sospechar que podía ser él. Eso, y esta cicatriz en la entrada del pelo. Igual usted no la ve y solo está en el campo de mi obsesión.

Zárate aguza la vista. En efecto, hay una pequeña señal en la frente del empresario, o en el perfil de su frente, pero también podría ser una mácula de la fotografía.

—El guerrillero también tiene esa cicatriz.

Le muestra la segunda imagen, en la que es todavía más difícil de apreciar.

—Yo no veo ninguna —dice Zárate—. ¿Dónde podría dar con Jacinto Prado?

—Puede ir a su casa, es un dato conocido. Vive en Ciudalcampo, cerca de Madrid, en un chalet en el paseo del Embajador. Pero hablar con él no es tan fácil.

—¿No lo ha intentado usted?

—Yo ya no quiero saber nada del Sipeeni. Y si quiere escuchar un consejo de un viejo, deje de buscarlo. Hágame caso. Si aprecia su vida, no lo busque más. Solo trae problemas.

Un lamento de la mujer en la silla de ruedas activa de inmediato a Zubigaray, que se acerca a ella.

—¿Qué tal, cariño? —dice retirándole un pelo de la boca—. Ahora vamos a dar un paseo para que te dé el sol, y luego la comida.

Zárate vuelve a las fotografías y esta vez, como por ensalmo, sí ve las dos cicatrices gemelas con toda claridad. No entiende por qué antes no las veía. Quizá las ve porque quiere verlas, porque necesita una razón para visitar a Jacinto Prado. O porque ha hecho suya la obsesión de Zubigaray.

CAPÍTULO 40

En el barrio de la Vega de Acá, a la sombra del Estadio de los Juegos Mediterráneos, donde disputa sus partidos de fútbol el Almería, están los campos de entrenamiento del club. Elena se ha acercado hasta allí sin saber si podría asistir a las prácticas del equipo juvenil y se ha encontrado con que la entrada era libre. Sentada en una grada, está viendo a los jugadores, más jóvenes de lo que esperaba, hacer sus ejercicios físicos. Enseguida identifica a Rubén Castaño. Mariajo le ha mandado una fotografía; es el único integrante de la plantilla cuyo padre es guardia civil. Un chico de dieciséis años, alto, delgado y con melena rubia. Incluso ella, que no sabe de fútbol, se da cuenta de que es especial y de que sus compañeros lo buscan en el partidillo que se ha montado. Es zurdo y se despliega por el lado izquierdo del campo, pero, incluso partiendo desde allí, se nota que domina el juego, que es capaz de controlar cualquier balón que le llega y de poner centros medidos para que sus compañeros rematen en el área.

—Es bueno ese chico, ¿eh?… —comenta Elena.

A pocos asientos del suyo se ha sentado un hombre mayor, con aspecto de jubilado.

—¿Rubén? El mejor de la cantera, ya se ha estrenado con el B en tercera y ha ido a entrenar con los mayores. Si no se estropea, ese chico jugará en el Madrid o en el Barça.

—¿Estropearse?

—Lesiones, despistes de chico joven… Es muy difícil llegar a Primera, se lo digo yo, que he visto chicos muy buenos en estos campos y se pierden por el camino. Eso sí, ninguno como Rubén. Tiene un guante en la zurda. Dicen que el Liverpool ya ha mandado a un ojeador.

Un hombre sigue el partidillo en pie, desde el lateral del campo. Da instrucciones constantes a Rubén. Elena se pregunta si será Gonzalo Castaño, el guardia civil, su padre. Lo confirma cuando, al acabar el entrenamiento, el joven se reúne con él y caminan hacia el parking.

Se suben en un Porsche Cayenne, un coche de alta gama, demasiado caro para el sueldo de un guardia civil. Las sospechas de Elena se acentúan cuando el vehículo se detiene en la calle de Pepe Isbert, junto a un chalet adosado en una zona residencial tirando a exclusiva. Rubén se baja del coche y abre la puerta del garaje. Elena sale del suyo y se oculta tras una gran buganvilla de un chalet vecino. Cuando el Porsche entra en el garaje y antes de que la puerta metálica se cierre del todo, se cuela en el interior.

Al primer vistazo distingue una serie de herramientas colgadas de la pared. Todo sucede muy rápido. Elena descuelga un martillo y agarra al chico del cuello justo cuando su padre está saliendo del coche.

—¡Deje a mi hijo! ¿Quién es usted?

Rubén intenta zafarse de su agresora.

—¡Suéltame, joder! ¡Que me sueltes!

Pero Elena está más que acostumbrada a reducir a delincuentes, yonquis, soplones y pájaros de todo tipo. Lo agarra con fuerza del cuello hasta oír un gorjeo del futbolista, que se está ahogando.

—Soy guardia civil. Suelta a mi hijo o te cae el paquete de tu vida.

—Cuando hablemos tú y yo. Solo me tienes que contar una cosa muy concreta.

—¡Suéltalo, me cago en tu puta madre! —Avanza hacia Elena, fuera de sí.

Ella levanta el martillo.

—Le destrozo la rodilla, te lo juro. Y se acabó el fútbol para él.

El chaval intenta liberarse del abrazo de Elena, que se ve obligada a derribarlo de un rodillazo en la rabadilla. Ahora lo tiene en el suelo, no afloja la presión sobre su cuello y mantiene el martillo en alto. El padre grita, exaltado, después suplica a su hijo que no haga nada.

—¿Quién eres? ¿Qué haces en mi casa?

—Quiero que me digas quién está detrás de que dejen entrar a inmigrantes por la costa de Almería.

—No sé de qué me hablas. Estás loca…

Elena da un fuerte martillazo en el lateral del coche.

—El próximo será en la rodilla del chaval. ¿Quién os paga?

—A mí no me paga nadie.

—¿Y este coche y este chalet salen del sueldo de la Guardia Civil? Vamos, no me jodas… A Fabián le contaste cosas, a mí me vas a contar muchas más.

El nombre de Fabián despista a Gonzalo Castaño. Su hijo está llorando de miedo. Ya no forcejea.

—Cuéntale lo que quiera a esta loca —suplica a su padre.

—Te lo pongo fácil —dice Elena—. Sé que todo esto tiene que ver con el Clan. Solo necesito un nombre.

El guardia civil agarra de pronto una pala.

—¡Tira eso! —ordena ella—. ¡Me cargo su rodilla!

—¡Papá! —grita Rubén, asustado.

Gonzalo deja caer la pala, que aterriza con un estrépito amplificado por la oquedad del garaje.

—Abraham Bermejo. Fue mi compañero en la Academia, en Baeza. Pero nunca llegó a entrar en el cuerpo, trabaja para una empresa privada de seguridad.

—¿Cuál?

—No sé el nombre. Pero él siempre dice que el dinero sale del Clan.

—¿Cuánto dinero?

—Cincuenta mil al mes, en efectivo, para repartir entre todos los que participan en los desembarcos.

—¿Sabes que trafican con órganos? ¿Sabes que a algunos de los africanos que traen les sacan los órganos?

Gonzalo Castaño no contesta. Elena le grita.

—¡Contesta! ¿Lo sabes?

—Sí…

—¿Cómo puedes ser tan hijo de puta? Rubén, pregúntaselo a tu padre.

El chaval se queda callado. Elena levanta el martillo para machacar la rodilla.

—¡Que se lo preguntes!

—Pregúntamelo, hijo…

El chico se decide.

—Papá, ¿cómo puedes ser tan hijo de puta?

—Ahora lo habláis con calma cuando yo me vaya —le dice Elena, satisfecha—. ¡Abre la puerta!

El padre abre la puerta y ella, sin soltar al hijo, retrocede hacia la salida.

—Aléjate, al fondo —ordena a Gonzalo Castaño.

Él obedece. Elena sale y se dirige a su coche sin perder de vista al guardia civil. Pero no parece que vaya a salir detrás de ella. Está abrazando a su hijo, temblando, avergonzado.

CAPÍTULO 41

Kira monta con delicadeza la mira telescópica, una Schmidt & Bender, y el trípode. El fusil de francotirador es un PSG1 A1, el mismo que usan las unidades de intervención de la Policía Nacional y la Guardia Civil, además de otros cuerpos de policía de medio mundo. El tipo del almacén de Ventorro del Cano le intentó vender un Barrett M82, el que utilizan muchos ejércitos en todo el mundo, entre ellos el de Estados Unidos y el español. Pero ella lo rechazó; no necesita tanto, el Barrett es eficaz hasta a dos mil metros de distancia y ella no va a disparar desde tan lejos. Calcula que el coche de Zárate parará a unos doscientos de la casa y será a esa distancia a la que él se ponga a tiro.

Se ha apostado en el piso superior del chalet, situado en una urbanización para millonarios en la que ella misma podría vivir si decidiera establecerse en algún sitio y echar raíces. En Ciudalcampo, junto a la A-1, la antigua carretera de Burgos, hay verdaderas mansiones protegidas de los curiosos por frondosos setos de arizónicas. Es una zona privilegiada, con vigilancia las veinticuatro horas, no muy lejos del aeropuerto de Madrid, en el entorno del Complejo Deportivo del Real Automóvil Club de España, donde se puede practicar la hípica, el tenis, el golf y otros deportes.

Aun así, ella prefiere volver a Croacia para vivir con su hijo, que la espera junto a su abuela en Trogir, un pueblo en la costa Adriática. No necesita estos lujos, se conforma con vivir sin agobios. Tal vez dedicarse a traducir poesía, su vocación frustrada. Se había dado un plazo para ahorrar el dinero suficiente, pero hace ya tiempo que rebasó la cantidad prevista y ahí sigue; no sabe parar. La adrenalina del trabajo, exigente y peligroso, la tiene enganchada.

Según sus cálculos, el Dacia Sandero blanco que conduce Zárate estará a punto de llegar. Pero no tiene prisa. Disfruta de la espera, cuando sabe que la víctima está perdida, que no tiene ninguna posibilidad de escapar. Adora hacer bien su trabajo, sentirse superior a su rival. Nunca falla. Hay un extraño placer en cumplir los encargos. No hace ni un mes tuvo a Ángel Zárate secuestrado y en aquella ocasión valía más vivo que muerto. En cambio, ahora lo quieren muerto y enterrado. No es su cometido averiguar por qué ni entender las razones de la cúpula del Clan. Imagina que el cambio de postura tendrá que ver con el viaje a Liberia del policía, pero le da igual si está en lo cierto o no. Simplemente, tiene que matarlo.

Un coche se acerca por el paseo del Embajador. Kira sonríe. Es el Dacia Sandero. Coloca el ojo tras la mirilla y se prepara para abrir fuego. Lo hará en cuanto Zárate ponga un pie en la acera. Aunque tiene experiencia en estas lides y ha disparado muchas veces con menos visión o en situaciones más incómodas, nota cómo el pulso se le acelera. Sobre todo cuando advierte que Zárate está tardando demasiado en bajar del vehículo. ¿Por qué no lo hace? ¿La habrá visto? ¿Sospecha algo? Por un segundo se pregunta si Zubigaray la habrá traicionado. No lo cree, el Clan sufraga el tratamiento de su mujer y su vida en Brihuega; duda mucho que el periodista se arriesgue a perder todo eso.

Un furgón de transporte de dinero se detiene un instante junto al coche de Zárate y Kira pierde el ángulo de visión. Cuando el furgón reanuda su camino, el coche donde estaba Zárate está vacío. Kira no entiende nada. No le gusta cuando la adrenalina se convierte en angustia, detesta la sensación de ir por detrás del objetivo. ¿Qué está pasando? No es momento de culparse por su torpeza. Baja al primer piso. Supone que Zárate puede entrar en la casa en cualquier instante; está en venta, nadie vive allí y la puerta principal no está cerrada con llave. Basta con empujar. Se aposta junto a la escalera, apuntando a la entrada. Sabe que tiene que disparar justo cuando se empiece a abrir la puerta; ese hombre es policía, podría ir armado, no puede correr riesgos.

De pronto, suena un teléfono móvil en la cocina. ¿Es posible que haya entrado por la puerta de atrás? Esa sí estaba cerrada, pero puede haberla forzado o accedido al interior de la casa por una ventana. Lo cierto es que un móvil está sonando y eso delata la presencia de alguien en la cocina. Allí se dirige, fusil en ristre. Sobre el alféizar de la ventana enrejada descansa un móvil iluminado por un aviso. Antes de que pueda entender la trampa, Kira recibe un disparo en el hombro: pierde el arma y, al caer, ve que ha sido Zárate. La ha engañado con ese ruido, una alarma programada para atraerla hacia allí. Eso le ha permitido dar la vuelta a la casa y entrar por la puerta principal.

—Segunda vez que nos vemos. ¿O tercera? ¿Quién eres? —dice Zárate apuntándole con su pistola.

Kira se tapona la herida del brazo con una mano. Clava en él una mirada de orgullo.

—¿Fuiste tú quien mató a Manuela?

—¿De verdad crees que nos vamos a poner a charlar? Mátame y acaba de una vez con esto.

—¿Qué sabes del Clan?

Ella sonríe ante la pregunta.

—¡Contesta o te juro que te vuelo la cabeza! ¿Quién es Arcadi Ortiz? Ya me he dado cuenta de que Jacinto Prado es una invención. ¿Quién es Arcadi?

—Mejor pregunta quién era. Está muerto. Levantó el Clan, pero ya no vive. Ahora el Clan funciona sin una cabeza concreta.

—No te creo.

—Estás buscando a un fantasma.

Zárate nota que le tiembla el pulso. No quiere creer que el asesino de su padre está muerto. La agarra del cuello y le pone la pistola en la cabeza, a la vez que brama pidiendo la verdad. Es un error esa cercanía física con una asesina consumada. Kira saca un cuchillo de un bolsillo camuflado en el pantalón y raja la mano de Zárate. Cae su pistola y Kira se lanza a por ella, pero Zárate la aparta de un patadón y es él quien la coge. Ella, rápida, escapa por la puerta principal. Aunque sangra profusamente por la mano, Zárate persigue a la sicaria empuñando con fuerza la pistola, pero cuando sale a la calle, solo llega a ver una moto que se aleja de la casa.

CAPÍTULO 42

—Abraham Bermejo. Hay que investigarlo, es el hombre que se encarga de pagar a los que protegen los desembarcos.

La voz de Elena suena apremiante al otro lado del teléfono. Orduño nota que está conduciendo y que tiene conectado el manos libres.

—¿Cómo lo has conseguido?

—En una conversación amable con Gonzalo Castaño, el guardia civil del Cervantes.

—Yo tengo abierto un expediente por la muerte de Fabián, no tengo acceso al sistema.

—Lo sé, pásaselo a Mariajo, no me coge el teléfono y es urgente.

—Perdona que me preocupe por estas tonterías —desliza Orduño como con miedo—. ¿Miriam está al tanto de esto?

—Algo se huele, pero es mejor que siga al margen.

—Joder, Elena, que es la jefa, que no podemos seguir puenteándola. Nos van a echar a todos.

—Estupendo, no hagamos nada; que sigan matando inmigrantes, que los vacíen y se hagan de oro con sus órganos. No vaya a ser que la jefa se enfade. De puta madre, Orduño.

No le da oportunidad de responder. Elena ha colgado. Sus protestas, sus intentos de hacerla entrar en razón, se quedan en el limbo. Está fuera de sí, piensa. Y los va a arrastrar a todos en su cruzada. Conoce a esta Elena: cuando está en caída libre, como un alud, no hay nada que la detenga; al contrario, a cada obstáculo su obcecación se acrecienta.

Reyes está examinando testimonios de inmigrantes en su ordenador y le hace un leve gesto para darle a entender que no quiere que la moleste.

—Ha llamado Elena. Tiene un nombre: Abraham Bermejo. Cree que es el contacto entre el Clan y los guardias corruptos de Almería. Tenemos que averiguar quién es.

—¿Por qué no lo haces tú? Ah, es verdad. Te han restringido el acceso porque has matado a un hombre.

Se levanta con un golpe en la mesa y arrastra hacia atrás su silla, arañando el suelo. Orduño la sigue con la mirada cuando abandona la sala. Se imaginaba una reacción así, la tensión se palpa entre ellos desde la muerte de Fabián. Pero ahora que se ha producido el exabrupto, comprende que no lo puede tolerar. No soporta su desconfianza. La sigue hasta la máquina de café.

—¿Crees que lo maté a sangre fría?

—No sé lo que pasó. Pero hago caso de mis tripas y no me apetece estar contigo.

—Gracias. Es justo lo que necesito de una amiga.

—¿De verdad crees que somos amigos? Casi nunca hace falta disparar, Orduño. Yo lo sé y tú lo sabes.

Introduce una cápsula de café en la máquina y aprieta el botón. Se da cuenta, unos segundos tarde, de que no ha puesto un vaso bajo el caño. Al hacerlo a toda prisa, se quema la mano con el chorro de café caliente.

—¡Joder!

Orduño la observa en silencio, herido.

—¿Qué coño haces ahí parado?

—¿Estabas enamorada de él? ¿De ese matón?

—Déjame en paz, anda.

—Estás equivocada. No solo conmigo. Llevas mucho tiempo equivocada.

Ella cabecea en señal de indignación y él se da cuenta de que es mejor que corra el aire entre ellos. Se traga su rabia, su sensación de estar siendo injustamente tratado, su desamor, y se aleja hacia el cubículo de Mariajo. Parece enfrascada en algo y no le apetece discutir con una tercera persona en cinco minutos. Por fortuna, ella se aviene a colaborar. En cuestión de media hora, presenta un informe completo de Abraham Bermejo.

—Estudió en la Academia de la Guardia Civil, pero nunca tuvo un destino en el cuerpo, no acabó los estudios, fue expulsado. Trabaja en una empresa de seguridad que se llama DeAr International.

—¿*Dear* como «querido» en inglés?

—Así es. DeAr, como querido. Pero significa Defense Army. Digamos que es una agencia de mercenarios. Habría que pedir una orden de registro.

—Eso lo tiene que firmar Miriam Vaquero —señala Reyes.

—Debe de estar a punto de llegar —informa Mariajo—. Ha llamado hace un rato diciendo que había aterrizado su avión de Almería. Quería ir a su casa, que no ve a la familia desde Nochevieja, pero me dijo que antes se pasaría por aquí.

—Se va a liar —augura Orduño.

En la reacción de sus compañeras —la mirada de rabia, casi de insolencia, de Reyes, y la resignación desdeñosa de Mariajo— ve un síntoma más de la descomposición de la BAC. Ya no funcionan como un equipo. Elena va por libre, Reyes no logra asimilar las tragedias recientes de su vida, Mariajo parece hastiada de los protocolos y él está siendo investigado.

Sus presagios se confirman cuando Miriam Vaquero entra en la oficina y la ponen al tanto de la investigación.

—¿Una orden de registro contra esa empresa? ¿Por qué?

—En DeAr International trabaja Abraham Bermejo y creemos que está implicado en la red de tráfico de personas y de órganos de Almería.

Mariajo ha puesto las cartas boca arriba, al menos una parte de ellas. No destapa la del Clan: está segura de que es el centro del entramado, pero la desconfianza que Miriam le inspira se lo impide. La inspectora Vaquero tamborilea con los dedos sobre la mesa mientras pasa las hojas de la documentación de Abraham Bermejo. Por primera vez, parece tan desconcertada que es incapaz de tomar una decisión.

—¿Y por qué lo creemos?

Mariajo y Orduño cruzan una mirada. Esa es la pregunta que abre el abismo a sus pies. Orduño carraspea antes de contestar.

—El nombre nos lo ha dado el confidente que se encontró con Fabián en Nochevieja.

—Y nos ha dado el nombre así porque sí. Por ayudarnos. Y no hemos hecho nada ilegal, como escuchar unos audios grabados sin autorización, para descubrir quién era. —Ante el silencio de Mariajo y Orduño, Miriam prosigue; parece agarrarse a este error de procedimiento como un náufrago a un tablón de madera—: De verdad, no sé ni para qué pregunto. Y supongo que ninguno de vosotros dos ha hablado con él, que lo ha hecho una persona que ya no está ni en la BAC ni en la policía. ¿Podría ser Elena Blanco?

—Esto es importante, Miriam —se defiende Mariajo—. Podemos descubrir quién está matando a esos hombres.

—Sí, es importante. Pero más importante es cumplir con la ley. Yo soy la que decide si molestamos al juez para una orden de registro o no. Y la forma de obtener los indicios es un despropósito. Así que no se pide nada. ¿Está claro?

Elena levanta la mano para llamar al camarero. Con un gesto le pide otra ronda. Un vaso de grappa para ella, una caña para Mariajo. Hace menos de una hora que ha llegado a Madrid.

—Es un callejón sin salida. Miriam no quiere ir hasta el final de esta trama.

—Menuda sorpresa —dice Elena con sarcasmo.

—Tiene sus razones, las cosas como son. No hay nada más ilegal que el operativo que montamos con Fabián en Nochevieja.

—¿Te vas a poner de su parte?

—Yo no la aguanto, Elena, no te equivoques. Hoy mismo le he dicho que a partir de mañana trabajo desde casa. Solo por no volver a ver el palo que lleva en el culo.

—¿Te lo ha aceptado?

—De mil amores, creo que el odio es recíproco.

—Pues vamos a brindar por el teletrabajo.

El camarero trae la nueva ronda y las dos amigas brindan. Elena vacía medio vaso con el primer trago. Después tuerce el gesto, como una niña contrariada, y pregunta:

—¿Por qué no me cogías el teléfono?

—Estaba haciendo algo importante.

—¿Más importante que yo?

—Sí, pedazo de narcisista, más importante que tú. Estaba hablando con la madre del hacker, Aritz. Por fin me ha hecho caso y ha dejado el pueblo al que se fueron, Pinofranqueado. Era el de su familia, demasiado fácil seguirles la pista. Han alquilado una casa en otro cercano, Cabezuela del Valle, en el Jerte. Yo habría preferido que cruzaran la frontera y se fueran a Elvas o a Évora. Espero que no tengan que arrepentirse.

Elena se acaba su bebida y busca con la mirada al camarero para pedir la tercera. Ansiosa, vehemente, con ganas de emborracharse. Mariajo la conoce bien y sabe que le espera una noche larga con ella. Desde la llamada que le hizo cuando llegó a Madrid comprendió que necesitaba compañía y alcohol. Dos buenos antídotos contra las frustraciones. Pero intuye que su mayor preocupación no es que Miriam Vaquero esté poniendo palos en la rueda de todo lo que hacen. Ha advertido que Elena consulta su móvil cada dos por tres.

—¿No te escribe?

—¿Quién? —se hace ella la sorprendida.

—Elena, has mirado el móvil cincuenta veces desde que estamos sentadas. Estás esperando un mensaje de Zárate.

—¿Y qué pasa si es así? En algún momento tendrá que dar señales, ¿o no?

—Pero no lo ha hecho. Igual quiere protegerte, aunque hay formas de comunicarse. Siempre hay un modo. Estás sufriendo por un hombre que pasa de tu culo completamente.

—Y me lo dices con el derecho a la grosería que te dan tantos años de amistad.

—Te digo lo que pienso: Zárate no se merece tanto.

—Claro; eso lo dices desde la enorme experiencia que tienes con los hombres.

—Ahora te metes con mis fracasos sentimentales; qué elegante, Elena.

—Lo de Zárate es asunto mío. Tú preocúpate por encontrar a alguien que te aguante en la jubilación.

—Prefiero un perro.

—Pues yo prefiero un hombre.

—Un hombre que te ignora con una crueldad que no quieres ver. No eres su prioridad, Elena. No te corresponde.

—Prefiero beber sola, Mariajo. Me entiendes, ¿verdad?

Mariajo la mira unos segundos. Lo ha dicho con dureza, casi con odio. De pronto se siente cansada de todo, del trabajo, de la gente, de su mejor amiga. De la vida.

—Me voy a mi casa de mil amores.

Se levanta y se marcha. Elena llama al camarero. Antes de que se acerque, consulta su móvil por enésima vez. Nada. No hay mensajes.

CAPÍTULO 43

—Cariño, has dejado el coche en la rampa y no puedo meter el mío en el garaje.

—¿Qué manera es esa de saludar después de dos días fuera?

Su marido tiene razón y Miriam se acerca a besarlo, sonriente, un beso cariñoso en los labios, como llevan haciendo desde que se conocieron. Llevan veintiún años casados y ocho más siendo novios, desde que ella tenía dieciséis y él diecisiete, y siguen tan enamorados como el primer día, a pesar de los cinco hijos, de los trabajos de los dos, de los cambios físicos que se van notando, de la madre de Adolfo, que cuando decide pasar unos días con ellos quiere organizar la vida de la familia...

—Feliz año, cariño.

—Feliz año.

—¿Te acuerdas de que estábamos en medio de algo cuando te llamaron para irte a Almería?

Ella se hace la despistada, pero lo tiene claro: estaban a punto de hacer el amor.

—Pues no, no me acuerdo. A ver, dame una pista.

Los dos vuelven a besarse, esta vez un beso mucho más apasionado. Pero, como suele pasarles, alguien interrumpe. En está ocasión es María, la mayor.

—Por favor, iros a un motel.

Es su broma preferida cada vez que ve muestras de efusividad entre sus padres.

De cualquier forma, pese a que cambia de novio como de chaqueta, pese a que se pasa las tardes enteras al teléfono con ellos, es una chica estupenda, buena estudiante y cariñosa. Alguna que otra borrachera al surfear la adolescencia, pero, como Adolfo decía a la hora de valorar esos percances, todo rigurosamente normal.

—Me voy a casa de Laura. Ceno allí.

Avisa y se va. Laura es su mejor amiga y vive a dos chalets, en la misma calle. Cuando sale, Adolfo mira a Miriam con deseo.

—¿Por dónde íbamos?

—¿Qué quieres, que nos vuelvan a interrumpir? Tenemos cinco hijos y estoy segura de que van a entrar de uno en uno.

—Deberíamos poner un letrero en la puerta de no molestar.

—O irnos a la habitación y echar el pestillo.

—Buena idea... ¿Qué tal en Almería?

—Una locura. Cada vez que Elena Blanco anda cerca, todo se descontrola. Prefiero olvidarme de ella. ¿Tú?

Señala la mesa, donde hay un montón de papeles y un portátil. Al lado, una copa de vino y un bol con patatas fritas.

—Trabajando.

—No solo trabajando. ¿Patatas fritas? ¿No ibas a empezar la dieta a principios de año?

—Mejor en Reyes, después del roscón.

—O en Semana Santa, después de las torrijas —se ríe ella.

—Solo me sobran dos o tres kilos, estoy estupendo.

—Vestido, hay que verte desnudo.

—Mejor todavía. ¿Quieres verlo?

—Sí, espérame en la ducha. Saludo a los niños y subo.

—No tardes.

Adolfo sale del salón, Miriam lo sigue con la mirada y espera a que sus pasos coronen la escalera. Solo entonces se lanza a husmear en sus papeles. Un membrete de un informe reza: «DeAr International», una de las empresas que dirige. Pero ya no es una pieza más en el emporio de su marido, tan diversificado que resulta casi imposible saber en qué ocupa su tiempo cada día. Ahora podría ser una pieza defectuosa, una mancha en su expediente o tal vez nada. En cualquier caso, una empresa bajo sospecha. Da igual. Su marido es un empresario exitoso. Ha cimentado su fortuna y su prestigio en el negocio de la seguridad. Y DeAr International es una marca puntera en ese mundo. La número uno desde que Adolfo está al frente. En la BAC, al oír ese nombre en boca de Mariajo, le ha dado un vuelco el corazón. ¿Por qué esta desconfianza? Sería más fácil preguntárselo directamente. No debería fisgar en el correo de su marido, pero necesita verificar que las acusaciones que alguien arroja sobre él son infundadas.

Entra en el ordenador de Adolfo, abre el mail y busca la correspondencia con Abraham Bermejo. Mientras lo hace, ruega a Dios que no encuentre nada. Pero Dios está de vacaciones. Hay muchas conversaciones con Bermejo. Hay intercambios farragosos de correos, información que ella no entiende y que no le resulta sospechosa. También se topa con diálogos lacónicos. «¿Todo bien?». «Ok». Cosas así, asuntos en marcha que ella no puede interpretar porque se asoma apenas al desenlace de algo que no está expreso.

Del piso de arriba llega el sonido arrullador de la ducha. Miriam suspira, puede que no merezca la pena prolongar el espionaje. Abraham Bermejo es un subordinado, quizá incluso un amigo de su marido, a veces surgen amistades en la oficina. No lo sabe, pero sí se infiere de los correos que es un hombre de su confianza. No hay ningún delito en ello. Si Bermejo está implicado en alguna trama delictiva, Adolfo no tiene por qué estar al tanto. Va a cerrar el ordenador y subir al dormitorio, desnudarse y limpiarse bajo la ducha de todo un día repleto de emociones. Pero a última hora la asalta el aguijón de la curiosidad. Solo una pesquisa más.

Escribe Almería en el buscador del correo y se despliega una conversación de hace unos meses. «¿Has pagado el mármol de Almería?», pregunta su marido. «Sí», contesta Bermejo. «Informa cuando lo desembarquen», remata él. Y, días después, un mail de Abraham dando cuenta de ese desembarco. Siete bloques defectuosos. Cinco aprovechables. El mail está fechado el 27 de septiembre del año anterior.

En su móvil, Miriam busca posibles naufragios de pateras ese día. Encuentra uno: siete inmigrantes ahogados al intentar alcanzar la costa almeriense. Siete bloques defectuosos, no se puede ser más tosco. Pero no es el momento de reprocharle a su marido la escasa imaginación empleada en el código secreto. Cualquier juez se reiría en su cara. Además, mármol. Adolfo no trabaja con mármol, hay que ser idiota.

Cuando sube las escaleras, no sabe si siente enfado, tristeza o angustia. Si ella ha encontrado un diálogo tan evidente en tres minutos de espionaje, qué no encontraría un fiscal si le hacen un registro en condiciones. Hace un recorrido por las habitaciones de sus hijos: Paula está estudiando; Alonso ensaya unos pasos de baile en la habitación, últimamente le ha dado por ahí; los mellizos recortan fotografías con las que seguir ampliando su álbum de asesinos en serie. Su familia está bien, entre ella y su marido han conseguido que todo funcione a la perfección; como padres han formado un equipo perfecto.

Al llegar al dormitorio se desnuda y entra en la ducha con Adolfo.

—¿Lo ves? Desnudo estoy todavía mejor.

—¿Y yo?

—Tú estás perfecta, cada día más atractiva.

—¿Me quieres? —le pregunta, y él la mira un instante con sorpresa; no suele hacer esa pregunta.

—Más que a nada en el mundo.

Miriam se abraza a él. El agua de la ducha los envuelve y se lleva sus lágrimas.

CAPÍTULO 44

Ha tenido que parar a mitad de camino para curarse la herida de la mano. Ha comprado una botella de whisky y ha vertido un buen chorro sobre el corte. Pero la herida era fea, no bastaba con la rudeza del cowboy, así que ha optado por remedios más civilizados que lo obligaban a salir de la autovía, meterse en un pueblo y buscar una farmacia. Ha comprado gasas y desinfectante y se ha colocado apósitos en la mano para detener la hemorragia. Ha tenido que descansar media hora, porque la pérdida de sangre le estaba provocando mareos. Tras estos percances y un café doble bien cargado de azúcar, pone de nuevo rumbo a Brihuega por segunda vez ese día. Cruza los campos de lavanda que en julio ofrecen un espectáculo incomparable, con el espliego en todo su esplendor. Ahora solo hay escarcha.

Está dispuesto a ajustar cuentas con Zubigaray. El muy cabrón lo ha vendido, toda su amabilidad y sus batallitas de reportero eran una farsa. Le va a restregar lo torpes que son en una organización criminal de la envergadura del Clan. Cuando llegó a Ciudalcampo, se dio cuenta de que todos los chalets del paseo del Embajador tenían los setos perfectamente cortados, no desentonaba en ellos ni una rama. Todos menos uno: el que él buscaba. No es que asomara en él el abandono, pero sí llamaba la atención un cierto descuido, el de una casa que está provisionalmente vacía. Y desde luego, no caería a ese nivel de negligencia la casa de un empresario tan importante como se supone, en las fantasmagorías del relato del periodista, que es Jacinto Prado. Desde el mismo coche se fijó en el piso superior de la casa, lo que se veía desde la calle. No había luces ni ninguna señal de que estuviese habitada, pero sí la sombra de alguien junto a una ventana, atisbando el exterior. Más que suficiente para sospechar la emboscada.

Ahora aparca en la calle del Viento, en Brihuega, guarda la Makarov en el bolsillo de la cazadora y baja del coche. No hay un alma a esas horas en el pueblo. El frío corta el aliento y el silencio apenas lo rompe de cuando en cuando el ladrido de un perro. Da una vuelta a la manzana en busca de la moto de Kira, que podría estar acechando la casa. No encuentra rastro de ella, así que vuelve a la casa. Por la ventana, ve a Zubigaray ofreciendo a su esposa sorbos de whisky, como delata la botella de Jack Daniels que descansa en la mesita auxiliar. Llama al timbre. El periodista se sobresalta al verlo, pero Zárate no le da tiempo a decir nada, lo agarra de la pechera y lo estampa contra la pared. No saca la pistola porque no nota la menor resistencia en el hombre; parece un muñeco de trapo.

—Te estaba esperando. A ti o a ella. Casi prefiero que seas tú.

—Me has engañado, hijo de puta. Pero ahora me vas a contar la verdad. ¿Quién es esa mujer?

—No sé mucho de ella, solo que la llaman Kira, que es croata y que trabaja para el Clan. Es lo que se dice una sicaria, una muy buena. Me llamó y me dijo que te enviara a esa dirección. ¿La has matado?

—No. ¿Te habría gustado?

Zubigaray suspira.

—Quería matarte y, como no lo ha conseguido, supongo que me va a matar a mí. Va a pensar que yo te avisé.

—No me das pena, estoy vivo de puto milagro.

—¿Por qué no hablamos como dos personas civilizadas? Tengo servidos dos vasos de whisky, uno para mí y otro para el que llegara de los dos: tú o la sicaria.

Zárate le da otro empellón contra la pared. Un par de objetos decorativos caen desde una balda. Una figurita africana, una piedra que parece volcánica.

—¿Cómo se llama ahora Arcadi Ortiz?

—No lo sé, de verdad que no lo sé. Quizá ya esté muerto. Solo hablé con él una vez, en Liberia. No pude sacarle fotos, la única que tengo es la que ya te he mostrado, la del mercenario.

—¿Y la del hombre que estaba con el rey?

—Falsa, es solo una foto que vi por casualidad y me lo recordó. No creo que de verdad sea Arcadi Ortiz. Lo único que tengo es una grabación con su voz. La conseguí sobornando a uno de los señores de la guerra, uno de esos con un nombre ridículo, este se llamaba general Bin Laden. Le puse un micrófono oculto en un encuentro con otros generales y con el Sipeeni. Si me sueltas te la pongo en el portátil.

Zárate lo mira con desconfianza, pero la actitud de Zubigaray es sumisa. Incluso parece feliz con su visita intempestiva. Cuando lo suelta, el otro se arregla la camisa arrugada y se dirige a la sala. Allí, en su rincón, está su mujer con la mirada ida. En efecto, dos vasos de whisky brillan en la mesa grande de madera.

—Aquí tienes tu copa, si te apetece —dice mientras trastea en el portátil.

Un ruido en el exterior alerta a Zárate. Se asoma por la ventana, pero no ve nada. Se dirige a la puerta de entrada y saca la pistola. Sale al exterior. No está la moto de Kira, no hay pasos, el viento ulula con fuerza y hace tanto frío que ya ni siquiera ladran los perros. Vuelve al salón.

—Atento —dice Zubigaray—. El Sipeeni es el primero que habla.

Acciona la grabación, que suena entre zumbidos. Se escucha a un hombre en un inglés impecable, el que hablaría alguien que ha estudiado en universidades norteamericanas o inglesas y ha formado parte del cuerpo diplomático. Lo que dice es insustancial, habla de los caminos anegados por las recientes lluvias y anuncia que tardará una semana en llegar. No dice adónde. Se despide de los demás y ahí termina su alocución.

—¿Ya está? —pregunta Zárate, defraudado.

—Él solo habla ahí, pero quizá lo que comentan los señores de la guerra te interese.

Las voces ahora se entremezclan, hablan del retraso en la entrega de las armas, a uno de ellos le parece que el mal estado de los caminos es una excusa. Otro interviene para pedir un voto de confianza al Sipeeni, hasta aquella vez que tuvieron problemas realmente serios acabaron llegando las armas. Cuando le preguntan a qué se refiere, cuenta que hace años tuvieron problemas en España, un policía había descubierto la red de tráfico de armas hacia Liberia y tuvieron que eliminarlo. «El Sipeeni le reventó la cabeza de un disparo», confirma el narrador. Zárate siente un escalofrío; la trivialidad con la que comentan el asesinato de su padre le da asco. Zubigaray nota cómo la conversación lo ha afectado, la rabia se asoma de manera evidente en los ojos de Zárate.

—Te he dicho que te iba a interesar. Como me interesó a mí en su momento. Sin embargo, no me dejaron publicar mi reportaje. Al principio no me los tomé en serio, aunque muy pronto me demostraron que no se podía jugar con ellos.

—¿Te amenazaron?

—No exactamente. Hay veces en las que te dan opciones, pero realmente uno no puede elegir.

—¿Dinero?

—Después sí, después me han ayudado con dinero, pero al principio no fue dinero... Yo todo lo he hecho por Teresa, mi mujer. Antes del accidente, antes de que viniésemos al pueblo, mi esposa ya tenía problemas de salud.

Zárate no dice nada, espera a que Zubigaray siga hablando, a que le relate la historia que lo hizo humillarse ante el Clan.

—Todo se agravó justo en el momento en que peleaba para publicar el artículo sobre el Sipeeni. Te hablo de hace más de veinte años, en 2001. Teresa era alcohólica, lo fue desde joven, desde los veinticinco... Pero su cuerpo dijo basta y su hígado dejó de funcionar. Los médicos fueron claros: sin un trasplante moriría, pero al ser alcohólica y haber seguido varios tratamientos para dejarlo sin éxito, no podía ser candidata para conseguir un órgano. No sé cómo se enteraron los del Clan de algo como esto, que es absolutamente privado, pero lo hicieron. La oferta fue clara: un hígado para mi esposa si yo me olvidaba de publicar y de investigar más sobre ellos, si destruía el reportaje, todas las copias y todas las pruebas. Yo cumplí, lo único que conservo es la grabación de voz que te he mostrado. Ellos también: Teresa recibió el trasplante. Aunque le valió de poco; el ictus y la caída terminaron con cualquier posibilidad de vida normal. A veces, nos empeñamos en seguir viviendo cuando lo que deberíamos haber hecho es rendirnos hace tiempo.

—¿De dónde salió el hígado que le trasplantaron?

—No lo sé o, mejor dicho, no lo quiero saber.

—Hijo de puta...

Zubigaray asiente con la cabeza.

—Sí, yo mismo me lo llamo muchas veces.

—¿Dónde le hicieron el trasplante? —pregunta Zárate.

—No lo sé, fui hasta allá dentro de una ambulancia cerrada. Solo sé que era una clínica pequeña y muy bien equipada. Después la trataron en la casa en la que vivíamos entonces, un chalecito de Fuente del Berro. Lo que sí te puedo decir es el nombre del médico que lo hizo; no me lo presentaron, pero lo vi en la tele años después: el doctor Hipólito Samper. Al parecer es una eminencia, en el caso de mi esposa hizo muy buen trabajo.

Un gorjeo de Teresa alarma a Zubigaray. Se acerca a ella y le da un trago de whisky.

—Revive con el alcohol, es increíble. Hasta parece que sonríe.

—¿No me estarás engañando de nuevo con lo del médico? ¿No será otra emboscada?

—Te he dado un hilo del que tirar. Y no es malo, créeme. Hipólito Samper.

—¿No te da miedo hacerlo? Te pueden matar por menos de esto.

—Yo ya no vivo con miedo, Ángel Zárate.

Se queda mirando la extraña estampa de esa anciana, casi un espantajo, sorbiendo con los ojos brillantes el elixir que le ofrece su marido, inclinado hacia ella como si estuviera en un confesionario. Antes de salir al frío de la noche, vuelve a mirar por la ventana. Todo parece en calma. Un ventarrón sacude el recibidor cuando abre la puerta. Mira a un lado y otro con cautela antes de dirigirse al coche. Al entrar, oye el ruido de dos disparos que provienen de la casa. No puede ser Kira, no la ha visto, no ha oído la moto. Baja del coche y se asoma a la ventana. El rincón desde el que la pobre mujer miraba el mundo es un amasijo de sangre y sesos. Los de ella y a sus pies los de Zubigaray, que yace en la alfombra con una pistola en la mano.

CAPÍTULO 45

Lo primero que ve Miriam al bajar las escaleras es el árbol de Navidad enorme, brillante de espumillón y cuajado de adornos bonitos. Lo montó Adolfo con los mellizos hace ya casi un mes. Huele a café y a pan recién horneado. Es el momento que más le gusta del día.

—Vamos, perezosa, que ya ha salido el café —dice Adolfo al verla entrar.

Está cortando un aguacate para su tostada y ahora añadirá unas lonchas de jamón. Ella le da un beso en los labios, un beso de buenos días que él siempre intenta alargar. Odia los besos rutinarios, defiende que un beso debe tener algo carnoso, sensual, picante, un poco de intención. Incluso en plena preparación del desayuno se demora en morder sus labios unos segundos.

Adolfo pone sobre la mesa una caja de cereales, leche, galletas. Sirve dos tazas de café y le tiende una a su mujer. Después le sirve su tostada y pone en un plato varias rebanadas más, un trozo de fuet sobre una tabla de madera y un cuchillo.

Miriam besa a los mellizos en la mejilla y advierte que Carlota está muy concentrada en su álbum de asesinos en serie. Se lo quita con suavidad.

—Con tu permiso, no es hora de mirar esto.

—Pero, mamá... Déjame que termine de pegar la foto de Mary Bell: es la primera asesina del álbum. ¿Sabes que cuando tenía diez años estranguló a dos niños?

—A uno —la corrige Miriam—. Cuando estranguló al segundo, ya tenía once.

—Por Dios, Miriam, no le sigas el juego —protesta Adolfo—. Carlota, ¿por qué no coges un tebeo? O una muñeca…

—Porque no soy una niña pequeña.

—Sí que lo eres —dice Hugo, que está jugando con dos guerreras japonesas.

Carlota le saca la lengua y Hugo le tira una patada por debajo de la mesa.

—Me ha dado una patada.

—Hugo, ya está bien —lo amonesta Miriam—. ¡Carlota! —exclama al ver que la niña le ha devuelto el golpe.

—No me has dado —se burla el mellizo.

—¿Quién quiere zumo? —ofrece Adolfo.

Los mellizos levantan la mano. Miriam también, como si fuera una niña más. La cocina se llena enseguida del ruido del exprimidor. Hugo coge el cuchillo para cortar un trozo de fuet y antes de que su madre pueda darse cuenta, se ha rebanado el dedo de un corte limpio. El llanto del niño se impone al barullo del exprimidor. Adolfo tarda en advertir lo que está pasando, pero Miriam lo ha visto todo y se levanta a socorrer a su hijo. El dedo sangra mucho.

—Tranquilo, cariño, te has cortado.

Cesa el ruido del exprimidor. Miriam coge en brazos al niño, lo acerca al fregadero y lava la herida con agua fresca. Hugo llora a pleno pulmón. Adolfo observa la herida.

—Esto hay que desinfectarlo.

Sale de la cocina a la carrera y vuelve al cabo de unos segundos con un bote de yodo.

—Te va a escocer un poco —avisa mientras vierte un buen chorro en el dedo de Hugo.

El llanto arrecia y Carlota se asoma a mirar el destrozo. Después de tantas horas hojeando el álbum de asesinos en serie, no se deja impresionar por un simple corte en un dedo. Pero el corte no es tan simple. La sangre mana, empapa la gasa que Adolfo aplica sobre la herida, pasa sobre ella como la espuma de una ola sobre una roca. Es una buena hemorragia.

—Tranquilo, cariño, los dedos sangran mucho, pero no es nada —dice Miriam.

—Es un corte profundo —concluye Adolfo—. Me lo voy a llevar a Urgencias.

—Lo llevo yo, si quieres, tú vete a trabajar.

—No me importa llegar tarde, yo lo llevo. Dame un apósito de los grandes.

Miriam va al cuarto de baño, donde guardan el botiquín, para coger lo que le ha pedido. Adolfo se lo coloca en la herida con un esparadrapo.

—Nos vamos, hijo. Te van a curar, ¿vale? No te preocupes. —Lo cubre de besos.

Se pone un abrigo, comprueba que tiene las llaves del coche y le da un beso a Miriam.

—Te llamo cuando sepa algo.

Ella asiente, preocupada. Lo acompaña a la salida, le abre la puerta de casa, baja con él al garaje y antes de cerrar la puerta del coche le da un beso a Hugo en la cabeza.

—Todo va a ir bien, hijo.

El coche sube la rampa. Miriam se queda diciendo adiós con la mano a su marido, apenas una sombra en el interior del vehículo.

Cuando vuelve a la cocina, ve que Carlota está enfrascada de nuevo en el álbum de los asesinos en serie. Decide no intervenir. Sirve dos vasos de zumo de naranja y le ofrece uno a su hija. El otro se lo bebe ella de un trago. Después se sienta a desayunar y trata de relajarse. La tostada de aguacate y jamón está riquísima, Adolfo le sabe poner el punto justo de aceite de oliva.

Alonso entra con cara de sueño.

—¿Qué ha pasado? ¿Qué eran esos gritos?

—Hugo se ha cortado un dedo. Tu padre se lo ha llevado a Urgencias.

—Joder, gritaba como un cerdo.

—Anda, siéntate a desayunar. Hay pan recién hecho y café.

—Me apetece más un Colacao —dice mientras abre el armario de la comida.

—¿Tus hermanas? —pregunta Miriam.

Alonso se encoge de hombros. Miriam sube las escaleras. Abre la puerta de un dormitorio. Allí está María, durmiendo a pierna suelta: le da un beso en la mejilla y le susurra que la quiere mucho. Después se dirige al cuarto de Paula, que también duerme. Se sienta en el borde de la cama, la observa unos segundos. La besa y le dice que la quiere con locura. Baja a la cocina y da un beso a Carlota y otro a Alonso, que lo recibe con hosquedad y algo de sorpresa.

Sale al jardín con su taza de café y observa el limonero, las arizónicas, los geranios y el rosal. A pesar del invierno, el jardín está precioso. Le gusta su casa, su familia, criada con Adolfo a lo largo de los años con mucho amor, mucho esfuerzo y mucho sacrificio. Le gusta su vida.

Aspira el aire fresco de la mañana, bebe un trago de café, saca su móvil y hace una llamada.

—Orduño, ¿estás en la BAC?… Perfecto, yo no puedo ir todavía, pero te tienes que ocupar de algo importante. Pídele al juez una orden de registro en DeAr International, la empresa de seguridad de Abraham Bermejo.

Cuando cuelga, todo es silencio en el pequeño paraíso de su hogar.

CAPÍTULO 46

Mientras conduce hacia las oficinas de DeAr International, Orduño vigila a Reyes con el rabillo del ojo. La inspectora Vaquero ha levantado la suspensión para que puedan participar en el operativo. Reyes está al mando, Orduño aún no tiene permiso para llevar armas. Le gusta comprobar que está implicada en la redada, hablando por radio con las otras unidades, organizando hasta el último detalle.

—Buscamos ordenadores, discos duros, libros de contabilidad. Arramblamos con todo, sin miramientos. Cuando lleguemos doy el aviso y entramos en tropel. Quiero que pongáis especial atención en un hombre: Abraham Bermejo. No se nos puede escapar.

Mueve una pierna como si estuviera pisando un muelle, un reflejo de sus ganas de entrar en acción.

—¿Cuánto falta? —pregunta.

—Estamos llegando.

—No me fío de la UIP, habría preferido que vinieran los Centauros.

—Te olvidas de que estamos tú y yo.

—No quiero que Abraham se nos escape.

—Al margen de malos rollos, tú y yo trabajamos bien juntos, Reyes.

Ella contesta con un gruñido.

—Eso lo sabes, ¿no? —insiste él.

—Que sí, pesado. Pero no saques la pistola.

—No hay peligro, se la he dejado a una amiga.

—¿Y si la cosa se pone fea?

—Me proteges tú.

—Qué listo, ¿y a mí quién me protege?

—Yo. Toda la vida si me dejas.

Ella lo mira con más sorpresa que enfado.

—Ya hemos llegado —dice Orduño deteniendo el coche.

Observan el edificio de oficinas, pequeño, moderno y coqueto. En el aparcamiento hay varios coches de alta cilindrada, pero discretos: Mercedes, BMW, algún Tesla. Es una zona muy buena, cerca de la ciudad financiera de un banco importante y de uno de los mejores hospitales privados de Madrid. No hay ninguna señal en el edificio que indique qué empresa se ubica allí ni qué actividad tiene.

—Seguro que es este, ¿no?

—Seguro —confirma Orduño.

—Bien. En cuanto demos la orden empiezan a aparecer coches de los nuestros y cerramos la entrada y la salida de todo el mundo.

Orduño habla por el walkie.

—Ya estamos, Elena. Atenta a cualquier movimiento.

Cuelga. Reyes se lo queda mirando.

—¿Elena? ¿Esa es la amiga a la que le has dejado la pistola?

—Son cosas mías.

—Pues vamos, es la hora.

Reyes coge el walkie y habla por él.

—Vamos, compañeros, todos a las posiciones, que no entre ni salga nadie.

Comienza el estruendo de las sirenas. En menos de un minuto, el edificio queda rodeado por coches de la policía y efectivos que nadie sabe de dónde han salido.

La cara de la recepcionista cuando entran los miembros de la BAC, seguidos por seis agentes más pertenecientes a la sección de Delitos Informáticos, es de verdadero pavor.

—Oigan, no pueden entrar.

—Policía. Deje ese teléfono tranquilo —ordena Orduño a la mujer, que ya estaba descolgando el auricular.

La recepcionista obedece, pero no le hace falta llamar a nadie; en unos segundos aparecen tres hombres trajeados, fornidos. Uno de ellos se adelanta.

—Soy Eusebio Moratón, jefe de seguridad. ¿Tienen una orden judicial para estar aquí?

Reyes se la extiende. El hombre la lee con atención. Los otros dos, verdaderos armarios, observan amenazantes a los policías.

—¿Puedo saber qué buscan?

—Eso depende de lo que encontremos —contesta Orduño sin dejarse intimidar por la actitud de los que parecen guardaespaldas—. De momento, queda prohibido salir del edificio.

Reyes se vuelve a sus hombres.

—Despacho por despacho, que no quede ni una tablet.

Los agentes empiezan a hacer su trabajo y hay nervios entre el personal de la empresa a medida que van avanzando, dando voces, conminando a la gente a retirarse de los equipos, examinando el contenido de los cajones y los archivos... Reyes es la que imparte las órdenes y responde ante cualquier duda o resistencia de los trabajadores.

Una mujer vestida de ejecutiva se ha plantado en la puerta de su despacho tratando de impedir que nadie entre.

—¡No tienen ningún derecho!

Reyes llega hasta ella.

—No nos lo ponga difícil, haga el favor.

—Mira, bonita —le habla con una mezcla de irritación y desprecio—. En mi despacho y en mi ordenador no entra nadie.

—Le repito, no nos obligue...

La mujer da un empujón a Reyes y otro de los agentes la reduce de inmediato y le tuerce el brazo por detrás.

—¡Quieta!

—¿Quién se cree...?

Se calla mientras le ponen las esposas.

—Eh, ¿qué hace?

—Está detenida —le informa Reyes—. Llévatela al coche, que espere allí, después la trasladamos a comisaría.

—Esto es un abuso —protesta la mujer mientras se aleja.

Reyes entra con un técnico en el despacho.

—Mira bien, a ver qué protegía con tanto empeño.

El técnico se sienta tras el ordenador mientras Reyes inspecciona la mesa. Hasta que oye a su compañero reírse.

—Pornografía, pornografía para llenar un tren... Hay de todo: tríos, bukakes, gangbangs... ¿Qué son los gangbangs?

—Una mujer con muchos hombres —contesta Reyes.

—Qué interesante, con la pinta de ejecutiva agresiva que tenía. Mira esto, despedidas de soltera...

—Precinta el disco duro y nos lo llevamos.

Cuando Reyes sale al pasillo, oye la voz de Elena: está hablando por el walkie con Orduño.

—Hay un hombre saliendo por la parte de atrás. Por las fotos que he visto, podría ser Abraham Bermejo.

—Síguelo —dice él—. Y ve dándonos tu ubicación, ahora van a apoyarte. Y, por favor, no hagas nada, no te pongas en peligro.

Un Citroën C4 de color gris recoge a Abraham Bermejo a unos cincuenta metros del lugar por el que ha salido. Elena está preparada en el suyo; esta vez no lleva su Lada, sino uno de los vehículos de la brigada. No hay demasiado tráfico, por lo que no teme que se le escapen, pero sí el suficiente para que su seguimiento no llame mucho la atención. De cualquier manera, no van demasiado lejos: al llegar a la rotonda, en lugar de seguir hacia la M-40, el coche toma el desvío del polígono industrial Ventorro del Cano. Al llegar a una nave discreta, sin ningún rótulo fuera, como el edificio de DeAr International, Abraham Bermejo se apea y el Citroën gris continúa adelante. Elena opta por quedarse en el polígono y seguir a Bermejo.

—Orduño, se ha bajado del coche cerca de allí, en un polígono, el Ventorro del Cano, en una nave independiente, no sé cómo se llama la calle. Es una de ladrillo visto.

—Te mando gente. Ten cuidado.

Bermejo no entra en la nave por la puerta principal, la rodea y busca otra, pequeña, metálica, verde. La abre con una llave y se mete dentro. Elena va tras él, llega a la puerta y prueba el picaporte. La plancha cede. Con precaución, se desliza al interior. Ante ella hay un largo pasillo. Avanza por él con precaución. Echa la mano a la pistola, pero preferiría no tener que usarla; es la de Orduño, que se empeñó en que ella fuera armada si quería participar en la operación. Oye voces; proceden de un almacén dentro de la nave. Hablan en inglés, un inglés con mucho acento, difícil de entender.

—Tengo sed… —dice una voz.

—¿Cuánto tiempo tenemos que estar aquí? —protesta otra.

—Hay un cambio de planes. —Elena supone que esta es la voz de Bermejo—. Os venís conmigo.

—¿Nos van a hacer ya la operación?

Elena se mantiene a la espera. Ahora no puede informar por el walkie sin delatarse. No sabe qué está pasando dentro, quiénes son los hombres que, según parece, están allí retenidos.

—¡Yo me voy! —grita uno de los hombres.

Se oye un fuerte ruido y un disparo. Elena interpreta que el autor ha sido Bermejo y la víctima, el que se negaba a acompañarlo. Abre la puerta de un patadón y entra apuntando con el arma.

—¡Quieto!

Bermejo está de espaldas a ella y no tiene tiempo de volverse antes de que ella apoye el cañón de la pistola en su nuca. Ha interpretado bien lo sucedido: en el pequeño almacén hay cinco hombres, todos africanos, y un sexto está tirado en el suelo, herido. Esposa deprisa a Bermejo, que no se resiste. Los prisioneros gritan de angustia, de alivio, de desesperación.

—Soy policía, tranquilos, nos os va a pasar nada.

Pero continúan los gritos, porque ninguno de los africanos ha entendido una palabra.

CAPÍTULO 47

Buendía y Miriam observan a Bermejo a través del vidrio de la sala de interrogatorios. Pese a todo, el hombre parece tranquilo.

—¿Sabes la sensación que me da? —dice el forense—. Que se cree inmune, que no le va a pasar nada, que alguien va a llegar, va a abrir la puerta y le va a decir que se puede ir a casa.

—Eso no va a pasar —rechaza la inspectora—. Te lo juro. En cuanto llegue su abogado me avisas, por favor. Se ha negado a hablar sin asistencia letrada.

—De acuerdo.

—¿Y Mariajo?

—En su casa, le hemos enviado el ordenador de Bermejo.

—Así que lo de teletrabajar iba en serio. Qué cabezota es.

—Es verdad, es una cabezota. Pero también es la mejor; a pesar de esa pinta de abuelita, no hay ningún chico con rastas y tatuajes que sepa más que ella de ordenadores.

Miriam contesta con un gesto ambiguo. Le cuesta concederle ese crédito a Mariajo. Se acerca a la sala en la que están tomando declaración a uno de los africanos. Observa a través del cristal y no tarda en apreciar la delicadeza con la que Reyes conduce la conversación. Habla un buen inglés, un idioma en el que, en cambio, Orduño parece un poco perdido. Un liberiano de casi dos metros es el que está prestando su testimonio. A los otros cinco los están examinando en un hospital y una patrulla tiene el encargo de traerlos a la BAC según vayan recibiendo el alta.

—Sí. Un médico nos dijo que tenemos dos riñones, que nos quitaban uno y podíamos vivir con el otro.

—Y con ese riñón pagaste el viaje. ¿Conoces a alguien que lo haya hecho antes?

—Mi primo.

—¿Has vuelto a saber de él?

—No me ha llamado, pero el general Prince me dijo que vive en Madrid. ¿Podrían decirle que estoy aquí?

Reyes no se atreve a decirle que no, que lo más probable es que a su primo no solo le quitaran el riñón, sino todos los órganos que les resultaban útiles, que lo que quede de su cuerpo puede estar en cualquier lugar. En la facultad, en un vertedero... Que es lo mismo que le habría pasado a él si Elena no hubiera decidido ir tras Abraham Bermejo.

—¿Tus compañeros también vendieron el riñón?

—Sí, todos, el riñón. ¿Me lo van a sacar?

—No, nadie te lo va a sacar.

—Entonces, ¿me van a devolver a África?

—Ahora no te preocupes, te van a llevar a un centro donde te atenderán y te lo explicarán todo.

El hombre se pone de pie y golpea la mesa con los dos puños, un gesto que anticipa la explosión de rabia, el desahogo natural de los parias y de los náufragos de este mundo. Habla con una voz grave, alta y quebrada en algunas inflexiones por la angustia.

—Sé lo que me va a pasar, me van a mandar de vuelta a mi país y mi madre está enferma y necesita medicinas, mi hermana no tiene ropa ni comida, yo he venido para ganarme la vida con mi trabajo y ayudar a mi familia... ¿Y ahora qué? ¿Qué hago yo? ¡Dime qué hago yo!

El hombre estalla en un llanto terrible, fuera de control. Sus hombros se sacuden al ritmo de los sollozos. Orduño intenta confortarlo con una palmada afectuosa en la espalda. Reyes se levanta y lo abraza. El africano llora sobre el pecho de ella, para lo cual ha tenido que arrodillarse en el suelo, pues le saca una cabeza. La escena está teñida de un patetismo indescriptible y a Miriam se le clava en el corazón. La inhumanidad de esa red de asesinos que juegan con la desgracia ajena, con la esperanza de los inmigrantes que lo dejan todo en busca de un futuro incierto, le resulta de pronto insoportable. Nota la sensibilidad erizada; no sabe si tiene los poros abiertos desde esta mañana, cuando se ha despedido de su familia como si fuera la última mañana de su vida feliz, pero lo cierto es que ese africano arrodillado delante de Reyes, como ante una diosa pagana, la está conduciendo a una epifanía: el mayor asesino en serie no está en el álbum de psicópatas que tanto les gusta a sus mellizos; el más cruel y el que se cobra más víctimas es este sistema enfermo y egoísta, es la desigualdad en la que medran los buscadores de fortuna y por la que merodean las bestias salvajes, sin escrúpulos ni compasión, impunes porque todos preferimos seguir viviendo en nuestro palacio de cristal, porque en el fondo sabemos que esos asesinos nos protegen.

De pronto se avergüenza de su lado reglamentista, porque para enfrentarse a gente tan poderosa, tan enquistada en el sistema, no valen el catecismo ni los protocolos. ¿Cómo puede encarar con su ingenuidad a esa manada de chacales? Hasta ahora ha considerado eso que Elena llamaba el Clan como una fantasía, una enrevesada teoría conspirativa con la que la inspectora justificaba sus propios errores. Pero ¿y si se equivocaba? ¿Y si el Clan es el nombre de este engranaje perverso?

Buendía la informa de que el abogado de Bermejo ya ha llegado y aguarda con su cliente en la sala. Mal momento, piensa Miriam. Está muy sensible; no sabe si es el mejor humor para un interrogatorio. Aunque, bien mirado, tal vez lo sea.

El abogado es un hombre bien vestido; ostenta su distinción con la ropa, el maletín, el reloj. También Abraham Bermejo presenta buen aspecto. Es de estatura media y muy flaco, con grandes entradas en el pelo. Lleva un polo de marca, vaqueros y zapatillas. Es un hombre del que no te acordarías pocos metros después de cruzarte con él por la calle. Miriam se sienta frente a ellos y abre el expediente que tiene preparado.

—Señor Bermejo, veo que estuvo en la Academia de la Guardia Civil de Baeza, pero fue expulsado antes de acabar. ¿Por qué razón lo expulsaron?

—No me acuerdo —contesta él con chulería.

—Normal, han pasado muchos años. Desde entonces ha trabajado en seguridad privada, los últimos veinte años en DeAr International. ¿Es correcto?

—Es correcto.

—¿Cuál es su cometido en la empresa?

—¿Le digo el cargo oficial o la verdad? La verdad es que me encargo de proteger la llegada de inmigrantes que vienen desde Liberia. Tenemos allí a un colaborador, un antiguo señor de la guerra, el general Prince, que los selecciona y los trae. Yo me ocupo de que no tengan problemas al llegar a España.

Miriam se queda en silencio unos segundos, aguardando una reacción del abogado que no llega. Le extraña que Bermejo cuente detalles de dudosa legalidad por los que ella ni siquiera ha preguntado.

—¿Cómo consigue que no tengan problemas?

—Algunas de las personas que traemos pagan billetes muy caros, digamos que vienen en clase VIP. Tenemos colaboradores en fuerzas de seguridad, en las ONG que los reciben… No voy a dar nombres.

—Ya hablaremos de los pasajeros VIP, estoy interesada en otros. En los que hemos encontrado en la nave del polígono industrial Ventorro del Cano.

—Es también parte del negocio.

—Ellos mismos han declarado que han vendido sus órganos.

—Yo no tengo nada que ver con eso. Yo solo hago que entren en España sin problemas.

—Usted estaba con ellos y ha herido a uno.

—Mi cliente ya le ha contestado, inspectora —interviene el abogado.

—Insisto en que no tengo nada que ver con lo que les pase.

—Bien. Dígame lo que sepa.

—Lo sé todo.

—Estupendo, pues cuéntemelo todo.

—Quiero dejar claro que yo no soy responsable de lo que voy a contar.

—Eso lo tendrá que valorar el juez. Adelante, cuénteme en qué consiste la trama de los órganos.

—Ellos venden un órgano, normalmente un riñón. Pero en realidad se les extraen los que hagan falta. Hay gente de muchas partes del mundo que necesita un trasplante y los compra. Es una vía para saltarse las listas de espera.

Miriam tiene que aguantarse la indignación, las ganas de golpear a ese hombre que lo dice con tanta tranquilidad. Nota que el abogado mantiene la compostura y en ningún momento interrumpe a su cliente para susurrarle un consejo de cautela. Decididamente es muy raro. Bermejo no quería hablar si no era en presencia de su abogado y ahora resulta que canta como un canario.

—¿Y después?

—Después hay que deshacerse de los cadáveres.

De nuevo, ni un gesto del abogado. Casi parece disfrutar de la verborrea de su defendido.

—¿Qué métodos emplean para deshacerse de los cadáveres?

Bermejo se encoge de hombros, como si esa fuera una cuestión menor.

—Se los entierra en fosas comunes, o se queman en fundiciones de aluminio…

—¿Depósitos de cadáveres de las facultades de Medicina?

—Alguna vez se ha hecho. Pero, le repito, esa no era mi labor. Todo funciona como en el ejército, cada uno cumple con lo que le ordenan y no se mete en lo que hacen los demás.

—¿Solo cumple órdenes?

—La responsabilidad es de los de arriba, yo hago lo que me mandan.

—¿Le mandaron a usted pagar dinero al guardia civil Gonzalo Castaño?

—Sí, cincuenta mil euros al mes, en efectivo, si no recuerdo mal.

—¿En concepto de qué?

—Se encargaba de gestionar las recogidas de inmigrantes en Almería.

—¿Quién le mandó pagar a ese guardia civil?

Miriam nota su corazón latiendo a mil por hora. Podría haberse ahorrado la pregunta, evitar que, al menos en esta declaración, apareciera el nombre de su marido. Pero la respuesta de Abraham la deja atónita y arroja luz sobre lo que está pasando en esa sala.

—¿De verdad quiere que le diga quién es? Piénselo bien, inspectora. ¿De verdad quiere que se lo diga?

Ahora sí detecta una reacción en el abogado. Ha esbozado una media sonrisa. De pronto han girado las tornas y los dos se sienten con la sartén por el mango. La cabeza de Miriam bulle de conjeturas; trata de entender la emboscada, aunque sabe que las cartas se van a poner boca arriba más pronto que tarde. Lo que sí resulta evidente es que saben que Adolfo Rocamora es su marido y quieren sacar provecho de ello. De momento, opta por cambiar el foco del interrogatorio.

—¿Qué sabe del Clan?

—No sé si se está grabando este interrogatorio. Si es así, tal vez debería dejar de hacerlo…

—¿Tiene miedo a las consecuencias?

—Usted sabrá qué hace. —Bermejo le sonríe, como si escondiera un as en la manga—. El Clan es una organización que hace negocios.

—Negocios ilegales...

—Negocios, inspectora. Sin más. ¿Quién dice que son legales o ilegales? ¿Los políticos? ¿Los jueces? ¿La policía? Ellos son el Clan. No se hace una idea de cuánto dinero pueden mover ni de quiénes son los implicados: abra cualquier periódico, esos empresarios de éxito, cargos en los ministerios, en la judicatura... En estas oficinas, ¿quién le dice que no haya compañeros suyos dentro del Clan? Algún comisario o simples agentes que patrullan por las calles. Es como un árbol con muchas raíces. Algunos forman parte de él sin ni siquiera saberlo. Yo le recomiendo que no se meta en esto, inspectora, es un nudo demasiado grande y acabará arrepintiéndose.

—Le agradezco el consejo. ¿Quién manda en el Clan?

—¿Quién manda? No lo sé. ¿Hay realmente alguien arriba del todo? Sé quién me mandaba a mí y supongo que es de los peces gordos, pero no lo puedo asegurar. ¿Quiere que le diga su nombre o no?

La desafía con la mirada. Esta vez Miriam acepta el envite, consciente de que es la carta que ha estado guardándose Abraham Bermejo, la que le da tanta seguridad.

—Sí, dígamelo.

—El director general de DeAr International, Adolfo Rocamora. Lo conoce, ¿no?

Miriam no responde a la provocación de Bermejo. El abogado carraspea y ella advierte que ha llegado la hora de destapar los velos.

—Inspectora, vamos a hablar de cosas serias. Aquí tenemos dos posibles caminos. Ya ha visto que mi defendido está colaborando, no tiene pelos en la lengua. Pero podríamos cambiar la declaración a cambio de que le concedan ciertos beneficios penales.

—No está en mi mano negociar eso. Le corresponde al fiscal o al juez.

—Lo que le ofrezco es convertir a mi cliente en testigo protegido en una trama contra el Clan. A cambio de inmunidad absoluta.

—Insisto, esa conversación debe tener lugar en un juzgado. Yo solo le tomo declaración al detenido.

—Pero en esta declaración ha salido el nombre de su marido y padre de sus cinco hijos, que se puede meter en el lío más grande de su vida. Yo le estoy ofreciendo sacar ese nombre de la declaración a cambio de inmunidad para mi cliente. Y solo ha de convencer al juez de que tiene un testigo que lo va a contar todo de la trama más grande que ha conocido este país. Y que ese testigo quiere la condición de protegido.

Miriam observa a Bermejo unos segundos. Siente náuseas al ver el aire de superioridad que exhibe, como si fuera intocable.

—El interrogatorio ha terminado. El detenido será conducido al calabozo.

—¿Pensará en la oferta que le he hecho?

—No necesito pensarla, letrado. La rechazo.

Miriam sale de la habitación y da las instrucciones necesarias para que lleven al calabozo a Abraham Bermejo. Después se acerca a Buendía.

—Buendía, ¿tiene Mariajo el ordenador de Adolfo Rocamora?

—Sí, lo que no sé es si está trabajando en él.

—Pídele, por favor, que le dé prioridad, que deje todo lo demás y se centre en ese ordenador.

No da más explicaciones. Camina a paso vivo hasta su despacho y se encierra de un portazo. Sabe que ahora vendrán las lágrimas. La desesperación. El abismo ante un futuro que jamás imaginó que tendría que vivir. ¿Dónde está Dios ahora que tanto lo necesita?

CAPÍTULO 48

¿Está persiguiendo a un fantasma?

Ha pasado la noche dándole vueltas a esta cuestión. La frase de Kira se ha clavado en su cerebro y sonaba en bucle mientras él intentaba dormir, sin éxito. Tampoco ayudaba la cama blanda de muelles, llena de chinches, de la pensión ilegal de la calle Montera en la que se ha alojado para no dejar rastro de sus pasos.

Es una casa a la que acuden las prostitutas que ofrecen sus servicios en esa misma calle, así que él era la nota discordante en la fauna del lugar. Nunca había estado en una habitación así, como de novela de posguerra. Primero, en el recibidor, una viuda con fotos de su difunto esposo y de sus hijos sobre la cómoda. Dentro, una cama vieja, un espejo grande, una butaca para dejar la ropa y un lavabo. El hilo musical lo ponían los gemidos, traqueteos y frases soeces de la habitación de al lado. Pero ni por esas conseguía escapar de su obsesión.

¿Está persiguiendo a un fantasma? Zubigaray se adentró en Liberia para seguir los pasos de Arcadi Ortiz. Lo hizo con medios, con tiempo, con contactos, lo buscó con verdadero ahínco y volvió con una foto borrosa y una grabación imprecisa de la que se descolgaban algunas frases banales que tal vez, solo tal vez, pronunció el Sipeeni. Eso es todo lo que se trajo. Ni siquiera el reportero pensaba que Arcadi estuviera vivo. Quizá viajó a Liberia en busca de una ilusión, de un penacho de humo, de un polvo de estrellas. Agotado, víctima del desánimo, Zárate duda ahora de que Arcadi haya existido alguna vez. ¿Y si su nombre nació solo como necesidad de personificar el mal? El horror de Liberia o el martirio de los inmigrantes a través del desierto debe tener un responsable de carne y hueso, un culpable, y de la misma manera que se dio forma al demonio, se creó al Sipeeni, a Arcadi Ortiz. Porque si existe un causante último, también existe la posibilidad de erradicar ese mal.

La calle Montera dista de la plaza Mayor menos de un kilómetro. Desde que empezó esta locura, nunca ha estado tan cerca de Elena Blanco. En el largo insomnio que ha sido su noche, se ha llegado a plantear la posibilidad de dar un paseo bajo la luna, presentarse en su casa, desvalido, lleno de cicatrices, extenuado, y buscar el cobijo de su abrazo y de su piel. ¿Por qué no lo ha hecho? ¿Por qué no consigue hacerle un hueco al amor en su cruzada vengativa?

Por la mañana, mientras tomaba un café en un bar de la calle Caballero de Gracia, se preguntó si después de tantos esfuerzos no tendría que aceptar que la muerte de su padre se quedara sin venganza. El viaje a Liberia, su vida de prófugo, sin documentos, sin hablar con nadie porque sabe que el Clan lo quiere matar... Todo lo está haciendo por vengar la muerte de su padre y es posible que el asesino haya muerto hace tiempo. Está cansado, se sabe perseguido a cada paso que da, lo ha hecho todo mal.

Pero tiene un cabo del que tirar, aunque se lo haya suministrado alguien tan poco fiable como Zubigaray. Ha buscado en internet el nombre del médico, Hipólito Samper. Al parecer se trata de un cardiólogo eminente, pero el trasplante al que sometieron a la esposa del periodista fue de hígado, algo no concuerda. No le ha costado encontrar el lugar donde Samper atiende consultas, una clínica en Aravaca llamada Astina Luz. Y también ha descubierto que el médico pasa consulta por las tardes. Así que se ha tomado la mañana para pasear por el barrio, para disfrutar del ambiente navideño previo al día de Reyes, del árbol enorme de la Puerta del Sol, del enjambre humano que se acerca a contemplarlo y a hacer cola en Doña Manolita para comprar un décimo de la lotería del Niño. Se ha comido una hamburguesa en el McDonald's de Montera con Gran Vía y después se ha dirigido a Aravaca para hablar con el cardiólogo, persuadido de que esa es, quizá, su última oportunidad de averiguar algo.

La Clínica Astina Luz es pequeña y lujosa. Tiene más pinta de chalet que de hospital y en las plazas reservadas de la puerta todos los coches son de gama alta. Destaca entre ellos un Bentley crema con su conductor esperando dentro, convenientemente uniformado y que se baja para abrir la puerta de atrás cuando llega un hombre mayor, de más de setenta años, bien vestido, de aspecto enfermizo. Para entrar en el edificio hay que atravesar un jardín. Una vez dentro, una recepción y unos sillones de espera de cuero blanco, uno de ellos ocupado por una señora que lee el *Hola.* De fondo suena música tranquila, a bajo volumen, una versión para ascensor de alguna canción de Tom Jobim. Todo parece pensado para crear un remanso de paz. La recepcionista, vestida de enfermera, rebasa los sesenta años y es atractiva.

—¿En qué le puedo ayudar?

—Quiero ver al doctor Samper.

—En este momento está con un paciente. ¿Tiene usted cita?

—Soy inspector de la BAC, Policía Nacional, solo necesito hablar con él para contrastar una información, pero supongo que prefiere que seamos discretos, no quiero causar ningún perjuicio a la reputación del doctor.

La amenaza velada surte efecto y le evita enseñar una placa policial que hace mucho tiempo que perdió. La secretaria lanza una mirada a las pacientes que esperan turno, asegurándose de que ninguna ha escuchado la conversación. El escándalo no ayuda al negocio.

—Claro. ¿Quiere sentarse y esperar o le pido al doctor que salga de la consulta?

Zárate se hunde en un sillón mullido, alerta a cuanto sucede en esa sala confortable. Quince minutos después, el médico sale y la recepcionista le susurra algo, mirando a Zárate.

—Me dice mi esposa que quiere hablar conmigo. Hágame el favor de acompañarme.

La consulta podría pasar por el despacho de cualquier ejecutivo: amplia, con muebles de madera oscura y bonitas vistas al jardín. Ni el menor atisbo de que pueda ser de un médico.

—Usted me dirá. Me ha comentado Elisa que quería información, pero no ha sabido decirme más.

—Estoy investigando la muerte de una mujer que fue su paciente hace algo más de veinte años.

—No sé si me acordaré, tengo muchos a lo largo del año. Pero pruebe.

—Teresa López.

—Mala suerte, le aseguro que no me suena de nada.

—¿Y si le digo que era la esposa de Javier Zubigaray?

El doctor Samper parece sincero mientras niega con la cabeza. Es, además, un hombre amable, sonriente. Tiene el rostro surcado de arrugas y edad para estar jubilado. Pero ahí sigue, arrastrando su prestigio con una cansada dignidad. Zárate imagina que si estuviera enfermo desearía que lo tratara un hombre con esa experiencia; seguro que es capaz de dar las peores noticias sin abandonar la sonrisa.

—No... Aunque el nombre de él sí me suena. ¿No era un periodista de esos que iban a guerras? Uno como Manu Leguineche, González Green y esos...

—Sí. ¿No recuerda a su esposa?

—No. Y a él tampoco. No creo que lo haya conocido en persona. Aunque, tantos años después, no me puedo fiar de mi memoria.

—Le hizo un trasplante de hígado en 2001.

—Imposible, soy cardiólogo. De corazón, puede; de hígado, ya le digo yo que no.

—¿Y a Arcadi Ortiz? ¿Conoce usted a Arcadi Ortiz?

La sonrisa de Samper se descompone y un matiz de impaciencia estropea su estampa de amabilidad.

—Perdone, hágame el favor de explicarme qué quiere o abandone la clínica. Ni siquiera me ha enseñado su identificación policial. ¿Quién es usted? ¿Un farsante?

—A mí usted no me interesa. Solo quiero saber quién le encargó hacer ese trasplante ilegal, saltándose el protocolo, las listas de espera... Todo para evitar que saliera a la luz un reportaje sobre Arcadi Ortiz. Dígame quién fue y me voy.

El doctor Samper descuelga un teléfono.

—Elisa, llama a la policía...

Zárate se levanta de un salto felino, corta la llamada y apunta al cardiólogo con su pistola.

—¿Por qué hizo ese trasplante de hígado? ¿Quién lo contrató?

—¿Está loco?

Como para demostrarle que así es, apoya el cañón del arma en la frente del médico.

—Voy a contar hasta tres... Uno, dos...

—El comisario Gálvez —grita el doctor, aterrado.

—¿Gálvez? Está muerto... O me dice otro nombre o sigo la cuenta.

Samper no le da tiempo para seguir contando.

—Arcadi Ortiz...

—¿Está también muerto? —pregunta Zárate.

—No, está vivo.

—¿Cómo lo sabe?

—Ha estado en esta consulta hace quince minutos. A lo mejor se ha cruzado usted con él.

Zárate lo mira, atónito. De dos zancadas gana la ventana, se asoma y mira en todas direcciones. Sale del despacho y cruza el jardín a toda prisa. El Bentley ya no está aparcado. Corre hasta el final de la calle con la esperanza vana de encontrar allí el coche, aunque es consciente de que hace demasiado tiempo que se fue. Arcadi se ha ido. Trata de recrear en su memoria las facciones de ese hombre que vio subir al coche, pero no puede. No se ha fijado en él, tampoco en la matrícula del Bentley. Un hombre mayor, de unos setenta años, quizá más. Pelo cano y aire elegante, llevaba un buen abrigo y una bufanda roja. ¿O era morada? ¿Qué más? Nada más. No lo ha mirado a la cara. No se puede creer que haya tenido tan cerca al hombre que hasta ahora solo era un fantasma. Una patrulla policial se acerca al hospital con la sirena encendida.

Zárate se aleja de allí. Está rabioso, frustrado, pero ahora sabe que el asesino de su padre está vivo.

CAPÍTULO 49

Precedido por Orduño, que abre la comitiva, Adolfo Rocamora entra en la BAC flanqueado por dos agentes. Aunque viene esposado, mantiene la calma, altivo. Lo conducen directamente a la sala de interrogatorios.

—Le aseguro que están cometiendo un error y que se van a arrepentir.

—Cumplo órdenes, yo soy un mandado.

—¿Dónde está su jefa?

—Supongo que ahora vendrá para el interrogatorio. ¿Quiere usted agua o algo?

—No, no quiero nada. Bueno, sí, que me digan por qué me han traído aquí y me expliquen qué tontería es esta de las esposas.

—Eso mi jefa, ahora mi jefa se lo explica.

—¿No me las va a quitar?

—Ella decide. Y no se queje, que se las hemos puesto por delante, le aseguro que son mucho más incómodas por detrás.

Adolfo se sienta en la silla que le han indicado y hace acopio de paciencia. Lo esencial es esperar a ver qué han averiguado tras el registro de la sede de la empresa. La única buena noticia es que no han encontrado la otra nave de Ventorro del Cano, la que guarda las armas y la documentación más comprometedora, y a esas horas se estará poniendo todo a buen recaudo, como ha ordenado. Imagina que desde detrás del cristal que ocupa una de las paredes lo están observando. ¿Quién está ahí? ¿Su mujer? ¿Son estas las dependencias de la famosa BAC? Tendrá suerte si es así. El policía que lo ha traído, Rodrigo Orduño, decía la placa, no le ha explicado nada.

Pese a todo se siente tranquilo, toda la vida supo que este momento podría llegar y está preparado. Entretiene el tiempo pensando en sus hijos. ¿Qué pensarán de todo esto? ¿Cómo los afectará en sus vidas? Y Miriam, ¿lo odiará a partir de ahora? Ojalá no fuera así. En su vida ha habido muchas mentiras, en realidad vive en una inmensa mentira, pero el amor por su mujer y sus hijos no es una de ellas. Sería lo único que de verdad lamentaría perder.

Desde el otro lado del cristal, Miriam, con los ojos húmedos, observa la extraña sonrisa de su marido. Se acaba de dar cuenta de que es un monstruo y ni aun así consigue odiarlo. Sigue viendo su encanto, su simpatía a prueba de bombas, su dominio del espacio. Desearía entrar en esa sala y darle un beso en los labios, uno de esos besos que quieren ser cortos, pero que él siempre prolonga. ¿Se han acabado esos besos para siempre?

La entrada de Reyes interrumpe sus pensamientos.

—Inspectora, ya hemos acabado con las declaraciones de los africanos.

—Bien. ¿Sabemos algo del herido?

—Sí, he hablado con el hospital y está bien, no corre peligro, aunque deberá permanecer ingresado un par de días.

—Perfecto. ¿Vas a ponerlos a disposición del juzgado?

—Era lo que venía a preguntarte. ¿Quieres hablar antes con ellos?

—No, no hace falta. A no ser que tú quieras que lo haga por algún motivo. En realidad, me fío de vuestro interrogatorio. Ya he leído las transcripciones de dos de ellos. Gracias.

La sonrisa de Reyes demuestra que agradece la confianza que la inspectora Vaquero está depositando en ella. Se fija en el hombre que ocupa la sala de interrogatorios.

—¿Es el director de DeAr International?

—Sí.

—Menudo pájaro. Espero que podamos conseguirle una buena condena. Las cosas que se hacían en esa empresa eran atroces.

—Yo también lo espero…

El tono de Miriam, un suspiro final, sus ojos al borde de las lágrimas, hacen que Reyes sospeche que hay algo que se le escapa.

—¿Estás bien?

—Sí, sí —responde Miriam—. Cansada.

—¿Quieres que te traiga un café o algo?

—Ahora voy yo a por él.

—No me cuesta nada…

—No, en realidad no quiero café. Déjame sola, por favor. ¿Ha llegado Elena Blanco? Si la ves, dile que la espero aquí.

Reyes, desconcertada, se va. Miriam cierra la puerta, se sienta en la silla, mira a través de la ventana la normalidad del mundo; la calle Barquillo, siempre con poca gente deambulando a esta hora. Le parece increíble que todo siga igual, que la rueda gire como si nada cuando su vida está patas arriba. Vuelve a llorar, pero sabe que debe recomponerse; no puede permitir que Elena la vea así.

Se felicita de su autocontrol, porque cuando Elena entra en la sala, ya se ha recompuesto, aunque los signos de la tensión del momento todavía sean visibles. Ya podría mandarle algo de presencia de ánimo su marido, que incluso con las esposas puestas se ha desabrochado el último botón de la camisa y se ha aflojado la corbata.

—Gracias por venir. Necesito que hagas un interrogatorio en mi lugar.

—No puedo hacerlo, Miriam, sabes que ya no soy policía.

—Sí lo eres. Tu caso se ha sobreseído.

—Presenté mi baja.

—No fue tramitada; al pobre Rentero no le dio tiempo a hacerlo. Y el vacío de poder que presenta ahora mismo la Policía nos beneficia a todos. De no ser así, la detención de Abraham Bermejo sería ilegal.

Elena asiente en silencio. Vuelve a ser policía y, al pensarlo, se siente bien, como si se hubiera enfundado una vieja camiseta que los años han desgastado, pero que sigue haciéndola sentir más cómoda que cualquier otra prenda.

—¿Ese es el hombre al que quieres que interrogue? —Hace un gesto de barbilla hacia el cristal.

—Sí, es el director general de DeAr International. Abraham Bermejo lo señala como el jefe de la trama de tráfico de órganos y de personas. También como el jefe del Clan.

Le sorprende la mención de Miriam: por primera vez cita el Clan como una realidad, no como si fuera uno de esos bulos conspiranoicos que inundan internet.

—¿Esta es la cúspide del Clan? ¿El director de una empresa de mercenarios?

—Eso parece.

—¿Por qué no lo interrogas tú?

Miriam esboza una sonrisa que pretende ser natural, pero le sale un tanto trágica.

—Porque es mi marido.

Elena tarda en encajar la información. ¿El marido de Miriam es el jefe del Clan? ¿Ella pidió la orden para registrar la empresa pese a que con ello mandaba a su familia al infierno? No sabe cómo reaccionar. Miriam lo hace por ella:

—Encima de la mesa tienes toda la documentación. La declaración de Abraham Bermejo, las de los africanos... ¿Te dará tiempo a leerlo en un cuarto de hora?

Elena se sienta a leer los informes y las transcripciones de los interrogatorios. Todo es más o menos lo previsto, solo le sorprende el momento en el que Miriam pregunta por el Clan a Bermejo; no se lo esperaba. Tampoco que el detenido se explayara de esa forma a la hora de describir la organización. Lo único que ha omitido son los nombres y apellidos de los implicados.

Se dirige a su antiguo despacho y llama a la puerta antes de entrar.

—¿Lo has leído todo? —pregunta Miriam levantando la vista de unos papeles.

—Vengo a pedirte perdón.

—¿Por qué?

—Por desconfiar de ti. Lo que estás haciendo es valiente y honesto. Me devuelve la fe en el trabajo.

Elena se sienta frente a ella; tiene poco que sumar a la información que Bermejo ha dado sobre el Clan, pero ya no le ve sentido a seguir ocultándole las piezas que ha logrado reunir del puzle: Rentero, Gálvez, Manuela Conte, Kira. Satélites de esa constelación que es el Clan y contra la que Zárate ha debido de estar batallando en solitario, no porque viera en ella el peor virus del sistema, sino porque entre los muchos crímenes que pueden acumular está el de su padre. Elena también ha intentado reconstruir el organigrama del Clan y, ahora, puede que por fin haya llegado al último escalón. Adolfo Rocamora. El marido de Miriam Vaquero.

—Anda, ve a hablar con el detenido. Y quítale las esposas, pobrecillo. Tiene principio de artrosis, es hereditaria. Su madre también la tiene. Te aseguro que no es un hombre violento.

—¿No vas a estar en el interrogatorio?

—Prefiero leer la transcripción después. Solo decirte que ayer entré en su correo de una manera completamente indiscreta e ilegal, o sea, que no puedes usarlo. Vi su conexión con la trama de la entrada de pateras por Almería. No lo saques todavía, pero conviene que lo sepas.

—De acuerdo.

Elena regresa a la sala y observa a Adolfo Rocamora a través del cristal. Sigue tranquilo, como si el asunto no tuviera mucho que ver con él. Buendía entra.

—¿Vas a interrogarlo tú?

—Sí, ¿sabes quién es?

—Me acabo de enterar —asiente Buendía—, sorpresas te da la vida.

—Ya lo creo, voy para dentro. ¿Sabes dónde están las llaves de las esposas?

Buendía se las saca del bolsillo y se las entrega.

Adolfo Rocamora levanta la mirada al ver entrar a Elena, pero no dice nada.

—Buenas tardes, soy la inspectora Elena Blanco.

—¿Sí? Pensé que estaba suspendida.

—Ya ve que no está tan bien informado como cree.

—Da igual, acabemos con esto de una vez. ¿Va a pedir que me quiten las esposas?

—Yo misma se las quito.

El detenido se frota las muñecas cuando las tiene libres; flexiona las articulaciones con dificultad: la artrosis que le ha comentado Miriam. Las esposas le han dejado una marca, así que debían de molestarlo pese a que no hizo ningún gesto de incomodidad mientras las tenía puestas. Elena lo valora: un hombre que sabe ocultar sus emociones, los peores para un interrogatorio.

—¿Es usted Adolfo Rocamora, director general de DeAr International?

—Por favor, no haga preguntas tontas. Vamos al grano.

—Está bien. Hemos detenido a Abraham Bermejo y nos ha hablado de la trama de la trata de personas, los trasplantes, los asesinatos de inmigrantes... ¿Qué tiene que decir?

—Que Abraham Bermejo es un gusano y que los gusanos solo sirven para cebo.

—¿Qué tiene que decirnos sobre lo que ha declarado?

—Nada, sobre eso no tengo nada que decir. Si en algún momento quiero decir algo, lo haré delante de la inspectora Miriam Vaquero.

—Ella me ha pedido que lo interrogue yo.

—Ya, pero eso no va a servir de nada. Si no es ante ella, no haré ninguna declaración.

—¿Es usted parte del Clan?

—No responderé.

—¿Es usted Arcadi Ortiz?

En un primer instante, Adolfo parece sorprendido, pero de inmediato reacciona con una media sonrisa.

—No responderé.

CAPÍTULO 50

Miriam está bloqueada. Sabe que debería estar presenciando el interrogatorio, pero eso sería como aceptar la situación y ella todavía no la acepta. ¿Cómo se puede pasar de estar casada con el amor de tu vida a estarlo con un monstruo? El rencor hacia Dios sabe que es algo temporal, es ridículo descargar la responsabilidad en Él. Tarde o temprano su cabeza centrifugará toda la experiencia de los años de su matrimonio y entonces llegará la revisión de ese hombre siempre encantador. ¿Tan ingenua ha sido como para no notar nada en tanto tiempo? ¿Qué sabía del trabajo de Adolfo, de esa empresa de seguridad que dirigía? Poco, la verdad. Pero sabía poco porque siempre prefirió no enterarse; las escasas veces que atisbaba algo que no le gustaba miraba para otro lado: guardaespaldas, seguridad de algunos actos, escoltas de barcos mercantes en zonas donde la piratería sigue existiendo, protección de personalidades en áreas de conflicto… En varias ocasiones hubo cosas que no le olieron bien, comentarios negligentes de Adolfo, actitudes esquivas o directamente sombrías que ella prefería achacar a un mal día en la oficina. Un día hasta le preguntó: ¿mercenarios? Adolfo se reía, ¿quién crees que soy, el coronel Kurtz de *Apocalypse Now?* ¿El jefe del equipo A?

Sin duda tiene mucho en qué pensar y mucha autocrítica por hacer, pero ahora lo más importante es calibrar los daños del cataclismo en su familia. ¿Cómo contárselo a los niños? Considera por un instante la opción de mentirles, por protegerlos, o bien por protegerse ella, cualquiera sabe. Decirles que su padre se ha tenido que ir de viaje; no sería la primera vez que eso ocurre, dejarlos vivir un poco más en esa nube en la que siempre ha flotado la familia. ¿Cuánto duraría eso? Apenas unos días. Si el asunto es tan grande como parece, muy pronto saltará a los periódicos y sus hijos lo sabrán, ya se encargarán sus compañeros de colegio de restregárselo por la cara. Perderían la confianza en ella y le sería muy difícil recuperarla.

¿Y si les dice la verdad? Mirad, niños, todo parece indicar que vuestro padre es el líder de la mayor mafia que ha existido nunca en este país, es responsable de traficar con personas entre África y España; pero no solo eso, también de secuestrar africanos para extraerles los órganos y venderlos; soborna policías y guardias civiles y manda asesinar a los que se oponen a sus métodos, es posible que hasta a los dos mayores jefes de la Policía, el comisario Gálvez y el comisario Rentero, y eso es solo lo que hemos averiguado por ahora, que es posible que haya mucho más. En un ramalazo de humor negro, visualiza a Carlota pegando una foto de su padre en el álbum de los asesinos en serie.

Una llamada de teléfono interrumpe esos pensamientos que no llevan a nada. Le gustaría no cogerla, pero puede ser importante.

—Dime, Mariajo. ¿Has analizado el ordenador de Adolfo Rocamora?

—Por eso te llamo. Es una mina, hay material de sobra para meter en la cárcel a un montón de gente. No te imaginas los nombres que aparecen aquí.

—¿Por ejemplo?

—No te lo puedo decir por teléfono. Gente muy muy muy poderosa y metida hasta las trancas en el Clan.

—¿Vienes a la oficina?

—No, me quedan directorios por abrir, no quiero dejarlo. ¿Puedes venir tú? Te aseguro que te va a sorprender.

Se queda callada, incapaz de contestar a esa invitación. Con las palabras de Mariajo se desvanece toda esperanza de que Adolfo no fuera más que un simple colaborador necesario o, aún mejor, un cabeza de turco. ¿O en realidad confiaba en que su marido hubiera sido más cuidadoso con sus comunicaciones y no hubiera dejado pruebas de sus fechorías? No, no lo cree, le repugna lo que ha hecho, aunque ya que está repasando todo lo que era indestructible en su vida, tendrá que pensar igualmente en su propia catadura moral, por si también ahí encuentra alguna grieta. Pero, por el amor de Dios, ¿en qué momento sucedió? ¿Cuándo se torció Adolfo? Es absurdo hacerse esa pregunta. Se conocieron cuando eran muy jóvenes y se adentraron en el periodo de la madurez juntos. Se admiraban uno al otro, aunque siempre detectó en él que su ambición podía tener zonas oscuras. Un buen padre y un maravilloso marido, eso no lo niega, pero un hombre enigmático, como si necesitara conservar un espacio íntimo solo para él. Quizá fue eso lo que más la atrajo. Dialogante, comprensivo, jamás una reacción violenta, ni siquiera una vez en una discusión de tráfico con un energúmeno él levantó la voz. Pero con lugares a los que no dejaba acceder ni siquiera a Miriam. Ese misterio, a pesar de los años que llevaban juntos, seguía vivo y le gustaba.

—¿Miriam? —suena la voz de Mariajo al otro lado del teléfono.

—Intento ir a tu casa, si no puedo, te aviso.

Cuelga. Elena entra en su despacho.

—Tu marido no habla. Dice que solo lo hará si lo interrogas tú.

—¿En serio?

—Es lo que me ha dicho.

—Qué hijo de puta, busca escapatoria en la parte emocional.

—Es evidente. Tendrás que entrar con un traje de neopreno.

—Pues si tengo que ponérmelo, me lo pondré. Pero ahora se va a recocer un poco, le tomaré declaración mañana.

—¿Quieres que duerma en el calabozo?

—Es lo que haríamos con cualquier detenido.

—Ahora lo bajamos. —Elena se queda en el umbral, indecisa—. ¿Estás bien? Bueno, ya sé que no. Pero ¿te puedo ayudar en algo?

—Acaba de llamar Mariajo. Por lo visto hay cosas muy importantes en el ordenador de Adolfo, pero no ha querido decir nada por teléfono, prefiere que vaya a su casa. Pero no me veo capaz de soportar más emociones. Y necesito hablar con mis hijos. Hasta que no lo haga no voy a poder concentrarme en nada.

—Es normal.

—¿Puedes ir tú?

—Claro. Después te informo. Y mucho ánimo con tus hijos.

Miriam le dedica una sonrisa de gratitud, la primera desde que se conocen. Le ha dado vergüenza confesar cuál es su prioridad en estos momentos: correr a la iglesia antes de que el padre Agustín se vaya. Necesita hablar con él. Recogerse unos minutos en el templo, rezar y pedir por ella, por los niños y, sí, también por su marido.

No ha vuelto a hablar con Mariajo desde la discusión de anoche. Sabe que se excedió con ella, que se burló de su desastrosa experiencia con los hombres, como si la suya fuera una historia idílica. Se avergüenza de su actitud, como le ha sucedido en tantas noches de borrachera. Pero es que se metió con Zárate. Arrojó dudas sobre su conducta y ella se ofendió, seguramente porque Mariajo estaba dando en el clavo. Ahora va a tener una buena oportunidad para decírselo: tenías razón, Zárate no me está tratando bien, me está ignorando, le dan igual mis sentimientos y no se merece mis noches de insomnio. Pero lo amo, podría añadir. O a lo mejor eso se lo podría callar, para no confrontar su ilusión con el escepticismo de Mariajo. Pedir perdón a una amiga es un acto bonito, se dice como recitando un mantra, aunque a ella el orgullo le ha impedido muchas veces reconocer tanto sus pecados de carácter como sus excesos de borracha.

Mientras se dirige a la Dehesa de la Villa se pregunta qué habrá descubierto Mariajo en el ordenador de Adolfo Rocamora. En realidad, todo lo que esconda en su interior; nunca se le escapa nada por muchos cortafuegos, contraseñas y encriptados que lleven incorporados. Son incontables los casos que ha desatascado esa hacker gruñona. Su olfato, sus conocimientos, su dedicación… Una trabajadora insustituible. Aunque nunca lo dirá en voz alta, para ella es el alma de la BAC.

Aparca en la misma calle, junto a una hamburguesería, y recorre dos manzanas hasta el portal. Una moto invade la acera para sortear un pequeño atasco y al hacerlo sobresalta a una pareja de viejecitos que está paseando. Elena entra en el portal y encuentra a una vecina en el rellano. La conoce de otras veces, es Carmina, recuerda las albóndigas que compartió con Mariajo la última vez que estuvo en su casa.

—¿Viene a ver a Mariajo? —la saluda la mujer.

—Sí, pero no me abre. —Elena vuelve a pulsar el timbre del segundo.

—¿No? Antes he oído un golpetazo que menudo susto… No sé qué andará haciendo en la casa.

—¿Cuándo?

—Hará cinco minutos.

Elena nota de pronto el corazón en la boca. No le gusta el silencio de la puerta. Las sombras que entretejen el rellano.

—Carmina, ¿Mariajo no le dejó una llave del piso?

—Sí, la voy a buscar.

Se mete en su casa. Pero Elena no tiene paciencia; la angustia la está devorando. Un presentimiento siniestro se ha anudado a su estómago, como una serpiente. Trata de abrir la puerta con una tarjeta de crédito y, como no lo consigue, retrocede un paso y descarga una tanda de patadas en la cerradura. La puerta sigue sin ceder. Mariajo instaló una cerrajería de seguridad. Se busca la pistola en el cinto y está a punto de disparar contra el picaporte cuando Carmina regresa con las llaves.

De nuevo, el silencio cuando gira el cerrojo y abre la puerta.

Un olor ácido la golpea conforme avanza por el pasillo; las antiguallas tecnológicas de su amiga se amontonan a los lados.

En el salón, donde hace unos días estuvieron intercambiando confidencias, yace Mariajo sobre un charco de sangre. Tiene un disparo en la cara, a bocajarro, le ha deformado el rictus, le ha quemado la piel alrededor del volcán de sangre que se abre entre sus ojos, ahora en blanco, uno de ellos fuera de su órbita. Y un agujero en el pecho que todavía huele a pólvora. Elena debería ponerse en guardia por si el asesino sigue en la casa, pero no lo hace. Cae de rodillas al lado del cuerpo de su amiga. A su espalda, cree escuchar el grito de espanto de la vecina. Elena acaricia la mejilla de Mariajo, plástica al tacto, sin vida.

CUARTA PARTE

El peor pecado hacia nuestros semejantes
no es odiarlos, sino serles indiferentes:
esa es la esencia de la inhumanidad.

George Bernard Shaw
Dramaturgo (1856-1950)

Zúrich, 1981

Sentado en un asiento de primera clase de Iberia, Arcadi Ortiz saborea una copa de cava y estudia la fotografía de la mujer a la que tiene que matar. Aparenta poco más de treinta años, pelo rizado, ojos marrones. Usa documentos falsos a nombre de Rosa María Requena, pero se llama en realidad María Galdácano Aguirregabiría y en la organización la conocen como Kizkurrak, «rizos» en euskera. Pertenece al Comando Madrid y ha estado implicada en varios atentados, aunque nunca ha sido detenida. La Rizos ha conseguido mantenerse al margen de las sospechas policiales, parece integrada en la sociedad madrileña, hasta tiene un trabajo al que acude todas las mañanas, una copistería en la calle Jacometrezo.

Los datos figuran en un informe que acaba de recoger en un banco de Zúrich. No es la primera vez que visita ese lugar, pero sigue disfrutando del protocolo de seguridad que se pone en marcha cada vez que va: primero debe esperar a que comprueben toda la documentación y después accede con dos empleados del banco a la sala de las cajas fuertes. Le dan acceso a la suya, que abrirá en soledad con una llave que le suministran. Una vez que ha sacado la carpeta que ha venido a buscar, cierra la caja fuerte y los dos empleados sellan con sus respectivas llaves la caja y la habitación. No es necesario que pronuncie ninguna palabra —aunque su inglés es perfecto, nadie detectaría una sombra de acento español—, ni siquiera fórmulas de cortesía, no es lo que se estila en el verdadero centro del poder mundial. Todo debe ser aséptico, nadie tiene por qué saber quién es quién, de dónde viene o cuáles son sus intenciones.

Lo que tampoco sabe nadie fuera de ese banco es que, además de recoger una carpeta de la caja que le han indicado en España, ha aprovechado el viaje para contratar una para él. En ella, tras completar una vez más el protocolo de las llaves, ha introducido un sobre color manila lleno de documentos y de dinero en efectivo. Arcadi guarda ahí los trapos sucios de peces muy gordos, información que ha ido recopilando para protegerse de traiciones. Es un seguro de vida.

Al salir de la sucursal ha cogido un taxi en la misma Bahnhofstrasse, la calle más adinerada del mundo: bancos, marcas de lujo, joyerías... Hasta las chocolaterías venden cajas de bombones que cuestan lo que gana una familia normal en un mes. Desde allí se ha trasladado al aeropuerto para viajar a Madrid en un vuelo directo de Iberia. No va a tener problemas para entrar en España; aunque esté sin destino ha estudiado en la Escuela Diplomática y su pasaporte tiene algunas ventajas con respecto a los que usa cualquier otro ciudadano.

Una azafata se acerca con el carro de las bebidas. Arcadi guarda la carpeta y le pide a la mujer que antes del almuerzo le sirva un whisky; lo ayudará a pensar. Solo tiene veintinueve años, pero en ese tiempo ya ha vivido varias vidas.

Durante los días siguientes, se familiariza con los movimientos de Rosa María. Vive en la calle de la Estrella, cerca de San Bernardo, y acude a trabajar a Jacometrezo a pie. Siempre se detiene a comprar el periódico El País *en un kiosco de prensa de la Gran Vía, donde compra también un paquete de Fortuna. Lo lee mientras desayuna, café con leche y tostada con mantequilla y mermelada de melocotón, en la cafetería Óskar, en la plaza de Santo Domingo, muy cerca de la copistería en la que trabaja. Al salir del trabajo, hace el camino inverso a pie y sale poco de casa: ni cine, ni cañas ni distracciones.*

Arcadi sabe que debe tener paciencia; la Rizos es una mujer discreta, pero todo el mundo termina cometiendo una imprudencia. Los cuatro primeros días de seguimiento cumple exactamente con sus rutinas: salida a la misma hora, periódico, desayuno y trabajo. Come en la parte de atrás de la tienda, de una tartera que se prepara ella misma. Por la tarde, para en un supermercado a hacer la compra. Después, se refugia en su piso y no sale hasta que tiene que ir a trabajar por la mañana.

Hasta el quinto día no altera sus costumbres. A las siete y media de la tarde sale del trabajo y, en lugar de caminar hacia la calle de la Estrella, toma el camino contrario, se mete en el metro, en la estación de Callao, y coge la línea 5 en dirección a Canillejas. Se baja en Quintana. Al salir a la calle de Alcalá, entra en un bar, el Docamar, y pide una caña y unas bravas, lo clásico del lugar. No han pasado ni tres minutos cuando un hombre se sienta junto a ella en la barra. Cambian unas pocas frases y el hombre se levanta. Arcadi decide seguirlo a él. No lleva cámara de fotos para que sus compañeros puedan identificarlo, pero le queda claro que no es tan cuidadoso como la Rizos. Va derecho, sin desviarse, sin mirar ni atrás ni a los lados. Entra en un portal en la calle Hermanos de Pablo. Arcadi se queda esperando por si volviera a salir de inmediato, pero no lo hace. Desde una cabina habla con su contacto y le da la dirección. Con un poco de suerte habrá localizado un piso franco de ETA.

Por la mañana, vuelve a vigilar la salida de la Rizos, que mantiene su comportamiento habitual. Pero a las doce sale de la tienda, baja por la Cuesta de Santo Domingo hasta la plaza de Ópera y allí la recoge un coche, un Renault 12 de color azul. Arcadi llama a su contacto y le da el número de la matrícula. Le indican que es un coche fichado, que ellos se encargan. Él debe aguardar nuevas instrucciones. No llegan hasta por la noche: tiene que ejecutar a su objetivo de inmediato, pues esperan un atentado inminente. El viaje en coche del comando quizá haya sido para efectuar un último reconocimiento, estudiar una vía de huida o algo así.

En los días que lleva analizando todos los pasos de Rosa María ha establecido cuál es el mejor momento para asesinarla, siempre el plan más sencillo, como le gusta. Será por la mañana, cuando salga de casa. A esa hora no hay mucha gente por la calle de la Estrella. Lo hará desde una moto, en la esquina con la calle de los Libreros. Desde allí puede huir hacia San Bernardo o bien tomar la Gran Vía. El único problema es que en la calle de la Luna, muy cercana, está la Comisaría de Centro y la casualidad puede jugarle una mala pasada. Pero por la mañana tiene pocos efectivos, es una comisaría que alberga mucha más vida por la noche. Se arriesgará.

Antes de ponerse en marcha, de madrugada, le entregan un subfusil Z-84, una evolución todavía experimental del Z-75 que usa el ejército español, con algunos componentes fabricados en plástico para que el peso sea menor. Es cómodo, porque tiene una culata plegable y puede disparar en modo automático y semiautomático. La moto que conducirá es potente, una Honda CBX-1000 con matrícula duplicada, por si a alguien se le ocurre apuntarla. Después del atentado, la abandonará sin llamar la atención y se meterá en el metro. Se esconderá en el piso franco que le han indicado hasta que pase el peligro y alguien irá a recoger la moto y sacarla de la circulación. Será la tercera vez que haga un trabajo como este y de momento no ha habido dificultades.

Cuando la Rizos sale de casa, a las nueve y diez de la mañana, Arcadi se lleva otra sorpresa: por primera vez no lo hace sola, la acompaña el hombre con el que se encontró en Quintana. Ya saben quién es, Koldo Ibarruren Gostiozaga, alias Gostio, otro de los miembros del comando. No tiene tiempo de consultar cómo proceder ante esta anomalía, así que toma la decisión por su cuenta: los matará a ambos.

Dispara su Z-84 en modo automático. La cadencia de tiro es muy alta, los treinta y cinco proyectiles del cargador tardan solo unos segundos en salir. Los dos terroristas caen acribillados. Un estudiante que pasaba por allí también es alcanzado por las balas. No hay tiempo para lamentar ese daño colateral. Arcadi arranca la moto y huye.

Un coche de policía lo intercepta cuando llega a San Bernardo. Puede invadir la acera para escapar, pero eso pondría en peligro la vida de dos ancianas que van a cruzar la calle. Su cabeza piensa a toda prisa cómo salir del atolladero, pero ya es tarde. Dos agentes jóvenes bajan del coche con las pistolas en alto.

—¡Quieto! ¡Al suelo!

Arcadi obedece; uno de los policías se le echa encima para esposarlo y el otro va a avisar por la radio de la unidad.

—Os estáis metiendo en un lío —le advierte Arcadi al que se ha acercado a él.

—Tú sí que estás en un lío.

Los jóvenes agentes se convierten en verdaderos héroes en la comisaría de la calle de la Luna. Son dos recién llegados al servicio que hace apenas unos meses estaban asistiendo a clases en la Academia de Policía de Ávila.

Uno se llama Gálvez y el otro Rentero.

Cuando les preguntan por su gran hazaña, los dos policías insisten en que ellos, en realidad, no hicieron nada, solo pasar por esa calle en el momento oportuno. Pero hasta el don de la oportunidad es esencial en una carrera tan incipiente. Los demás compañeros, tan novatos como ellos —Asensio, Zárate y Santos—, los miran con envidia; lo mismo hasta ganan una medalla.

Lo que no entienden es por qué no les han dejado interrogar al detenido. Ni a ellos ni a ningún otro agente de la comisaría. El asunto se está llevando con un celo misterioso. A media mañana comparece un hombre mayor, calvo, con un enorme bigote y ataviado con un abrigo Loden verde y zapatos castellanos marrones. Según parece, se trata de un alto cargo del Ministerio del Interior y es quien accede a la sala de interrogatorios.

—El objetivo ha sido alcanzado —informa el hombre del Loden verde a Arcadi cuando entra—. Fue una suerte que también estuviera con ella Gostio, dos pájaros de un tiro.

—¿Y la detención? ¿Me vais a sacar ya de aquí?

—No te preocupes por eso. Hemos tenido la mala suerte de que hayan aparecido dos agentes jóvenes que estaban donde no debían. El problema es el estudiante herido, está muy grave. Si muere, algo tendremos que hacer.

—¿En qué estáis pensando?

—Un par de años de cárcel. Tratamiento VIP, claro está.

—De eso nada. Ni un día. Quiero salir en libertad hoy mismo.

—Sé sensato. No te vamos a dejar tirado. Ya están diciendo que esto lo ha hecho el Batallón Vasco Español… Puede liarse una buena.

—No voy a ser vuestro cabeza de turco —amenaza Arcadi—. Tengo datos de cada uno de los atentados, grabaciones, fotografías y todo tipo de documentos. Tengo hasta órdenes de pago del Ministerio del Interior. ¿Quieres verlo en los periódicos?

La cara de pánico que pone el alto cargo convence a Arcadi de que esa segunda caja fuerte de Zúrich le va a salvar el culo.

—No puedes hacer eso.

—No me pongas a prueba. Hay información en esos documentos para llegar muy arriba, más de lo que creéis.

Sigue un silencio tenso; el hombre tamborilea en la mesa con dos dedos nerviosos.

—Tengo que consultarlo. No lo decido yo.

Al cabo de tres horas, el alto cargo regresa con una oferta.

—Nada de cárcel, pero desapareces. Un par de años en la embajada de algún país de mierda… Así ponemos distancia unos de otros. ¿Has estado en África?

—No, pero no es mal lugar. Siempre me ha apetecido.

En los minutos posteriores se decide que Arcadi viajará hasta Senegal para entrar a trabajar en la Embajada de España en Dakar. A los jóvenes policías, Rentero y Gálvez, les cuesta entender que pongan en libertad a ese asesino y que, en lugar de una medalla, reciban un capón. Pero es justo eso lo que se llevan.

Deciden ir a tomar unas copas a los billares que hay en la Gran Vía, debajo del cine Callao. La última mesa a la izquierda, según se bajan las escaleras del local, es la mesa de los maderos, todo el mundo la respeta. Esa tarde no están picados con las carambolas que hace cada uno, les preocupa más lo que han vivido a lo largo del día. Al finalizar la mañana, había un rumor en comisaría: los muertos podían ser dos etarras a punto de cometer un atentado.

—Me da igual que fueran etarras. Esto no lo pueden meter debajo de la alfombra. Si no nos escuchan en la comisaría, habrá que intentarlo por otro lado —se indigna Rentero.

—Parece ser que pertenece al Batallón Vasco Español —murmura Gálvez.

—¿Y por eso nos tenemos que callar como putas? Hay que joderse.

—¿En qué estás pensando? ¿Filtrarlo a la prensa?

Rentero asiente, pero la mueca se le queda congelada al ver bajar las escaleras a Arcadi Ortiz, que se acerca a ellos.

—Buenas tardes, ¿puedo unirme a la partida?

Ambos palidecen por momentos. ¿Ese asesino viene a vengarse de la detención? Hay algo frío en sus facciones, algo aterrador. Pero desde el principio, por la suavidad de sus maneras, por la mirada amistosa, por los gestos de confraternización, queda claro que viene en son de paz.

—No os guardo rencor, habéis hecho vuestro trabajo.

—¿Eres policía?

—Soy mucho más que un policía. Pero cuanto menos sepáis de mí, mejor. De lo que estoy seguro es de que podemos llevarnos bien.

—¿A qué te refieres? —pregunta Gálvez.

—Sois demasiado jóvenes. Os voy a explicar vuestras opciones: podéis armar un escándalo con todo esto. Quizá salgáis en los informativos y algunos os consideren unos héroes. Sin embargo, todo el mundo se olvida pronto de los héroes y entonces, bueno, las cosas se torcerán. Mucho. Para vosotros y para vuestras familias. Y si pensáis que la policía os va a proteger, sois más ingenuos de lo que pensaba. Pero hay otra opción: que no hagáis nada. Así de fácil. Seguid con vuestras vidas como si no nos hubiéramos visto nunca. Yo soy un hombre agradecido y no os olvidaré si elegís la opción correcta.

—¿Crees que te tenemos miedo? —lo enfrenta Rentero.

Arcadi sonríe, enciende un cigarrillo y barre el lugar con la mirada.

—Me han dicho que aquí ponen cócteles muy buenos. ¿Sabrán hacer un Manhattan como Dios manda?

CAPÍTULO 51

—No hemos tocado nada. Ahí está el cuerpo, en el salón.

Buendía asiente en silencio, pero no se mueve de la cocina. No quiere examinar el cadáver, está bloqueado, con la mirada hundida en el dibujo de las baldosas, como si lo hubiera atrapado una telaraña pegajosa que, de alguna manera, le está succionando la vida, arrebatándole años. Elena comprende que no se va a comportar como un forense ante un homicidio, que va a delegar sus tareas en otros compañeros, porque solo tiene ánimo para componer la estampa de un hombre destrozado por la pérdida de una gran amiga. Es lo que está haciendo ella, dejar trabajar a Miriam, que está procesando la escena del crimen, y a la Policía Científica. La inspección que se está desarrollando en ese piso le llega como en sordina, un murmullo de instrucciones, de pasos, de bolsas de pruebas que se abren y de voces que llegan a través de los walkies. Ella permanece sentada en la cocina; el simple acto de respirar se le antoja un esfuerzo sobrehumano. Le dolió mucho la muerte de Chesca, también la de Rentero, incluso lamentó la de Gálvez; sabía que eran una posibilidad, por mucho que le doliera, las de Zárate, Reyes u Orduño. Todos ellos eran o son policías que han puesto alguna vez sus vidas en peligro, igual que ella... Pero Buendía o Mariajo, no. Ninguno de los dos ha llevado nunca pistola, lo más probable es que ni siquiera supiesen usarla.

—¿Quién puede haberle hecho esto? Ella no se lo merecía.

—Vamos a hacérselo pagar, Buendía —jura Elena.

—Pero ¿por qué? Es que no lo entiendo.

—Llamó a la BAC y dijo que había encontrado algo muy gordo, que no podía decirlo por teléfono. Miriam me pidió que viniera, a mí me lo iba a contar.

—¿Alguien más lo sabía?

—No lo sé. Creo que no…

—Entonces, Miriam se lo tuvo que decir a alguien más —concluye—. Y ese alguien no quiso que supiéramos qué era lo que ella nos quería desvelar.

Elena ya había pensado en eso. Está claro que alguien temía que Mariajo descubriera algo. ¿Es posible que Miriam alertara a alguien del Clan? ¿Y si ha cometido el mayor error de su vida al confiar en ella? Cree que no: si hubiera tenido interés en que no se conociera la verdad habría impedido el registro en la empresa de su marido o, por lo menos, lo habría retrasado para que se eliminase toda la información incriminatoria de los ordenadores de DeAr International. O se habría presentado ella ante Mariajo y habría manejado la información, no le habría pedido a Elena que viniera. No, Miriam está comportándose como una persona honesta. La sospecha que ha tenido durante las últimas semanas, que ella tuviera algún tipo de vínculo con el Clan, se ha esfumado, ahora pone la mano en el fuego por ella.

—No necesitaban un chivatazo. Sabían que Mariajo iba a destripar esos ordenadores. Siempre lo ha conseguido, por difícil que fuera.

Buendía no reacciona al comentario de Elena, ha vuelto a perderse en la abstracción; tal vez estén desfilando por su cerebro los cientos de recuerdos compartidos con Mariajo. Reyes entra en la cocina con malas noticias.

—Los de la Científica no han localizado huellas ni restos de ADN. El asesinato tiene pinta de ser cosa de un profesional.

—¿Están aquí los discos duros que le mandamos desde la BAC o se los han llevado? —pregunta Buendía.

—Los han destrozado a martillazos —contesta Reyes—. Va a venir alguien de informática por si se puede rescatar algo.

Esas palabras caen como una losa: alguien de informática para asumir las tareas de Mariajo, uno de esos chavales tatuados con los que tanto ironizaba, la demostración de que ella ya no está.

—Ha llegado el juez, va a hacer el levantamiento del cadáver —informa Orduño, tan afectado como los demás.

Él no ha llegado a entrar. Ha murmurado desde el pasillo sin atreverse a mirar a sus compañeros; cada uno está atrapado en su propio dolor, no hay fuerzas para darse consuelo. Buendía se queda sentado en la cocina; no quiere enfrentarse a ese trance. Piensa en cuánto tiempo hace que se conocieron, más de treinta años, en todos los momentos felices y también en los difíciles que han vivido juntos. No recuerda ninguna discusión grave, solo pequeños desencuentros por el roce del día a día, era más un juego de pullas que formaba parte de su amistad. Evoca cuando Mariajo llegaba con algún regalo para sus hijos y, en los últimos tiempos, para sus nietos; las veces que le pidió ayuda para su mayor diversión, la de colar noticias falsas en los periódicos, o cuando se burlaba de los gustos musicales que Buendía había copiado de sus nietos; las ocasiones en las que se hicieron compañía como amigos, mucho más allá de ser colegas de trabajo: entierros de los padres de ambos, visitas al médico y todos esos lances de tristeza que existen en la vida.

Elena sí se ha levantado y presencia el instante en que los funcionarios judiciales introducen el cadáver de Mariajo en una bolsa. Lamenta que Buendía haya renunciado a practicar la autopsia, porque confía en él más que en nadie, pero entiende que no quiera ver a su amiga diseccionada en la mesa fría de una morgue. Y, además, la causa de la muerte no admite dudas: un disparo en la cara y otro en el pecho.

Orduño se acerca a Elena y le pasa el brazo por los hombros, un gesto que ella agradece. No están viendo cómo se llevan a una compañera de trabajo, sino a un miembro de su familia, de la familia que ellos mismos han escogido.

Con el cadáver a punto de ser trasladado, Miriam guarda su libreta de notas y abraza a los compañeros de la BAC, uno por uno.

—Lo siento —le susurra a Elena.

En casa de Mariajo no queda nada más que hacer. Se han dado las órdenes pertinentes, se está interrogando a todos los vecinos, se están recopilando las imágenes, se ha retirado el cadáver y se ha permitido que la Policía Científica haga su trabajo. El reducido equipo de la BAC se traslada a las oficinas de la calle Barquillo.

Es 3 de enero y al otro lado de los ventanales ha caído la noche, se han encendido las luces y se han iluminado los árboles de Navidad. Siguen sonando los villancicos a la salida de muchos comercios. Todavía no han empezado las clases en los colegios y Madrid está lleno de turistas y de padres que ultiman los regalos de Reyes de sus hijos. Son fechas felices para todos, menos para los miembros de la brigada.

Miriam informa de que han llegado imágenes de las cámaras de seguridad del barrio de Mariajo. Todas sus esperanzas están centradas en las del cajero de un banco que está frente al portal. Se encierra con Elena en su despacho y las va pasando deprisa hasta que tropiezan con una imagen sospechosa. La amplía, intentando que no pierda demasiada definición. Se ve, o más bien se adivina, a una mujer joven, con abrigo y un gorro de lana, que sale del portal un minuto antes de la llegada de Elena. Aunque el gorro tapa el tatuaje de las alas de águila en la cabeza, Elena reconoce sus facciones: esa mujer es Kira.

—¿Estás segura? —pregunta Miriam.

—Completamente. Es la asesina de Rentero.

—Bien, ya tenemos algo. Pon al equipo en marcha —dice Miriam antes de responder al teléfono de su mesa, que suena con insistencia.

Elena sale apresurada para comunicárselo a sus compañeros, que aguardan en la sala común, derrotados; la tristeza se ha tragado toda su energía.

—Vamos, hay que trabajar. Hemos localizado a la asesina de Mariajo, es la mujer que mató a Rentero, la sicaria: Kira. No sé cómo, pero tenemos que conseguir dar con ella.

—Hay malas noticias, Elena —la corta Buendía.

El forense está mirando su móvil. Suenan avisos también en los de Orduño y Reyes, que, después de leerlo, le muestra una noticia en su pantalla.

—Esto acaba de salir publicado.

El título expone a las claras el bombazo: «La BAC, escándalos, corrupción y asesinatos». En el texto, se relaciona a la brigada con todo tipo de infracciones de la ley, detenciones ilegales, uso de pruebas falsas e incluso homicidios.

—Culpan a Zárate de la muerte de los secuestradores de Chesca, a ti de la de Violeta, la asesina del caso de las madres de alquiler…

—Que lo investiguen, me da igual. Que revuelvan donde quieran —lo desprecia Elena—. No podemos preocuparnos por lo que diga un medio de internet.

—No es un medio de internet —corrige Orduño—. Los periódicos ya se han hecho eco. Ha aparecido en *El País,* en *El Mundo,* en *La Razón,* en el *Abc,* en *La Vanguardia…*

Miriam sale de su despacho con la cara desencajada.

—Veo que ya estáis al tanto de las noticias.

Los miembros de la BAC dudan si seguir rastreando en internet todo lo que se dice de ellos, una catarata de artículos que los describen casi como una brigada parapolicial, o atender a Miriam, que termina por captar toda su atención:

—Acabo de hablar con el nuevo director general de la Policía, el sustituto de Aurelio Gálvez. Se llama Benítez, no lo conozco. —Miriam tiene que tomar aire para continuar—. Se acabó todo. En el ministerio están escandalizados por lo que se está publicando. Han suspendido de manera cautelar la actividad de la BAC, otra brigada se hará cargo de los asuntos pendientes.

—Hijos de puta, ¡no pueden hacerlo! —Un puñetazo en la mesa subraya la impotencia de Elena.

—Ya han cursado la orden. Nos dan un día para desalojar las instalaciones. Van a mandar agentes para comprobar que nos marchamos.

Si el Clan pretendía causar el mayor destrozo posible, lo ha conseguido, piensa Elena. Sin tiempo para digerir la muerte de Mariajo, llega la puntilla: el cierre de la BAC. La desolación se apodera de todos. A Elena le sorprende notar una mirada de cariño de Buendía, como si le estuviera agradeciendo tantos años de servicio y de compañerismo. Se siente orgullosa de su equipo y de todo el trabajo que han hecho juntos.

Pero los han vencido.

Elena se va caminando a casa. Baja por Barquillo hasta Alcalá, pasa por delante del hotel Four Seasons, lleno de gente haciendo fotos a la ornamentación navideña, que en apenas seis o siete años se ha convertido en un clásico de Madrid. Sigue hasta Sol y se detiene en el escaparate de La Mallorquina; a Mariajo le encantaban sus pasteles y muchas veces llevaba una bandeja para sus compañeros, aunque tuviera que desviarse de su camino para comprarlos allí. Piensa en que no le apetece estar sola y, como si sus pies hubieran decidido el rumbo por ella, se descubre entrando en el Refra; puede que el efecto benéfico del ambiente conocido, del viejo bar en el que la tratan como a una de la familia, la ayude a recuperar una calma que necesita para saber cómo continuar.

—Inspectora, cuánto tiempo.

—Dime qué haces aquí a esta hora… ¿No tienes horario de mañana?

—Le he cambiado el turno a un compañero para poder ir a la cabalgata con los niños. ¿Y usted?

—Venía a tomarme un vino contigo.

—Eso está hecho. Le voy a abrir una botella de un Rioja que es un espectáculo. Vaya contándome cómo le va la vida.

Juanito abre la botella, un Muga Selección Especial, y saca dos copas buenas de debajo de la barra. Se puede permitir el capricho porque solo hay dos clientes más en el local, una pareja que está al fondo.

—¿La vida? Un desastre… Ha muerto una de mis mejores amigas.

—Vaya, lo lamento. No hay nada peor que perder a los buenos amigos. La vida se convierte en una cosa un poco más fea…

—Es verdad. Era una mujer buena. Y ¿sabes qué es lo que me está volviendo loca? La última vez que la vi discutimos.

—No se torture por eso, inspectora. ¿Brindamos por ella?

Elena levanta la copa y la choca con la de Juanito.

—Por Mariajo.

Antes de dar un solo trago, Elena rompe a llorar. Es un llanto desatado que descoloca a Juanito. Torpemente, la coge de la mano y se la cubre de besos mientras su cabeza busca algún refrán rumano que pueda consolarla.

CAPÍTULO 52

Ahora tiene que extremar las precauciones. Es un prófugo de la justicia y, además, un objetivo claro del Clan: escapar de la mujer del tatuaje en el cráneo y la visita a la consulta de Hipólito Samper no le saldrán gratis. A estas horas, algún sicario, probablemente ella misma, lo estará buscando para quitarlo de en medio. La consulta del médico podría estar vigilada, bien por una patrulla, o bien por el Clan. Pero tiene que regresar, pasear por la zona, verificar si hay seguridad alrededor, colarse dentro y localizar los datos que necesita. No tiene ni tiempo ni energía para urdir un plan más sofisticado.

Allí vio a Arcadi Ortiz, al menos fue lo que le dijo el cardiólogo y, teniendo en cuenta su miedo en ese momento, no cree que le mintiera. La llegada de la policía le obligó a huir y le impidió enterarse del nombre que ahora usa Arcadi, pero solo necesita volver a entrar en la clínica y buscarlo. En algún ordenador estará la ficha, su identidad actual, su teléfono y quizá su dirección. Habrá informes médicos en una carpeta, en un cajón, en un anaquel… En esa consulta está la respuesta que lleva tanto tiempo buscando.

¿Bajo qué nombre se esconde el asesino de Eugenio Zárate?

No puede soportar que sea un ciudadano corriente, un tipo que acude a la consulta del médico, que compra el periódico, que se da un paseo, que juega al golf o que se detiene en un bar de su barrio para tomar un café. Y, en contraste, él tiene que vivir como un fugitivo. Se siente cansado, pero no va a parar ahora que intuye que está cerca, que por fin va a cumplir con su venganza y va a hacer justicia a la memoria de su padre. Y si no lo consigue, volverá mañana y hará que la recepcionista se lo dé, sea como sea.

No ha querido usar el coche que le prestó Costa por si han logrado localizarlo a través de la matrícula, así que ha llegado a Aravaca en autobús desde Moncloa. El barrio está vacío por la noche, apenas camina gente por la calle y pasan pocos coches. Es una zona residencial de Madrid, con muchos chalets y urbanizaciones cerradas, casi todos sus vecinos son de clase alta. Tiene un núcleo urbano mínimo y muy escaso comercio. Los residentes se desplazan a Madrid o a Pozuelo cuando quieren ir de compras o acuden a uno de los grandes centros comerciales cercanos. Las únicas personas con las que se ha cruzado Zárate en su deambular son empleadas domésticas, casi todas ellas extranjeras y extenuadas, que se van a sus casas tras la jornada laboral.

Sin embargo, en las inmediaciones de la clínica empieza a notar un movimiento inusual. Oye sirenas policiales. El tráfico está cortado y el aire se ha llenado de humo. Al llegar ve lo que estaba temiendo desde unas manzanas antes: la Clínica Astina Luz está en llamas. Varios coches de bomberos tratan de apagar el fuego que escupe una ventana del chalet y que lame marcos y balcones. Un grupo de vecinos mira desde más allá del cerco policial.

—¿Qué ha pasado?

—Ya ve, un incendio en la clínica.

—¿Provocado?

—No creo —se extraña una vecina—, ¿quién quiere quemar una clínica?

Los bomberos parecen tener problemas para sofocar el fuego. El olor a plástico chamuscado resulta desagradable. ¿Quién quiere quemar una clínica? Él tiene la respuesta a esa pregunta. No necesita acercarse más para saber lo que ha sucedido: que el incendio se ha declarado en la consulta del doctor Samper y que han ardido papeles, ficheros, archivos y ordenadores.

—¿Ha habido alguna víctima?

—Ni idea, yo no he visto salir ninguna ambulancia.

Un trabajo quirúrgico, buscando un daño concreto, sin causar víctimas. Se aleja cabizbajo y desanimado. No va a poder encontrar a Arcadi y el pensamiento se revela como una ley inquebrantable. Su lucha ha sido ridícula, ¿realmente creyó que podría plantarle cara al Clan? Son mucho más poderosos que él. No tienen límites a la hora de protegerse: pueden matar, pueden prender fuego a una clínica puntera. No se detienen ante nada ni ante nadie, porque saben que no serán perseguidos ¿Quién lo iba a hacer? Es un juego trucado. Son al mismo tiempo policías y ladrones. ¿Qué puede hacer él contra esa organización de terror?

De vuelta en Madrid, se dirige a la calle Montera; tal vez pueda dormir en la misma pensión ilegal que ayer. Pero al llegar al portal descubre que no le apetece alojarse allí, prefiere caminar. Atraviesa Sol, sube hacia la plaza de Santa Ana y, como si sus pasos los manejara alguna fuerza sobrenatural, desciende por la calle Huertas hasta llegar al Cheer's, el karaoke al que fue tantas veces con Elena. Aquel en el que la vio por primera vez cantando en italiano, donde sabe que ella ha ahogado siempre sus penas.

En el escenario, un hombre remata una canción de Nino Bravo y cosecha algún aplauso. Zárate se acerca a la barra y pide un tercio de Mahou. Empieza la música otra vez y un frío helador le recorre la espalda cuando escucha la voz que suena y lo envuelve todo: *tu, amor mio, chi ti ha amato in questo mondo? Solo io. Io, invece io, sono stata troppo amata. Ma noi due, amor mio, che siam poco, insieme siamo un po' di piú.*

Se da la vuelta y la ve sobre el escenario, al borde de las lágrimas, cantando como si la voz no naciera de los pulmones, sino del dolor, tan lejos de esa felicidad que un día le dijo que le daba la música, cantar, tanto que había sido su sueño de juventud. Una vez, entre risas (qué perdidas quedan esas risas), le confesó que le habría encantado actuar en el festival de San Remo. En lugar de eso lo hace en el escenario de un karaoke madrileño. Él conoce la canción, hasta le pidió a ella que le tradujera la parte que él no entendía: nosotros dos, amor mío, somos poco, pero juntos somos un poco más…

Juntos, piensa Zárate.

Ella sigue cantando con los ojos casi cerrados: *amor mio, amor mio, per amico c'è rimasto solo Dio. Ma Lui lo sa e sorride. Lui ci guarda e sorride.*

Y de pronto lo ve. En la barra, delgado, con la barba de varias semanas, la expresión triste ahora matizada por la emoción de estar mirándola. En ese rostro Elena ve una sonrisa de amor y leyendo sus labios, que en realidad no se han separado, ella escucha una orden terminante: deja lo que estás haciendo y ven. Y eso es exactamente lo que hace. Suelta el micro, baja del escenario y se funde en un abrazo con él.

De inmediato crean una burbuja insonorizada que no traspasan los aplausos de parte de la parroquia ni algún comentario procaz del borracho de turno.

El abrazo dura mucho más de lo que duran los abrazos. Elena lo necesita más que nunca; le parece que la aparición de Zárate es mágica, se produce justo cuando más desvalida se siente. Si pudiera, lo atravesaría para esconderse dentro de él. Para Zárate, después de tanto tiempo vagando por ahí, por Almería, por Liberia, por la Alcarria, después de cruzar el Mediterráneo en una patera, de esconderse de todo y de todos, de sentirse perseguido y de dormir en cualquier parte, estar en brazos de Elena es como volver a casa.

CAPÍTULO 53

Se han ido desvistiendo por el pasillo del piso de la plaza Mayor, camino del dormitorio, se han devorado con prisas, con vehemencia, como dos adictos necesitados de una dosis de afecto. En la mirada de ella, velada por el alcohol, él ha visto el desamparo. En los ojos de él, ella ha visto rabia y desesperación, una maraña que ha tenido que atravesar para bañarse en algo parecido al amor. Pero ahí estaba, al final del bosque: el amor. Lo ha visto o lo ha creído ver. Quiere besar cada una de sus heridas.

Zárate es como un soldado que vuelve de la guerra, lleno de cicatrices, de polvo, de sudor antiguo. Y lleno de traumas. Es como si hubiera que enseñarle todo de nuevo, desde el principio. Guiarlo en las caricias, en los besos y en la expresión del sentimiento. Y, como le pasa siempre con él, Elena nota que no tienen tiempo para ellos. Siempre hay un apremio, algo urgente que convierte su relación en un devaneo secundario, en un pormenor. ¿Cómo es posible que lo más importante, lo que alimenta su corazón, parezca por momentos un estorbo?

—Han asesinado a Mariajo…

La noticia es devastadora para Zárate. ¿Habría ocurrido esto si él no hubiera iniciado la venganza por el asesinato de su padre? ¿Ha sido él quien ha colocado a toda la BAC en el punto de mira del Clan? Demasiados muertos, demasiada obsesión, demasiadas desgracias. Tenían algo parecido a la felicidad y lo ha echado a perder por algo ocurrido hace más de veinte años.

Desnudos, abrigándose el uno en el cuerpo del otro, en su piel cálida y agradecida por el reencuentro, Elena no puede parar de llorar mientras le cuenta el instante en que entró en el piso de Francos Rodríguez y encontró el cadáver de la que, ahora lo sabe, fue su mejor amiga. Le cuenta también el caso de la trata de inmigrantes, del tráfico de órganos y de la impunidad con que se mueve el Clan. Él le habla de lo que ha vivido, de Zubigaray, del incendio en la consulta del doctor Samper, de Arcadi Ortiz, de Monrovia, de la patera, de Amira…

Se emociona al saber, por boca de Elena, que la joven liberiana está viva, que habló con ella sobre él, sobre sus penalidades en el viaje a través del desierto y sobre lo mal que baila. Un atisbo de alegría en medio de tanto dolor. Elena se siente como una trilera a la hora de administrar las noticias buenas y las malas. Cuando ve a Zárate sonreír se entristece al saber que ahora le toca rebajar su entusiasmo, que le tiene que contar también que han cerrado la BAC de forma cautelar, quién sabe si definitiva. El hachazo llega con el efecto esperado: él no se puede creer que ya no tengan soporte policial para seguir investigando al Clan. Eso es lo que le preocupa, el corto plazo, ni siquiera se ha parado todavía a pensar en su futuro, en qué destino le podría estar reservado con un expediente lleno de manchas. Se cuentan lo bueno y lo malo a trompicones, en un torrente continuo, como si fuera un intercambio de golpes o una noche de besos y mordiscos por todo el cuerpo.

—¿No me van a dejar ni recoger mis cosas?

—Podemos ir por la mañana. Después nos negarán el acceso a las oficinas de Barquillo.

—Qué hijos de puta. Nos quieren aniquilar, Elena. No lo podemos permitir.

—No lo entiendes, Ángel. Ya nos han aniquilado. Hemos perdido.

Él la mira, decepcionado. Se levanta de la cama y pasea su furia por el dormitorio.

—Pero estamos juntos, eso es lo que importa ahora mismo —dice ella.

Ángel no contesta. Se queda mirando por la ventana y ella lo ve de espaldas, desnudo, con el culo al aire, esa estampa libre y salvaje que a ella tanto la excita. El deseo se abriría paso fácilmente si la actitud de él no fuera tan atormentada.

—Vamos a ir a por ellos. No podemos parar ahora. Eso no es una opción.

—Ven aquí, anda, vuelve a la cama.

La mira con el ceño fruncido, un amago violento en su rostro. ¿Cómo es posible que ella piense en el sexo con todo lo que está pasando ahí fuera?

—Voy a beber agua —dice según sale de la habitación.

Elena no quiere que se enturbie el reencuentro, no tan pronto, no puede ser. Lo sigue hasta la cocina y lo abraza por detrás.

—Vamos a la cama, tenemos que dormir un poco.

Él asiente y se deja llevar de la mano. La noche de invierno se ha vuelto glacial y ambos necesitan, bajo el edredón, el calor de sus cuerpos. La respiración de Zárate se vuelve pesada y Elena piensa que se ha quedado dormido. Pero de pronto se gira hacia ella, la besa en los labios y le regala sus últimas fuerzas, los restos de su pasión antes de que el cansancio tome cuenta de él. A ella le parecen al principio las embestidas de un hombre extraviado, de un loco, pero luego se deja reconfortar por la certidumbre de ser su tabla de salvación, la única persona que lo puede rescatar de un destino trágico.

Por la mañana, recibe una llamada de Miriam.

—¿Qué tal estás? —pregunta Elena.

—No he pegado ojo en toda la noche.

—¿Has hablado con tus hijos?

—No fui capaz. Les dije que su padre había tenido que salir de viaje. Pero no me queda más remedio que hacerlo, que decirles la verdad. A lo mejor hoy a mediodía. No tienen colegio. Estaban preocupados por si mañana su padre no iba a poder llevarlos a la cabalgata, como todos los años. No va a ser la mejor noche de Reyes de nuestra familia…

—Lo comprendo, pero llegarán tiempos mejores, Miriam. Tómatelo así.

—Eso espero. He hablado hace un rato con el nuevo director general. Me permite interrogar a mi marido, pero lo trasladan a Canillas.

—¿Y nos van a dejar recoger nuestras cosas?

—Sí, tenemos un par de días. Pero te llamo para pedirte un favor. Los de informática me han confirmado que no se puede recuperar nada de lo que tenía Mariajo.

—Lo suponía. Así que el registro de la empresa de tu marido no ha servido de nada.

—No. Pero quiero que destripes el ordenador personal de Adolfo. Me lo he traído de casa y lo tengo delante de mis narices. La contraseña me la sé: Jota1994. Es el bar y el año en que nos conocimos. He estado rebuscando y he encontrado algunos archivos que no puedo abrir, están encriptados. ¿Tú podrías hacer algo con eso?

—Ese era el trabajo de Mariajo.

Pero, luego, Elena se queda pensando. Recuerda a ese hacker del que le habló Mariajo, el que diseñó todo el montaje para implicarla en la muerte de Rentero. Sabe que se llama Aritz y que está en Cabezuela del Valle, un pueblo del Jerte. Mariajo se lo contó. Es una localidad muy pequeña, no sería complicado dar con él.

—Creo que puedo tener la manera de desencriptar ese ordenador. Me paso por la BAC y lo recojo, ¿te parece?

Cuando cuelga, se da cuenta de que Zárate la mira desde el umbral. Descansado, sonriente, perezoso.

—¿Novedades?

—¿Has dormido bien?

—Como hacía tiempo.

—Me alegro. Porque dentro de un par de horas nos vamos de viaje.

CAPÍTULO 54

Los hijos de Miriam aguardan con nerviosismo; está siendo la antesala de Reyes más rara de sus vidas. Anoche su madre les dijo que su padre había tenido que salir de viaje y que no los podría llevar a la cabalgata, como todos los años. A los mayores, a María y a Alonso, les da igual, antes de que les dijeran nada ya estaban pensando en formas de escaquearse y poder quedar con los amigos; Paula, que todavía tiene quince, dudaba de si le apetecía ir o no, en el fondo es divertido y a su padre le hace ilusión, siempre se comen el roscón cuando vuelven a casa y les cuenta mil veces que al que le toque la figurita es el rey y al que le toque el haba tiene que pagarlo, aunque después nadie pague ni sea rey; los pequeños, Carlota y Hugo, sí que querían. Aunque ya tengan edad de saber que los Reyes Magos no existen, se hacen los tontos, no vaya a ser que los regalos sean peores si se quitan la máscara y admiten la verdad. Además, se lo pasan bien con su padre, con lo del roscón y lo de sacarles brillo a los zapatos y dejar un polvorón para cada rey y un terrón de azúcar para sus camellos.

¿Qué está pasando en esa familia? No es normal que su madre los haya convocado en casa a la hora de comer y mucho menos que les haya pedido que esperen en el «salón de no entrar». Allí solo acceden las visitas y se usa los días especiales, como por ejemplo cuando van los abuelos. La vida se hace en lo que su madre llama la salita, una más pequeña al lado de la cocina, donde están la tele grande, los juegos de mesa y la consola. Su padre es un pesado con eso, en la habitación no se puede tener ni tele ni consola, la habitación es para dormir, para estudiar y para leer, no para encerrarse a jugar. Cuando llega Miriam a casa, los dos mayores esperan repantigados en el sillón, entretenidos con sus teléfonos móviles; Paula está en el suelo, con la espalda apoyada en una butaca, y lee en la tablet uno de esos fanfics de personajes famosos que no acaba de entender de qué van; los mellizos tienen delante un tablero y juegan a las damas haciendo trampas.

—Tengo que contaros algo de vuestro padre. Ayer os dije que se había tenido que ir de viaje, pero no es verdad.

—¿Os vais a separar? —Ha sido Paula la que lo ha preguntado, como si fuera algo que lleva tiempo sospechando.

—No, no nos vamos a separar. —A Miriam le sorprende su propia convicción al negarlo. Ni siquiera se lo había planteado.

—Entonces, ¿no se ha ido con otra?

—Claro que no, Paula, no digas tonterías.

—El padre de mi amiga Lucía se ha ido con otra y los ha dejado. Fue el día antes de Nochevieja, por eso pensé que era eso.

—Pues no, no es eso.

—¿Te quieres callar un rato? —le pide María impaciente.

—Cállate tú —contraataca Paula.

—Las dos, basta —pone orden Miriam—. Vuestro padre no se ha ido con otra y no os ha abandonado. Lo que pasa es que se ha metido en un lío…

—¿Cómo un lío? —pregunta Alonso.

Miriam toma aire. Le gustaría tener la facilidad de Adolfo para tratar a los niños. Él sabe hablarles para que le entiendan, encuentra los atajos, el giro humorístico que allana el camino. Muchas veces, ella misma ha tenido celos de esa conexión con sus hijos. Tiene claro que, para ellos, su padre mola mucho más que su madre.

—Vuestro padre ha hecho algo que no debía…

—¿Está en la cárcel? —Hugo tiene los ojos muy abiertos.

—No está en la cárcel, pero está detenido.

—¡Qué fuerte! —exclama Paula.

—Mamá, ¿qué coño ha hecho? —pregunta María.

—Lo están investigando por cosas de su empresa.

—¿Qué cosas? —insiste la mayor—. ¿Estafas?

—Algo así. El caso es que va a estar un tiempo sin venir a casa.

—¿Lo van a meter en la cárcel?

—No lo sé todavía, Alonso. Pero podría ser.

—Joder, qué fuerte —dice Paula.

—¿Cómo de malo es lo que ha hecho? ¿Como lo de Ed Gein?

—¡No digas tonterías!

Carlota, a sus diez años, no debería ni conocer el nombre de Ed Gein, el carnicero de Plainfield, el asesino en el que se inspiró *El silencio de los corderos* o *La matanza de Texas.* Pero no solo lo conoce, sino que además es su asesino en serie favorito. De repente, Miriam se pregunta si no ha estado romantizando a los asesinos con sus hijos pequeños.

—¿Como Pedro Rodrigues?

Su hermano Hugo no se queda atrás y menciona al mayor asesino en serie de Brasil, Pedrinho Matador, responsable de la muerte de setenta y una personas. En él se inspiró *Dexter.*

—¡Basta ya! Vuestro padre tiene un problema con la ley que esperamos que se resuelva pronto. —Le gustaría negar que Adolfo sea un asesino, pero ¿no lo es? Sabe que tiene que edulcorar la realidad, al menos de momento, pero no quiere mentirles de esta manera a sus hijos—. Va a pasar unos días fuera de casa, pero aquí no va a cambiar nada.

Sigue un silencio que se llena de tensión, de miradas huidizas, suspiros, desconcierto y de pronto los hipidos de Paula y el llanto de Alonso. Hugo muerde la venda de su dedo en un gesto nervioso. Carlota rompe el silencio.

—Entonces, ¿mañana no nos lleva a la cabalgata?

—No.

—¿Y tú?

—Yo tampoco. Este año la veis en la tele.

María se levanta y abandona la sala, enfadada. Paula ha hundido la cara en un cojín para amortiguar el llanto. Alonso no se limpia las lágrimas que resbalan por sus mejillas, como si quisiera que su dolor constara claramente. Los pequeños lo viven como un juego, así les ha enseñado su padre que hay que tomarse las cosas. Mañana por la noche, Miriam se levantará cuando todos estén dormidos y les pondrá los regalos de Reyes, que están escondidos bajo llave. Y se comerá ella los tres polvorones, algo que suele hacer Adolfo, porque en esa casa nada va a cambiar. Menos mal que no ponen tres copas de anís, como hacía ella de niña.

Ahora debe marcharse; ha venido a hablar con sus hijos, pero esta tarde tiene otra conversación igual de importante y mucho más difícil: será ella quien interrogue a su marido. Cuando entra en el garaje, todo lo dicho y lo omitido ante sus hijos se agita en la batidora que es su cabeza: ¿sigue enamorada de Adolfo? ¿Aunque sea un asesino? ¿Realmente está decidida a sostener este matrimonio? ¿Puede el amor desaparecer en un chasquido?

Adolfo Rocamora ha sido trasladado desde las dependencias de la BAC hasta las del Complejo Policial de Canillas. Es allí donde deberá interrogarlo la inspectora Miriam Vaquero. Se siente cómoda en ese lugar. Aunque sea tan grande, es donde ha pasado la mayor parte de su carrera, donde trabajaba antes de que la destinaran a la BAC.

Antes de entrar en la sala, ve a su marido a través de una cámara. El haber dormido en un calabozo no le ha hecho mella. Está perfectamente vestido, aunque se ha quitado la corbata, y parece tranquilo. Su único signo de debilidad es que ejercita los dedos de la mano, puede que la artrosis le esté dando problemas. Mira alrededor mientras espera; seguro que si tuviera algo de lectura se olvidaría de dónde está. Sin embargo, ella, que ha dormido en su cama, se ha duchado y se ha cambiado de ropa, tiene peor aspecto. Adolfo sabe mantener la calma mejor que ella.

A sus cuarenta y cinco años, uno más que ella, Adolfo sigue siendo un hombre muy atractivo. Miriam siempre le ha dicho que se tenía que haber dedicado al cine, que podría haber sido un galán, como Coronado o Banderas. De hecho, se parece a Coronado, aunque más joven. Cuando se casaron, se ponía muy celosa cuando veía a otras mujeres mirarlo, pero pronto se dio cuenta de que tenía al marido perfecto, un hombre que la adoraba a ella y que haría cualquier cosa por sus hijos.

Se ve que no hay nadie sin tacha. Otras amigas que conviven con maridos llenos de defectos no se han visto en la tesitura de interrogarlos en dependencias policiales.

—¿Estás segura de que lo quieres interrogar tú?

El comisario Lanzas, el antiguo jefe de Miriam, ha ido a interesarse por la situación. Ella lo agradece, pero no tiene ninguna duda.

Adolfo sonríe al ver entrar a Miriam y se pone en pie, educado.

—Menos mal que vienes tú y no me mandas al perro de presa de ayer. ¿Elena Blanco no estaba suspendida de empleo y sueldo?

—Consideré que era mejor que te interrogara ella. Siéntate.

Le da la sensación de que él esperaba que se acercara para darle un beso, pero no funcionan así las cosas. Miriam coloca sus carpetas en la mesa, entre los dos, como si buscara parapetarse tras ellas.

—¿Has hablado con los niños?

—Les he explicado la situación lo mejor que he podido. Es decir, mal. Porque esta situación no tiene ninguna explicación que no sea un desastre —decide Miriam abrir ese pequeño intervalo personal; es el padre de sus hijos y eso está por encima de todo—. Estoy segura de que se van a enterar en el colegio o por la tele, así que tendré que volver a hablar con ellos y contarles toda la verdad. Prefiero que lo sepan de mi boca.

—Claro. Me hubiera gustado poderlos llevar a la cabalgata. ¿Qué te han dicho?

—Estaban preocupados. Sobre todo los mayores. Carlota y Hugo no se han dado mucha cuenta. Se lo han tomado como un juego.

—Son buenos chicos. Acuérdate de la mochila nueva de Hugo, está en el maletero de mi coche. Dentro va el juego que pidió para la consola en la carta de Reyes.

—Se lo pondré.

—Y cómete los polvorones, sabes que les hace gracia imaginarnos con la boca llena de polvorones haciéndonos pasar por los tres Reyes.

—¿Algo más?

—No, nada más. Que les mandes un beso de mi parte y les digas que pronto estaremos juntos otra vez. Que todo esto es un tremendo error.

Se ha dejado llevar, como tantas veces. Miriam es consciente de que él sabe cómo envolverla con su palabrería, con sus buenas maneras, hasta el punto de que ella queda a su merced, como la víctima de un hipnotizador. Un «tremendo error», ha dicho. Tampoco ha reaccionado cuando ella ha dejado caer que tendría que contarles a los niños «toda la verdad». ¿Cuál es la verdad para Adolfo? Tiene que tomar el control de la conversación, por eso rompe el tono cordial con una pregunta que sabe que puede hacer daño.

—¿Quién es Arcadi Ortiz?

—Empiezas fuerte —sonríe—. ¿Estás segura de que ese hombre está vivo, que no murió en el asalto a la embajada española de Monrovia en 1990?

—Que sepas quién es me demuestra que no murió entonces y que es mucho lo que puedes contarme de él.

—Hasta el Ministerio de Asuntos Exteriores mandó agentes del CNI a buscarlo y no lo encontraron. Arcadi Ortiz es un fantasma. Mejor olvídate de él.

—Adolfo, tenemos muchos datos de las actividades de DeAr International. Sabemos quién es el general Prince, quién es vuestro hombre en la Guardia Civil de Almería, quién es Abraham Bermejo, y hemos detenido a algunos colaboradores tuyos, no solo a ti. Lo que intento comprobar es si tienes a alguien por encima en el Clan. Intento poder mirar a los niños a la cara y decirles que no, que su padre no era el responsable de todo.

—No metas a los niños en esto.

—Solo te digo que quiero poder defenderte delante de ellos.

—Me defenderé yo mismo.

—¿Cómo? Si te condenan vas a estar mucho tiempo sin verlos.

—¿Es una amenaza?

Miriam no quería meter a los niños y tampoco amenazarlo con ellos, ha sido Adolfo. O ha sido un malentendido. A lo mejor no tenía que haberlo interrogado ella, pero eso ya no tiene remedio.

—No me vas a quitar a mis hijos. Quiero conservar la custodia —le anuncia repentinamente él.

—¿Desde la cárcel?

—Las hay que tienen hasta piscina. Ya verás lo bien que se lo pasan.

—No lo voy a permitir, ni siquiera voy a dejar que te visiten en la cárcel.

¿Cómo han llegado a esto? Si ella no estaba pensando ni en separarse de él. Ya sabe que la situación es complicada, pero no quiere tenerlo como enemigo. Ahora están en bandos contrarios, pero ha entrado en esa sala pensando que podrían encontrar la manera de ser aliados, al menos en lo concerniente a los niños.

—No vas a poder impedirlo. Quiero salir en tres años y, cuando esté en la calle, los chicos vivirán la mitad del mes conmigo. Sabes que me necesitan. Lo quiero por escrito y firmado por los ministros del Interior y de Justicia.

A Miriam le entra la risa floja, nerviosa.

—¿Qué tontería es esa? No puedes comportarte como si tuvieras la sartén por el mango.

—La tengo, aunque tú no seas capaz de verlo.

—Explícamelo.

—Sé quién es Arcadi Ortiz. Sé quién manda en el Clan. Sé cómo acabar con ellos, no olvides que yo era el número dos. Bueno, el tres hasta hace unos días, hasta la muerte de Gálvez. Antes él era mi interlocutor, las últimas órdenes me las dio Arcadi en persona.

—¿Quién es?

—Te lo diré después de tener ese pacto firmado.

CAPÍTULO 55

Zárate le señala un edificio pegado a la carretera de Extremadura, cuando solo unos centenares de metros los separan de Madrid. Es una de esas casas que Elena siempre ha mirado al pasar, preguntándose si se podría soportar el ruido de los coches durante todo el día y toda la noche, si una familia puede residir en un lugar así sin volverse loca.

—En ese bloque viví yo.

La frase suena un poco ronca y quiebra el silencio hosco en el que viajaban. Desde que Zárate se enteró de la existencia de Aritz, el hacker, y de que podría ayudarlos a descifrar el ordenador personal de Adolfo Rocamora, se ha instalado en una especie de expectación angustiosa. Vive para conocer el contenido que guarda con tanto celo el marido de Miriam Vaquero. Necesita una pista que le permita encontrar a Arcadi.

—Nunca me lo habías contado —se sorprende Elena.

—Fue muy poco tiempo, solo unos meses. Dentro del piso se oye menos el tráfico de lo que parece. O te acostumbras, no sé. Fue antes de presentarme a las oposiciones para policía, antes de matricularme en Derecho.

—Tendrías que haber acabado la carrera.

—Tendría que haber hecho tantas cosas que no hice… Digamos que… desde que perdí a mi padre me convertí en un chico problemático. No estaba siempre, ¿sabes? Mi padre. Iba y venía, pasaba temporadas fuera, ahora sé por qué: estaría infiltrado en alguna brigada… Lo echaba de menos, pero saber que volvería, no sé…, supongo que me daba seguridad. Después de que muriera… di muchos tumbos, la emprendí con mi madre, como si ella tuviera la culpa de algo, hasta que me fui de casa. Ese piso fue el único sitio que encontré donde meterme, con un chileno que decía que alineaba los chacras y un gallego que pasaba costo en el parque del Oeste, donde el teleférico. Es irónico que Salvador Santos fuera quien se ocupó de que no me descarriara del todo. Remordimientos, supongo. Ya que no hizo nada por mi padre, lo hizo por mí.

—¿Dónde vivías antes con tu madre?

—En varios sitios. En Aluche, en Usera, en Bravo Murillo… Nos cambiábamos mucho de casa.

Sus vidas han sido muy distintas; Elena siempre habitando en el desahogo, acompañada de buenas oportunidades: Chamberí, colegios de pago, vacaciones en todo el mundo, universidades privadas, largas estancias en Italia… Incubando, quizá, un espíritu salvaje y oscuro para contrarrestar la gran injusticia de tener una vida privilegiada. Zárate, en cambio, deshilachando su juventud por los barrios más populares, aunque sin llegar nunca a caer en la precariedad.

—Mi madre no volvió a casarse cuando se quedó viuda, pero tuvo un par de novios. Uno de ellos me caía muy bien, tenía una ferretería y me llevaba los domingos al fútbol, a ver al Atleti. Yo era del Madrid, pero me callaba.

—No sabía que te gustara el fútbol.

—Me gustaba más jugar con los colegas en el parque que verlo por la tele.

Zárate le sigue hablando de su adolescencia, de la rebeldía del huérfano, convencido de que a su padre, al que convirtió en un héroe, lo habían asesinado unos delincuentes, de la rabia que le impedía centrarse hasta que decidió opositar para entrar en la Policía.

—Es una pena que mi madre muriera antes de ver que me reformé, que soy una persona normal. Y de que pudiera pedirle perdón por no haber sabido estar a la altura.

—¿De verdad crees que te has reformado y eres una persona normal? —se ríe Elena.

Él esboza una sonrisa tensa y ella comprende que se ha puesto a hablar de sí mismo para entretener su impaciencia. Se va poniendo más y más tenso según se acercan al valle del Jerte. Cuando quedan pocos kilómetros, se le desata un movimiento en una pierna, arriba y abajo, en un temblor imparable, y ya no es capaz de disfrutar de la compañía de Elena.

Cabezuela del Valle es el pueblo más grande del valle del Jerte, aunque supera en muy poco los dos mil habitantes. En primavera, cuando florecen los cerezos, se llena de visitantes, pero a primeros de enero es un lugar frío, bonito y acogedor, de esos en los que apetece quedarse a vivir. No tienen la dirección de Aritz, pero suponen que no será difícil encontrar a alguien que les indique dónde viven una madre y un hijo recién llegados al vecindario. Lo consiguen en el estanco de la avenida de Plasencia. La estanquera no cae en quiénes son, pero otro cliente los conoce.

—Sí, esos que han llegado nuevos. Los de la casa de enfrente del hotel ese que hay en la calle del Cura.

Los dirige a una zona bonita, muy tranquila. La casa en la que viven Aritz y su madre está muy bien conservada y responde a la arquitectura tradicional de la comarca, con un balcón sobre un soportal que permite a los vecinos protegerse de la solana o de la lluvia. Por dentro está decorada con gusto, llena de objetos típicos de la región, pero también de todas las comodidades.

—Mi hijo ahora está muy bien. Ni siquiera enciende el ordenador, se va a pasear por el monte…

Alicia los ha recibido con un recelo inicial que se ha disipado enseguida. Elena se ha presentado como una buena amiga de Mariajo y ha tenido que darle a la mujer la noticia de su muerte.

—No querían que contara lo que sabía, aunque a lo mejor no se llevó todos los secretos a la tumba. Algunos de ellos pueden estar en este ordenador, pero está encriptado. Solo nos puede ayudar Aritz.

—Él necesita estar en paz. Por favor, entiéndanlo. Acaba de superar una crisis…

—Lo sé —dice Elena—. Y no queremos desestabilizarlo. Si estamos aquí es porque es la única salida que nos queda para cazar al asesino de Mariajo.

—¿Dónde está ese ordenador?

Alicia es la primera en girarse hacia la escalera, de donde proviene la voz que ha formulado esa pregunta. Allí está Aritz, despeinado, vestido con una camiseta llena de lamparones.

—¿Estás seguro, hijo?

—Mariajo era buena amiga. Voy a por mi ordenador.

Aritz regresa con un simple portátil lleno de pegatinas. Parece antiguo y machacado por el uso. Elena y Zárate se esperaban algo más moderno, aunque recuerdan los cachivaches que acumulaba Mariajo en su «chiringuito», equipos destripados que parecían listos para el desguace y que sin embargo eran los más potentes. Aritz busca en una caja llena de cables uno con el que conectarse al ordenador de Adolfo Rocamora. Durante unos minutos lo ven teclear con aire rutinario, sin una concentración excesiva.

—No hay nada. Solo un archivo encriptado, pero sin laberintos. Es pan comido.

Se entretiene un rato más tecleando hasta que por fin desconecta el cable y gira el portátil de Rocamora para que lo vean.

—Este es el archivo, se llama Operación Passarinho. Creo que significa «pajarito» en portugués.

Elena bucea en los documentos del archivo desencriptado.

—¿Qué hay? —pregunta Zárate.

—Espera, no seas impaciente. —Elena sigue pasando páginas en el ordenador—. Una dirección de un piso en una plaza de Oporto.

—¿Para quién? ¿Quién vive allí? ¿Dice algo de Arcadi?

—Hay planos de un avión de DeAr International. Un presupuesto de evaluación de daños económicos. Joder…

Se lleva la mano a la boca, asustada.

—¿Qué pasa? —pregunta Zárate asomándose a la pantalla.

—También hay una lista de daños personales. Cinco víctimas. No entiendo nada.

—Aquí hay un pasaporte falso. Mira la foto, Elena.

Le enseña un documento a nombre de Daniel Silveira Rodrigues. No resultaría sospechoso si no fuera por la fotografía. Elena siente un frío helador en las mejillas.

—Es Gálvez.

—Qué hijos de puta, está vivo. Le encargaron a Rocamora un plan para fingir su muerte.

—Un plan que incluía la destrucción de un avión y la muerte de cinco personas.

Así es. En la lista de daños colaterales figuran cinco nombres: el del piloto, el copiloto, dos asistentes y un pobre hombre que, calcinado, pasaría por ser Gálvez. Elena saca su móvil y busca el contacto de Miriam.

—¿Mi marido montó un operativo para fingir la muerte de Gálvez y sacarlo de España?

—Eso parece.

—Mándame el archivo a mi mail.

—No sé si te haces cargo de lo peor. El operativo asumía el sacrificio de cinco personas.

Un silencio al otro lado del teléfono. A Elena no le cuesta imaginar el pánico de la inspectora Vaquero al tener que enfrentarse sin máscaras al monstruo que es su marido y, al mismo tiempo, releer su historia, toda su vida y su familia, desde esa óptica.

—¿Cómo he podido ser tan gilipollas?

—No te culpes, Miriam.

—No va a volver a ver a mis hijos nunca más. Lo juro por lo más sagrado.

—¿Qué quieres que hagamos con esta información?

—Nos vamos a Oporto, Elena. Todos. Vamos a por Gálvez, vamos a traer a ese hijo de puta a España, aunque sea de los huevos.

CAPÍTULO 56

Es como ver un fantasma. Reyes y Orduño han llamado a la puerta del chalet que Elena ha alquilado en Foz, el barrio de playa de Oporto, una zona tranquila donde a nadie le va a extrañar una casa ocupada por varios españoles. Un buen lugar en el que estarán cómodos el tiempo que deban permanecer allí. Y de pronto les abre Zárate, por fin afeitado, flaco y sonriente, con una mirada tierna que parece pedir perdón por tantos días de ausencia. Reyes deja caer su mochila y se lanza a sus brazos de un salto. Se lo come a besos ante un sorprendido Orduño, que ignoraba que le tuviera tanto cariño. No sabe si el desánimo que ella muestra a su lado obedece a los últimos golpes recibidos o a su parca compañía.

Cuando Reyes deja de abrumar a Zárate con sus efusiones, Orduño se siente un rácano al estrecharle la mano y preguntarle dónde cojones se había metido. Ángel convierte el apretón de manos en un abrazo. Se siente feliz de reencontrarse con sus compañeros. Todos notan la euforia de estar juntos, aunque intuyan que son los estertores de la BAC. Elena, en un segundo plano, asiste al saludo con un punto de tristeza, como los enamorados que después de devorarse en soledad durante un tiempo se empiezan a abrir a los amigos.

—¿Y Miriam? —pregunta.

—Está aparcando —contesta Reyes.

Han viajado hasta Oporto en dos coches: Elena y Zárate desde el Jerte y el resto desde Madrid. Aunque han discutido, Elena lo ha dejado claro: están suspendidos de empleo y sueldo y no pueden dedicar sus ahorros a una investigación que hacen de manera particular. Será ella quien corra con los gastos de la estancia del equipo en Portugal.

—Así que tú eres el famoso Zárate —dice Miriam a modo de saludo cuando llega a la casa—. Menudos desvelos me has dado.

—También se los di a Elena en su día, ella te lo puede contar.

—Doy fe, es el peor compañero posible. Va por libre, no obedece nunca... Pero se hace querer.

—Me tienes que contar un montón de cosas —dice Miriam—. Ahora lo primero es que nos instalemos y organicemos el operativo.

Elena explica que ellos, que llegaron la tarde anterior, ya han localizado el domicilio donde suponen que se esconde Aurelio Gálvez. Está en la Alameda das Fontainhas, en el barrio de Bomfim, muy cerca del puente del Infante Dom Henrique y con una visión privilegiada del río Duero a su paso por la ciudad. Es una zona céntrica, frecuentada por los turistas los domingos por la mañana porque allí se instala la Feira dos Passarinhos, la feria de los pajaritos, un enorme mercado en el que se venden todos los tipos imaginables de aves, además de jaulas y comida para pájaros.

—Gálvez tiene que estar allí encerrado —explica Zárate—. No hemos podido verlo, pero sí hemos comprobado que hay siempre dos escoltas delante de la entrada del edificio.

—Hemos alquilado un apartamento turístico enfrente. Es muy pequeño, no nos podemos quedar todos allí, pero nos servirá para vigilar —añade Elena.

—¿Tanto tiempo crees que vamos a estar aquí? —se interesa Orduño.

—Tenemos que estar preparados.

—¿Cuál es el objetivo? —pregunta Reyes—. Aquí no somos policías, no tenemos ninguna autoridad, no podemos detenerlo, no podemos hacer nada.

—Si hace falta lo secuestramos —dice Zárate—. Lo secuestramos y lo llevamos a España. Como mínimo, podemos demostrar que han asesinado a cinco personas para fingir su muerte, no puede salir limpio de esto.

Más tarde, Miriam se acerca a Elena aprovechando que está sola en la terraza, mirando los reflejos plateados del río.

—¿Desde cuándo estás escondiendo a Zárate?

—Te juro que hasta hace dos días no sabía ni siquiera que estaba vivo. Puede resultarnos de ayuda, confía en mí.

—A veces me lo pones muy difícil.

—Ángel quiere lo mismo que nosotros: acabar con el Clan.

Elena es consciente de que eso no es del todo cierto. A Zárate le da igual acabar con el Clan o llevar a la cárcel a Gálvez, lo que quiere es matar a Arcadi Ortiz. Ya se ocupará de explicarle eso cuando llegue el momento, si es que llega.

—La primera guardia la hacemos tú y yo —dispone Miriam, lista ya para salir—. Y así me lo cuentas todo.

Cuando llegan a Bomfim se encuentran con un barrio que ha recuperado el ritmo normal de la vida. Las fechas navideñas, con sus rigores y sus excesos, ya forman parte del recuerdo. En Portugal apenas existe la fiesta de los Reyes Magos, allí llamados los Santos Reis. Quizá la llegada de la República acabó con la tradición; los niños reciben los regalos en Navidad por gentileza del Pai Natal, la versión local de Papá Noel, pero todavía existe el bolo-rei, muy parecido al roscón de Reyes, y en algunas partes se cantan janeiras, algo así como villancicos propios del 6 de enero.

Elena y Miriam vigilan las ventanas del apartamento de Gálvez; esperan que en algún momento se abran las pesadas cortinas que ocultan el interior, aunque en realidad lo que allí sucede es un interrogatorio a fondo sobre la persona de Zárate al que Elena se presta con resignación. Solo una vez que se agota el tema comienzan las confidencias.

—¿No habría sido mejor que te quedaras con tus hijos en Madrid?

—Están con mi madre, le he pedido que duerma en mi casa unos días. Pero no sé qué es mejor o peor. Nunca me imaginé que me fuera a ver en una situación como esta. Ayer, cuando entré a interrogar a Adolfo, todavía tenía la esperanza de que hubiera una buena explicación, que me iba a decir algo que me haría darme cuenta de que estaba equivocada, que mi marido saldría de allí conmigo y volveríamos a casa juntos, a comernos el roscón con nuestros hijos, que esta tarde iríamos a la cabalgata y por la noche les pondríamos los regalos de Reyes, a cada uno al lado de sus zapatos... ¿Tienes hijos?

—Tuve, tuve uno...

—¿Murió?

—Sí, murió.

Elena no suele hablar de Lucas. No desde que murió. Esa es la gran herida de su alma y la tiene bien enterrada. Ahora le sorprende notar que tiene ganas de hablarle de su hijo a Miriam Vaquero, de practicar una suerte de exorcismo o de poner la primera piedra de una posible amistad con ella. Además, de alguna manera tienen que ocupar el tiempo que van a estar las dos juntas en ese apartamento de alquiler, mirando hacia el edificio del lado opuesto de la plaza para ver si de repente aparece Aurelio Gálvez, como un renacido que regresa de entre los muertos. Así que le habla de los vídeos, de la Red Púrpura, de las peleas, de su enfrentamiento con Lucas, de su muerte...

—Uno piensa que lo peor es ver morir a un ser querido, pero hay algo peor: descubrir que se ha convertido en un monstruo.

—Quizá haya algo peor todavía —asiente Miriam—. Descubrir que siempre lo fue y que no lo supiste ver, que has tenido hijos con el monstruo, que has hecho que las personas que más amas en el mundo lleven dentro su germen. ¿Serán buenas personas? ¿Serán unos psicópatas como su padre?

—Nadie tiene culpa de quién fue su padre. Igual que nadie hereda sus virtudes, tampoco sus pecados.

Miriam también se abre con ella; le cuenta cómo conoció a Adolfo, cómo creía que los dos formaban un equipo imbatible, cómo se entiende su marido con sus hijos...

—¿Sabes lo peor? Mis hijos no me lo van a perdonar, para ellos siempre seré la que les ha quitado a su padre.

—Lo entenderán.

—No, no lo entenderán, porque nunca les contaré la verdad. Nunca les hablaré mal de su padre, aunque eso suponga no ponerlos sobre aviso.

—No sabes lo que vas a hacer, solo lo que piensas ahora. Después no, no lo sabes ni tú ni nadie.

Unos minutos de silencio, pendientes del edificio de enfrente. Un cambio de guardia que anotan. Dos hombres sustituyen a los dos que había apostados en el coche aparcado en la puerta. Uno de ellos se ausenta unos minutos, quizá para ir al baño, quizá para comprar algo.

—¡Allí!

El grito de Elena sobresalta a Miriam, que mira hacia las ventanas del edificio contrario a tiempo de ver una sombra tras las cortinas cuando se cierran. ¿Es Gálvez?

—¿Estás segura de que era él?

—Completamente.

Se ha vuelto a meter dentro, pero ahora saben que no persiguen a un fantasma, sino a un hombre que lo ha tenido todo y que ha querido más. Tanto, que ha fingido su muerte y ha provocado la de otros para seguir viviendo él. No creen que su objetivo fuera estar encerrado en un piso en Oporto, saben que esto es provisional y que debe de tener noticias de lo que está pasando con el Clan en España, del registro en DeAr International y la detención de Adolfo Rocamora. ¿Cuándo dará el paso de marcharse de allí y seguir adelante con su vida? ¿Seguirá teniendo apoyos?

A las pocas horas llegan a sustituirlas Reyes y Zárate. Orduño se ha ido a ver a un antiguo compañero de la Academia que dejó el cuerpo y ahora vive en Oporto y regenta un bar en la zona del Estádio do Dragão, el campo donde juega el Porto, el equipo local. Tratará de sacarle algo sin decirle que ha venido a la ciudad a trabajar.

Reyes y Zárate también ven asomarse dos veces a Gálvez. Aguzan la vista por si entrevén a alguien más en el piso, pero nada. Los escoltas de la puerta cambian cada seis horas; siempre hay dos y de vez en cuando uno se ausenta, nunca más de diez minutos. Están sentados dentro de un coche, un Renault Clío blanco. A mediodía llega un repartidor de comida preparada y, tras saludar a los dos escoltas, entra en el edificio. Sale diez minutos después, sin la caja que llevaba. No han visto a nadie más entrar o salir. ¿Es posible que Gálvez sea el único ocupante de todo el bloque?

En el siguiente paseo del escolta, Reyes decide ir tras él. Se dirige a una cafetería en la Alameda das Fontainhas y entra al baño, después pide un café con leche y un pastel en la barra. Le lleva a su compañero otro café en un vaso de cartón.

Por la tarde son Orduño y Elena de nuevo los que vigilan el piso.

—¿Te contó algo tu amigo?

—Nada interesante, que aquí se vive muy bien y que hay poca delincuencia, todo lo más algún carterista que merodea por los lugares turísticos.

—¿Mafias?

—Nada. Aunque siempre han estado preocupados por los clanes gallegos de la droga. Pero parece que aquí vienen a estar seguros, no a meterse en jaleos.

—¿Tendrá que ver nuestro Clan con algunos de los clanes gallegos?

—No te extrañe, son un buen negocio.

A las ocho de la tarde, cuando ya ha oscurecido, se produce otra novedad. Un hombre trajeado llega a la entrada del edificio. Los escoltas hablan con él unos segundos y después se meten los tres en el Clío. El hombre sale del coche media hora después y se aleja calle abajo. Consiguen hacer una foto bastante buena de su cara. Se la mandan de inmediato a Buendía, el único miembro del grupo que se ha quedado en Madrid. Aunque también esté suspendido de sus funciones, tiene contactos suficientes para tratar de identificar al hombre. Quince minutos después tienen respuesta.

—¿Preguntabas si había gallegos por medio? Bingo. Manuel Outeiro Núñez, de Porriño, del clan de los Xoubas —informa Elena.

—¿De qué habrá estado hablando con los escoltas?

—De cómo sacar a Gálvez de ahí, ¿no crees?

—Puede ser —concede Orduño.

Dos días después regresa el mismo hombre y habla con los escoltas unos segundos. Les entrega con disimulo un sobre abultado. Al poco, los escoltas abandonan la plaza en el Clío blanco.

—Se van —dice Orduño—. ¿Por qué coño lo dejan sin vigilancia?

—Joder —contesta Elena, la explicación se le aparece como un rayo iluminando todo este extraño vaivén de escoltas—. Vienen a por él, pero no para sacarlo de aquí. Vienen para matarlo.

CAPÍTULO 57

—

Miriam ha acercado el coche hasta el barrio y ha tenido que aparcarlo en doble fila. El lugar está lleno de gente. La Feira dos Passarinhos atrae a riadas de visitantes que curiosean entre los puestos atestados de pájaros de todos los tipos, de todos los tamaños y de todos los colores, cantando a la vez. Hay periquitos, canarios, jilgueros, loros, papagayos, agapornis… El barullo es tal que a Miriam le cuesta hacerse oír a la hora de dar instrucciones con su teléfono.

—¿Estáis en la puerta del edificio de Gálvez, Elena?

—Aquí estamos Zárate y yo. De momento no hay nada sospechoso.

—¿Dónde están Orduño y Reyes?

—En la feria, mezclados con la gente, atentos a cualquier movimiento raro.

Desde el coche, con la ayuda de unos prismáticos, Miriam ve a Gálvez asomado a la ventana, observando el ambiente del mercado. El clamor de los pájaros le ha despertado curiosidad y ha prescindido por unos momentos de la cautela. Tiene buena cara, mejor que la que mostraba la última vez que lo vio en Madrid. Se ve que el reposo forzado de su encierro le ha sentado bien.

—Hemos visto al gallego en la feria —le comunica Orduño por teléfono a Elena.

—No lo perdáis de vista.

Acto seguido, Elena llama a Miriam para transmitirle la novedad. Miriam piensa deprisa, no hay tiempo que perder.

—Va a ser ahora, Elena. Vienen a por él.

—Cuando des la orden, entramos.

—Voy a llamar a Orduño, quiero noticias sobre el gallego.

Un repartidor se acerca hasta el portal. Llama al telefonillo y entra. Zárate pone el pie para que la puerta no se cierre del todo.

—Ha entrado un repartidor con comida —informa Elena.

—No me fío —dice Miriam—. Entrad. Estoy al otro lado de la plaza, en doble fila, al lado de un contenedor azul. Nos lo llevamos en mi coche.

Elena y Zárate suben las escaleras. En el segundo piso, el repartidor está entregando una bolsa con comida a una anciana. Pensaron que Gálvez era el único habitante del inmueble, pero no es así. Ese piso también está ocupado. Falsa alarma. Suben hasta el tercero. Se quedan parados un instante, sin saber qué hacer, hasta que Zárate llama al timbre. Unos segundos después, se abre la puerta. Al otro lado está Gálvez, en chándal. Al ver que son ellos, trata de cerrar, pero Zárate lo impide.

—¿Qué hacéis aquí?

—Te vienes con nosotros —Zárate lo empuja—. Eres un hijo de puta...

—Vienen a matarte, Gálvez, pero te vamos a sacar de aquí. Aunque no sé si te lo mereces —le escupe Elena.

Gálvez forcejea, se libera del abrazo de Zárate y se acerca a un cajón en el que, a buen seguro, guarda una pistola. Elena saca la suya y le apunta.

—Ni se te ocurra abrir ese cajón.

—Estáis cometiendo el mayor error de vuestras vidas —les advierte él, levantando los brazos.

—Te estamos salvando el culo, gilipollas —dice Zárate—. Te han dado la espalda. No te quieren ni los tuyos.

Sin bajar el arma, Elena hace una llamada.

—Lo tenemos, Miriam. Avisa a los demás, vamos a salir.

Gálvez masculla un par de maldiciones, pero se deja arrastrar hacia la puerta.

Zárate lo lleva de un brazo, Elena del otro, mientras le clava el cañón de la pistola en un costado. La guarda en un bolsillo al llegar a la calle; no quiere llamar la atención de la gente que abarrota el mercado. Reyes y Orduño van a su encuentro.

—Abrid camino, hay que cruzar la plaza. Todos atentos.

No es tan fácil atravesar la feria, la multitud forma una muralla humana. Avanzan lentamente, mortificados por el ruido ensordecedor de los pájaros con sus trinos y graznidos, que componen un coro horrísono. El bullicio de la feria está en todo su apogeo. Un gordinflón con una jaula en la mano se acerca al grupo de la BAC. Transporta un guacamayo que chilla como si lo estuvieran sacrificando.

De repente, un silbido suave, como de pajarillo aprendiendo a cantar, suena en medio del clamor y un disparo acierta en la pierna de Gálvez. Cae al suelo. Cunde el pánico entre los policías, Zárate da instrucciones a sus compañeros para que se pongan a cubierto. Elena arrastra al herido detrás de un puesto, pero el refugio no es seguro y un saco de alpiste, a dos centímetros del rostro de ella, amortigua otro disparo. El saco pierde grano en un torrente continuo y Elena usa un par de sacos más para fabricarse un parapeto. Una jaula salta volando por un tiro y aterriza junto a Elena. Dentro, una cacatúa blanca yace manchada de sangre y otra grita con espanto y mira a Elena como implorando ayuda. Los sollozos de pavor de Gálvez los aplasta el pandemónium en el que se ha convertido la feria: al canto de los pájaros se han unido los gritos de pánico de los visitantes. La plaza es un caos de gente histérica entre plumas que surcan el aire como flechas. Los pájaros revolotean en sus jaulas y los encargados de los puestos se agachan bajo los mostradores.

Zárate localiza el lugar desde el que vienen los disparos.

—En esa azotea. ¿Lo veis?

Señala un edificio en el que se ve una silueta recortada por el sol. Orduño le hace un gesto a Reyes y los dos se abren paso entre la muchedumbre camino del francotirador. Mientras Orduño trata de forzar la puerta del inmueble, Reyes trepa por una escalera de incendios adosada a la fachada. Orduño duda si seguirla, pero no le parece mal atacar al tirador desde dos flancos. Logra abrir la puerta y sube las escaleras de tres en tres. Al llegar a la azotea, no hay rastro del francotirador. Se parapeta tras una chimenea de cemento, mira a un lado y al otro, pero no lo ve. ¿Dónde se ha metido? ¿Ha bajado por el ascensor mientras él subía por las escaleras? Una corriente helada le recorre el espinazo, la intuición del peligro. Se gira en un segundo con el arma bien sujeta y de pronto ve a un hombre que lo apunta con un fusil de precisión. A Orduño no le da tiempo a disparar, luego es evidente que el disparo que atruena allí arriba es para él, que se va a comer el balazo por su imprudencia. Pero es el hombre quien cae abatido por la puntería de Reyes, una figura a contraluz sobre el murete de la azotea.

Seria, los labios apretados y una gota de sudor resbalando por su rostro, se acerca al francotirador y verifica que está muerto. Después se ocupa de Orduño, que jadea de la impresión, apoyado en la chimenea.

—¿Estás bien? —pregunta.

Él asiente en silencio. Todavía no le salen las palabras.

CAPÍTULO 58

Elena y Zárate han trasladado a Gálvez al chalet de Foz. Miriam se ha quedado en la Alameda das Fontainhas con Reyes y Orduño. No saben qué va a pasar con la policía portuguesa, pero van a tener que dar muchas explicaciones y no ha querido dejar solos a sus compañeros.

A Gálvez le han hecho una cura en la pierna; la herida de bala era solo superficial y le han conseguido analgésicos. Él ha pedido que lo vea un médico de verdad y que le den antibióticos, pero de momento tendrá que esperar. Lo han instalado en el dormitorio del segundo piso; el balcón, orientado al río, está cerrado con llave. Es la habitación más alejada de las casas vecinas, aunque Elena ya comprobó que estaban vacías. Mejor, piensa cuando entran y ven a Gálvez tumbado en la cama, así no hay posibilidad de oídos indiscretos. Busca una silla y la arrastra para sentarse junto a la cama. Zárate cierra la puerta y se queda de pie, apoyado contra ella. Dejan que el silencio se extienda unos segundos. Está segura de que Gálvez no duerme, pero no puede verle la cara; está recostado de espaldas a ellos.

—No sé si merece la pena que os diga que no tenéis ninguna autoridad en Portugal.

Elena cruza las piernas. No va a responderle. Gálvez sabe tan bien como ellos que lo que suceda hoy en este dormitorio no tiene nada que ver con la legalidad.

—No seáis tan estúpidos como para cargar con mi muerte.

—¿Cómo se puede matar a un muerto?

El murmullo ronco de Elena hace que Gálvez se dé la vuelta. Quizá el antiguo director general de la Policía no ha medido bien hasta dónde es capaz de llegar. Elena se sonríe a sí misma, como si hubiera recordado una anécdota divertida, pero también triste. Detrás de ella puede escuchar la respiración densa de Zárate, una sombra en la esquina del cuarto, un agujero negro.

—Aurelio Gálvez falleció en un accidente de avión cerca de Bayona. Tú no estás aquí.

Y solo entonces Elena clava sus ojos, dos alfileres negros, en los de Gálvez. Él se sienta en la cama, a unos centímetros de ella. ¿Cuántas veces le habló Rentero de la inspectora Blanco? Al principio, encumbrándola, situándola como la mejor agente de todo el cuerpo, por eso la puso al frente de la BAC, pero después, también con miedo, porque había detectado el abismo que había dentro de ella, la oscuridad que le permitía llegar allí donde otros no se atrevían a entrar.

—¿Serías capaz de matarme a sangre fría?

—La mala fama me precede, ¿eh, Gálvez? Alcohólica, con una vida sentimental desastrosa y al frente de un grupo de personas que ya se han tomado la justicia por su mano más de una vez.

—He leído que la Brigada de Análisis de Casos está siendo investigada.

—Hay mucha fantasía en los reportajes que están publicando de la BAC, pero también algunas verdades. ¿Les has filtrado tú la información?

—No ha hecho falta.

—El hackeo, es cierto. Y Manuela Conte: teníais un topo entre nosotros. En realidad, podríais haber acabado con nosotros mucho antes. ¿Os divertíais jugando? Como un gato con un pájaro herido, ¿eso éramos para vosotros? En lugar de darnos la puntilla, preferisteis colocar a la inspectora Miriam Vaquero en mi puesto. ¿Fue idea de Rentero o tuya?

—Él no sabía que estaba casada con Adolfo Rocamora. Confiaba en la inspectora Vaquero. A pesar de todo, siempre fue un idealista.

—La intuición no le falló. A Miriam le ha dado igual que Adolfo fuera su marido. Ha ido a por él. Ha hecho caer a DeAr International y a todos los que están metidos en esa empresa de mercenarios…

—Pensamos que podríamos controlarla, pero… el ser humano no deja de sorprenderme.

—Porque todavía quedan algunos que tienen un poco de honestidad, ¿verdad? Tú la perdiste, o quizá es que nunca tuviste un gramo de decencia.

Gálvez no evita una leve sonrisa. El gesto enerva a Zárate, que abandona las sombras de la esquina del dormitorio para dar un paso al frente. Elena no necesita verlo para imaginar la ira contenida en una mandíbula apretada. Está permitiéndole llevar el interrogatorio, pero sabe que cuando las respuestas no sean suficientes, nada contendrá esa violencia que bulle dentro de él. Gálvez tampoco es ajeno a la tensión de Zárate, lo mira por encima del hombro de Elena; no sabe si es miedo lo que se dibuja en su rostro o la rendición del que sabe que más pronto que tarde recibirá su merecido.

—Tú ordenaste a esa bestia de Kira que matara a Rentero.

—Yo no ordené nada. Te crees que me conoces, Elena, pero no tienes ni idea de la vida que hemos tenido que llevar. Rentero era como un hermano para mí; si hice algo, fue aconsejarle que dejara de remover el asunto de la Facultad de Medicina. Pero él… tal vez pensara que había llegado el momento o, no sé, puede que no lo soportara más. Sabía perfectamente cuáles podían ser las consecuencias.

—El Clan no hace prisioneros. Eso me dijo la última vez que hablé con él.

—Exacto. El Clan no hace prisioneros.

—¿Quién dio esa orden? ¿Quién decidió también que Mariajo debía morir? ¿El Sipeeni? Dinos quién es, Gálvez.

La luz entra oblicua por el balcón, atardece y las sombras colonizan el dormitorio. Gálvez se duele de la herida en el muslo, está más pálido, puede que le haya subido la fiebre. Murmura algo sobre que no se encuentra bien, pero Zárate no le da oportunidad de explicarse más. En dos zancadas se planta delante de él y lo levanta en peso de la pechera.

—Elena te ha hecho una pregunta: ¿quién es el Sipeeni? ¿Quién es Arcadi Ortiz?

—¿De verdad te crees que eso importa, Zárate?

Lo suelta de un empujón. Gálvez cae al suelo, se golpea la cabeza contra la mesilla, un fino hilo de sangre le nace en la frente.

—Como ves, no estamos sobrados de paciencia. —Elena prefiere aparentar que está del lado de Zárate, que no tiene miedo a ser incapaz de controlarlo—. Ya basta de proteger al Clan. Dinos qué nombre usa Arcadi Ortiz. Sabemos que es él quien está al mando de todo. Tú y Adolfo Rocamora solo estáis a sus órdenes.

—Adolfo es ambicioso; le habría gustado estar en mi lugar, ser el número dos, pero estaba por debajo de mí.

—¿Para qué seguir protegiendo a Arcadi? Es hora de acabar con el Clan, Gálvez.

—No habéis entendido nada. El Clan no depende de nadie: ése es su verdadero poder. —Encogido en el suelo, entre la cama y la mesilla, como un títere al que le han cortado los hilos, Gálvez deja escapar una risa que se enturbia con toses, como si de repente hubiera perdido la razón—. Sois tan ingenuos como lo éramos nosotros cuando empezamos en la comisaría del distrito de Centro. Asensio, Rentero, Santos y yo… Pensábamos que estábamos en el lado bueno de la ley: ¡éramos policías! En realidad, éramos una panda de idiotas. Tengo malas noticias para vosotros. No hay ningún lado bueno. Abrid los ojos. Mirad a vuestro alrededor: ¿quién se hace rico con la prostitución? ¿Con las drogas? ¿A quién le interesan las mafias de trata de personas? ¿Quién se alimenta de esos miles de inmigrantes que llegan al país? Este puto sistema. ¿No lo veis? El mismo sistema para el que trabajáis vosotros. Los políticos. Los jueces. Los medios de comunicación. Los cuatro ricos que tienen todo el dinero en España. Esos a los que nadie conoce ni vota en ningunas elecciones. Todo eso es el Clan. Un tumor que hace siglos que forma parte de nuestra sociedad. Ya está tan mezclado que es imposible extirparlo. Decidme, ¿cómo coño vais a acabar con eso? Ojalá fuera tan fácil como coger a una persona, a Arcadi Ortiz, y pegarle un tiro en la cabeza para que todo acabara.

—Eso seremos nosotros quienes lo decidamos.

Zárate arrastra a Gálvez hasta la cama.

—Ese hijo de puta mató a mi padre. ¡Dime su nombre! ¡Dime quién es Arcadi Ortiz!

—¡Arcadi Ortiz está muerto! ¡Estás corriendo detrás de un fantasma! —El grito desesperado de Gálvez ha congelado a Zárate. No puede ser verdad, esta persecución que ahora le parece eterna, que empezó con la muerte de su padre cuando él solo era un niño, no puede terminar en el vacío—. Arcadi Ortiz fue quien nos empezó a hundir en el 81, cuando éramos unos críos. Era un sicario del Batallón Vasco Español. Fue la casualidad…, lo detuvimos después de que cometiera un doble asesinato. Nos las dábamos de héroes…, qué ridículos… —Necesita tomar aire, puede que el recuerdo de la persona que fue le esté haciendo daño, porque su voz suena quebrada cuando retoma el relato—: Lo dejamos escapar, se fue a África. No hicimos nada a pesar de que fuimos testigos de la corrupción del Estado, de cómo lo protegieron. Ese silencio fue nuestra condena. Primero fueron cosas sin importancia: perder un expediente, dejar pasar alguna infracción… Luego nos pidieron más, como facilitar el tráfico de armas a Liberia. Al mismo tiempo, íbamos ascendiendo en el escalafón: ganábamos dinero y, a nuestra manera, intentábamos ser buenos policías, pero la realidad es que estábamos llenos de mierda. Arcadi Ortiz, mientras tanto, se estaba convirtiendo en el Sipeeni en Liberia: tenía tanta información que podía destruir a la clase política, a los altos mandos de la Policía de España..., y se aprovechó de eso para vivir al margen de la ley. Hasta septiembre de 1984, Ángel. Ese día le pegaron un tiro en la nuca y lo enterraron en cualquier barrizal de Monrovia.

—No es verdad. Arcadi Ortiz estuvo en 1990 en el ataque a la embajada española en Liberia.

—Ya no era Arcadi, ¿no te das cuenta? —murmura Gálvez.

—Quien mató a Arcadi asumió su identidad —entiende Elena—. Se convirtió en el Sipeeni.

—Os lo estoy diciendo desde el principio: los nombres no importan, siempre habrá un Sipeeni.

Zárate vuelve a agarrar a Gálvez de la pechera: todo el laberinto que ha recorrido tras el rastro del Sipeeni, donde a veces parecía haber muerto y otras no, tiene más sentido ahora: ha habido dos Sipeenis. Y fue el segundo quien vino a España en 1991. Quien mató a su padre en la nave de Recambios Miramar.

—¡¿Quién es ahora el Sipeeni?! Fue él quien le pegó un tiro en la cabeza a mi padre... Dilo, ¡¿fue él?!

—¿Te consuela que te diga que sí? —Y la respuesta de Gálvez le suena como una burla.

Zárate lo lanza contra la cama como si le diera asco.

—Dame su nombre. ¿Qué nombre usa ahora el Sipeeni?

—¿Sabes cuál es mi mayor pecado, Zárate? Soy un cobarde. Lo fui en el 91, cuando tu padre entró en nuestra brigada, y lo soy ahora: si te dijera el nombre del Sipeeni, sería como meterme una pistola en la boca y disparar. No lo voy a hacer.

El puñetazo de Zárate hunde a Gálvez en la cama. Se lleva las manos a la nariz, parece que se la ha roto, la sangre se desborda entre sus dedos y mancha las sábanas. Elena aparta a Zárate; no quiere que siga golpeándolo. La fotografía que antes dibujó Gálvez del Clan la ha dejado bloqueada durante unos segundos. Ese monstruo sin rostro, hecho de policías corruptos, de connivencias entre cuerpos del Estado y mafias, de empresas poderosas con lazos en la política, entre los jueces, tan imbricado en nuestra realidad que ya resulta imposible separar lo sano de lo enfermo.

—Tienes la oportunidad de rectificar, Gálvez. Eso es lo que intentó Rentero: hacer las cosas bien por una vez en la vida.

—Perdimos nuestra oportunidad en el 91, Elena. —Gálvez desvía la mirada sucia de sangre a Zárate: Elena tiene la mano en su pecho para mantenerlo lejos de él—. Eugenio Zárate estaba investigándonos. Lo considerábamos un amigo y... te juro que ninguno quería hacer lo que hicimos, pero estábamos en manos de él. Nos habría destrozado la vida con un chasquido de dedos.

—Sabíais que iba a hacerlo..., que iba a matarlo.

Los ojos de Zárate se han inundado de lágrimas de rencor, de frustración por cómo se cercenó la vida de su padre, la de tantos que han muerto por el beneficio del Clan.

—Desde entonces, cada uno ha manejado su mala conciencia como ha podido.

—Pero siempre trabajando para el Clan: las chicas de la granja de mujeres, los inmigrantes a los que sois capaces de trocear para vender sus órganos...

—Te lo he dicho: soy un cobarde.

—¡¿Es que no te das cuenta?! Ya estás muerto —explota Elena—. Venían a ejecutarte. Como hicisteis con Manuela y con Mariajo. Como habríais hecho con Zárate o conmigo si hubierais podido. Había un sicario en la plaza: el Sipeeni ya ha dictado tu sentencia de muerte.

—No voy a hablar más, Elena. Lo siento.

Tiene sangre entre los dientes. Gálvez se encorva sentado en la cama y la estampa lleva a Elena a pensar en un demente, un enfermo encerrado en un psiquiátrico que gasta la vida acurrucado en un rincón, atrapado en el laberinto de sus pensamientos, un espacio vedado para todo aquel que no sea él.

—¿Dónde habéis llevado a Marvin?

La pregunta de Ángel sorprende a Elena. Es la primera vez que oye ese nombre; eso se lo ha guardado para él, no le había contado todo.

—No conozco a nadie que se llame Marvin.

—Es el hijo del Sipeeni. Sabíais que venía a España. Lo recogieron en la playa como si fuera una estrella del rock. Lo estaban esperando. ¿Qué habéis hecho con él? Me lo vas a decir porque, si no lo haces, no vas a salir vivo de aquí.

—No sé quién es Marvin —repite Gálvez con hartazgo, como si lo obligaran a participar en una conversación que aborrece.

Zárate se abalanza sobre él y le da un nuevo puñetazo en la cara. Luego otro y otro.

—Dónde está Marvin, dónde está Marvin... —pregunta entre golpe y golpe.

—¡Zárate, para! —grita Elena.

—Dónde está Marvin, dónde está Marvin... —continúa Zárate.

—¡Por favor, para!

Lo separa de Gálvez. Su rostro es un amasijo sanguinolento, inflamado, es difícil hasta encontrarle los ojos. Elena agarra a Zárate como puede. Él se revuelve para liberarse y seguir golpeando a Gálvez, pero ella logra inmovilizarlo, aunque él siga pataleando, preguntando a nadie, como un loco con su letanía, dónde está Marvin.

CAPÍTULO 59

—

Lo han cambiado de habitación, pero a Marvin le parece que está en el mismo lugar en el que vio morir al general Prince. El ventanal sobre Madrid, la televisión enorme que refleja su imagen de felino adormilado, el sillón de cuero color crema. Hasta aquí lo ha traído la mujer del tatuaje en la cabeza, la única a la que ha temido en toda su vida.

Lleva una semana encerrado, sin que nadie le haya explicado por qué o para qué. Ya se ha acostumbrado a la visita de dos enfermeras que entran cada mañana para hacerle pruebas médicas. Le sacan sangre, le llenan el cuerpo de pegatinas y de cables, lo conectan a un monitor, le dan medicinas por vía intravenosa. Lo que no le dan son explicaciones.

Pasa mucho tiempo tumbado en la cama, pero ese ventanal ejerce un magnetismo tremendo sobre él. Vuelve a levantarse para contemplar las vistas. Le impresiona la altura del edificio, las grandes torres iguales que la suya, la gran avenida por la que fluye un río incesante de coches… Seguro que en esa ciudad hay más coches que en todo Liberia.

—¿Te gustan las vistas? Yo me quedo siempre un rato mirando.

Le han hablado en inglés. Se da la vuelta y se encuentra con un hombre mayor, bien vestido, de maneras pausadas y agradables. Le resulta familiar, pero no sabe de qué. A su lado está esa mujer, Kira.

—Ven, siéntate conmigo.

Se acerca con timidez, con recelo. El hombre se ha acomodado en una butaca y le señala a él el sofá de cuero. En uno como ese se desangró el cuerpo de Prince.

—Tenía ganas de verte, pero he estado enfermo y no ha podido ser. ¿Te han tratado bien?

¿Es ese anciano su padre? ¿Es Arcadi Ortiz? Claro, ese es el motivo por el que le resulta familiar. Todavía lo recuerda de aquel día, cuando él estaba con las tropas del general White Eye y le ofreció comer del corazón de un bebé. Intenta encajar las dos imágenes: la de aquel traficante de armas en Liberia y la de este anciano canoso con la piel manchada por la edad.

—¿Eres el Sipeeni?

El hombre sonríe, complacido.

—Hacía tiempo que nadie me llamaba así. Siempre me gustó el apodo, indicaba respeto. También que era uno más allí, me gusta más Sipeeni que Arcadi o el nombre que uso ahora… A veces pienso que no debí volver a Europa, mi patria era África.

Le cuesta contener los deseos de matarlo, pero Marvin sabe que intentarlo ahora, con la mujer de las alas de águila delante, es inútil, sería el equivalente a suicidarse.

—¿Eres mi padre?

Arcadi sonríe y se inclina hacia él, con los ojos húmedos de emoción.

—¿Me reconoces? Nos vimos varias veces en tu aldea, en Bopolu. Te he visto corretear, te he visto crecer, pero eras muy niño y ha pasado mucho tiempo.

Marvin escarba en sus recuerdos y, al pasear por su infancia, le salen las siguientes frases en yoruba, el dialecto que hablaba entonces.

—*Iwọ ni baba mi.* Eres mi padre. Te recuerdo. Mi madre me hablaba de ti cada noche.

Arcadi responde también en el dialecto africano, que conoce a la perfección.

—Le llevaba regalos para ella y para ti. Le llevaba comida, para que no os faltara de nada. *Mo nifẹ rẹ pupọ*. Yo la quería mucho.

—Mi madre te adoraba. Decía que Shangó, el orisha del trueno y del fuego, te había enviado para cuidarnos. Me extrañaba que tuviera que venir un extranjero a cuidar de nosotros, pero así era.

—Tu país era el mío. Yo no fui un hombre completo hasta que llegué a África. Y no he vuelto a ser feliz desde que salí de ella y regresé a España.

—Pero nos vendiste —dice Marvin, y el Sipeeni se echa hacia atrás en su butaca, como para poner distancia con la acusación del mulato—. El general White Eye me lo contó. Nuestra aldea era del general Washington, hacías tratos con él, pero luego preferiste cambiarte de bando. Darle las armas a White Eye, aunque sabías que arrasaría Bopolu.

—Escúchame bien, hijo —dice Arcadi apuntándole con el dedo—. Liberia era el infierno. No era solo una guerra. Cada uno hizo lo que pudo para sobrevivir. Como tú, Marvin: ¿no lo hiciste tú también?

Kira está allí, a su lado, escuchándolo todo, pero sin entender nada. Advierte, eso sí, que la conversación se ha vuelto tensa. Está entrenada para mantener el tipo sin dar muestras de simpatía o antipatía. Siempre alerta, dispuesta a proteger a su jefe si es necesario, pero no a intervenir en la conversación en ningún sentido. Marvin permanece mudo; es difícil adivinar qué se cuece en la cabeza del mulato: ¿reverencia ante su padre?, ¿odio?

—A tu madre la conocí al poco de llegar a Liberia, en 1984 —prosigue Arcadi en un tono bajo, como si la añoranza por esos tiempos, por esas tierras, fuera real—. Todavía puedo recordar sus ojos. Quise llevarla a Monrovia, presentarla como mi esposa, pero a ella le daba miedo. Si hubiese sido menos temerosa, ¿quién sabe si no podría estar aquí en estos momentos, mirando por estos mismos ventanales? Pero decidió quedarse en Bopolu, después se quedó embarazada y tú naciste. Yo a veces la visitaba, pero ella no quería que te viera, decía que la gente del pueblo te rechazaría por tener un padre blanco... Me condenaba a espiarte, a verte a escondidas.

—Me llamaban Funfun, se burlaban de mí porque era blanco.

Arcadi sonríe. Él también usaba ese mote, que significa blanco en yoruba.

—Yo te lo llamaba con cariño.

Marvin marca un gesto de duda. ¿Puede haber algo de verdad en ese relato, tan distinto del que él lleva pegado a la piel desde niño? Siempre había pensado que su padre lo había rechazado. Aparecía con regalos, sí, pero poco más que eso. ¿Y si fue su madre la que prohibió todo contacto? Puede haber estado confundido siempre. Recuerda poco a su madre y la ha ido idealizando con los años, ¿sería tan miedosa como él dice?

—Después llegó el asalto de la embajada y supe que White Eye tomó Bopolu. Imaginé lo que había hecho, era un criminal, pero yo no tuve nada que ver.

—Él me contó que fuiste tú quien le dijo que el general Washington se escondía allí. Que tenía que destruir el poblado.

—Viejo mentiroso... He oído eso muchas veces. Historias de traiciones, de crueldad... Una guerra está llena de rumores y leyendas. ¿Nunca pensaste que pudo decirte algo así solo para hacerte daño? Cuando me enteré de que White Eye había entrado en Bopolu pensé que habríais muerto. ¿Sufrió tu madre al morir?

—Mucho.

—¿La torturaron?

—La violaron. La torturaron. Pero me obligaron a matarla a mí —confiesa sin que en el tono de su voz se adivine ningún matiz de afección, como si narrara un recuerdo intrascendente—. No fui el único. Nos cogieron a todos los niños de la aldea y nos obligaron a matar a nuestras familias. Nos drogaron, nos hacían cortes en el cráneo y nos espolvoreaban cocaína para volvernos locos. Nos hacían beber y si nos veían dudar, nos golpeaban... Solo había una forma de que todo eso cesara, cumplir las órdenes. Y la orden era matar a quien más quisieras. En mi caso fue ella, otros mataron a sus abuelos, a sus hermanos mayores...

—Si yo hubiera estado allí, como un padre presente, me habrías matado.

—Sí.

—¿Te habrías comido mi corazón?

—Sí.

—¿Te comiste el de tu madre?

Marvin calla, pero no esconde la mirada; es solo que no quiere poner en palabras el acto más espantoso de su vida, la respuesta está dada. Quizá por eso sobrevivió, quizá el corazón de su madre lo convirtió, esta vez sí, en indestructible.

—Una vez te vi, cuando estabas con White Eye. Pensé en llevarte conmigo, pero tu vida era aquella. Es dramático, pero Liberia era así. Tendrías ya unos dieciocho años, sabe Dios cuánto habrías vivido ya entonces, cuánto habrías hecho para sobrevivir. En esa guerra un chico de doce o trece años podía matar a un bebé, arrancarle el corazón y comérselo. Y a nadie le sorprendía. Eras un salvaje, te había perdido, el mundo civilizado te había perdido. Pero años después me acordé de ti y me entró una necesidad enorme de verte. Por eso estás aquí, por eso le pedí al general Prince que te localizara y que te trajera a España.

Marvin no le ha contado a nadie que fue así, que no fue él quien le suplicó a Prince que le dejara subir a la barca, aunque no tuviera dinero para pagar el pasaje, que fue el general quien se lo ofreció, que los demás pagaban, pero él no. Después se enteró de lo de la venta del riñón de algunos y supuso que a él también se lo quitarían. Lo daba por bien vendido si eso lo acercaba a su padre. Estaría más cerca de cumplir su venganza, esa con la que ha fantaseado tantas veces: la muerte atroz, la más dolorosa, la más lenta, para el padre que condenó no solo a su madre, sino a gran parte del pueblo liberiano poniendo en sus manos armas con las que matarse. Y, sin embargo, ahora que lo tiene enfrente, el fuego que siempre ha ardido dentro de él ya no quema tanto.

—¿Por qué? ¿Para qué me has traído?

—Para pedirte perdón por no haber estado a tu lado antes. Pero, por desgracia, este reencuentro es demasiado breve. Es casi una despedida, porque estoy muy enfermo. Mi corazón padece una enfermedad incurable, le queda muy poca gasolina. Por suerte, estás aquí. Has llegado a tiempo.

—¿Me has traído para decirme que te mueres? ¿Para que te vea morir?

—No, hijo. No voy a morir, te he traído para que me salves la vida...

Marvin encaja las piezas con terror; todas las efusiones sentimentales que acaba de escuchar se evaporan de golpe y comprende que todo ha sido una gran mentira, ni una de sus palabras era franca, la neblina fantasmagórica a través de la que veía a su padre se disipa y ahora tiene delante a un monstruo. El mismo al que lleva persiguiendo toda su vida.

—Te he traído para que me des tu corazón. Me vas a dar la vida como yo te la di a ti.

Quiere matarlo, tiene que matarlo. Se lanza a por él de un salto y no entiende por qué Arcadi no se inmuta, por qué no se vence la butaca hacia atrás y no ruedan los dos por el suelo. En cinco segundos lo habría estrangulado. Pero nada de eso está sucediendo. En cambio, tiene la cara contra el parquet, inmovilizado por Kira: una de sus rodillas oprime su pecho, otra se le clava en el cuello, los brazos fibrosos de esa mujer le sujetan las muñecas. ¿Cómo lo ha hecho? ¿Cómo ha conseguido neutralizar su ataque? ¿Le ha leído el pensamiento?

Quiere resistirse, quiere forcejear, pero no logra mover ni un músculo con esa mujer encima de él. Arcadi se levanta y lo mira con una sonrisa sádica.

—Gracias por estar aquí, hijo. Gracias de todo corazón.

CAPÍTULO 60

Reyes ha prestado declaración ante la policía portuguesa por la muerte del francotirador, un ciudadano español que tenía documentación falsa y que pertenecía al clan de los Xoubas. Ha declarado que no tuvo más remedio que disparar porque su compañero corría un grave peligro. Orduño también ha declarado y ha corroborado esta versión. Él habría preferido largarse de la azotea y dejar allí el cadáver, pero Miriam ha insistido en hacer las cosas bien y en dar la cara ante la policía. También ella ha declarado: estaban en Oporto en una misión especial para investigar a un delincuente español y de pronto han sufrido el ataque del francotirador.

El antiguo colega de Orduño se ha personado en la comisaría para intentar acortar el procedimiento, asegurando tener amigos en la policía portuguesa, pero su intervención ha resultado ser más voluntariosa que eficaz. Lo que sí ha descubierto, al consultar la ficha del muerto, es que era un narcotraficante en busca y captura, lo que no deja de ser una buena noticia para Reyes. Después de una comparecencia en el juzgado, la joven ha quedado en libertad con cargos. Deberá presentarse a una vista oral en el plazo de una semana.

Cuando vuelven al chalet de Foz, se tumba en la cama para descansar un rato.

—Estoy muerta y un poco harta de todo.

Es lo que dice cuando Elena y Zárate se interesan por ella. La amargura de la respuesta preocupa a Orduño, pero decide dejarla tranquila y desiste de intentar animarla. Está muy afectada por lo sucedido y, sin duda, necesita descansar. Miriam informa de las gestiones que ha realizado esa misma tarde. Ha mandado al juez español la documentación sobre Gálvez y la Operación Passarinho, destinada a fingir su muerte y crearle una nueva identidad para eludir la acción de la justicia en asuntos muy graves. Esta operación incluía la muerte de cinco personas, algo documentado. Queda saber si el juez estimará el caso y dictará una orden de busca y captura contra él. Cuando eso suceda, ella, que ya ha hablado con la policía portuguesa, entregará al prisionero para que sean ellos los que lo detengan, pues la BAC no puede hacerlo en suelo portugués. Los tratados con Portugal garantizan la extradición inmediata. Ella se quedará en Oporto esperando el desenlace burocrático del caso, que no va a ser fácil: todos ellos estaban suspendidos por la investigación de la BAC, pero no va a dejar escapar a Gálvez de ninguna de las maneras.

—¿Ya lo vamos a entregar? —se impacienta Zárate—. Todavía no ha contado una mierda.

—Lo vamos a entregar en cuanto podamos —corta Miriam—. El papeleo está en marcha. ¿Dónde lo tenéis?

La mirada que intercambian Elena y Zárate la convence de que algo pasa. Sube al dormitorio del segundo piso. Allí, encogido, está Gálvez, aunque le cuesta reconocerlo con el rostro deformado por los golpes recibidos. Le da la sensación de que lleva una máscara de sangre emplastecida. Vuelve al salón y señala a Zárate con el dedo.

—Os prohíbo que habléis con él, no entréis en esa habitación bajo ningún concepto.

—¿Qué esperabas, que le diéramos caramelitos? —dice Zárate con chulería.

Miriam prefiere no entrar a la provocación. Opta por dirigirse a Elena.

—¿Ha dicho algo de Adolfo?

—Lo acusa de ser el número tres del Clan. Él dice ser el número dos.

—¿Y quién es el jefe, según él?

—Arcadi Ortiz, aunque usa un nombre falso, no sabemos su verdadera identidad.

—O sea, que puede ser cualquiera. Puede ser un amigo de los que mi marido traía a casa. Puede haber jugado con mis hijos en la alfombra... Me da asco solo de pensarlo.

—Lo vamos a atrapar, Miriam. Te lo aseguro —dice Zárate.

—Dios mío, no puedo más —se derrumba—. Necesito una copa.

Se la prepara y sale al jardín para degustarla. Elena la deja un rato sola, para que se relaje un poco. Luego se prepara también una copa y se reúne con ella. Durante unos segundos, comparten el crepúsculo en silencio. El rumor del río.

—No sé si voy a soportar esto —dice Miriam de pronto.

La frase la suelta al viento, sin mirar a Elena, que se deja contagiar por el desánimo de la inspectora Vaquero.

—¿Te llevabas bien con tu marido?

—Muy bien. —Adopta una expresión melancólica—. Voy a echar de menos cómo me follaba.

Elena se la queda mirando con una media sonrisa. No se esperaba esta afirmación.

—Encontrarás a uno que te folle igual de bien.

Ella la mira con escepticismo.

—Brindo por eso.

Orduño interrumpe con la noticia de que ha llegado una llamada de Buendía. El forense ha entregado el cadáver de Mariajo, ya pueden disponer de él.

—Por lo visto, Mariajo había dejado instrucciones precisas, quiere que la incineren.

—¿Y las cenizas? —pregunta Elena—. ¿Dónde las esparcimos?

—No he preguntado. Pero Buendía me ha dicho que Mariajo tenía una prima en Canarias. Lo está organizando todo. El velatorio es el martes.

Nunca me habló de esa prima.

—¿Por qué no os vais a Madrid y os ocupáis de eso? —propone Miriam—. Aquí no pintáis nada.

—¿Por qué no te vas tú también? —sugiere Orduño—. Yo me quedo con Reyes hasta su vista oral, no la voy a dejar sola. Me puedo ocupar de Gálvez y mi amigo expolicía me puede echar un cable cuando llegue la orden de detención.

—Debería quedarme yo —insiste Miriam.

—Tú deberías estar con tus hijos. Te necesitan —sentencia Elena.

Miriam la mira unos segundos y por un momento parece dudar entre enfadarse por la intromisión en su vida privada o agradecer el consejo. Tras unos instantes de debate interior, levanta la mirada hacia Orduño.

—¿Harías eso por mí?

—Por supuesto.

—Está bien, me voy a Madrid. Te mantengo informado de todo.

—Yo a ti también.

Elena se dirige a su habitación para hacer la maleta. Encuentra a Zárate tumbado en la cama, con dos teléfonos móviles sobre el pecho.

—Pareces un ejecutivo —intenta bromear—. ¿Estás esperando que te llegue la cotización de tus acciones?

Zárate señala el más viejo de los dos.

—Tiene tarjeta liberiana.

—¿Y eso? ¿Recibes muchas llamadas desde allí?

—Solo hay una persona que tiene el número.

—¿Amira?

—No, Marvin.

Zárate le tiene que explicar a Elena quién es Marvin, ese mulato con el que viajó a España desde Monrovia, con el que compartió todo el trayecto hasta desembarcar en Almería.

—Me contó que era hijo de Arcadi Ortiz. Tuvo que nacer en el 84 o en el 85, cuando el segundo Sipeeni ya había matado a Arcadi y usaba su identidad. Lo recordaba de cuando era pequeño en su aldea. Marvin venía a España para matarlo.

—Entonces tenéis mucho en común —dice ella con un poso de amargura.

—Lo matará el que lo encuentre antes y espero ser yo.

—¿Solo piensas en eso? ¿En matar a un hombre? ¿Eso es lo único que te preocupa en tu vida?

—Ahora mismo, sí, Elena.

—¿Y después?

—No hay después.

—¿Yo no existo? ¿No hay un después para mí?

Zárate no contesta y Elena prefiere no insistir.

Cuando Reyes se despierta un par de horas después, se encuentra con que todos sus compañeros se han vuelto a Madrid. Todos menos Orduño, que le explica la nueva situación. Ellos custodiarán a Gálvez.

—¿Y tú por qué no te has ido?

—Porque no te voy a dejar sola.

—Sé cuidarme muy bien.

—Ya, pero quería hacerte compañía. No seas cabezota, déjate ayudar un poco, cojones.

Ella acepta la reprimenda en silencio. Se tumba en el sofá y se queda un rato pensativa.

—Tenías razón —dice de pronto—. A veces hace falta disparar. Lo digo por lo de Fabián. Supongo que te viste en un aprieto.

—Eso es lo que pasó.

Ella asiente.

—Gracias por quedarte conmigo.

—Gracias a ti por salvarme la vida.

Ella sonríe y bosteza extendiendo los brazos como una niña pequeña. Y después se levanta, se acerca a él y le da un beso en la mejilla.

CAPÍTULO 61

La luz blanca del techo le ciega. Nota algo frío en el pecho; le han puesto unas pegatinas para hacerle un electrocardiograma. Intenta moverse, pero no puede. Los pies y las manos están atados a las barras de una camilla de la sala medicalizada en la que se encuentra. Siente rabia, un odio intenso hacia su padre, un deseo de matarlo que le recuerda a la adrenalina de los combates en la guerra de Liberia. Gira la vista hacia su izquierda y ve una camilla vacía. Pronto la ocupará el Sipeeni. Una voz le resulta familiar, aunque habla castellano y no entiende lo que dice. Es la mujer del tatuaje del águila.

—¿Seguro que prefieren quedarse a solas con él? —dice Kira.

—Está sujeto de pies y manos, ahora mismo no puede ser un peligro para nadie —le responde una voz masculina—. Y el anestesista está a punto de dormirlo. El protocolo es que no haya nadie en quirófano que no sea imprescindible. Es una operación complicada, siempre hay posibilidades de infección.

Marvin identifica la voz del médico que lo ha visitado un par de veces. Se presentó como el doctor Hipólito Samper. Está claro que es el cirujano que va a efectuar el trasplante. Lamenta no entender nada de lo que dicen.

Kira acepta las explicaciones del cirujano y abandona la sala. Marvin oye sus pasos alejándose y el ruido de la puerta al cerrarse. Nota el alivio de saberse lejos de ella.

—Está con las pulsaciones disparadas —avisa Samper.

—La sedación tenía que estar haciéndole efecto ya, pero sigue consciente —contesta el anestesista.

—¿Le puedes meter más?

—No mucho, temo excederme y que se nos vaya. Voy a subir un poco, pero solo un poco.

El anestesista prepara otra dosis. Marvin se concentra en el control de la sustancia que viaja por su sangre. Ha consumido heroína, ha combatido hasta arriba de drogas y su organismo tiene una tolerancia mayor de lo normal. Solo así se puede sobrevivir como un niño soldado. Vio caer a muchos por pasarse con la cocaína, salían a pecho descubierto al encuentro de las balas, como zombis ajenos a todo, sin conexión con la realidad. Él nunca fue así, siempre supo que sus posibilidades de salvación dependían de mantener a raya el efecto de las drogas. De eso y del escudo de protección que corre por sus venas, la sangre de su propia madre, aquellos mordiscos a su corazón que lo hacen indestructible. También ahora lo cree. Se concentra con todas sus fuerzas en soportar la sedación, en mantenerse despierto. Repliega la lengua hasta alcanzar la úvula y sufre una arcada. Si consigue hacerlo de nuevo puede inducirse el vómito. Así sucede: empieza a vomitar y cunde el pánico entre el personal médico.

—Hay que ponerlo de lado —advierte el anestesista.

Para hacerlo, no queda más remedio que soltarle las correas de una de las manos, que es lo que hace la enfermera. Los médicos temen que esté reaccionando a una sedación excesiva, tal vez sea alérgico al anestésico. No saben qué pasa, solo saben que no pueden perder al donante.

Todo sucede muy rápido: Marvin aprovecha que tiene una mano libre para sacarse la vía del brazo y clavársela al anestesista en el cuello. La enfermera da un grito de pánico y sale corriendo. Hipólito Samper se aparta, asustado.

—¡Ayuda!

Se suelta de la otra mano y tiene el tiempo justo para coger un bisturí y liberarse también los pies, porque en ese momento está llegando Kira. Rápido —como aprendió a hacer en la guerra—, se lanza a por ella y le hunde el bisturí en el pecho, entre las costillas, lo hace girar, horada en su interior para que el agujero del pulmón sea más ancho. Kira se derrumba en el suelo vomitando sangre entre convulsiones. Marvin arranca el bisturí y amenaza con él a Samper.

—¡El teléfono!

—No vas a poder salir del edificio.

Marvin vuelve a clavar el bisturí en Kira, hurga un poco en la piel y le abre el pecho. Luego mete la mano dentro y le arranca el corazón, sabe hacerlo, lo ha hecho muchas veces. Con el corazón en la mano, se acerca al cardiólogo.

—¿Quieres morir así? —le dice al doctor Samper, que está paralizado por el terror.

Acto seguido, se lleva el corazón de Kira a la boca y lo muerde, se le quedan jirones entre los incisivos, la sangre resbala por su barbilla y ensucia su pecho. Trocitos de la víscera se escurren entre sus dedos. Samper lleva la mano al bolsillo con un temblor y saca su móvil.

—La contraseña…

En cuanto Samper le entrega el teléfono, ya desbloqueado, el mulato marca un número que tiene grabado en el antebrazo y manda su ubicación.

Oye carreras en el pasillo. Alguien se acerca. Marvin se empieza a encontrar mal: visión borrosa, mareo… La sedación está haciendo su trabajo. Necesita unos segundos más, no perder el control de su cuerpo todavía. Cuando se gira hacia la puerta, entrevé unas sombras en el umbral. Le dicen algo, pero él ya no los entiende, porque cae al suelo inconsciente, como vio caer a tantos niños soldados en la guerra.

CAPÍTULO 62

La sala 4 del tanatorio de la M-30 está llena de la gente más variopinta. Hay vecinos y vecinas del barrio de la Dehesa de la Villa, algunos conocen a Mariajo desde su niñez, hay dos mujeres que fueron sus compañeras de colegio y se consuelan la una a la otra; también policías de diferentes departamentos que trabajaron con ella a lo largo de su carrera profesional. Entre ellos se mezclan los fornidos hombres de acción con otros que parecen oficinistas despistados, informáticos como ella; un grupo de inmigrantes —marroquíes, subsaharianos y latinos— también se ha dado cita para despedir a su profesora. Pocos sabían que Mariajo dedicaba dos horas a la semana a dar clases de informática en una asociación a los recién llegados a España, para ayudarlos a manejarse delante de una pantalla y así poder hacer sus documentos; hay un grupo más de jóvenes, que parecen haber dejado sus skates aparcados en la puerta, con esas características de las que Mariajo siempre se reía: los moñitos, los brazos con tatuajes tribales y los pantalones caídos: son sus compañeros hackers, que pese a la diferencia de edad la consideraban una más. Elena descubre a Aritz y junto a él está su madre. Apartado de la muchedumbre, el chico tiene la frente apoyada en el cristal que separa de la sala el ataúd en el que reposa el cuerpo de Mariajo. Está cerrado: ha sido imposible reconstruir su rostro, darle el aura de paz de los muertos.

—Gracias por venir, Alicia —le dice Elena.

—Yo no quería, tengo miedo, pero Aritz se empeñó. De aquí nos volvemos al pueblo... A lo mejor hacemos caso a lo que nos recomendó Mariajo y nos marchamos a Portugal. Hace poco estuvimos comiendo en Elvas, del otro lado de la frontera: a mí me gustó mucho y Aritz parecía cómodo, le encantaron el bacalao y los pasteles de nata.

—Adelante. Lo que importa es que seáis felices y os sintáis seguros. ¿Cómo está él?

—Bien. El juicio se ha retrasado y a lo mejor la Fiscalía retira la acusación. Quizá algún día todo lo que sabe de ordenadores le sirva para tener un trabajo normal. ¿Encontrasteis a ese que se escondía en Oporto?

—Lo encontramos. Ahora estamos esperando que lo traigan a España y que pague por lo que hizo.

Elena no quiere confesarle que ha sido un premio menor. Gálvez será condenado, sí, pero nada romperá su silencio. La identidad de Arcadi Ortiz seguirá siendo una incógnita.

La prima de Mariajo es una mujer mayor de aspecto antipático y evidentemente incómoda por estar allí. No hace nada por integrarse o saludar a nadie. Cuando Elena se acerca a ella deja escapar su mal humor.

—¿Usted es Elena Blanco? No sé por qué no le han pedido que se hiciera cargo de todo y he tenido yo que venir desde Canarias.

—Yo tampoco lo sé.

—No pienso recoger las cenizas. Si usted quiere, vaya a por ellas. Mañana a las nueve de la mañana me han dicho que van a estar disponibles. No tengo ni idea de qué quería María José que se hiciera con ellas.

—No se preocupe, que yo me hago cargo.

—Se lo agradezco. Me voy al bar, esto es una pesadilla. —Engloba con un gesto a los visitantes—. A ver si se vacía deprisa.

Zárate se cruza con ella y la saluda con un gesto breve antes de acercarse a Elena.

—Veo que ya has conocido a la prima.

—Sí, no parece muy afectada. —Niega con la cabeza—. Un espanto de mujer.

—Yo he estado hablando con Marcial, uno de Extranjería. Por si puede echar una mano con el expediente de Amira.

—¿Qué te ha dicho?

—Me ha dado un poco de bajón. He notado que me seguía la corriente, pero que va a pasar de mi culo. Creo que ya no tenemos influencia, Elena. Todo el mundo sabe que estamos liquidados.

—Yo noto lo mismo cada vez que hablo con un policía. Miraditas condescendientes y enseguida se van a hablar con alguien de otro grupo. Me siento una apestada.

—Podrían disimular algo, joder, que es la despedida de Mariajo.

Elena asiente con tristeza. Desde que ha llegado al tanatorio para el último adiós a su amiga ha sentido en lo más hondo que también se estaba celebrando la defunción de la BAC.

—Si quieres animarte un poco, habla con Buendía. Ya tiene los papeles de la jubilación.

—¿Se supone que eso me va a animar?

—Coño, Zárate, es una ironía. Has perdido el sentido del humor.

Se acercan los dos a Buendía, que anda despistado entre la multitud, rehuyendo saludos, como un hombre hosco y ya de vuelta de todo.

—Abuelo, dame un abrazo —le dice Zárate abalanzándose sobre él. Le da unas palmadas en la espalda—. Enhorabuena por esa jubilación bien merecida.

Buendía marca un gesto de sorpresa al verlo después de tanto tiempo. Le planta un beso en la mejilla, feliz. Se miran con afecto.

—Pues sí, a partir de mañana estoy oficialmente jubilado, lo que queda de mes tengo vacaciones.

—Esto hay que celebrarlo —dice Elena.

—He adelantado el trámite. No soportaba pasar un solo día en la policía sin Mariajo.

—Te entiendo, a mí me pasa igual —asiente ella—. Pero no he tenido que tomar medidas al respecto, nos han puesto en la calle. En el fondo, es un consuelo.

—Bueno, habría sido mejor de otra manera, Elena. Yo pensé que mi último día sería distinto. Me habían llegado rumores de que Mariajo pensaba hacerme una fiesta sorpresa. Pero no le ha dado tiempo. Me iré en silencio.

—Hombre, nos tomaremos unas cañas —propone Zárate.

—No, si ella no está, no quiero despedidas. Gracias.

—Tú de un brazo y yo del otro, Elena.

Entre los dos arrastran a Buendía al bar y allí se toman unas cañas y brindan por su jubilación. Miriam llega a tiempo de sumarse a la despedida. Cuando Elena le pregunta si quiere una cerveza, ella asiente con vehemencia.

—Creo que la necesito. Hoy ha ingresado en prisión Adolfo, mis hijos mayores no me hablan, la mediana no sale de su habitación y los pequeños no dejan de llorar.

—Qué panorama.

—Y mi suegra me ha llamado y me ha dicho que siempre supo que era una zorra.

—¿Con esas palabras?

—Textuales. Pero no todo es malo. El juez ha estimado el caso de Gálvez, ya ha dictado una orden de busca y captura. En el momento en que lo detenga la policía portuguesa, se cursará la petición de extradición.

—Por lo menos ese cabrón no se nos escapa —dice Zárate.

—No se nos escapa, no —corrobora Miriam—. Lo tenemos bien cogido.

—Pues brindo también por eso, coño —dice Buendía, que se está animando poco a poco.

Alguien pide otra ronda. Entre cervezas, eluden su gran derrota: toda esta batalla ha terminado sin llegar a Arcadi. Elena pregunta qué debería hacer con las cenizas de Mariajo. Tal vez Buendía tenga una idea al respecto.

—A mí nunca me dijo nada —dice él—. Quizá llevarlas a la sierra y esparcirlas por allí, a Mariajo siempre le gustaron las caminatas por esa zona. Más que el mar.

—Yo te acompaño —se ofrece Zárate—. Nos damos un paseo por el monte y buscamos un sitio bonito.

Suena un mensaje en su móvil. Por la vibración, detecta que es el teléfono de Liberia. Se aparta del grupo para mirarlo en privado. Es un mensaje desde un número desconocido. No hay texto, es una ubicación: el hotel Eurostar Cuatro Torres, en la Castellana. Se acerca a sus compañeros y le da un abrazo a Buendía. Después le susurra a Elena al oído una frase corta que a ella la inquieta.

—Tengo que irme.

CAPÍTULO 63

Mientras lo vive no lo sabe, no se da cuenta de lo que está pasando, pero al final del martes sí intuye que esos dos días se alojarán en su memoria como uno de los momentos más felices de su vida.

Aprovecharon el tiempo que el amigo expolicía de Orduño se ocupaba de vigilar a Gálvez para hacer turismo como una pareja de enamorados. El primer día visitaron la librería Lello, en la que dicen que se inspiraron para recrear la de *Harry Potter:* compraron un libro cada uno para que la entrada les saliera gratis y se hicieron fotos en la escalera asombrosa del lugar. Después se dirigieron a la Torre dos Clérigos y al Mercado do Bolhão, que recorrieron entre bromas, porque a Reyes le dio un ataque de risa floja.

Él se sentía como el protagonista un tanto desgarbado de una comedia romántica, con algún toque turbio cuando regresaban al chalet de Foz para alimentar a Gálvez, un prisionero con la cara deformada por los golpes. Ella aprovechaba para preguntarle por su tío Rentero, si la orden de asesinarlo había salido de él. Pero Gálvez parecía haber jurado voto de silencio y no abría la boca más que para comer con desgana los bocadillos que le ofrecían.

Por la tarde, Reyes se reunió con el abogado que había contratado para su vistilla. Le dijo que la comparecencia se había adelantado y sería a la mañana siguiente. Fue una madrugada de nervios, de insomnio, de confidencias con Orduño, arrastrado también a la noche en vela por la galantería de hacerle compañía. Por la mañana, el abogado le proporcionó dos calmantes a Reyes, que seguía muy nerviosa. Y, según le contó después a Orduño, en su declaración ante el juez parecía una sabia oriental en paz con el mundo. En esa vista quedó consagrada la figura de la legítima defensa y el abogado remarcó la condición de narcotraficante peligroso de la víctima. Un hombre con crímenes de sangre en su expediente. Al finalizar el acto, se mostró optimista ante la suerte de Reyes.

Orduño la llevó al café Santiago a comer una francesinha, el enorme sándwich típico de la ciudad, pero tuvieron que dejarlas a la mitad porque justo entonces recibieron la llamada de Miriam con la información de que el juez había dictado una orden de busca y captura contra Gálvez. Orduño telefoneó a su amigo, que movió sus hilos, y en dos horas se produjo la detención oficial del prófugo en el chalet de Foz. Ya solo quedaba esperar a que se tramitara la extradición. Más tarde habrían de preocuparse por justificar los rastros de la paliza en la cara de Gálvez y por eximir a Zárate de toda responsabilidad. Miriam los felicitó por su labor y se fueron a dar un paseo por los muelles de la ciudad. Reyes estaba un poco atontada por la medicación y todavía algo tensa por el veredicto, pero le sentó bien aspirar el aire fresco. Compraron dos cafés en un puesto callejero y se sentaron en un banco a mirar el atardecer sobre el río. Ella, cansada de tantas emociones, apoyó la cabeza en el hombro de él, que le pasó el brazo por la espalda. Y así, abrazados, estuvieron en silencio casi media hora.

El abogado llamó a las siete de la tarde para comunicar que el juez exoneraba a Reyes de toda responsabilidad en la muerte del gallego. Era una mujer libre. Orduño la vio sonreír como una niña. Se lanzó a sus brazos y le cubrió las dos mejillas de besos. Le dio las gracias por acompañarla en ese trance, por existir, por ser un hombre tranquilo cuando ella vivía siempre envuelta en altibajos, por tener un amigo expolicía en Oporto que los había ayudado, y enumeraba las razones de su gratitud de una manera tan atropellada que parecía una demente.

Jamás olvidaría Orduño esa reacción de Reyes. Lo comprendió en ese mismo instante.

Esa noche deciden ir a cenar a un buen restaurante para celebrarlo. Orduño se ducha, se acicala, se perfuma y, al mirarse en el espejo, descubre que se siente muy feliz. Arrastra una noche de insomnio y no le importa. Está donde quiere estar y con la mejor compañía posible. Sonríe a Reyes al verla con los labios pintados y con unos pendientes grandes con forma de trébol que le quedan muy bien. Se ha puesto unos vaqueros ajustados y un jersey negro que realza su figura. Sobre él, un abrigo morado.

Mientras espera a la primera cerveza, Orduño chatea con Elena para ponerla al día de las novedades y ella le relata el ambiente luctuoso del tanatorio y la despedida de Buendía. Él se pone un poco triste y brinda con Reyes por el final de la BAC. Han sido años maravillosos, también muy duros; ahora toca cambiar el chip y quizá llevar una vida más tranquila.

—Yo estoy pensando en irme a Galicia —le cuenta Reyes—. Mi familia tiene una casa allí, en un pueblo que se llama Vivero.

—Estuve una vez. Precioso.

—Se ve el mar desde las ventanas del salón. Creo que es lo que necesito, ver el mar y descansar. ¿Tú?

—Yo no tengo casa en Galicia.

Nada le gustaría más a Orduño que recibir una invitación de Reyes para acompañarla, pero su frase parca, pronunciada con poca maña de seductor, no abre esa puerta. Decide tirarse al agua y proponerlo él mismo.

—¿Hay sitio suficiente en esa casa de Vivero para un policía que no sabe si le van a dejar volver a su puesto?

—Sí que hay sitio, es una casa enorme. Pero prefiero ir sola.

Lo ha dicho con naturalidad, aunque sin dudas. Orduño no quiere digerir la decepción, no tan pronto. Han sido dos días demasiado bonitos como para que el efecto embriagador se evapore de golpe.

—También querías estar sola en Oporto, cabezota, y creo que no hemos estado tan mal. ¿No te parece?

—Hemos estado de maravilla, eso es verdad. Y no sabes cuánto te agradezco que te hayas quedado por mí.

—Pues por eso. En Galicia podemos estar igual de bien.

Acaba de poner las cartas boca arriba y al segundo se da cuenta de que las ha jugado mal, como siempre.

—Lo siento, Orduño —dice ella—. Sé que estoy siendo egoísta, pero necesito tiempo. Tiempo y espacio.

—Eso suena a negativa rotunda.

Ella asiente, aunque de pronto se inclina hacia él y le coge las manos.

—Vamos a cenar como dos buenos amigos. Y nos vamos a emborrachar. Y mañana nos vamos a Madrid.

—Claro. Ese es un buen plan. No te preocupes. De cualquier forma, si cambias de opinión, tienes mi teléfono.

—Si cambio de opinión, serás el primero en saberlo.

—O si me necesitas.

—Vale, eso haré.

Él bebe un trago de su cerveza y, al poner la copa en la mesa, ve que ella lo mira con una sonrisa que le parece algo desganada, algo triste, aunque se consuela pensando que quizá sea producto de los calmantes que le han dado.

CAPÍTULO 64

Los primeros rayos de sol del amanecer rebotan en los cuatro rascacielos más altos de Madrid y generan reflejos tornasolados. Uno de ellos es el hotel Eurostars, la ubicación que ha recibido Zárate en su teléfono móvil. Las diez horas que han pasado desde que vio el mensaje han puesto a prueba el equilibrio precario en el que vive desde que emprendió su cruzada contra el asesino de su padre. No sabía quién le estaba mandando esa ubicación, era un teléfono desconocido, pero su número de Liberia solo lo tenía Marvin. Devolvió la llamada varias veces, pero no recibió respuesta. Recurrió a Costa para que lo ayudara a averiguarlo. Tuvo mala suerte: Costa resopló porque estaba muy ocupado con un caso de alunizaje en su distrito, tenía tres detenidos y les estaba tomando declaración. Además, mostró un cierto hartazgo hacia las demandas de Zárate, siempre imperiosas. Su antiguo compañero prometió ayudarlo, pero también le pidió paciencia, una virtud que Zárate ha perdido en las últimas semanas. Vive devorado por la angustia de encontrar al Sipeeni, no duerme, no piensa en otra cosa. Creyó que todas sus opciones se habían evaporado y este mensaje ha vuelto a darles cuerpo: la idea de llegar hasta el Sipeeni, de estar a su lado, de arrancarle la vida como él hizo con su padre, es ya el único pensamiento que es capaz de elaborar.

Para evitar el engorroso trámite de pedir una orden judicial, Costa metió ese número de teléfono dentro de otra investigación para que la operadora diera acceso a los datos. Ha tardado unas siete horas en obtener resultados, una eternidad para el espíritu ansioso de Zárate. El número de teléfono pertenece a Hipólito Samper. El dato es desconcertante: si realmente le ha mandado esa ubicación el cardiólogo, ¿es para decirle quién es el Sipeeni? ¿O se trata de una trampa? ¿Lo espera allí Marvin?

Zárate fue directo desde el bar del tanatorio hasta las inmediaciones del hotel, pero cuando llegó era noche cerrada y le pareció mejor hacer tiempo hasta la mañana. Su presencia llamaría demasiado la atención en una aventura nocturna.

A primera hora, empieza a haber movimiento de huéspedes. Ahora sí podría mezclarse con ese enjambre de ejecutivos que cruza el vestíbulo y nadie repararía en él. Pero entonces descubre que carece de un plan concreto. La noche de guardia no le ha servido para diseñar una estrategia. Está claro que el odio y la rabia dominan su ánimo y el embotamiento que le generan no ayuda a discurrir con claridad. Algo le dice que no puede entrar en tromba en el hotel, que puede ser peligroso. Le gustaría pedir ayuda a Elena, pero no quiere involucrarla en lo que va a suceder allí dentro. Si hay que entrar en la boca del lobo, debe hacerlo solo. Él está decidido a arruinar su futuro, pero no puede exigirle a nadie el mismo sacrificio. Además, Elena intentaría frenar su instinto homicida y él no quiere que nadie lo detenga. No a estas alturas. Quiere matar al asesino de su padre, a costa de lo que sea.

Al fin, Zárate se decide a entrar en el hotel. En el directorio no encuentra nada que le ofrezca una pista. Espacios para convenciones, restaurantes VIP, zona de gimnasio y spa, terraza con vistas espectaculares. Pasea por el vestíbulo y se asoma a un salón preparado para unas jornadas de marketing: una barra alargada con cafetera y bandejas de pastas, un escenario presidido por un atril y una mesa con varios micrófonos. Poco a poco van compareciendo los participantes y él escruta cada rostro buscando un milagro: que las facciones del Sipeeni, que apenas entrevió una sola vez, cristalicen en un reconocimiento rotundo. Eso no sucede. Desanimado, vuelve al vestíbulo. Pregunta en recepción si Hipólito Samper está alojado allí, tiene una cita con él y necesita dejarle un mensaje. La recepcionista consulta en su ordenador y le dice que no hay ningún huésped con ese nombre.

Se le cierran todos los caminos. No sabe qué hacer. Sube las escaleras hasta una cafetería y pide una botella de agua. Consulta su móvil liberiano: no hay mensajes. ¿Por qué le mandó Marvin esa ubicación? Y, sobre todo, ¿por qué lo hizo desde el teléfono de Samper? Se pregunta si no sería más sencillo llamar a ese número, hablar con el médico y salir de dudas. Es probable que le estén tendiendo una emboscada, pero no se le ocurre cómo salir del atolladero. Llama al número, aguarda los timbrazos conteniendo la respiración, deseando escuchar una voz al otro lado, la de Marvin, la del cirujano, la que sea. Necesita una pista para seguir avanzando; está atascado en un hotel enorme que funciona con una normalidad insultante. Nada. No hay respuesta. Una voz lo invita a dejar un mensaje y él apaga con un gesto hastiado. Toma aire, da un trago de agua e intenta pensar con calma, pero solo se le ocurren ideas absurdas: recorrer las treinta plantas, llamar a cada habitación, buscar a Marvin como el que desescombra un edificio derruido con la esperanza de encontrar un superviviente.

De pronto, atisba una cara familiar: es Elisa, la mujer del doctor Samper, la que atendía la recepción en su consulta y probablemente su enfermera de confianza. Ocupa una mesa discreta, en un rincón junto a un ventanal. Parece turbada por algo, como presa de una agitación muy intensa. Se cubre el rostro con las dos manos, se balancea hacia delante y hacia atrás, no es capaz de fijar la vista en ninguna parte. Las ojeras delatan una noche de insomnio. Saca unas pastillas de un frasco y se las toma, acompañadas por un vaso de agua. Hasta ahí, nada demasiado alarmante. Pero Zárate descifra con claridad el gesto de desesperación que marca acto seguido.

Con ademán resuelto, vacía el frasco en su mano y se mete en la boca un puñado de pastillas. Para tragárselas todas necesita dos vasos de agua. ¿Qué hace? ¿Se está suicidando? Antes de que él pueda reaccionar, Elisa se levanta y enfila el camino hacia los ascensores. Zárate aprovecha para colarse en el mismo que ella. Al verla de cerca advierte que está sudando y que tiene la mirada vidriosa. No acusa su presencia en el habitáculo, sale del ascensor y recorre con dificultad un pasillo largo que conduce a su habitación. Abre con su llave al tercer intento, le cuesta concentrarse en la maniobra. Accede al interior y Zárate impide con el pie que se cierre la puerta. La empuja con suavidad y ve que Elisa se desploma sobre la cama. Ni siquiera ha advertido el allanamiento. Pero al abrir los ojos da un respingo y se incorpora a duras penas.

—¿Qué estás haciendo aquí? ¿Quién eres?

En la bruma que ya nubla su mente, Elisa parece reconocer al intruso.

—Eres tú… El que amenazó a mi marido. Voy a llamar a la policía…

Se gira hacia el teléfono, pero no llega a completar el movimiento. No tiene fuerzas. Se deja caer blandamente sobre el colchón y respira con pesadez.

—¿Dónde está tu marido?

—Mi marido…

Zárate se da cuenta de que la mujer se está durmiendo. Se inclina hacia ella y la zarandea.

—¡Despierta!

Pero la mujer es como una muñeca de trapo.

—Quiero dormir —dice con voz de ultratumba.

Zárate la sujeta para que siga sentada y no se tumbe. La abofetea.

—¡Despierta! ¡Dime dónde está tu marido!

—Ya es tarde. Llegas tarde…

—¿Tarde para qué?

—La operación… está preparada.

—¿Qué operación?

—El mulato… El corazón…

En un fogonazo, Zárate comprende por qué se llevaron a Marvin de la playa con tanto apremio. El Sipeeni estuvo en la consulta del cardiólogo porque lo estaban preparando para un trasplante de corazón. El corazón de su hijo. Se compadece de Marvin, pero no hay tiempo para las implicaciones siniestras de su viaje a España.

—¿Dónde es la operación? —pregunta mientras sacude el cuerpo desmadejado de Elisa.

—Piso 31, ahí está la clínica…

Zárate sabe que no tiene tiempo: esa mujer está al borde de un sueño largo y profundo, si no de una sobredosis.

—¿Qué clínica? ¿De qué hablas?

—Planta 31…

—¿Dónde está el Sipeeni?

La mujer abre los ojos con espanto al oír ese nombre.

—Nunca más, mi amor. La última vez, te lo suplico.

Cierra los ojos. Zárate corre al baño, llena un vaso de agua, regresa y se lo tira a la mujer a la cara. La incorpora nuevamente.

—¿Quién es el Sipeeni? ¡Habla! ¿Qué nombre tiene ahora?

—José Luis Aranda, el empresario… Conocerlo es lo peor que nos ha pasado, amor. Lo peor. Nunca más, prométemelo.

Zárate la suelta y Elisa rebota contra el colchón. El sueño va tomando cuenta de ella. Un sueño del que no sabe si despertará algún día.

—Prométemelo —la oye bisbisear Zárate.

CAPÍTULO 65

Se despierta resacosa, mira el reloj y se levanta de un salto. Apenas tiene tiempo de darse una ducha rápida, vestirse y lanzarse a la calle en busca de un taxi. Se arrepiente de haber bebido tanto por la noche, nunca escarmienta. En el tanatorio se pasaron un poco con las rondas, pero era la despedida de un compañero —de su única amiga, en realidad— y la ocasión lo merecía. Le gustó ver a un tiarrón como Buendía emocionado con las efusiones finales. Un gran tipo. Un sabio tranquilo y hedonista. Una suerte haberlo tenido a su lado tantos años.

Llegó a casa con la esperanza de que estuviera Zárate esperándola, que hubiera vuelto después de su extraña salida del tanatorio y así ella podría pedirle con dulzura que olvidara su venganza, que lo hiciera por ella, que los dos se marcharían de España adonde él quisiese, que vivirían juntos para siempre, sin el Clan, sin la BAC, sin nada, sin cuentas pendientes con el pasado, solos los dos. Y le parecía una fantasía de amor plausible; estaba sugestionada de que él le diría que sí con un beso, o quizá con un abrazo, y que partirían en cuanto ella regresara de echar a volar las cenizas de Mariajo. Pero Zárate no la esperaba en casa ni contestaba a su teléfono y Elena supo en un segundo cómo iba a gestionar la frustración. Como ha hecho siempre desde hace un montón de años.

Salió de casa buscando el lugar de los sinsabores de su vida, el bar donde siempre reconecta con el mundo cuando este le da la espalda. El Cheer's. Cuántas borracheras en ese antro, cuántas lágrimas, cuánta tristeza impregnada en los cientos de canciones a las que se ha agarrado como a una tabla de madera en la tempestad.

No había mucha gente, era un martes de principios de enero, una vez pasadas las fiestas, esos días que, según dicen, son los más tristes del año. Esa noche ella estaba de acuerdo: se sentía muy triste. Cantó canciones para todos sus compañeros, para los amigos perdidos. Le dedicó a Chesca una de Caetano Veloso, «Desde que o samba é samba», y a Buendía la de «Mi gran noche», de Raphael; en honor a Mariajo se arrancó por Rocío Jurado y le quedó un «Como una ola» espectacular. No sabía qué cantar para invocar a Zárate y terminó decidiéndose por una canción italiana, pero esta vez no de Mina, que sería más para ella, sino de Nicola di Bari, «Il cuore é uno zingaro»:

Avevo una ferita in fondo al cuore, soffrivo, soffrivo. Le dissi non é niente, ma mentivo, piangevo, piangevo.

«Tenía una herida en el fondo del corazón, sufría, sufría; le dije que no era nada, pero mentía, lloraba, lloraba...».

En el cementerio de la Almudena le entregan las cenizas de Mariajo en una urna sencilla, sin ningún adorno. Con ellas bajo el brazo, coge otro taxi para volver a casa. Recorren la calle de O'Donnell y suben por Gran Vía. Un rebaño humano se arracima en una tienda de ropa, riadas de transeúntes, turistas extranjeros y nacionales, recorren las aceras. Bolsas de compras, algunos haciéndose selfis con el letrero de Schweppes de fondo. La Navidad ha terminado, pero el consumo no se detiene. Hay un exceso de felicidad, una celebración casi histriónica de todo lo que esta ciudad te puede dar: alcohol, comida, ropa, zapatillas, teatros, cines. En algún momento, el mundo cambió, al menos en esta esquina de Europa: aquellas cosas con las que se soñaba dejaron de ser anhelos para convertirse en derechos. El de comprar un vestido nuevo cada semana, el de poder llevarse cualquier producto de un supermercado, el de tener a nuestro alcance cualquier tipo de placer. De repente, la estampa que dibujó Gálvez del Clan vuelve a su memoria: está ahí, debajo de esta prosperidad, en la sombra, alimentándose de todos los puntos ciegos del sistema. No queremos verlo. Solo queremos lanzarnos a la calle y disfrutar como adictos, sin preguntarnos cómo llegan a nuestras manos todas estas cosas. ¿Quién coloca a las mujeres en la calle para que se prostituyan? ¿Quién consigue que ese vestido o esa fruta llegados de la otra punta del mundo sean tan baratos? Ha visto las partes más siniestras de este entramado: las mujeres explotadas para dar hijos a quienes tienen dinero para pagarlos. Los inmigrantes sacrificados como animales para que los ricos puedan llevar sus órganos y vivir unos años más. Puede que Gálvez tuviera razón: ¿de qué habría servido encontrar a Arcadi y llevarlo a la cárcel? Es este sistema enfermo, que funciona como si fuera el peor psicópata de la historia, que destroza a los más débiles para que unos pocos puedan darse la gran fiesta en la Gran Vía. ¿Cómo habrían podido acabar con algo que nadie quiere que termine?

Antes de llegar a su casa, se pasa por el Refra a desayunar. Le viene bien un café y una tostada con tomate de las que le ponen Juanito o Juan, su jefe. Hoy la atiende este último.

—¿Y Juanito?

—Hoy libra, para que vea lo bien que vive, por mucho que se queje el caradura. ¿Lo de siempre?

—Sí, y un zumo de naranja.

—Así me gusta, inspectora, que tire la casa por la ventana, que tengo que pagarles a todos estos sinvergüenzas que tengo contratados.

No sabe qué le ponen al tomate allí que las tostadas están más ricas que en ningún sitio. O quizá sean iguales, pero ella siempre sale con un rato de conversación agradable.

—¿Qué lleva ahí, inspectora? ¿Se ha traído la hielera?

No se había dado cuenta, pero eso es lo que parece la urna, una hielera. Hasta ha tenido alguna parecida en casa.

—No, son las cenizas de una buena amiga.

—Vaya por Dios… ¿Y qué va a hacer con ellas? No se las vaya a dejar aquí.

—Creo que voy a esparcirlas por la sierra.

—A ver si se la van a llevar presa, que en algunos sitios está prohibido.

—Pues si me llevan, ya me soltarán.

Después de desayunar, camina hacia la plaza Mayor. Han desmontado el mercadillo de Navidad. En ese mismo mercadillo, un día muy lejano ya, se llevaron a su hijo Lucas. Recuerda el momento con tanta intensidad que el dolor se presenta de una forma afilada. Le entran ganas de ver a Abel, el padre de Lucas, su expareja, con el que fue feliz tantos años.

Cuando se separaron, pensó que el amor se había terminado para ella. Realmente lo pensó y así fue hasta que conoció a Zárate. Al principio no, en realidad. Las primeras veces que se acostó con él no era amor, era capricho, era demostrarse que podía seducir a un hombre joven y arrogante, dueño de su cuerpo atlético y con todo el futuro por delante. Ella, que ya solo contaba con los traumas del pasado como compañeros de vida. Poco a poco, sin embargo, se fue enamorando de la fragilidad de ese hombre, de su mezcla extraña de violencia y ternura, de su idealismo, del que ella se dejó impregnar un poco para escapar de la amargura en la que había caído.

De pronto, decide que ya sabe lo que va a hacer. Va a conducir hasta Urueña, va a comer con Abel y con Gabriella, su nueva esposa, y, de camino, va a esparcir las cenizas de Mariajo en un lugar bonito. Quiere hacerlo sola y quiere hacerlo ahora, para cerrar así este capítulo. Después, volverá a Madrid y tratará de encontrar a Zárate y le dirá que lo quiere en su vida, en lo que le traiga el futuro, lo que sea.

Hay un hombre con un chubasquero verde al que Elena ve por tercera vez. Lo ha visto al salir del Refra, lo ha visto en la entrada de la plaza, lo ve ahora cruzando el arco por el que ella acaba de pasar. Su instinto de policía se abre camino entre la resaca: ese hombre podría estarla siguiendo. Sube a su casa a por las llaves del coche. Al volver a la calle, allí está el hombre, mirando un escaparate. Se dirige al garaje en busca de su Lada, baja los once peldaños y abre la puerta. Deja caer las llaves y así tiene un pretexto natural para agacharse y mirar hacia la escalera. El hombre está ahí arriba, aguardando su momento para descender; se le ve un faldón del chubasquero junto a los barrotes.

Elena deja la urna de Mariajo a un lado. El Clan está aquí.

CAPÍTULO 66

Nada más salir de la habitación de Elisa se nota indispuesto, mareado, como si tuviera fiebre o se hubiera tomado él los ansiolíticos en lugar de esa pobre mujer atormentada. No se engaña: no está sufriendo un contagio ni es víctima de un conjuro extraño. Simplemente se ve muy cerca del objetivo y saber que el asesino de su padre se encuentra en el mismo edificio que él le provoca arcadas. No puede dejarse vencer, no ahora.

El ascensor solo llega hasta la planta 30, debe de existir una escalera que suba un piso más. El largo pasillo que tiene ante sí le produce vértigo; lo recorre con paso firme hasta notar que le fallan las piernas. Se apoya en la pared y se concentra en las dos líneas paralelas que marcan las paredes. Parecen estrecharse hasta formar un embudo, un vórtice capaz de tragarse al incauto que se atreva a avanzar más allá de lo permitido. Es como si al fondo lo esperara una nueva dimensión. Algo le pasa; está al borde del desfallecimiento o del delirio. Un letrero al final del pasillo indica una salida de emergencia. Allí se dirige Zárate, como un sonámbulo, como un iluminado que no tiene más remedio que encarar lo desconocido. Empuja la puerta y traspone el umbral. Lo recibe una corriente helada y un tramo de peldaños que sube a la planta 31.

Nada más coronar el ascenso se da de bruces con un escolta.

—Esta planta está cerrada.

—Estoy buscando mi habitación, es la 3123.

—Debe de haberse confundido. En esta planta no hay habitaciones. Vaya a recepción, seguro que se está equivocando de número.

Habla con corrección, pero no oculta un tono autoritario en sus palabras.

—Estoy un poco mareado. ¿No hay ascensor para bajar?

El hombre duda; su mirada recorre a Zárate como si lo estuviera escaneando.

—Sí, hay uno privado por aquí, sígame.

El escolta guía a Zárate a lo largo de un pasillo jalonado por puertas grandes que parecen conducir a habitaciones privadas. Hay otro gorila junto al ascensor. Y poco más allá, una puerta entornada tras la que se adivina una antesala. De allí sale una enfermera con un carro lleno de gasas sanguinolentas y material quirúrgico ya utilizado. Tras un intercambio de frases cortas, murmuradas, entre los dos escoltas, invitan a Zárate a entrar en el ascensor.

Baja de nuevo a la planta 30 y allí repasa el mapa mental que ha hecho del piso superior. Cada acceso está vigilado, no hay forma de entrar en el cuartel general del Sipeeni sin montar una escabechina. Se encuentra cerca y al mismo tiempo muy lejos de él. ¿Cómo puede acceder a esas habitaciones? Nota un nuevo mareo y se apoya en la pared. Su espalda resbala hasta terminar sentado en la alfombra. ¿Qué le pasa? ¿Se va a desmayar? Por su mente desfilan recuerdos de su padre jugando con él al fútbol en el parque; su padre con el uniforme, enseñándole la placa brillante, pulida; su padre llegando a casa después de meses ausente por su labor de infiltrado Dios sabe dónde, dándole un beso en los labios a su madre y él mirando desde el rellano con ansiedad, deseando que llegara su turno para correr y saltar a sus brazos; su padre extendiéndole un sobre con una sonrisa, la expectación de él al abrir el sobre y sacar unas entradas para ir al ver al Madrid al Bernabéu. El último regalo de cumpleaños que le hizo.

Lo mataron dos días antes del partido. Lo esperó toda aquella noche, febril e insomne, deseando que apareciera en el umbral de la puerta su sonrisa, esa calma que le transmitían sus ojos, como un cielo despejado, y que se acostara a su lado. Nunca llegó. Las entradas de fútbol se quedaron olvidadas en un cajón.

El carrusel de recuerdos continúa, pero ahora de forma muy acelerada. Un diorama vertiginoso que él no consigue registrar de forma consciente, como si fuera parte de un sueño. Se echa la mano a la cara y descubre que está llorando. Pero ese llanto, en lugar de desanimarlo, lo espolea. No puede flaquear en el último momento. Solo un piso lo separa de su venganza y de cerrar el círculo, por fin. Se levanta, se dirige de nuevo a la salida de emergencia y empuja la puerta metálica. Sube las escaleras y no le concede tiempo al escolta para digerir su extrañeza al verlo por segunda vez. Le rebana el cuello con una navaja y le sobresalta el surtidor de sangre que provoca el tajo, como accionada por un espray. Lo arrastra hasta la escalera y lo deja allí. Coge el intercomunicador del escolta y da un aviso.

—Problema con un intruso en la zona de escaleras.

Una voz al otro lado lo pone en guardia.

—Voy para allá.

Zárate se oculta tras la puerta que da a las escaleras. Cuando llega el segundo escolta, se abalanza sobre él y le clava la navaja en la yugular. Entre los gorjeos previos a la muerte, el hombre, que llevaba una pistola en la mano, dispara, más para activar una alarma que para defenderse; no está en condiciones de apuntar a nada ni a nadie. Zárate recoge el arma y se encamina hacia la habitación de la que vio salir a la enfermera. Oye carreras y voces inquietas. Le sale al paso otro vigilante al que tumba de un disparo. Sabe que está tirando su vida a la mierda, que todas estas muertes le pasarán factura, pero le da igual. Va a matar al asesino de su padre. Es una venganza y es un suicidio.

Entra en la habitación, que se compone de una antesala desde la que ve un espacio que parece habilitado como un quirófano. Hay una camilla arrumbada en la antesala. En ella, llama la atención un bulto cubierto por una sábana sanguinolenta. Como ni el médico ni el paciente parecen acusar la intromisión, Zárate destapa el fardo y descubre el cadáver de Marvin. Le han arrancado el corazón; no ha llegado a tiempo para salvarle la vida al mulato. Apenas se entretiene dos segundos en contemplar el rostro de su compañero de travesía. La caja torácica abierta que nadie se ha ocupado de suturar.

Avanza precavido hasta la sala habilitada como quirófano. Allí está el doctor Samper examinando a un paciente tumbado en una camilla. Es Arcadi, o José Luis Aranda, como acaba de descubrir que se llama ahora. Es el Sipeeni. Tiene una vía cogida en la mano y junto a él hay una lámpara de suero a la que no está conectado. En la mesita adjunta descansa una máquina de circulación extracorpórea. Al paciente le han afeitado el pecho, que está pintado de naranja, el color de la solución antiséptica que le han aplicado. Es evidente que lo están preparando para el trasplante.

Cuando sus miradas se encuentran, el doctor Samper le sonríe como si fuera un anciano venerable. Le sorprende la ausencia de preocupación en el cardiólogo. Reacciona como si estuviera esperando esa visita.

—El paciente va a ser operado en menos de media hora. No está en condiciones de hablar ni de sufrir el menor estrés.

—Apártese de él —ordena Zárate.

—Déjelo descansar —insiste el doctor.

—Vaya a cuidar de su mujer. Se ha tomado un frasco entero de ansiolíticos.

El médico abandona toda suficiencia y el pánico se adueña de su expresión.

—¿Dónde está? ¿En su habitación?

Zárate asiente. Una mano huesuda tira del pijama del cirujano para llamar su atención y después le susurra una frase que Zárate escucha.

—Diles que traigan a nuestra invitada.

Samper toma aire. Acto seguido, se detiene junto a una urna transparente y examina una víscera que todavía palpita. Zárate advierte que se trata del corazón de Marvin.

—No podemos perder mucho tiempo —señala el cirujano.

Después, sale de la habitación con premura.

Zárate se acerca al enfermo. Por fin está ante él, ante el hombre que asesinó a su padre. Arcadi Ortiz. José Luis Aranda. El Sipeeni. Da igual el nombre. Él lo mató. Como ha matado a tanta gente.

En cierto modo, Zárate es el justiciero de todos esos hijos, de esas esposas, de esos liberianos, de los africanos muertos en el Sáhara o en el Mediterráneo, de esos amigos a los que Arcadi condenó a la desgracia, a la tortura, a la infelicidad. Parece mentira que ese viejo demacrado, débil, una piltrafa en la camilla, haya segado tantas vidas. Pero ya no segará más. Él se va a vengar. Lo único que lamenta es que no vaya a sufrir, que bastará con un disparo para acabar de una vez por todas con su pesadilla. El hombre le sonríe y Zárate siente una sacudida en su interior.

—Hola, cabezón.

No es posible, no puede entender lo que está pasando. Una fuerza superior catapulta a Zárate hasta los días de su infancia y en las estampas que desfilan por su mente enloquecida aparece esa sonrisa y también la mirada maliciosa, la que anticipaba las bromas y los juegos de su padre. No es solo el apelativo cariñoso que ha empleado ese hombre ni el batiburrillo de recuerdos lejanos lo que le muestra la terrible realidad que tiene delante. Sus tripas se lo confirman. Los ojos que, a pesar de la edad, a pesar de las aguas que los enturbian, todavía conservan esa calma de un cielo despejado.

Hurga en sus facciones, tan desesperado como si buscara el antídoto a un veneno; necesita encontrar la prueba que demuestre su error, pero conforme hunde la mirada en el rostro de ese anciano, conforme borra las arrugas, las manchas de la piel, las facciones originales resplandecen nítidas, esas mismas que, cuando solo era un niño, le parecía que brillaban como un sol, sus ojos y su sonrisa, la línea recta y firme de su nariz, las mejillas que era tan feliz besando. La cara del hombre que adoraba.

Porque este hombre, el Sipeeni, es Eugenio Zárate.

Su padre.

CAPÍTULO 67

—El camino ha sido largo… Estoy orgulloso de ti, hijo, has heredado mi tenacidad —le murmura, sin apenas aire en los pulmones, su voz es un siseo.

Un tropel de emociones se agolpa en el corazón de Zárate. No entiende por qué su padre está vivo. Ángel lleva pegada en la piel, como una sustancia viscosa, toda la batalla para vengar su muerte, una muerte que nunca sucedió. El luto de tantos años, los recuerdos de infancia que siempre se esforzó por preservar vivos, toda su memoria sentimental y su condición de huérfano atormentado, la rabia que lo distanció de su madre, todo estaba construido sobre una gran mentira. Arde por dentro, está bloqueado, le tiembla el pulso y detesta el instinto natural que siente, el de abrazar a su padre, como si todavía fuera un niño. Consigue mantenerlo a raya con la repugnancia, con el odio, con la rabia acumulada en estas últimas semanas, desde que el juez Beltrán pronunció la palabra *Clan.*

¿Cómo se puede amar a un monstruo?

Su padre ya no es la víctima, sino el verdugo, pero no es fácil asumir la transformación. ¿Cómo enterrar tanto amor en unas décimas de segundo? ¿Cómo odiar lo que se adoraba?

Es el hombre al frente del Clan.

Es el hombre a quien abrazaba de niño.

Le tiembla el pulso cuando levanta la pistola para apuntarle.

¿Es capaz de segar la vida de su propio padre?

El ruido de una puerta que se bate, no sabe dónde, y unos pasos lo sacan del caos de emociones donde se está ahogando. Un hombre de facciones sucias, con los ojos demasiado pequeños, corpulento, ha entrado empujando a una mujer a la que encañona con su arma en la sien. La coge del pelo y tira hacia arriba para que Ángel vea el rostro de Elena: violáceo, lleno de golpes. Los labios partidos, un ojo bañado en sangre. Su mirada turbia le desvela que ella ni siquiera sabe dónde está. La paliza la ha dejado en un territorio brumoso entre la conciencia y la pesadilla.

—Suéltala. ¡Suéltala o lo mato!

Su puño sujeta ahora con determinación el arma que apunta a su padre. El pánico a perder a Elena puede ser el valor que le faltaba para presionar el gatillo.

—Mantén la calma, hijo.

Le provoca arcadas escuchar el susurro de ese anciano en la camilla. Del Sipeeni, porque quiere desterrar, como si se extirpara un órgano, la idea de que ese viejo es su padre. Eugenio Zárate murió. No es la persona que tiene delante.

—¿Quién te crees? ¿Una especie de dios intocable?

—Tú eres Dios, Ángel. —Cada palabra le supone un esfuerzo, necesita aire para seguir hablando. El ruido de su respiración es como una tubería enfangada—. Podemos morir los dos: Elena y yo. O podemos vivir. Está en tu mano.

El trato que le ofrece es su manera de seguir hiriéndolo. No ha tenido suficiente con prender fuego a su vida, a la de su madre, con convertirlo en una bestia ciega que va buscando venganza, sino que ahora, como si fuera el diablo en un cruce de caminos, le está pidiendo que le entregue su alma a cambio de la vida de Elena.

—No puedes seguir viviendo. No es justo.

—¿Y es justo que muera ella?

Vuelve a mirarla; es un trapo en manos de ese tipo de ojos de alfiler. Si sigue en pie es porque él está sujetándola. Ver su cuerpo desmadejado le hace pensar en tantas noches que lo ha abrazado, en lo imbécil que ha sido, porque tuvo la felicidad y renunció a ella por perseguir una mentira. Su deriva ha arrasado todo lo que había a su alrededor: Rentero, Manuela, Mariajo y, ahora, Elena. ¿Tanto sacrificio a cambio de la vida de un asesino como el Sipeeni?

—No soy solo yo. —Y conforme deja escapar las palabras, Ángel se da cuenta de lo que significan—. Hay demasiados muertos que merecen que acabe contigo.

—Comprendo. Puede más el odio que el amor.

Un sollozo de Elena lo obliga a mirarla de nuevo. Está despertando y, al hacerlo, deja caer un hilo de sangre desde su boca hasta el suelo. Como un relámpago, la idea de la muerte de Elena le duele tanto como si la sufriera en su carne: cada uno de sus golpes palpita en su sistema nervioso, la quemazón de la bala penetrando en su cráneo, atravesando el cerebro, incendiándolo, matándolo; la desaparición de Elena es una posibilidad insoportable.

Pero se da cuenta de que el problema no tiene otra solución: debe disparar, debe matar a su padre, aunque eso suponga la condena de Elena.

Cierra los ojos para atrapar las lágrimas, que no salgan. No puede confiar en su padre, sabe que no cumplirá el trato: si él baja el arma, morirán Elena y, después, él. Es ridículo quedar en manos de alguien que ha tejido una enorme farsa con su vida y que, por contagio, también ha convertido la de Zárate en una comedia grotesca.

—¿Por qué elegí el corazón de tu hermano y no el tuyo?

Ángel se siente desnudo, como si su padre pudiera ver dentro de él, igual que de niño, cuando hacía una trastada y su padre no necesitaba estar delante para saber que la había hecho. Con un solo vistazo escaneaba su pensamiento.

—Te he querido, Ángel. Siempre. Tú eres mi hijo.

—No mientas, tu sicaria vino a por mí. Me has querido matar, hijo de puta.

Desvía la mirada a la urna donde todavía late el corazón de Marvin. Una cruel declaración de amor. El músculo del mulato —de su medio hermano, piensa, con una melancolía que se suma al vaivén de sentimientos extremos, de odio y amor, que lo zarandean—, el corazón que mantendrá con vida al monstruo.

Un grito, un golpe seco contra la pared y, al volverse, ve que Elena, no sabe cómo, no entiende de qué manera, ha reunido fuerzas, ha empujado hacia atrás al tipo que la encañonaba y lo ha estrellado contra la pared.

—¡¡Mátalo, Ángel!! ¡¡Dispara!!

Mira a su padre, enfila la pistola hacia su cabeza, la frente, sus ojos.

Pero no es su disparo el que resuena en el quirófano. El matón ha recuperado su arma, que había caído al suelo por el empellón de Elena, y le ha disparado, abriéndole una herida en el muslo. La sangre le embadurna la pierna, el pantalón, dándole una textura plástica.

No ha sido capaz, se da cuenta. Ha tenido la oportunidad de matar al Sipeeni y no lo ha hecho.

Un balazo que se estrella contra la pared disuade al matón de volver a disparar a Elena, pero ella no consigue alejarse lo suficiente: herida, sangrando, se arrastra por el suelo cuando el tipo de ojos de alfiler se abalanza sobre ella. Zárate no sabe si disparar; enredados como están, puede errar el tiro y la duda lo paraliza, hasta que el matón vuelve a colocar su pistola en la sien de Elena y, usándola como escudo, se incorpora.

—Te juro que la mato —dice el sicario.

La urna del corazón de Marvin.

La idea acude a Zárate como una descarga eléctrica y, en una fracción de segundo, gira la mano y dispara al corazón que todavía latía en la urna: el de su hermano. Trozos de la víscera saltan por el aire. Un pingajo resbala por una de las paredes blancas.

—No dispares…

El siseo de su padre desde la camilla es tajante y el tipo con ojos de alfiler, que ahora encañona a Zárate, no aprieta el gatillo.

—¿Qué has hecho, hijo?

Zárate ya no apunta a su padre. Ahora apoya la boca del cañón en su propio pecho, en su corazón. Sabe que no hacen falta explicaciones para que entiendan qué está en juego.

—Deja que ella se marche.

Al volver la mirada, descubre que Elena está llorando. La sangre se derrama por esos labios que tantas veces ha besado, un mechón se ha desprendido de su peinado y se balancea entre sus ojos, llenos de amor y de súplica. La herida de su muslo no para de sangrar, pero no cree que ningún dolor físico duela más que el que la está atravesando por dentro, porque las cartas están sobre la mesa y la mano de Zárate no es una jugada ganadora. Es, en realidad, una terrible derrota.

—No lo hagas, Ángel, por favor…

El murmullo de Elena es el mismo que el de la viuda que, llorando en el pecho del esposo muerto, le ruega que vuelva a la vida. Desesperado e inútil.

—¿Quieres seguir viviendo? —le dice Ángel al Sipeeni—. Coge mi corazón, pero deja que Elena se vaya.

Zárate se pregunta quiénes son Elena y él en mitad de todo esto. ¿Qué significa su amor? Son dos pequeños accidentes, son irrelevantes. No debería importar su desaparición en comparación con la muerte de su padre. El Clan no es esa especie de espectro que no necesita a nadie para mantenerse en pie. Sí que lo necesita. Su padre lleva los mandos. Matarlo sería descabezar a la bestia y hacer justicia. Le gustaría que en su interior venciera esa condición altruista, pero no ha sido así: durante mucho tiempo se ha dejado colonizar por el odio y ahora, justo en el desenlace, se da cuenta de que estaba equivocado. Profundamente equivocado.

Llegados al final, una persona que ama hará todo por ese amor.

Por Elena.

El Sipeeni hace un leve gesto dirigido al sicario que indica que puede soltar a Elena.

—Bajaré la pistola cuando me llame desde la calle y me diga que está a salvo —advierte Zárate.

—Llévala hasta abajo y la sueltas —ordena el Sipeeni.

—No, déjame, ¡no me toques! ¡No quiero irme! ¡Ángel, para esta locura! ¡Párala, por favor!

Elena forcejea, pero está demasiado débil y no es un problema para el tipo que, agarrándola de las axilas, carga con ella hacia la salida. Ángel cierra los ojos, sabe que ella está buscándolo con la mirada, quiere que se pierda en ella y eso le haga cambiar la decisión, porque no podrá soportar romper este hilo que los conecta, como el cabo que se lanza al náufrago, por eso cierra los ojos Ángel, para no arrepentirse, para que Elena no vea que está llorando.

Que ha decidido entregar su corazón.

Los gritos de Elena se van apagando conforme se alejan por el pasillo, hasta desaparecer, hasta que solo queda un inmenso vacío. Cuando Ángel abre los ojos descubre que ha entrado otro hombre en el quirófano. Un sicario flaco como un cable que le está apuntando: necesitaban un seguro de que no dispararía contra su padre tan pronto se quedaran solos. No saben que nunca ha pensado hacerlo. Que ya tiene asumida su condición de perdedor.

Zárate levanta una mirada febril hacia su padre, Eugenio. Lo mira hasta que las facciones de ese hombre se desdibujan y ya es un hombre cualquiera, un viejo con pintura naranja en el pecho. El Sipeeni.

—¿Nunca fuiste un topo de la policía? ¿También eso era mentira?

—Empecé así. El juez Beltrán me pidió que investigara al Clan. Y eso me obligó a viajar a África para seguir los pasos de Arcadi. Fue en el 84. Tú acababas de nacer.

—¿Lo mataste?

—Ser el Sipeeni le venía grande a Arcadi. Me quedé con su negocio y con su nombre. Y, durante muchos años, fui Eugenio Zárate y Arcadi Ortiz…

—Hasta que el juez empezó a sospechar, ¿verdad? Y decidiste que era mejor morir. ¿A quién enterramos? ¿A quién estuvimos llorando mamá y yo?

—No lo sé. Un yonqui. Un vagabundo. Gálvez lo eligió. Y yo le disparé en la cara para asegurarme de que nadie quisiera abrir ese ataúd.

—Eres un monstruo. Tu vida solo ha traído dolor.

—En realidad, uno no elige. Las decisiones que se toman están en tu naturaleza desde el momento en que naces. Yo he tomado las mías. Y tú, las tuyas. Podrías haber seguido viviendo, lo sabes, ¿verdad? Pero has elegido que esa vida sea para Elena.

Zárate no quiere responder. Sabe qué está diciendo su padre: al dejar a Elena con vida también está regalándole unos años más a Eugenio, con su corazón. El móvil vibra en su bolsillo. Lo saca sin dejar de apuntarse al pecho.

—Ángel, estoy fuera, estoy bien… He avisado a Miriam, tienes que ganar tiempo, no tardarán en llegar…

Hay ruido de coches detrás de la voz de Elena, el continuo estruendo de Madrid, una ciudad hermosa y cruel, como ha sido su propia historia de amor, piensa Zárate. ¿Qué memoria dejarán en ella estos años? ¿Qué sentirá cuando escuche su nombre?

—Ángel, ¿me estás oyendo? ¡Gana tiempo!

—Te quiero, Elena.

Cuelga. No tiene fuerzas para escuchar el llanto de ella al otro lado. Ha cerrado la puerta. Está completamente solo.

—Ahora deja la pistola en el suelo con cuidado —le pide su padre.

Es el final. Su vida acaba para que continúe la del hombre al que siempre ha querido, el que ha habitado sus pensamientos cada noche mientras buscaba el sueño. La persona que guiaba sus pasos, esa cuya admiración pretendía ganar con cada logro policial, aunque ya no estuviera allí para dársela, como si cada una de sus acciones fuera un homenaje en su nombre.

Esto también debe serlo.

Un homenaje a Eugenio Zárate. No al viejo que boquea en la camilla, rogando por su corazón.

Ahora tiene una conciencia clara de lo que va a hacer, como si ante un problema imposible hubiera descubierto una solución sencilla.

Es un homenaje al hombre al que admiró, aunque nunca fuera real. A los compañeros que vio morir en el desierto del Sáhara, a los amigos que ha perdido en Madrid. A las víctimas que siente que ahora están mirándolo como fantasmas dispuestos a acompañarlo en su camino al otro lado.

Pero, sobre todo, es un homenaje a Elena Blanco. A su amor.

Ángel presiona el gatillo y la bala atraviesa su propio pecho, le rompe la caja torácica y se adentra en el corazón que late con un espasmo de dolor y de sangre antes de detenerse para siempre.

Su corazón nunca dará vida al monstruo.

CAPÍTULO 68

En la playa de Lama Monachile, el mar ronronea perezoso. Polignano a Mare se levanta sobre un acantilado que se asoma al Adriático y esta mañana el agua color turquesa brilla con los destellos de un sol todavía bajo. Elena Blanco se pone en pie y se sacude la arena de los pantalones. Luego, cojeando, no ha logrado recuperarse del disparo en el muslo, sigue su camino como una sonámbula.

Se sienta en un café de la piazza Vittorio Emmanuelle II, con algunas fachadas desteñidas por el salitre. Pide un vaso de grappa para embotar la mente y adormecer su obsesión, aunque solo sea por unos minutos. Da igual: no puede escapar de sus recuerdos. Y mucho menos de su conciencia. Se dejó atrapar. Fue tan estúpida que se dejó atrapar por el Clan. Se lo repite mil veces cada día. Y no fue capaz de detener a Zárate en su cruzada vengativa. El amor que sentía por él no bastó para cambiar el curso de los acontecimientos.

A veces, cuando está saturada de tanto sufrir, se dice a sí misma que quizá no lo quería tanto, que el amor que se tenían era un amor enfermo y por eso nunca conseguía sanarlos. Pero luego se reprocha el subterfugio: sí lo quería, lo amaba de una manera desesperada. Como lo ama ahora.

No pudo ser. La vida no siempre da lo que uno desea y se compone de alegrías y tristezas. Hay que capear los momentos malos sabiendo que los buenos llegarán tarde o temprano.

¿Llegarán? ¿No está mintiéndose otra vez?

¿Puede su corazón arrasado conectar de nuevo con una sugestión de felicidad?

No lo cree. Sale cada día a la calle en busca de un poquito de belleza. En la playa, en el casco de calles empedradas, en el paseo a la sombra de la antigua muralla medieval, en las plazas recoletas de ese pueblo recóndito de la Puglia. Pero no la encuentra. Siempre termina con una botella de grappa, entumeciéndose hasta perder el conocimiento.

Una mujer abre su tienda de recuerdos y coloca en la puerta un anaquel de postales mientras tararea una canción italiana. Elena la reconoce: es de Domenico Modugno, el vecino más ilustre de Polignano, tiene una estatua en el paseo marítimo. La ha cantado alguna vez en el karaoke. Aun así, ni siquiera puede agarrarse a ese cabo que le lanza la casualidad, no reacciona con nostalgia ni consigue esbozar una sonrisa. Vacía su vaso de grappa de un trago solo para rellenarlo.

No logra interesarse por nada. Miriam Vaquero la informó de las novedades: llegaron al Eurostars enseguida y, tras un tiroteo con los hombres del Sipeeni, lo encontraron muerto en el suelo por un infarto. A su lado yacía Zárate con un disparo en el pecho que, según la autopsia, se había autoinfligido. Siempre supo que esa sería su decisión: así destruía toda oportunidad de trasplante para su padre y, al mismo tiempo, hacía justicia a todos los cadáveres que la vida de Eugenio Zárate había provocado. Era su manera de poner fin a su tormento. Nunca habría sido capaz de asumir quién era realmente su padre.

Elena lo sabe y, sin embargo, se culpa de no haber sabido rescatarlo.

En las semanas que lleva en ese pueblo del tacón de Italia, las noticias han ido llegando con cuentagotas. Amira obtuvo un permiso de residencia temporal en España. Se están preparando los juicios contra Adolfo Rocamora y Aurelio Gálvez. Orduño y Reyes han sido readmitidos en la policía, bajo las órdenes de la inspectora Miriam Vaquero, aunque en otra brigada. La BAC ya no existe.

La BAC.

Cada noche, Elena se acuesta deseando que toda su vida en la brigada haya sido un sueño. Aspira a despertarse un día con el recuerdo nítido de una pesadilla que contaba sus años de policía, sus desvelos por su hijo Lucas, la muerte de compañeros y amigos y la pérdida del hombre al que amaba. Y, después de unos segundos de angustia, salir poco a poco del desconcierto, notar el aroma de un café recién hecho y levantarse para encontrar a Zárate en la cocina, preparando el desayuno para los dos.

¿De verdad era tan difícil conseguir eso?

Su madre la ha invitado a pasar un tiempo con ella, Buendía también le ha ofrecido su casita de jubilado en Benidorm. Orduño y Reyes la llaman con frecuencia, pero ella no responde al teléfono. No está sola en el mundo. Hay gente que la quiere, lo sabe, pero esa certidumbre apenas le provoca una lánguida sonrisa.

En la calle, un acordeonista ataca una canción de amor que nadie escucha. Un rayo de sol se cuela por una rendija del toldo y acaricia la piel de Elena. Sopla un aire fresco, agradable, que barre las servilletas y las hojas de los árboles, pero no el dolor.